LA VIE ENFUIE
DE MARTHA K.

Du même auteur

L'instant précis où les destins s'entremêlent, Michel Lafon / Éditions de l'Épée, 2014

Bertrand et Lola, Michel Lafon / Éditions de l'Épée, 2015

Lola ou l'apprentissage du bonheur, Michel Lafon / Éditions de l'Épée, 2016

Angélique Barbérat

LA VIE ENFUIE
DE MARTHA K.

Copyright des chansons
P. 144 : *Emmenez-moi*, Charles Aznavour
      Label : Universal Music International Ltda. Copyright : (p) (c) Barclay.
P. 274 : *Every Breath You Take*, The Police
      Copyright with Lyrics (c) Sony : ATV Music Publishing LLC.
P. 277 : *Tandem*, Vanessa Paradis
      Copyright with Lyrics (c) EMI Music Publishing, Sony / ATV Music
      Publishing LLC.

Tous droits de traduction, d'adaptation
et de reproduction réservés pour tous pays.

© Éditions Michel Lafon/ Éditions de l'Épée, 2017
118, avenue Achille-Peretti – CS 70024
92521 Neuilly-sur-Seine Cedex
www.michel-lafon.com

À Martha, grâce à qui j'ai rencontré Caroline.

À M. K.

« Deviens ce que tu es. »

PINDARE

J'ai froid, je grelotte. Je me sens si fatiguée…

J'ai mal partout.

J'ai l'impression qu'on roule. Il n'y a aucune lumière. Juste un trait de jour au fond.

Il fait si froid, et j'ai si mal à la tête… Mes yeux se ferment. Je n'arrive pas à lutter.

La couleur de la neige

1

Des voix résonnent, lointaines et cotonneuses. Je sens qu'on touche mon épaule et qu'on me secoue. Mes paupières pèsent lourd… Dans la faible lueur, je distingue deux silhouettes penchées sur moi. Deux hommes. Le premier s'agenouille et parle sans que je comprenne un mot, son haleine me soulève le cœur.

– Как поживаете?

– *Name… Ihr Name ? Imię ?* demande sèchement l'autre, debout, en retrait.

Ils répètent leurs questions en articulant le plus lentement possible, mais rien, pas une bribe de syllabe ne fait sens. Ils se regardent d'un air entendu, et celui qui est à côté de moi s'adresse vivement au plus grand. Je n'ai pas la moindre idée de ce qu'il peut lui dire, mais à son ton je saisis qu'il est inquiet.

J'ai atrocement mal à la tête et je reste recroquevillée à les observer, comme si j'étais spectatrice d'un film étranger dont les sous-titres seraient absents. Je comprends, cependant, que je suis dans la remorque vide d'un camion dont la bâche est soulevée au fond.

J'aperçois de la neige, je sais que c'est de la neige.

Brusquement, le flot de leurs paroles cesse et, dans un

ensemble parfait, les deux hommes emmitouflés dans des parkas en peau reviennent vers moi. Celui qui est agenouillé s'approche un peu plus.

— *Gut ? OK ?*

J'entends, je saisis le sens, mais je suis incapable d'ouvrir la bouche.

— *Deutsch ? Polonez ? Name ? Name ?*

Je ne peux pas répondre, mais je me redresse. Je saisis leurs mains rugueuses et la tête me tourne, mes jambes se dérobent. Ils me rattrapent au vol, me portent jusqu'à l'extérieur. La lumière du soleil est aveuglante.

— *Nicht gut. You not OK,* disent-ils en m'allongeant sur un banc. *No move. OK ? No move !*

Je suis si faible que je me laisse faire. L'un d'eux me recouvre d'une couverture qui empeste la graisse et la cigarette, pourtant elle me fait du bien, je m'enroule dedans. Il repart en courant vers le camion et je regarde ses bottes d'hiver, puis celles de celui qui est debout à quelques pas de moi. Il a sorti son portable, il n'y a pas de véhicules autour, la neige brille entre les sapins. Ce doit être encore l'hiver.

Mais quel jour sommes-nous ?
Où suis-je ?
Comment suis-je arrivée là ? Quand ?
Et… qui suis-je ?

Une panique fulgurante me glace. Je suis terrifiée. Aucun souvenir n'émerge, rien. Strictement rien. Je suis incapable de dire dans quelle langue je pense. Je demeure dans un néant total. Je me sens perdue. Je suis… perdue et j'ai très mal à la tête. Je ferme les yeux.

Tout devient noir.

2

Une voix rauque et gutturale me tire de l'inconscience, je reconnais celle de l'homme qui était à côté de moi. Entre les mèches de mes cheveux, je l'aperçois qui tient toujours son portable. Au loin, il y a le camion dans lequel ils m'ont retrouvée. Autour, rien. Que des arbres et de la neige.

Nous sommes seuls sur une aire d'autoroute, ça je le sais.

L'autre homme revient à grands pas vers nous. Je n'ai pas peur d'eux. Ça aussi, je le sais. Il se place de façon à me protéger du soleil, puis s'agenouille. Il ouvre sa main sur un tube doré au beau milieu duquel est écrit *Lioricci 61*. À l'instant où je le touche, des images floues cascadent et se chevauchent. Je ne vois qu'une rupture de couleurs et de formes sur une musique hachée qui me déchire les tympans. Je sais que c'est une marque de luxe américaine, que la tenue de ce rouge à lèvres est révolutionnaire. Et subitement, plus rien que le vide noir qui écrase tout.

L'homme qui m'a donné ce tube a des yeux clairs comme le ciel, il pose sa large main sur son cœur et dit : « Sacha. » Puis il désigne son compagnon.

– Anton.

Cet Anton explique avec des gestes et en plusieurs langues qu'il a prévenu les secours, et je passe de l'un à l'autre. Je crois qu'ils ont compris comme moi que je n'ai aucune idée de qui je suis. Le temps s'arrête sur cette neige aveuglante et sur ce ciel sans nuages. Je regarde ces deux hommes, puis Sacha me tend un miroir ébréché.

J'ai peur… Je l'incline.

Je fixe le visage sale de cette femme fatiguée, ses cheveux châtain foncé décoiffés. Ses joues noircies, l'hématome sur le côté droit de son front et ses lèvres sèches. Je retire le capuchon du tube, fais monter le stick.

Il épouse la couleur de mes lèvres et ne peut être que le mien.

Comme cette bouche régulière, cette peau claire, ces joues à peine creusées, ces yeux d'un brun foncé, ces cils longs et courbés…

Je lève les yeux vers le ciel entièrement bleu dépourvu de nuages. Se dessinent alors en moi les formes et les mouvements qui leur appartiennent et que, dans ma vie d'avant, j'avais déjà vus. Je rends le miroir à Sacha.

Je suis devenue une étrangère à moi-même.

Sacha se remet à parler, ses mains bougent et ses yeux ne quittent pas les miens. Je saisis qu'il n'a rien trouvé d'autre dans la remorque du camion. Que nous sommes en « Deutschland », à la frontière de la « Poland », qu'ils sont russes.

Anton montre les poches de mon manteau. Je n'ai pas la force de bouger, Sacha enfonce la main dans ma poche gauche, ne trouve rien. Il remarque que l'étiquette sur le côté à l'intérieur de mon manteau a été soigneusement découpée au ras de la doublure, il m'interroge du regard.

Je ne réagis pas.

Il se relève, contourne le banc pour inspecter ma poche droite. Il ressort un paquet de Kleenex et un peigne en corne, que je prends aussitôt entre mes doigts. Rien ne m'envahit. Pas un mouvement, pas un éclat de lumière.

Anton soulève ma main droite pour m'expliquer que je suis très certainement droitière. Je remarque des griffures fines et irrégulières sur le côté de mon poignet, du sang a séché, il est sombre et sec. Sacha pose son index sur l'alliance plate en or blanc où de tout petits diamants épars semblent se fondre dans le métal.

Je lâche le peigne et les mouchoirs, je fixe mon alliance, je la touche, je ne vois rien d'autre que mes doigts sales qui la font tourner.

Au-dessus de moi, Anton et Sacha sourient. Leurs têtes se touchent.

– добрая весть ! *Good news !*

Je retire cet anneau et découvre l'intérieur parfaitement lisse et nu.

Mais oui, c'est une bonne nouvelle. Je fais partie de la vie de quelqu'un. Je ne suis pas seule. *Non, je ne suis pas seule.*

D'un coup, une sirène crie au loin, et quelques instants plus tard surgit du virage une voiture blanche avec des bandes vertes, suivie d'une autre jaune et rouge. Anton agite les bras en s'avançant vers les personnes qui en descendent. Je ne comprends rien, mais j'imagine qu'il leur dit :

– Voilà, c'est elle. C'est la femme qu'on a trouvée dans la remorque de notre camion. Elle dormait. Non, on n'a rien vu et on ne sait pas où elle est montée. Encore moins pourquoi elle y est montée. Elle ne va pas vous aider beaucoup, parce que la pauvre est… amnésique. Tout ce qu'on peut vous dire, c'est qu'elle n'a pas prononcé un mot, qu'elle est mariée, probablement droitière et qu'elle se balade avec des Kleenex, un rouge à lèvres Lioricci 61 et un peigne en corne.

Quand il s'est tu, je me suis mise à pleurer, et je crois bien que j'ai pleuré pendant des jours entiers.

La couleur de l'acier

1

– Chérie, à midi, tu es sûre que tu pourras aller récupérer Louis à l'école ? demande Philippe avec dans sa voix ce soupçon de je ne sais quoi qui me dérange.

– Oui, je peux le faire. Je connais le trajet maison-école.

– Pourquoi ce ton, Martha ?

– Parce que tu me parles encore comme à une…

– Une quoi ?

– Je ne sais pas… une malade.

– Tu es amnésique.

– Je le suis, mais le trajet école-maison, je le connais. Par cœur.

– Alors, ne t'énerve pas.

– Je ne m'énerve pas. C'est toi qui insinues que je…

Mon mari pose les mains sur mes épaules.

– Martha, il faut que tu te détendes.

Philippe n'est pas immense, il fait un mètre soixante-dix-huit, mais quand il me fixe juste un peu trop longuement, j'ai l'impression d'être minuscule.

– Tu es déjà très nerveuse. Je pense que tu devrais en parler avec ta psy.

Il a une telle intensité que je vacille intérieurement. Il me semble que ses yeux bleu-gris prennent la couleur de l'acier. Puis, la voix radoucie, il poursuit :

– Ce n'est pas bon pour le bébé. Je me fais juste du souci pour toi, mon amour.

– Je vais bien, Philippe.

Il reste dans mon regard et je sens vriller en moi une torsion qui me trouble et me met mal à l'aise. Je me colle contre lui pour éviter tout dérapage intempestif. Il me serre dans ses bras. Enfin comme il peut, parce que mon ventre rond nous sépare. Et, d'une manière que je n'arrive pas à définir, cette distance me rassure.

– Si tu vas bien, alors je vais bien. Tu sais que je m'inquiète en permanence pour toi. Et si je m'inquiète, ce n'est que parce que je t'aime tant.

– Si je te dis que je me sens bien, c'est vrai, Philippe.

Il soupire.

– Tu as à nouveau ce ton, Martha.

– Mais quel ton ? Je ne vois pas de quoi tu parles !

C'est par cette petite phrase que je parviens à m'échapper et à couper court à la conversation quand elle menace de tourner au vinaigre, comme celle de ce matin. Rien n'est grave mais, dans ce fameux ton, tout est sensible. La tension est sensible.

Non, je ne peux m'empêcher de me crisper quand Philippe me rappelle, souligne, répète, insiste que je suis tendue, que je manque de confiance en lui, que je suis malade. Et… ça m'agace profondément. Encore plus qu'il souligne d'un geste, d'un mot, d'un mouvement de muscles, ou d'une variation dans sa voix que je ne suis plus aussi patiente ni aussi parfaite qu'auparavant.

Je rêverais d'ajouter « aussi parfaite que le souvenir que tu as de moi », mais ces mots, je ne les ai encore jamais articulés.

Je les vois s'écrire en moi, mais je ne les prononce pas, par lâcheté. Ou par peur. Peu importe ! Je n'ai pas la force de me battre contre lui quand m'affronter est déjà une épreuve de tous les instants.

Mais…

Comment puis-je me sentir bien quand cet homme, que j'ai épousé dans une vie qui me demeure étrangère, ne cesse de me faire comprendre que je suis une autre tout en me certifiant qu'il m'aime, que je suis la femme de sa vie et que je suis tout pour lui ? Oui, comment le croire, comment me laisser aller ? Comment être sereine quand le doute régit toute ma vie ?

Comment être calme, quand je ne sais pas ce que j'aime… Qui j'aime…

Depuis bientôt quatre mois, je vis dans un vertige permanent. Je ne peux qu'écouter Philippe énumérer mes goûts, mes habitudes, et m'expliquer qui je suis. Que lorsque j'aurai retrouvé mes souvenirs, je verrai qu'il a raison. Et qu'étant enceinte, je suis hypersensible.

– Comme tu l'étais pour Louis. Il faut que tu me fasses confiance. Je sais mieux que quiconque qui tu es, mon amour.

Au lieu de m'apaiser, cette phrase, qu'il vient tout juste de me répéter en enfilant sa veste, me plonge dans un sentiment étrange. Je n'arrive pas à savoir si sa fermeté devrait me rassurer ou m'inquiéter. Si son sourire est un sourire de volonté ou d'amour.

Je n'arrive pas à savoir qui est mon mari, je l'observe. Je ne sais si je panique ou si je vois juste. Si mon trouble s'emballe ou si mes impressions sont réelles. Je me sens happée par ce trou noir qui a remplacé mes souvenirs. Je me suis perdue en route quelque part entre Bellevue à la frontière française et suisse, et Görlitz à la frontière de l'Allemagne et de la Pologne…

J'ai si peur que cette ombre compacte et dense n'envahisse mon présent que je me raccroche comme une désespérée au bébé qui s'anime dans mon ventre. Je suis enceinte de quatre mois et je n'en savais rien. Je navigue entre une joie intime et une terreur saisissante. Je suis une équilibriste qui craint de basculer à cause d'un malheureux faux pas.

Alors, avec la maîtrise d'un réflexe, je dissimule mes angoisses derrière un sourire et je dis au revoir aux « deux hommes de ma vie », selon l'expression consacrée de Philippe. Je les embrasse et je serre très fort mon fils.

Louis a dix ans et se laisse encore faire entre les murs de cette maison, mais pas devant ses copains. Pendant ces petites secondes où il est tout à moi, je suis heureuse. Oui, je suis traversée par un sentiment de bonheur, même si je ne ressens rien qui fasse lien avec avant. Il y a des jours où je pense *avant que je ne perde la boule*… Et ça me désespère autant que ça m'énerve. Je n'arrive pas à intégrer qu'une mère puisse oublier son enfant… Si bien que je me suis trouvé une parade : je me mens. Je me convaincs que Louis, je ne l'ai pas oublié. Je me répète que je l'ai aimé avant même sa naissance.

Et maintenant je l'aime tout simplement parce qu'il me plaît, et que nous nous entendons bien. Il agit comme si je n'étais pas tombée du train en marche et comme si je n'avais pas l'air d'une femme qui avait oublié faire partie de ce voyage. Il ne me signifie jamais que je suis différente et qu'il n'y a que moi pour ne pas le percevoir. Je ne lui ai jamais demandé pourquoi, mais j'imagine que ça lui fait du bien de voir les choses ainsi.

Louis reste lui-même, il vit sa vie d'enfant et me considère comme sa maman.

D'ailleurs, au moindre doute, c'est à lui que, en douce, je demande confirmation ou tout simplement information. Il joue le jeu. Il est beaucoup moins compliqué que tous les adultes qui m'entourent et se contente du présent. Et de faire avec.

2

Depuis mon retour dans cette maison que je ne reconnais toujours pas, j'ai passé des jours à faire le tour de ma garde-robe, de mes livres, de mes papiers, de mes chansons préférées, de mes recettes et des albums photo classés chronologiquement. Tout est rangé de manière méticuleuse et ordonnée, les livres ne sont jamais écornés ni annotés. Sur un bristol blanc à carreaux glissé derrière la couverture, Martha a rédigé une fiche de lecture et a recopié des citations portant le numéro de page et de ligne. La tranche des livres n'est pas cassée. Martha lit de grandes et de petites éditions, des écrivains connus ou pas, populaires ou pointus. Elle possède tous les grands classiques, les Goncourt et autres prix. Mais elle ne lit pas d'ouvrages politiques ou religieux. Ou économiques. Elle lit en allemand et en anglais. Très peu de science-fiction, mais elle aime la fiction, parce que je n'ai pas trouvé un seul témoignage sur les rayonnages.

Jamais elle ne donne son avis sur ces fiches. Moi, je dresse un portrait d'elle avec les citations des autres, que je combine aux confidences de mon entourage. Je suis impressionnée par la maniaquerie avec laquelle elle rangeait tout. Rien ne dépasse des étagères, Martha pliait et orientait ses sous-vêtements dans le même sens. Les chaussettes noires ne débordent pas sur les blanches. Aucune n'est de couleur ou à motifs ! Toutes sont d'une morne banalité. Quant aux pulls, T-shirts, gilets ou chemisiers, aucune extravagance…

Chaque fois que j'ouvre le dressing, je m'étonne devant les piles de vêtements alignés militairement. En réalité, ça me terrifie. Je ne me reconnais pas dans cette Martha disciplinée, qui a une prédilection pour le blanc, le noir, le crème, les variations de marron, de beige, de marine et de gris. Les tons sont variés, les textures également. Les robes, les jupes et les pantalons se déclinent de façon identique.

Si un individu lambda entrait dans ce dressing, sans une hésitation il affirmerait que Martha préfère le blanc. Il dénombrerait vingt-deux chemisiers d'un blanc impeccable. Quinze noirs. Douze gris. Tous avec le détail qui fait qu'il ne peut évidemment pas être remplacé par un autre. Il dirait que Martha, toute classique qu'elle soit, ne supporte pas les étiquettes, puisque chaque vêtement en est dénué. Elle est soigneuse, parce qu'elle les a découpées ou décousues. Martha n'a jamais eu un coup de ciseaux malheureux. Elle est délicate, elle n'aime pas ce qui gratte sa peau et, selon Philippe, elle n'aime pas appartenir à une marque, elle ne revendique rien.

Elle est un mystère qui se promène avec élégance, même en jean – vingt-quatre au total. Ce doit être sa folie… Idem pour les chaussures.

Par curiosité, depuis une bonne demi-heure, j'ai entrepris d'aligner dans l'entrée ma batterie de mocassins et derbys, derrière lesquels j'ai posé sept paires d'escarpins noirs avec toutes les hauteurs de talons. Ensuite viennent trois paires de bottines en cuir et en daim, mais noires. Quatre de bottes se déclinant du chocolat à l'ébène et, en queue de peloton, six paires de sandales des plus classiques. Puis des baskets d'un jaune vif.

Ma conclusion est : Martha n'est pas une grande sportive. D'autant que ces dernières, je me les suis offertes lors de mon séjour en Allemagne.

Je marche le long de ce drôle de chemin une, deux, trois fois, puis j'ouvre la porte qui communique avec le garage pour récupérer sur une étagère les chaussures de ski taille 38. Et m'arrête devant la boîte sur laquelle est noté au feutre noir « CHAUSSONS DE JAZZ ». Philippe me l'a déjà montrée, me disant que j'avais rangé mes chaussons à cet endroit après que ma professeure avait cessé son cours. Je ne sais plus s'il m'a dit quand, mais je reconnais l'écriture de Martha. Je récupère ce feutre et réécris dessous « CHAUSSONS DE JAZZ ». Je ne trace pas (ou plus, d'après mon mari) les Z comme Martha, pas plus que les J et les A. Les S pourraient se ressembler…

Ce n'est pas la première fois que je le constate, et ma psy Noëlle Lebrun ne s'en étonne pas. Moi j'en suis troublée. Pourtant, comme Martha, je suis droitière, ma mémoire a réactivé cela. Selon Philippe et Louis, j'incline toujours la tête un peu pour écouter, et je souris comme elle. Je me brosse les dents aussi vivement et rapidement qu'elle. Je mange, je bois, je ris, je m'étonne, je fronce les sourcils comme elle… Mais je sais que cette Martha n'a jamais rêvé, nuit après nuit, que son mari reconnaissait une autre femme qu'elle.

Je reviens ajouter ces chaussons à mon long alignement. Je sors mon portable et le photographie sous différents angles, debout puis accroupie. J'observe mes photos et la réalité. Je zoome au maximum sur les traces d'usure des chaussons de danse. Certains sont très, très usés, mais Martha les a conservés.

Pourquoi ?

J'entends le ronflement de la voiture de Philippe qui se gare. Le portail, lui, est si bien graissé que son coulissement est inaudible depuis la maison.

Je regarde l'heure, Philippe revient plus tôt que prévu, si bien que je repense à ce matin. Est-il inquiet-attentif-scrutateur à ce point ?

Je me relève quand il fait jouer sa clé dans la serrure, la porte s'ouvre derrière mon dos. Il émet un long sifflement, et je dis, figée sur mes chaussures :

– Je leur fais prendre l'air, à défaut de pouvoir toutes les emmener en balade en même temps.

Je me retourne, Philippe est souriant, détendu. Puis, avec le même geste que ce matin, il pose les mains sur mes épaules.

– C'est bien, mon amour.

Nous nous embrassons comme un couple qui vit ensemble depuis des années. Je suis ailleurs que dans ce baiser, lui non. Il fait descendre ses mains le long de mes bras. Je lui dis que je suis allée chercher Louis à l'école ce midi puis que je l'y ai reconduit avec Vincent, le fils des voisins. Qu'à l'heure actuelle, il joue chez lui, qu'ils ont fait leurs devoirs ensemble et que c'est Patricia, sa maman, qui les a ramenés de l'école.

– Ne me dis pas que tu as occupé tout ton après-midi au comptage et à la contemplation de tes chaussures ?

Je sens se déplier au fond de moi cette sournoise torsion d'énervement, alors je dis :

– J'ai besoin de savoir quelque chose.

– C'est urgent, ou je peux d'abord aller boire un verre d'eau ?

Philippe part en direction de la cuisine et je lui emboîte le pas. Je patiente le temps qu'il se désaltère et s'assied.

– Pourquoi cinq paires de chaussons de jazz ?

– C'est ça, ta question essentielle ?

– Pour moi tout est essentiel, Philippe. Et si par malheur tu étais dans ma situation, tu comprendrais à quel point le moindre détail peut être l'amorce d'une clé. Je passe mes journées à traquer ce petit détail. Je fais même des photos pour les agrandir, dans l'espoir de voir jaillir un souvenir.

Philippe attrape la boîte que je tiens encore à la main et remarque les mots que j'ai réécrits. Il relève les yeux vers moi, me dévisage pendant cinq secondes qui me paraissent infinies.

— Cinq paires, parce que tu faisais de la danse depuis bien avant que je ne te connaisse, et parce que tu es conservatrice. Je ne peux malheureusement te dire quand tu les as acquises, parce que tu le faisais sans moi et parce que je n'ai jamais surveillé aucun de tes achats.

Je sens pénétrer en moi la précision aiguë qu'il met dans cette phrase pour souligner une fois de plus que j'étais une femme libre. Il termine son verre, il est toujours souriant.

— Je t'en ai déjà parlé, tu allais danser tous les vendredis soir chez Maryline, ton amie professeure de danse à Dingy-Saint-Clair. C'était ton escapade.

— Maryline comment ?

— Maryline Servier.

Je laisse filer un instant, puis lui fais remarquer qu'il a dit « mon amie », alors que dans la liste de mes connaissances qu'il a dressée à mon retour d'Allemagne, il a simplement mentionné : « Maryline = danse ». Philippe a soudain une expression qui me saisit. Il me fait asseoir sur une chaise puis prend place face à moi, il enroule ses doigts autour des miens.

— Maryline est décédée peu de temps avant ta disparition. Début décembre.

— Qu'est-ce qui est arrivé ? dis-je, abasourdie.

Il hésite. Je répète ma question.

— Elle s'est probablement suicidée.

Alors je porte la main sur ma bouche, et Philippe avoue qu'il n'a rien dit, ni même écrit pour ne pas me choquer. Il m'enlace.

— Dans ton état… Pour le bébé.

Je m'écarte de lui.

— Pourquoi as-tu dit « probablement » ?

– Parce que son corps n'a pas été retrouvé. Seule sa voiture l'a été, au bord du Rhône, avec les clés sur le contact. C'est un endroit connu pour les suicides, les courants sont traîtres.

– Elle a laissé une lettre ?

– Non, rien. D'après les gendarmes qui enquêtaient sur ta disparition, son sac à main et son portable étaient dans la voiture. Ils m'ont dit, comme tu me l'avais dit, qu'elle aurait eu ce geste désespéré à cause d'un chagrin d'amour. Elle était dépressive et n'aurait pas surmonté cette rupture.

– Qui est le salaud qui l'a abandonnée ?

– Je n'en sais rien. Je me souviens juste que, selon toi, elle était folle d'un type qui se prenait pour un artiste et qui la faisait souffrir. Je ne peux pas te dire depuis combien de temps elle le fréquentait. Je ne t'interrogeais pas après chaque cours et je n'ai jamais rencontré Maryline, qui ne portait pas dans son cœur les financiers comme moi.

Philippe ne ment pas, ça je le vois et je le ressens. Il me dit que j'ai été interrogée par les gendarmes comme les autres femmes du cours.

– Elle avait des enfants ?

– Heureusement, non.

Il m'embrasse les mains, m'apprend que je l'avais brièvement connue alors que j'étais au lycée. Je n'étais pas proche d'elle et je l'avais perdue de vue, puis il y a cinq ou six ans, Philippe n'était pas certain de l'année, je l'avais rencontrée par hasard dans un magasin au moment où elle venait d'ouvrir son cours de danse. J'avais décidé de la soutenir, j'aimais ses chorégraphies.

– Je me souviens que tu aimais aussi son excentricité, mais que tu ne comprenais pas pourquoi elle tombait invariablement amoureuse de types qui la brisaient.

– Je n'ai pas su l'aider ?

– Martha… S'il te plaît… Pense à toi, mon amour. Pense à notre bébé. À nous.

Il caresse mon visage, me répète qu'il n'a rien révélé de cette tragédie parce qu'il voulait me protéger.

– S'il te plaît, Philippe. Ne me cache jamais rien.

– Je te le promets.

Il sort du tiroir de la table de la cuisine la liste et remplace « danse » par « amie ». Je survole les noms et m'arrête sur celui de Patricia, ma voisine et amie, pour qui il a dessiné un cœur, puis sur celui de Lisa, pour qui il en a dessiné deux, avec l'annotation : « Elle vit à Chicago depuis juillet 2012. »

De temps à autre, Lisa téléphone, me parle sur Skype ou envoie des mails. Évidemment son visage, sa voix, son rire n'ont encore rien secoué en moi, mais elle a l'élégance, comme Louis, de ne pas m'en faire le reproche.

Quand nous communiquons, elle bavarde de tout et de rien, d'elle et surtout de ses péripéties américaines. Exactement comme si rien n'avait changé entre nous. Alors oui, sans aucun doute, Lisa mérite ses deux cœurs.

Mais apprendre tout cela concernant Maryline me peine. Je repose la liste et quitte ma chaise pour remettre à leur place toutes les chaussures que j'avais consciencieusement placées les unes derrière les autres. Philippe, qui me suit, s'arrête comme moi au milieu de cet imposant alignement.

– Sacrée collection !

Je soupire.

– Je me demande si j'avais besoin de tout cela.

– Rassure-toi, mon amour, tu ne les as pas achetées en une semaine ! Certaines, tiens justement ces bottes-là, dit-il en en soulevant des marron à talons vertigineux, remontent à bien avant notre rencontre. Et soigneuse comme tu es, tu les as entretenues, cirées, bichonnées. Et (il sourit), comme tu es aussi une femme de goût, elles ont traversé les années sans se démoder.

Ce « soigneuse comme tu es » se combine au « comme tu es une femme de goût » et excite la torsion électrique en moi alors que Philippe touche du bout de sa chaussure en cuir gris ma nouvelle paire de baskets.

– J'avoue que ce jaune criard me surprend. Qu'est-ce qui t'as pris de choisir des trucs pareils ?

Me revient alors le visage de Dina, dont j'ai partagé la chambre en Allemagne. Ses traits et sa silhouette étaient très délicats. Je ne sais pas où elle avait trouvé le courage monumental de fuir son mari qui la tabassait depuis toujours. *« J'ai atteint une frontière,* m'avait-elle confié une nuit dans le noir. *Je ne pouvais plus rien encaisser. »* Son merveilleux mari lui avait fait sept enfants âgés de vingt-deux à huit ans, histoire de la garder à la maison. Seuls les trois derniers étaient au *Frauen Zenter,* dans une chambre jouxtant la nôtre. Sa fille Karin était d'une beauté à couper le souffle. En la regardant, je pouvais aisément imaginer Dina jeune.

Nous venions d'univers diamétralement opposés, et pourtant nous nous retrouvions ensemble dans la même chambre. La vie est étrange…

Je la revois marcher d'un pas décidé dans les rues de Görlitz, ce jour où elle et moi sommes sorties pour faire du shopping. Nous avions reçu cent euros chacune de l'État allemand, nous avons ri en mangeant d'énormes parts de forêt-noire. Dina raffolait des cerises craquantes. Nous avons ri encore en essayant des vêtements improbables. En fin d'après-midi, elle a fondu sur ce modèle jaune vif qui était *absolut top modisch.* J'ai vu l'étincelle d'envie dans ses yeux et j'ai eu envie d'avoir la même. J'ai payé pour nos deux paires, elle a joué les offusquées. Je l'ai ignorée.

Ce jour-là, je me suis sentie libre. Dina me manque…

Je ramasse ces baskets et deux paires d'escarpins pour les ranger. Je me fiche de respecter l'ordre de la soigneuse et indémodable Martha, et Philippe s'en amuse. Il me passe les chaussures et nous terminons en silence. Il sourit mais il m'observe. Moi, je navigue entre l'éloignement de Dina et les résonances des révélations de mon mari concernant Maryline.

Je referme les portes blanches de ce grand placard qui s'efface aussitôt dans le mur. Je reste devant, songeuse. Philippe se penche vers moi.

– C'est d'avoir parlé de Maryline qui te donne cet air sombre ?

– Oui.

Alors je lui fais face.

– Mais égoïstement, c'est aussi cette Martha qui ressemble à quelqu'un de terne. Parce que, à l'exception de mes baskets allemandes et de quelques T-shirts pastel que je devais porter pour la danse, dans toutes mes affaires, il n'y a rien qui fasse de moi une personne qu'on remarque.

– C'est faux. Je t'ai remarquée et je vois comme les hommes te regardent. Tu n'es pas une femme terne, Martha. Tu es une femme élégante et discrète. Tu es une femme appliquée et raffinée. Tu es une femme réfléchie et sensible. Tu es une femme parfaite qui sait merveilleusement choisir des vêtements qui la mettent en valeur.

J'ai envie d'avouer – et peut-être même de le crier – que je ne sais pas si je ressemble à cette femme, mais le portable de Philippe sonne dans la cuisine. Mon mari s'excuse, me donne un baiser sur le front et m'abandonne. *Une femme parfaite…* Je demeure pensive. En réalité, j'analyse l'intonation de Philippe. Qui revient pour me dire qu'il a quelques dossiers à voir avant le dîner.

Il regagne son bureau à l'étage, et après un instant à ne savoir que faire, je m'enferme dans la salle de bains. Sur l'étagère de verre sont alignés pots, crèmes, fonds de teint de marque. Dans la boîte à bijoux en verre dépoli dorment mes bagues et mes bracelets. Ils sont sans extravagance, et il n'y a aucune boucle d'oreille parce que Martha n'a pas les oreilles percées. Mes quatre montres sont suisses. Elles ont un cadran rond, en or jaune, blanc, gris ou rose pâle, les chiffres sont romains ou arabes. Le fond est blanc ou noir, les bracelets sont crème, marron ou noir. Toutes sont couchées dans un tiroir fin qui coulisse d'un doigt. Il ne manque que la cinquième – basique et sans valeur – que je portais pour aller enseigner à l'école Ariane.

J'ai probablement dû la perdre dans l'accident de voiture dont j'ai été victime… Mais où ?

En tout cas, pas dans ma voiture démolie, ni sur le parking où je suis montée dans le camion de Sacha et d'Anton. Le gendarme Martinot, que j'ai rencontré depuis mon retour, m'a bombardée de questions auxquelles je ne peux encore répondre. Comment pourrais-je expliquer pourquoi je me suis dirigée vers ce parking ? Pourquoi, alors que je rejoignais mon mari pour fêter à l'Auberge du Coche l'anniversaire de notre rencontre, je n'avais pas mis la montre qu'il m'avait offerte pour mon anniversaire en novembre dernier, celle avec l'inscription « Martha et Philippe pour la vie » ? Étais-je pressée ou en souci ? Pourtant, en quittant la maison à 18 h 15, ce 7 janvier 2013, même avec la neige, j'avais le temps d'arriver à l'heure à Saint-Julien-en-Genevois.

Martinot m'a avoué avoir harcelé mon mari qui n'avait pu que répondre être parti, comme tous les jours, de la maison avant moi. Philippe a répété ce qu'il avait déjà dit maintes et maintes fois, à savoir que j'étais d'une nature ponctuelle et que j'anticipais les choses, les déplacements, les courses au supermarché… Que dans mon sac à main en cuir noir qui n'a jamais été retrouvé, j'avais une trousse de beauté, une brosse à dents et du dentifrice. Que le rechange était celui du sac dans le coffre. Qu'il était incapable de faire un décompte précis de mes sous-vêtements… Mais qu'il pouvait dire que j'avais des lingettes démaquillantes dans ma trousse, ça il le savait. Que pour la tenue, il aimait ce pull en cachemire qu'il m'avait rapporté d'un voyage, qu'il aimait son décolleté très arrondi. Que pour cet anniversaire, le seul cadeau que nous nous offrions était cette escapade. Que pour la montre, il ne savait pas pourquoi j'avais oublié son dernier cadeau.

Au dos du boîtier, en lettres anglaises, est gravé le « Martha et Philippe pour la vie » qui aurait dû figurer à l'intérieur de nos alliances, mais le bijoutier avait omis le *H* de Martha, et Philippe les avaient refusées. En contrepartie, et pris par le temps, le bijoutier avait proposé le modèle que je porte aujourd'hui.

Les parfums sont frais. Les ombres à paupières et crayons sont *nude*, tous de la marque Lioricci, mais tous d'une discrétion… terne. Même mon 61 est désespérément marron. *Tu es une ombre, Martha.*

Cette femme dans le miroir et moi, nous nous regardons, mais je me sens seule.

Est-ce que je suis… seule ?

3

Je me réveille en sursaut à 6 heures, sous les coups du bébé qui pousse à gauche puis à droite comme s'il faisait son jogging matinal. Sa course dure quelques instants puis s'arrête net. Il s'est probablement rendormi, alors que moi je reste étendue sur le dos à penser à lui ou à elle. À mille choses. À Philippe. À Maryline… M'avait-elle parlé de sa détresse ? Avais-je été attentive ? Avais-je remarqué quoi que ce soit ? Ou bien étais-je déjà renfermée sur moi-même ?

Je tourne la tête vers le réveil et constate avec soulagement qu'il est déjà 6 h 43. Je compte les secondes jusqu'à la mélodie du réveil de Philippe et me lève en même temps que lui. Nous déjeunons en paix. Le rituel de ce matin a quelque chose de bon. Mon mari est concentré sur la réunion qui va l'absorber dès son arrivée au bureau et ne paraît s'apercevoir de ma présence que lorsqu'il m'embrasse en emmenant Louis dans son sillage.

À 9 heures, la maison est rangée, je suis douchée et habillée. J'ai enfilé une robe crème, droite, que mon ventre tend. J'hésite entre consulter Internet pour trouver une signification aux couleurs, me lancer dans une séance de shopping virtuel ou me changer. Ou… déambuler en fouinant dans tous les recoins de cette maison. Mon rendez-vous chez ma psy n'est qu'à 14 heures, je n'ai pas à m'occuper de Louis ce midi parce qu'il est en sortie scolaire au bord du lac avec sa classe, Patricia le récupérera avec son fils puis les emmènera à leur entraînement de rugby. Je n'arrive pas à décider quoi faire.

Et j'enrage de ne pas en être capable !

J'attrape les chaussons et le pyjama que Louis a laissés traîner par terre dans sa chambre au lieu de les porter dans la salle de bains. Philippe ne les a pas vus… C'est dire s'il était préoccupé par ses dossiers ! Je les jette dans le panier à linge, me redresse et, pour la millionième fois, observe mon image dans le miroir.

Je ne me déplais pas, je trouve les traits de Martha harmonieux, autant que la ligne de ses bras et de ses jambes. J'aime la courbe que prend son ventre jour après jour, la façon dont ses chevilles se nouent à ses pieds. Martha a de beaux pieds, elle avait les ongles vernis d'un rose clair. Il m'arrive en croisant d'autres femmes de regarder leurs pieds, leurs ongles, leur vernis, et de me demander si j'aimerais plutôt être elles…

Je reste sans réponse, comme aujourd'hui.

Je me brosse les cheveux, les soulève sur le haut de ma tête, les enroule comme un chignon banane, les laisse retomber. En quatre mois, ils ont pris quatre centimètres. Je pourrais les natter, les remonter en queue-de-cheval haute, faire des couettes… Dina le faisait en riant. Dina me manque… Que ferait-elle si elle était dans cette salle de bains ?

Elle se mettrait de mon rouge à lèvres de luxe. Elle pincerait les lèvres pour le lisser, elle vérifierait, elle sourirait de pouvoir enfin se le permettre sans avoir à fournir une explication à tout.

Je fixe les deux tubes de Lioricci posés côte à côte. Il y a celui que j'ai retrouvé ici et celui que j'avais dans la poche de mon manteau. Je prends ce dernier entre mes doigts, ferme les paupières et le caresse. Selon Philippe, c'est moi qui l'ai acheté parce que lui-même ne m'offrait que les parfums que j'aimais. « *Je ne me permets pas de t'imposer un maquillage.* » Il n'a pu me dire si j'avais l'habitude de mettre mon rouge à lèvres dans mes poches plutôt que dans la trousse que je laissais dans mon sac. « *Je ne les inspectais pas, Martha. Je ne te surveillais pas.* » Maintenant, j'ai le sentiment qu'il m'étudie même si je comprends son inquiétude. « *Si j'avais disparu, que ferais-tu, Martha ?* » Comme lui, j'aurais probablement tout épluché, oui absolument tout. Comme lui, j'aurais peur qu'il se perde à nouveau… Que ce noir déborde sur notre présent.

Mais je ne sais pas si je voudrais retrouver la vie que nous avions ou bien en recommencer une nouvelle.

Le tube danse entre mes doigts. Étais-je si attentive à mes lèvres ? Ou ce tube-là avait-il une importance particulière pour que je le mette dans la poche de mon manteau, et non pas dans mon sac à main ? Ce rouge à lèvres brun est très peu usé et donc récent… Alors je repense aux promotions que Martha Klein reçoit dans sa boîte mail. Toutes proviennent de la même parfumerie à Annecy.

Avant de réfléchir davantage, j'enfile des mocassins en daim noir, et veux prendre les clés de la nouvelle Golf blanche que Philippe m'a offerte, mais je ne les trouve pas dans le vide-poche en bois exotique rare, cadeau de sa mère. J'inspecte mon sac à main, puis les poches de mon trench où je les retrouve enfin dans la gauche. Je ne me souviens pas les y avoir glissées. Qu'importe, je sors.

Quand Philippe m'a demandé quelle voiture je voulais, j'ai opté pour le même modèle que celui que je conduisais, espérant y retrouver des souvenirs. Cependant, à ce jour, ni le bruit du moteur ni la souplesse de la boîte de vitesses n'ont percuté quoi que ce soit. Mais je sais conduire en respectant le code de la route, comme je sais coudre sans me piquer, faire du vélo sans tomber, nager et danser.

Je n'allume pas le GPS et me dirige rue Sommeiller. J'ai appris à me rendre de Veyrier-du-Lac où nous habitons, à Annecy. Mon sens de l'orientation fonctionne à merveille, et je retrouve sans peine la rue où mon mari m'a conseillé de me garer. Je la descends, aucun visage ne me souffle son nom.

À peine je passe la porte de la boutique qu'une jeune vendeuse pâlit en me reconnaissant. Elle se précipite pour me dire combien elle avait été attristée de découvrir dans le journal ce qui m'était arrivé.

– Comment allez-vous ?

– Je suis amnésique, vous savez.

– Oui, je l'ai lu… Ce doit être difficile pour vous.

– C'est très troublant.

– Mais vous avez de la chance d'avoir un joli ventre ! fait-elle.

Je sais que cette jeune femme est d'une nature optimiste, ce n'est pas ma mémoire qui le dit, mais ce qu'elle dégage.

– Oui, c'est une chance.

– Et c'est pour quand ?

– Tout début octobre.

La jeune femme prend des nouvelles de mon mari qu'elle n'a pas vu depuis longtemps, elle bavarde comme une pie mais je n'apprends rien de croustillant. Elle ne peut qu'affirmer ma fidélité en tant que cliente. À la marque Lioricci, également. Je sors mon tube et demande si elle sait quand je l'ai acheté. Je prie pour qu'elle me donne une date qui m'illumine et pose les mains sur mon ventre pendant que cette Natacha continue ses recherches. Puis, souriante, elle annonce :

– Votre dernier achat remonte à octobre dernier. C'était une crème de jour et un crayon.

– Peut-être est-ce mon mari ? je questionne pour voir si Philippe m'a dit la vérité.

– J'ai vérifié sa carte de fidélité et, voyez, il n'y a pas non plus de Lioricci 61. Ce qui veut dire que lui ou vous l'avez acheté… ailleurs. Vous nous avez fait une infidélité, madame Klein !

– Je ne crois pas que c'était mon style.

– Si vous me permettez, ça me surprendrait aussi beaucoup ! ajoute-t-elle en riant. Vous êtes, pour nous, un modèle de… comment dire ?

Le nœud en moi se resserre.

– Je veux dire que vous êtes une femme à qui beaucoup d'entre nous aimeraient ressembler, madame Klein. Quelqu'un de bien.

Je quitte Natacha et la parfumerie, avec ce *quelqu'un de bien* qui devait assez émaner de moi pour que son personnel le sente. Mon moral ne remonte pas en flèche, mais oui, je veux juste être quelqu'un de bien, et non pas quelqu'un de parfait. Je veux être quelqu'un qui est bien dans sa peau. Qui fait ce qu'elle aime. Qui porte ce qu'elle aime…

Je m'arrête devant une boutique de vêtements pour femmes enceintes où trône en vitrine une tunique évasée rose vif. Je la trouve si belle que j'entre, l'essaie, la garde sur moi. Je repars avec une autre à fleurs bleues et vertes, une jupe adaptable en jean, une robe blanche dos nu pour l'été, une autre en coton fluide bleu pervenche comme le ciel d'aujourd'hui. Je déjeune dans un petit restaurant, en terrasse. Je prends des *penne* au saumon. J'aime tout, aucun aliment ne me dégoûte, à la différence de ma précédente grossesse.

Selon Philippe et sa mère, Martha ne pouvait même pas entendre ou imaginer le mot poisson sans avoir une terrible nausée.

Ma psy m'écoute et je lui parle aisément des sensations de mon corps qui change. Je confie que cette grossesse joue un rôle essentiel dans ma vie d'amnésique, que si je n'avais pas été enceinte, je ne sais pas si j'aurais agi et pensé comme je le fais. Que cette séance de shopping… me donne le sentiment surprenant de passer de l'ombre à la lumière.

– Mais je ne me sens pas naître, et encore moins renaître.

– Qu'est-ce qu'une naissance pour vous, Martha ?

Je réfléchis sérieusement.

– Lorsque ce bébé viendra au monde, il aura des souvenirs de sa vie *in utero*, et nous l'accueillerons tel qu'il est. J'ai le sentiment de vivre exactement le contraire. On attend que je sois une femme qui existe déjà, alors que je n'ai aucune mémoire.

– Si. Vous en avez une, Martha. Et si vous savez encore tout ce qu'il faut pour vous débrouiller dans la vie quotidienne, c'est parce que vous en avez la mémoire. À cause de votre accident, vous n'avez malheureusement pas accès à une partie de cette mémoire, mais elle est en vous. Et nous travaillons à la faire revenir.

Une brassée de secondes plane, s'étire, puis Noëlle se lève parce que c'est la fin de ma consultation. Je me dirige vers la porte. Nous nous serrons la main, je suis perplexe et ma psy le voit.

– À quoi pensez-vous, Martha ?

– Je pense que ma mémoire s'est enfuie.

Ma psy ne me reprend pas, elle a un sourire qui remonte le coin gauche de ses lèvres plus que le droit, puis elle me demande si je fais encore ce rêve où Philippe revient à Veyrier avec une autre femme que moi. Je lui réponds que oui, mais pas toutes les nuits.

– Du moins, dis-je en soutenant son regard, si ce rêve se répète chaque nuit, je n'en ai pas systématiquement le souvenir. Et jamais il ne me réveille en sursaut.

– C'est rassurant que vous exprimiez votre état sans l'affronter comme un cauchemar.

– Ne vaudrait-il pas mieux que j'en sois effrayée ?

N'est-ce pas justement un cauchemar que de l'accepter sans se révolter ?

Noëlle touche ma tunique rose.

– Mais Martha, vous vous révoltez.

Je suis partie du cabinet sur ces mots et je n'ai plus pensé à rien. Je reste sur ce sentiment de passer de l'ombre à la lumière. Je me le répète comme un mantra sur le trajet, jusqu'au stade de rugby où je récupère mon fils sale, en sueur et se plaignant de son jeu. Il bavarde avec Vincent, je n'existe pas.

Il n'était pas en jambes pendant l'entraînement et claque la portière sans un commentaire pour ma tunique. Alors, en refermant la porte de la maison, je demande :

– Comment tu me trouves ?

– Quoi ?

– Tu ne remarques rien ?

– Ben, si ! C'est chouette de te voir déguisée ! On mange quoi, ce soir ?

– Une assiette de rien, mais avec du beurre dedans.

– Super !

Sur ce, il s'élance vers la cuisine où il dévalise les placards, puis éjecte son père qui vient de rentrer.

– Fils ! Qu'est-ce que tu fais avec tous ces gâteaux à cette heure ?

– Des réserves pour l'hiver !

Philippe essaie de saisir son bras au passage, mais habilement Louis l'esquive et disparaît dans l'escalier en riant. Mon mari revient vers moi. Il me dévisage des pieds à la tête, puis me tourne autour.

– Finalement, ça te va bien au teint. Et puis, si c'est une fille, on dira que tu avais eu une belle intuition.

– Je ne sais pas si c'est à cause de ma grossesse, mais j'ai envie de changer les couleurs de ma garde-robe. Ça me déprime tous ces blancs, ces gris, ces noirs et ces tristes beiges. Et, dis-je en désignant le sac que j'ai déposé à l'entrée du séjour, j'ai dépensé une fortune.

Un à un, Philippe sort les vêtements que j'ai choisis. Il les place devant moi, épouse mon ventre en les plaquant dessus. Il ne fait aucune remarque sur les prix, ne les regarde même pas et ne me demande pas de les essayer. Il sourit, ses yeux sont d'acier.

– Ne change pas trop vite, quand même… Je ne voudrais pas un soir, en revenant à la maison, ne plus te reconnaître.

Quelques jours plus tard, je plante ici et là dans le jardin des pieds d'hortensias rouges et violets, ainsi que des tulipes de toutes les couleurs. Le vendeur de la jardinerie m'a conseillé des rosiers que j'ai refusés. Il a dit, sûr de lui :

– Vous n'avez pas envie que votre enfant se blesse.

J'ai souri, mais je suis rentrée chez moi focalisée sur ma réponse si catégorique, alors que ma mémoire demeure noire et compacte, m'interdisant tout accès. Je sens la tension poindre. Je fais dévier ma pensée et décide de prendre rendez-vous avec un artisan pour qu'il repeigne la chambre du futur bébé de couleurs acidulées.

Je monte à l'étage, inspecte les murs, les imagine en bleu, vert. Peut-être des dégradés ou une alternance d'un mur à l'autre. Un peu comme le lac. Qui est mollement gris aujourd'hui.

Je resdescends dans le séjour dont l'immense baie vitrée fait entrer la lumière de ce ciel lourd, bas et chargé dans toute la pièce. Je n'allume pas. Elle m'enveloppe comme la couverture de Sacha et j'ai l'impression d'être au bord du lac. La pluie se met à tomber. Quelques minutes plus tard, bien au-delà de la ligne montagneuse qui se dresse de l'autre côté du lac, monte un grondement sourd.

Je sais qu'un orage se prépare, je sais ce qu'est un orage. C'est pourtant le tout premier depuis que je…

Le tonnerre se rapproche et je n'ai plus de pensée.

Je me colle à la baie vitrée. Des reflets métalliques dansent sur l'eau. Les nuages s'enchevêtrent, se dévorent, disparaissent les uns sous les autres et absorbent la lumière. Trois éclairs tombent en cascade, mais l'orage se tait comme s'il n'arrivait pas à franchir la barrière de la montagne. Je ne sais si j'aimais ou si j'aime ces reliefs, je n'arrive pas à retenir le nom du massif en face, ni de celui qui se dresse derrière moi. Je ne ressens rien pour eux. Je les vois comme une muraille confinant le lac.

D'un coup, le vent emporte les nuages, et la lumière réapparaît doucement.

Le lac reprend des tonalités de bleu de part et d'autre. Je ne bouge pas, je ne vois que lui. Ses couleurs ne sont jamais les mêmes d'une heure à l'autre. C'est un tableau vivant qui me fascine depuis mon retour, et je suis heureuse de savoir qu'avant, je l'aimais. Il est un ancrage. Il illumine cette pièce à toute heure et je ressens sa lumière sur ma peau. Je passe d'un mur à l'autre, où trois toiles abstraites sont accrochées. Deux moyennes sur le mur au-dessus du buffet, et une beaucoup plus grande sur le mur opposé. Je reviens sur le lac, puis je me tourne vers le mur nu qui lui fait face.

J'ai envie d'y suspendre un tableau immense qui prendrait vie quand la nuit tombe, quand le lac disparaît dans l'obscurité.

J'ai envie…

Je n'ai pas la moindre idée de mes envies, mais j'ai cette envie.

Et à cet instant, devant cette eau qui joue avec les couleurs, qui passe du gris au bleu-vert, qui fait naître cette envie, je me sens redevenir vivante. *Moi ?*

La couleur du noir de Chine

1

Cinquante jours. C'est le temps pendant lequel je suis restée en Allemagne. À l'hôpital où on m'avait conduite, j'ai réalisé comme tous ceux qui étaient autour de moi que je comprenais parfaitement l'allemand. Je ne souffrais d'aucune fracture. Mais au vu des couleurs de l'hématome sur mon front et de celles des ecchymoses sur le haut de mon corps, la doctoresse a conclu que j'avais très certainement eu un accident de voiture une journée avant qu'on me retrouve. Et que je devais être au volant d'après les marques laissées par la ceinture de sécurité. Sur le bas de mon corps, seule ma jambe gauche portait des bleus de tailles différentes. Les griffures sur mon poignet droit n'étaient pas le fait d'un individu. La doctoresse a eu un regard franc pour me dire que l'airbag était probablement responsable de mon traumatisme crânien, qui expliquait mon amnésie et mon impossibilité à articuler un son.

Et que j'étais enceinte.

– Un bébé de Noël… Un cadeau de la vie, parce que par miracle il n'a pas souffert, a-t-elle dit avec un sourire dont je me souviens précisément.

Je n'arrivais pas à raisonner ou penser. J'étais dans le noir compact et dense qui envahissait mon âme et qui effaçait tout. Je regardais les lumières rondes du plafond pendant que la doctoresse m'auscultait. Sa voix me paraissait lointaine, j'avais l'impression qu'elle s'adressait à une autre personne que moi. Je n'ai eu aucune réaction quand elle a dit que je n'avais pas subi d'agression sexuelle. Mais je suis revenue dans ses yeux lorsqu'elle a affirmé que cet enfant, dont je ne ressentais rien, n'était pas mon premier. Alors, j'ai répété :

– *Nicht das erste.*

Je venais de dire ma première phrase.

Ces trois mots certifiaient que j'étais allemande. Ma voix ne semblait pas m'appartenir. Elle a réjoui la doctoresse, moi, elle me paniquait.

Tout me paniquait et personne ne semblait me rechercher dans l'Allemagne entière, si vaste. J'avais répété cette phrase, je comprenais l'allemand, donc j'étais une femme allemande. Il m'a fallu plusieurs jours pour pouvoir enfin dire autre chose.

C'était très difficile pour moi de faire en sorte que mes idées arrivent jusqu'à ma bouche ou ma main. Je recopiais mais ne pouvais composer une phrase. Encore moins retrouver le geste pour tracer mon prénom. Ça me terrifiait.

Kerstin, la jeune policière que j'avais rencontrée sur l'aire d'autoroute, a tenu à s'occuper de mon dossier. Elle avait un visage long, des cheveux fins du même brun que les miens, une voix délicate. Elle choisissait son vocabulaire pour m'expliquer qu'ils recherchaient une voiture accidentée, qu'ils interrogeaient les hôpitaux pour voir si des blessés y avaient été conduits. Que, parfois, des adultes disparaissent volontairement… Que des couples divorcent et gardent leur alliance… Que des accidents arrivent tous les jours sur les routes d'Allemagne… Que des enfants malheureusement perdaient la vie… Je songeais que le – ou les miens – n'étaient peut-être plus de ce monde, et je regardais Kerstin dire que la vie des femmes et des hommes ici-bas est parfois compliquée, merveilleuse ou cruelle… Que j'étais en vie et que tous ici – et elle en particulier – faisaient le maximum pendant que moi, je le faisais aussi pour coopérer.

J'ai vécu ces premiers jours dans une frayeur et une nuit dévorantes. J'ai vécu au rythme des portes qui s'ouvraient puis qui se refermaient, et des nuages défilant dans le ciel. Je ne savais pas si je les aimais avant, mais j'étais certaine que les poètes les aimaient. Je savais ce qu'étaient des poètes sans pouvoir en citer un. Je pouvais utiliser des couverts, un dictionnaire, je répondais au prénom de Hanna, qui était celui de la sœur de Kerstin.

Je comprenais très bien la détresse de ma situation et de la vie dans laquelle j'allais emporter un bébé.

Ce bébé multipliait mes angoisses et je faisais semblant de croire qu'un jour, quand l'hématome intracrânien se serait résorbé, je pourrais dire « mon bébé ». Me concentrer déclenchait des migraines vertigineuses, regarder la danse des nuages dans le ciel me donnait envie de pleurer.

Il ne se passait pas une heure sans que je pense à l'enfant ou aux enfants que j'avais. Où étaient-ils ? Qui étaient-ils ? Je recomptais sans cesse les cinq diamants de mon alliance. Ils avaient chacun des éclats différents. Pourquoi y en avait-il cinq ? Qui était l'homme auquel j'étais – ou j'avais été – mariée ? Qui était-il pour m'offrir une si belle alliance ? A-t-il acheté le pull noir en cachemire épais, le pantalon en velours doux, les bottines au cuir fin ? Pourquoi ne me cherchait-il pas ? Était-il avec moi lors de l'accident ? Combien d'accidents avaient eu lieu ce jour-là ?

Kerstin m'avait appris que des hommes, des femmes et des enfants avaient malheureusement perdu la vie, mais ils avaient une famille. Pourquoi, de cette vie que j'avais eue avant, rien ne remontait ? Cet homme, mon mari, était-il lui aussi en errance quelque part ? Étais-je transparente au point de disparaître ? Avais-je voulu disparaître ? D'où est-ce que je venais ? Avais-je été agressée ? Pourquoi aucun de mes vêtements ne portait d'étiquette ? Où était ce mari ? Étais-je avec mes enfants dans la voiture ? Que leur était-il arrivé ? M'étais-je échappée après avoir été enlevée ? Pourquoi m'étais-je retrouvée dans la remorque de ce camion ?

Les questions se démultipliaient et dévoraient les heures… Et je pensais sans cesse à cet homme que j'avais épousé et à ces enfants que j'avais eus avec lui. Que je les avais aimés et qu'eux aussi m'avaient aimée…

L'amnésie est un mystère pour la médecine, et je demeurais un mystère pour moi-même chaque fois que je me regardais dans un miroir. Mais il y avait deux idées auxquelles je m'accrochais de toutes mes forces pendant les premiers jours : *J'ai survécu, et je suis enceinte.*

Et puis, on m'a transférée au *Frauen Zenter*, où j'ai partagé la chambre de Dina. Les migraines dont je souffrais s'estompaient, et comme Dina le disait : « Ta vie, comme la mienne, va dans le bon sens. » Je suis restée sans voix devant elle qui avait accepté sans rien dire la bestialité d'un homme, et je n'ai jamais osé demander quel était le bon sens à cette femme que son mari avait frappée pendant vingt-deux longues années.

Je ne l'admirais pas pour son endurance, mais pour son courage d'avoir fui loin de lui.

Dans ses yeux, il y avait de l'espoir. C'est elle qui m'a aidée à tenir. Je ne sais pas comment elle s'y prenait, mais elle me transmettait sa force. Et quand il nous arrivait de rire ensemble, je crois que j'aurais pu rester indéfiniment dans ce centre, je m'y sentais à l'abri.

Mes nuits étaient éclatées entre des phases d'un sommeil auquel je ne pouvais résister et des heures blanches que je remplissais par des vies que je m'inventais. Puis que je jetais, comme on balance un brouillon au lever du jour.

Dina et moi jouions aux cartes avec deux autres femmes dans la cuisine, quand Kerstin est entrée, plus souriante que d'habitude. Elle brandissait des photos et des papiers, victorieuse.
– Vous ne vous appelez plus Hanna, mais Martha Klein, et votre mari s'appelle Philippe. Il va venir vous chercher demain. Vous avez un fils !
– Un fils ?
– Oui, de dix ans. Il s'appelle Louis. Comme un petit garçon *français*.
Elle avait appuyé sur le mot, elle me fixait en souriant.
– Vous parlez allemand parce que votre maman est alsacienne. Nous allons téléphoner à votre mari et il va vous expliquer toute votre vie.
– Il parle allemand ?

Kerstin n'a pas répondu, son sourire s'est figé, puis s'est étiré, et Dina a éclaté de rire. Alors j'ai réalisé que je venais de m'exprimer en français. Les rouages de mon cerveau avaient déverrouillé une porte… Mais une seule.

En à peine deux minutes, je suis passée de Hanna X à Martha Marie Louise Wiskiewitz, épouse Klein. J'étais née le 30 novembre 1979 à Tschugg en Suisse alémanique, de parents français, et je vivais à Veyrier-du-Lac, sur les bords du lac d'Annecy, avec mon mari Philippe Louis Jean Klein, directeur adjoint d'un cabinet financier à Genève. Notre fils, Louis Bertrand Michel, était âgé de dix ans.

J'étais professeure de français à l'école Ariane de Thônes. J'avais enfin une identité et une famille, je n'avais ni sœur ni frère et mes parents étaient tous deux décédés.

Au milieu de la joie qui s'est mise à flotter en moi, je me souviens encore du sentiment de peur qui, brusquement, a occulté tout le reste. Les larmes me sont montées aux yeux. Toutes les filles du *Frauen Zenter* ont probablement pensé que je pleurais de joie. Moi, je savais que c'était de peur.

Parce que mon identité, celles de mon mari et de mon fils n'avaient rien illuminé en moi, et n'avaient pas comblé le gouffre au bord duquel j'avais réussi à m'asseoir.

D'après les explications de Kerstin, c'était à cause de la neige que j'avais disparu. Elle était tombée avec une telle abondance dans la région que ma voiture n'avait pu être localisée. J'avais eu un accident sur une petite route qui longe l'A40, ce 7 janvier 2013 alors que je devais rejoindre mon mari dans la très belle Auberge du Coche à Saint-Julien-en-Genevoix où, comme tous les ans, nous devions fêter l'anniversaire de notre rencontre.

Mon mari suppose que j'ai choisi cet itinéraire pour éviter les embouteillages provoqués par la neige à Annecy. Il m'arrivait, comme il lui arrivait, de le faire. Ma voiture a quitté la chaussée après avoir glissé, à cause d'une vitesse excessive. Elle a dévalé une sorte de ravin et s'est encastrée dans un bosquet. Elle a été rapidement recouverte, et sa couleur blanche n'a pas facilité son repérage. Il a fallu que cette neige fonde pour que ma Golf réapparaisse et que j'aie enfin un nom.

Pour la gendarmerie, l'accident a eu lieu sans témoin. J'avais eu beaucoup de chance de ne pas avoir été plus grièvement blessée, parce que j'avais dû faire un tonneau, les vitres avaient explosé. L'endroit n'étant fréquenté ni par les pêcheurs ni par les chasseurs en cette saison, c'est un chiot qui, en se sauvant depuis une aire de repos sur l'autoroute située de l'autre côté du ravin, avait entraîné la découverte de ma voiture.

Probablement désorientée par l'accident, j'étais parvenue à m'extraire de mon véhicule et à remonter la pente. De fait, j'avais emprunté exactement le même trajet que ce chiot, mais en sens inverse. Et au lieu de regagner la route que je suivais, j'avais atteint une aire d'autoroute où je m'étais glissée dans la remorque d'un camion. Pourquoi ? Je n'en sais rien, parce que je n'ai aucun souvenir de cet accident non plus.

Sacha et Anton ne m'avaient trouvée que le lendemain à Görlitz. Quelques semaines plus tard, la neige fondait. Le printemps s'annonçait, et je devais renaître.

On ne sait toujours pas ce qu'il est advenu de mon portable, ni de mon portefeuille, mon sac à main, ni de tout ce qu'il contenait. Grâce à la collaboration de mon opérateur téléphonique, mes interlocuteurs avaient tous été identifiés. La gendarmerie m'a demandé de surveiller mes comptes en banque. Peut-être qu'une nouvelle Martha Klein ressurgirait un jour, mais celle-ci ne serait pas celle que j'habite.

C'est un policier suisse, Marcus Beinhard, qui a été le premier à faire le lien entre la photo d'une femme amnésique retrouvée en Allemagne et une Martha Klein qui n'était jamais revenue chez elle en France. Il travaillait sur une enquête concernant des femmes disparues, dont les voitures avaient été localisées dans un grand périmètre autour de Genève. Quatre, à ce jour, avaient été retrouvées. Elles avaient malheureusement été violées puis assassinées et leurs corps enterrés en forêt. Après, les choses se sont emballées d'une certaine manière.

J'ai regardé les photos que Kerstin avait apportées, les documents qui prouvaient mon identité et mon mariage. Elle a vu de ses yeux que je ne reconnaissais pas Philippe, que Louis m'était complètement étranger. C'est elle qui a appelé l'homme qui ne pouvait être que mon mari. Ils se sont exprimés en allemand, j'ai compris évidemment tous les mots, mais ça n'allait pas plus loin.

Ces mots n'éveillaient pas la moindre parcelle d'émotion. Ils pénétraient mon âme et s'y perdaient dans l'obscurité.

Kerstin est restée près de moi pendant que Philippe me racontait notre vie jusqu'à cette journée du 7 janvier 2013. Il a évoqué l'enquête dont il a fait l'objet. Il avait une voix pleine d'émotions, il m'a dit qu'il n'avait pu décrire ma tenue parce que, ce matin-là, il avait un rendez-vous très matinal et n'avait pu venir avec moi pour accompagner Louis au bus pour son départ en Italie. Philippe avait cependant laissé un mot à côté de mon bol, que la gendarmerie a récupéré dans les ordures. Ce mot portait mes empreintes.

Puis il m'a passé Louis, qui m'a appelée « Maman ».

Dans mes mains, je tenais les quelques photos imprimées en A4 de notre couple amoureux et heureux, et celles où Louis était dans mes bras. J'ai baissé les yeux sur ces images, j'ai pleuré parce que je ne ressentais rien. Mais j'ai dit :

– J'accepte que tu viennes demain.

2

Et si je… fuyais ?

Cette question m'a hantée pendant toute cette nuit pendant laquelle je n'ai pas pu fermer l'œil. Comment aurais-je pu m'endormir en me réjouissant d'avoir une vie de rêve, quand je ne savais pas ce que ça voulait dire ? Minute après minute, je n'ai fait que repasser mentalement l'arrivée de Kerstin, ma conversation avec Philippe et Louis. Je me suis relevée et assise dans le couloir devant ma chambre, où j'ai longuement étudié les documents que la policière m'avait laissés.

Je me suis observée et observée sur les photos de notre mariage. Sur celles où je tiens Louis à sa naissance et sur celles de Noël dernier où je suis dans les bras de Philippe. Comme la veille, je n'éprouvais rien devant cette femme qui, sur quasiment toutes les photos, a une queue-de-cheval, qui sourit en regardant l'objectif. Je ne comprenais pas son sourire et j'étais assaillie par une peur terrible ne générant qu'angoisses et doutes. Je me suis recouchée dans le lit à côté de celui de Dina, et j'ai pensé à sa vie, à celle qui m'attendait.

J'ai songé que j'étais chanceuse d'être vivante, d'être enceinte et de retrouver enfin ma famille.

J'étais aussi impatiente qu'affolée. La matinée n'était pas assez longue, puis trop. Je pliais et dépliais les trois pantalons et les quatre pulls. Je voulais les suspendre à nouveau. Puis, d'un coup, les heures filèrent beaucoup trop vite. À 13 h 30 précises, Philippe et Louis sont entrés au *Frauen Zenter*. Je les ai aperçus en premier depuis l'étage. Philippe tenait un bouquet de roses rouges et un sac d'une main et Louis de l'autre. Je ne les ai reconnus que grâce aux photos et je les ai trouvés très beaux.

Eux m'ont reconnue à la première seconde, je l'ai vu.

Louis a eu exactement la même expression coquine que sur les images. Philippe était très élégant. Même avec un jean. Il portait un manteau marine sombre à la coupe soignée, et dans sa démarche il avait un petit quelque chose d'aristocratique. J'étais impressionnée. Je me suis sentie intimidée quand son regard a croisé le mien.

Moi qui avais tant espéré que notre rencontre balayerait l'obscurité, comme l'annonce de Kerstin avait réveillé ma faculté à m'exprimer en français, je n'ai rien ressenti d'autre qu'un vide absolu, une infinie tristesse et un désespoir cinglant. Pourtant, j'ai ouvert les bras quand Louis a cavalé pour se jeter sur moi, et instinctivement je l'ai serré très fort.

Je voulais éprouver quelque chose pour mon fils. Je voulais tant que mon corps en ait la mémoire, qu'il réagisse à son odeur…

Mais non. J'ai respiré et regardé mon enfant comme un étranger, et j'ai eu honte. Quand Philippe m'a prise dans ses bras, je n'ai pas enroulé les miens autour de lui. Je ne pouvais détacher mes yeux de Louis. Il ne pleurait pas. Il s'est assis sur mon lit et a déballé tous les dessins qu'il avait faits….

– … pour que tu reviennes vite, Maman.

J'ai pris sa main. Oh ! Comme j'aurais voulu lui dire qu'il m'avait manqué à moi aussi, seulement je suis restée muette. Je les ai écoutés en regardant les albums photo que Philippe avait apportés. J'imaginais les scènes qu'ils me racontaient et me suis promenée dans l'immense maison dans laquelle je déambule encore, sans y retrouver ma vie.

Notre rencontre avait eu lieu le 7 janvier 2001, lors d'un baptême. Philippe avait eu le coup de foudre pour moi, sa mère lui avait pris le bras et ils s'étaient présentés. Je venais d'avoir vingt et un ans, Philippe en avait alors vingt-huit. Les semaines suivantes, il m'avait fait une cour assidue, et j'ai dit oui quand il a demandé ma main. Un an après, nous nous sommes mariés, j'étais enceinte comme aujourd'hui. J'ai poursuivi mes études puis, alors que Louis était bébé, j'ai passé le CAPES. Selon Philippe, j'ai toujours voulu enseigner et j'aimais profondément mon métier.

D'abord, nous avons habité dans son appartement à Annecy. Lui travaillait déjà à Genève, dans une grande banque. Il a intégré un cabinet financier de renom, et moi, quand Louis a eu deux ans, j'ai obtenu un poste à mi-temps dans un lycée de Bonneville. Quelques années plus tard, lorsque j'ai su que l'école Ariane recherchait une professeure de français, j'ai postulé.

Toujours selon Philippe, j'avais envie d'enseigner de manière différente et d'aider des jeunes aux parcours accidentés. Il n'était pas enchanté que je côtoie un tel public, mais il comprenait l'ambition et le défi. Quand il m'a dit cela, je n'ai pas compris le lien entre le défi, l'ambition et l'envie d'aider des jeunes, mais je n'ai pas insisté. Pas plus qu'en l'écoutant me confier combien nous trouvions drôle que moi, qui étais née en Suisse, je travaillais en France, alors que lui occupait un poste très prometteur à Genève.

Non, je n'ai pas pensé que c'était hilarant, j'ai voulu qu'il me donne plus de précisions, j'avais besoin de concret. De détails qui pourraient faire tilt dans mon obscurité. J'avais lu qu'ils avaient rendu la mémoire à certains amnésiques, je priais qu'il en soit ainsi pour moi, j'étais persuadée qu'un détail ferait la différence.

Philippe m'a appris que ma mère s'appelait Marcelle Burgmeister, et qu'elle avait épousé mon père, Jacques Wiskiewitz, un Français d'origine polonaise, le jour de ses dix-huit ans. Ils s'étaient installés en Suisse, où il était boulanger. Mais il souffrait d'allergie à la farine, alors à mes deux ans ils étaient revenus en Haute-Savoie pour travailler tous les deux dans une grande entreprise de matériel de ski. J'étais fille unique parce que, après ma naissance, ma mère n'a jamais pu retomber enceinte. Mon père a fait une embolie pulmonaire quand Louis a eu un an.

– Et ma mère ?

– Elle nous a quittés aussi. Il y a un peu plus de trois ans.

– Elle était malade ?

– Non, son cœur s'est arrêté dans son sommeil… Ça a été un moment très difficile pour toi. Enfin, pour nous tous.

– J'étais proche d'elle ?

– Tu l'adorais et elle t'adorait. Vous étiez très complices.

– Elle habitait où ?

– À Beaulieu ! a lancé Louis.

– C'est à environ quinze kilomètres d'Annecy, a précisé Philippe.

– Dans une maison ?

– Oui.

– Je veux la visiter.

Philippe n'a pas répondu immédiatement, mais avec son silence, j'ai compris qu'elle ne m'appartenait plus.

Louis s'est installé à la table et s'est mis à dessiner cette maison derrière laquelle s'étendait un bois immense pendant que Philippe expliquait que des clients suisses en cherchaient une dans un village calme et que, comme celle de mes parents se délabrait, j'avais donné mon feu vert.

– Nous avons coupé la propriété en deux parcelles, et réalisé une affaire financière exceptionnelle, rien qu'avec la première. Le bois t'appartient toujours.

– *Tu* as réalisé, ai-je corrigé.

– *Nous*, a-t-il repris. (Son regard m'a saisie, il était direct.)

J'ai trouvé les clients, mais l'argent est à toi. Je t'ai fait faire un très bon placement, Martha.

Sa voix qui prononçait ce « Martha » m'a troublée, mais uniquement parce que cette Martha m'était étrangère. Je me suis levée et postée devant la fenêtre de la chambre qui était mon univers, celui que je maîtrisais. J'ai essayé de me concentrer pour savoir si, moi, je pouvais avoir souhaité vendre la maison de ma maman pour réaliser une *exceptionnelle* opération financière. Et l'idée d'être cette personne ne m'a pas plu.

Philippe m'a rejointe et, avec beaucoup de douceur, m'a prise dans ses bras. Je me suis laissé enlacer. Il m'a dit que les propriétaires accepteraient certainement que je la visite. J'entendais les battements de son cœur et les coups de crayons de mon fils, qui – je ne pouvais le nier – avait hérité de mon nez, de la forme de mes yeux et de la couleur de mes cheveux.

Sans frapper, les enfants de Dina sont alors entrés, et leur mère arrivant derrière s'est excusée de nous déranger. Louis m'a tendu son dessin.

– La maison de Mamie avait des portes et des volets marron. La peinture tombait quand tu la touchais. Derrière, il y a le grand bois avec plein de ronces.

– Il est vraiment à l'abandon, a poursuivi Philippe.

Les enfants de Dina se sont approchés pour voir ce dessin et leur mère a prononcé le mot *« ice cream »*. Louis a relevé la tête vers moi en premier et je me suis entendue l'autoriser à la suivre. Je ne me suis pas sentie sa mère mais j'ai été traversée par un sentiment de bonheur. C'est ce sentiment qui a fait monter puis déborder mes larmes.

Quand la porte s'est refermée, Philippe a pris mon visage entre ses mains.

– Je suis désolé de ce qui t'arrive. Je vais t'aider et nous allons retrouver notre vie.

Il avait envie de m'embrasser, mais il ne l'a pas fait. Et d'une voix qui m'a émue, il a poursuivi :

— Martha, nous sommes une famille et nous allons avoir un autre enfant. Je suis si heureux de te retrouver… Ta disparition… Si tu savais dans quel état j'étais, et le nombre de conneries que j'ai faites au cabinet. Si tu savais ce que j'ai traversé… J'étais effondré. Je n'étais plus maître de rien. J'ai eu si peur, quand on a retrouvé ta voiture accidentée…

Je regardais la couleur bleu-gris mate de ses yeux, il était sincère. Ça, même amnésique, je le comprenais.

— Nous allons y arriver, mon amour.

Il m'a encore enlacée, et j'ai dit en fermant les yeux :

— Est-ce que tu savais, pour le bébé ?

Philippe est revenu face à moi.

— Non, je ne le savais pas. C'est le policier qui me l'a annoncé le jour où il m'a appris que tu étais vivante. Ça a été une double surprise. Toi, et un bébé. Je ne m'attendais pas à cette nouvelle… En vérité, chaque fois que le téléphone sonnait, je m'attendais au pire. Alors toi, avec un bébé…

Des secondes ont noué notre regard, puis j'ai dit :

— Je voudrais ne pas être mal à l'aise et me réjouir normalement.

— Quand tu reviendras chez nous, ça ira mieux, tu verras.

Louis a reparu en nage, talonné par les deux enfants de Dina. Il s'est effondré sur mon lit, essoufflé.

— Elles courent drôlement vite, les filles allemandes !

3

En arrivant à Veyrier-du-Lac le lendemain en fin d'après-midi, au moment même où mon mari a franchi le très haut portail gris qui nous protège des regards indiscrets, j'ai cru entendre les commentaires de mes colocataires d'Allemagne. Elles auraient qualifié cette maison avec vue sur le lac de « château ».

Moi, je suis restée muette devant cette vaste maison moderne aux toits plats, aux niveaux et à l'architecture déstructurés. Je regardais les murs blanc cassé et les fenêtres larges. Le bosquet de quatre bouleaux sur la droite, à quelques mètres du portail.

Philippe a pris ma main pour faire le tour du propriétaire. Avec en premier lieu le jardin. Dans la pénombre du crépuscule qui approchait, je l'ai plus deviné que découvert. Nous avons contourné la maison, puis traversé la pelouse nue qui descend vers le chemin longeant le lac en une inclinaison douce.

– Ces arbustes nous cachent des promeneurs, mais n'entravent pas la vue depuis le séjour, a dit Philippe.

Je me suis tournée vers la façade, au milieu de laquelle l'immense baie ressemblait à un écran noir. Je suis revenue vers le lac en suivant du regard la clôture blanche. Au milieu, sur la gauche du terrain, un seul arbre se dresse : un noisetier à feuillage rouge, rond comme une énorme boule. Philippe m'a expliqué que nous ne voulions pas perdre une parcelle de cette vue sur le lac.

– Que tu adores, a-t-il ajouté alors que nous atteignions le portail bas en bois blanc.

– Pour m'y promener ?

– Et pour t'y baigner. Je t'ai déjà vue nager en avril.

– Mais l'eau est à combien ?

– Treize ou quatorze degrés.

– J'étais déjà folle ?

Philippe a souri et a passé son bras autour de mes épaules. Je n'ai rien ressenti, mais je suis restée contre lui. Je me sentais étrangement lointaine, il disait que, cette année-là, l'eau devait être à seize degrés puisque le printemps avait été exceptionnellement chaud. J'ai regardé le reflet de la pleine lune dans les eaux sombres. Puis j'ai relevé la tête vers elle. Elle était froide et métallique. Je me suis sentie froide et métallique. Un frisson désagréable m'a parcourue.

– Rentrons. Tu vas prendre froid.

À l'intérieur, dans chacune des pièces, Philippe et Louis ce sont appliqués à me raconter une anecdote que j'ai essayé d'enregistrer. Dans la chambre à coucher, Louis a fait coulisser les tiroirs, puis s'est allongé sur le vaste lit. J'étais rassurée qu'il soit si large et j'écoutais Philippe raconter que nous avions repéré cette maison lors d'une promenade et que nous avions écumé les agences, laissant nos coordonnées. Puis nous avions glissé un mot dans la boîte aux lettres des propriétaires, qui – pour notre chance – parce qu'ils divorçaient nous ont appelés. Je m'étais chargée de la rénovation et de la décoration.

– C'est très sobre.

– C'est ce que j'aime. Enfin toi aussi, s'est empressé de préciser Philippe. Parce que c'est toi qui as œuvré pour que notre maison soit si belle. Regarde cette cheminée, c'est la tienne. Tu t'es battue pour l'avoir ainsi.

Je l'ai trouvée austère et un peu trop imposante. Je l'ai confié à Philippe, qui a eu de nouveau son rire.

– C'est parce qu'elle est éteinte. Assieds-toi, je vais faire du feu.

Cependant, même avec les flammes rougeoyantes, le bois qui craquait et l'odeur du feu, le séjour n'est pas instantanément devenu chaleureux. Le lac était plongé dans l'obscurité. Les meubles laqués crème, les deux longs canapés en cuir brun foncé, le tapis en laine épaisse d'un ton moins sombre que la couleur du rouge à lèvres Lioricci 61, ne se sont pas enflammés, et je me suis demandé si nos voix résonnaient autant qu'aujourd'hui dans cet espace… Puis, j'ai aperçu un ballon de rugby sous la longue table au plateau de verre, et j'ai souri. Ce sourire était un vrai sourire, je l'ai senti venir de moi, de cette femme que j'étais alors. Philippe a remarqué mon regard et a sommé Louis de ranger son ballon dans le garage.

– Non, laisse. Ce n'est pas grave.

– Tu dis ça ce soir, parce que c'est un jour un peu spécial, mais quand tu ramasseras tous les jours ses chaussettes et son short pleins de terre étalés au milieu de la table de la cuisine, son blouson, son jean, je peux te certifier que tu apprécieras moins sa négligence.

– J'ai jamais fait ça *tous* les jours ! a crié Louis en retour, du fond du couloir.

– Mais c'est pour que tu ne le fasses plus jamais que je te fais la remarque, Fils !

Philippe est revenu face à moi, il souriait.

– Je suis attentif à l'éducation et au respect des bonnes manières.

– Attentif comment ?

– Comme un père qui sait combien les bonnes manières font la différence dans la vie d'adulte.

Il a rappelé Louis, et j'ai songé qu'il était intransigeant plus qu'attentif, et que tout ce qui le dérangeait le contrariait. Que ma disparition avait été un bouleversement pour lui dont je ne prenais pas véritablement la mesure.

59

Louis a déboulé en courant et a plongé sur le carrelage en marbre pour récupérer son ballon. Il a coupé court à mes pensées. Philippe a fait réchauffer ce que Marina, la femme qui vient m'aider deux fois par semaine, avait préparé. Elle avait dressé le couvert sur un plateau et écrit sur un Post-it : « Bien venue maison, Martha. marina. » J'ai ouvert les placards de la cuisine, observé le rangement, la vaisselle, les produits sur les étagères. Tout était méticuleusement ordonné, Louis m'a expliqué avec son regard pétillant qu'il avait la corvée de m'aider au retour des courses et qu'il était aussi chargé de vider toutes les poubelles. Il m'a dit que j'adorais le chocolat au lait et aux noisettes. Il a attrapé une tablette sur l'étagère où les chocolats sont classés par saveur. Il a cassé un carré, j'ai fermé les yeux.

– Je le trouve très bon.

Le chocolat et la soupe de Marina, le poulet froid, le fromage, le pain, les oranges étaient des nouveautés. Nous avons dîné devant la cheminée. J'écoutais Louis et Philippe, je regardais les flammes. J'ai parlé de ma vie au *Frauen Zenter*. Louis était drôle, il posait des tonnes de questions, j'ai fait pareil. Philippe le reprenait parfois et nous regardait ensemble. Moi, je les observais dans leur façon d'être un père et un fils. J'ai souri d'émotion quand ce petit garçon de dix ans s'est levé pour dire qu'il allait réviser ses leçons. Puis il m'a demandé de venir l'embrasser dans un moment.

– Ma chambre est en face de l'escalier, tu peux pas te tromper, M'man !

Louis n'était en rien troublé par l'attitude de son père, que j'avais jugée sévère du haut de mon amnésie… J'ai attendu quelques minutes et j'ai laissé Philippe me tenir à nouveau la main. Il a fait tourner mon alliance.

– Si le bijoutier n'avait pas stupidement oublié le *H* de Martha sur la gravure que nous avions choisie, nous aurions pu nous retrouver plus tôt.

Il s'est levé en s'excusant, a couru à l'étage pour aller chercher la dernière montre qu'il m'avait offerte. Il s'est encore excusé de ne pas avoir pensé à la prendre avec lui, ou même à me la donner plus tôt alors que nous faisions la visite de chaque pièce. J'ai pensé que cette nouvelle montre dans notre vie nous fuyait l'un et l'autre, quand il me l'a passée au poignet. Une pensée furtive qui s'est délitée à la seconde où Philippe a plongé ses yeux dans les miens. Il avait envie de m'embrasser et que je revienne vers lui, mais je ne le pouvais pas. Il a simplement ajouté que c'était lui qui avait refusé nos alliances.

– Tu t'en fichais, tu as dit qu'avec ou sans *H*, tu étais ma femme.

Tous les deux nous étions émus, mais pour des raisons que nous savions différentes. L'amour m'a semblé sauvage et traître, j'aurais voulu qu'il revienne en moi, qu'il se moque de l'amnésie, qu'il vive. Avec ou sans elle.

Philippe m'a embrassé la main. Il y avait de l'amour et de la tendresse en lui, et il a eu un beau sourire quand Louis a crié : « Maman ! » depuis l'étage.

– Va, notre fils t'attend.

Louis était assis en tailleur sur son lit. Sa chambre était extrêmement bien rangée et propre.

– Pas de chaussettes sales sous le lit ?

– Ni sous le matelas ! Tu sais, il est chiant pour ça, Papa. Il aime quand tout-est-nickel-chroooome.

– Et moi, je suis comment avec toi ?

– Ben, toi tu gueules aussi quand je mets le chantier dans la maison.

– Est-ce que je disais des mots comme gueuler ? Ou chiant ?

Louis a éclaté de rire en se mettant debout sur son lit pour attacher ses bras à mon cou.

– C'est chouette que tu sois là !

Puis il s'est laissé tomber de tout son long, a glissé sous sa couette Disney comme un chat. Il me regardait, et je n'avais aucune idée de nos rituels. Alors je me suis assise à côté de lui.

– Ça doit être difficile pour toi d'avoir une maman qui ne te reconnaît pas.

– Ben, pas plus que pour toi. J'voudrais pas être à ta place, tu sais, M'man.

Instantanément des larmes se sont installées et Louis s'est relevé pour approcher son visage à dix centimètres du mien.

– Moi, j'sais que tu es ma maman. Tu sens pareil qu'avant.

Puis il s'est recouché et a bâillé. Je l'ai embrassé sur la joue.

– En partant, tu pourras laisser la porte à moitié ouverte, s'il te plaît ? Mais le dis pas à Papa.

– Il ne veut pas ?

– Il dit que je suis trop grand.

– Je la laisserai ouverte.

– À moitié.

– Promis. Tu veux aussi que je laisse le couloir allumé ? ai-je dit, surprise et satisfaite d'avoir eu cette idée.

– Non. Pour ça, c'est bon. J'en ai plus besoin.

J'ai tiré la porte jusqu'au milieu de sa course, Louis était vraiment le fils que je voulais avoir, avec lui, je sentais que j'allais redevenir une mère.

Je ne suis pas redescendue tout de suite, il me fallait deux ou trois minutes pour moi seule. Je me suis enfermée dans la salle de bains et je me suis dévisagée, analysée, étudiée dans l'immense miroir où, plus tôt, Philippe et moi étions restés devant notre image. J'aurais souhaité qu'un magicien y apparaisse et me souffle, non pas que j'étais la plus belle en ce royaume, mais que j'y étais chez moi.

Mais les magiciens n'existent pas, et le film que je n'avais pu empêcher mon inconscient de réaliser était, de toute évidence, loin d'être une réalité. Ce miroir n'était qu'un miroir impeccable, où aucune trace de doigts n'arrêtait mon regard.

Le feu crépitait, la table était desservie et Philippe buvait un verre de vin debout à côté de la cheminée. Sa veste, qu'il avait placée tout à l'heure sur le dossier d'une chaise en cuir brun, n'y était plus, sa cravate était dénouée. Il ne portait plus ses chaussures.

– Je t'ai préparé une tisane à la menthe. Ta préférée. Tu n'as jamais bu une goutte d'alcool pendant la grossesse de Louis.

– Merci.

Nous nous sommes rassis sur le canapé. Et j'ai demandé :

– Pourquoi avons-nous attendu si longtemps après Louis ? Nous ne voulions plus d'enfant ?

– Oh que si ! Seulement, à dix mois, Louis a attrapé les oreillons, juste avant son vaccin. Et moi aussi, par la même occasion…

– Tu ne les avais pas eus, enfant ?

– Malheureusement non ! Alors, je les ai partagés avec notre fils. (Il a changé brutalement d'expression.) Tu te souviens qu'on est supposé attraper les oreillons enfant ?

– Oui. Je ne sais pas si on peut appeler ça des souvenirs, mais je me souviens des tables de multiplication, des propriétés des droites perpendiculaires, des déclinaisons en latin, mais je ne me souviens pas de *moi*.

– Ni des tiens.

Philippe a eu un regard d'excuse.

– Je suis désolé, Martha. C'était involontaire. Je ne voulais pas te heurter.

Il a pris mes mains dans les siennes, je n'ai regardé que la façon dont ses ongles étaient coupés. Sa peau était plus douce qu'elle n'y paraissait, il me caressait de ses pouces.

– Je te l'ai déjà dit hier, mon amour, mais quand tu as disparu, j'ai vraiment cru que j'allais devenir fou…

(J'ai relevé la tête.) Je ne comprenais pas ce qui avait pu arriver. J'ai repassé mille fois le cours des événements. J'ai repensé à des tas de détails de notre vie. Si quelque chose avait pu m'échapper… Tout ce dont je suis sûr, c'est que je t'ai appelée ce soir-là à 18 h 48 pour te dire que je serais un peu en retard. J'étais coincé dans une réunion que je ne pouvais interrompre. Je suis tombé sur la messagerie de ton portable, j'ai supposé que tu étais déjà en chemin. J'ai appelé l'auberge de Saint-Julien-en-Genevois pour qu'ils te préviennent de mon retard.

Philippe s'est tu, et j'ai dit comme on récite une leçon :

– C'était l'anniversaire de notre rencontre, et nous allions toujours dans cette auberge.

– Pas une fois, nous n'avons raté ce jour. Même en semaine. Tu m'y rejoignais, et on y passait la nuit.

Nous nous sommes regardés et il a serré mes mains. Je savais depuis la veille que, lorsqu'il était arrivé à 19 h 45, en ne voyant pas ma voiture sur le parking de l'auberge, il avait eu un très mauvais pressentiment. Il m'avait rappelée sur mon portable et à la maison. Je ne répondais pas. Il avait contacté Patricia, notre voisine, qui était montée sur un tabouret pour voir de l'autre côté du portail. Mais non, ma voiture n'était plus là et la maison était plongée dans le noir. Personne ne m'avait vue. Philippe avait attendu environ une heure, et puis, n'y tenant plus, il était parti. Il n'y voyait rien avec cette neige, les routes étaient embouteillées. Il avait fait demi-tour, se disant que j'avais probablement choisi de les éviter. Il avait emprunté la départementale que j'avais prise, mais il n'avait rien remarqué tant il neigeait. Il a redit, alors que nous étions si proches :

– Je n'arrêtais pas de penser que tu étais peut-être en difficulté quelque part… Que tu avais peut-être été agressée…

Je voyais son bouleversement. Je le ressentais dans sa voix. En fouillant ici, Philippe n'avait trouvé ni mon sac à main ni mon manteau. D'après lui, aucun bijou n'avait disparu, pas même mes montres de valeur. Rien d'autre ne manquait et la maison n'avait subi aucune effraction. Les propriétaires de l'auberge ne m'avaient toujours pas vue, alors il avait contacté la gendarmerie. La nuit avait été atrocement longue, les jours suivants horribles.

– Ils ne trouvaient absolument rien et j'avais l'impression que l'enquête n'avançait pas. J'enrageais après la neige incessante. J'imaginais que si tu avais été blessée, avec le froid… Comment t'en sortir ? Martinot, dès le début, m'a dit de me préparer à…

Philippe s'est tu et j'ai poursuivi à sa place :

– À l'idée que j'étais morte.

– J'ai hurlé qu'il était fou ! Puis j'ai paniqué en repensant à ces femmes qui avaient été violées et assassinées autour de Genève et dans le canton de Vaud.

Il y avait deux prostituées, les deux autres étaient des mères de famille. Chaque fois, leur véhicule avait été retrouvé abandonné. La police suisse était sur la piste d'un tueur en série et pensait qu'il pourrait y avoir d'autres victimes. Philippe n'avait rien dit devant Louis.

– Et puis on a tous envisagé aussi la possibilité que tu aies été enlevée parce que je travaille dans un cabinet financier… Je ne vivais plus. Aucune demande de rançon ne tombait… Et puis ta voiture a enfin été localisée, et j'ai vu l'épave. J'ai imaginé le choc… Les gendarmes ont trouvé des traces de sang. Il s'est révélé être le tien, ils n'ont pas identifié d'autres ADN que le nôtre, alors ils ont orienté l'enquête sur ce tueur en série, qui aurait peut-être passé la frontière. Je me disais que si je n'avais pas eu de retard à cause de la réunion… Je crois que tout m'est passé par la tête. Absolument *tout*. Et les gendarmes ont tout imaginé aussi parce qu'ils m'ont suspecté d'être le coupable de ta disparition ! C'était intolérable ! Comme si j'avais pu !

Philippe s'est levé pour jeter une bûche dans la cheminée et réorganiser le bois. Je l'ai regardé faire. Dina aurait pensé que mon mari était un homme vraiment très séduisant. Moi, je l'ai pensé également. Mais en spectatrice, pas en tant que femme amoureuse.

Cependant ce soir, ni Philippe ni moi n'étions au meilleur de notre forme. Je me suis abstenue de m'arrêter sur quoi que ce soit de définitif.

Quand il a repris la parole, sa voix était encore pleine de tristesse et de colère. Il est resté debout, devant les flammes.

– Comme si j'avais pu te faire du mal ! Leurs soupçons étaient insupportables. Insupportables. Alors que j'avais un alibi, puisque j'étais en réunion avec cinq personnes qui ont toutes témoigné. Et puis tout le monde sait à quel point nous nous aimons. Nous sommes tout l'un pour l'autre, Martha.

Il attendait que je dise quelque chose, je ne pouvais pas. Il a terminé son verre d'un trait, l'a posé sur le manteau de la cheminée mais n'est pas revenu s'asseoir près de moi, il a marché jusqu'à la grande baie vitrée. Je ne savais pas lequel de nous deux était le plus à plaindre.

Pourtant, quelque chose m'a poussée à le rejoindre. Philippe m'a serrée vraiment très fort contre lui.

– Je ne supporterai jamais de te perdre à nouveau, Martha.

C'était la première fois que je répondais à son étreinte. Alors, doucement, les battements de son cœur se sont apaisés. Il a caressé mon visage.

– Martha, ne crains rien de moi. Je suis juste immensément heureux que tu sois là, après toutes ces semaines de torture.

Puis il a tendu la main vers la fenêtre.

– Regarde là-bas, ces petites lumières, c'est Annecy. Tu adorais la vieille ville avec ses arcades et ses murs colorés.

Et tu verras, en te réveillant demain, tu auras à tes pieds le plus beau des tableaux. Tu aimais dire que le lac entre chez nous.

C'est alors que j'ai pris conscience que la baie vitrée devant laquelle nous nous trouvions était celle que j'avais vue depuis le fond du jardin. J'ai fait quelques pas en arrière, et Philippe a dit :

– Cinq mètres de lumière. La vue est splendide dès le matin.

– Je me réveille très tôt en ce moment.

– Nous, a-t-il dit avec un sourire. Et nous avons déjà un programme. Ma mère et mon père viennent demain midi, ils sont impatients de te revoir, et nous devons aussi rencontrer notre médecin de famille pour que ce dernier t'adresse à un psy. Tu te souviens qu'ils nous ont dit de ne pas attendre.

J'ai hoché la tête, puis je me suis entendue questionner :

– Mais on a ce qu'il faut pour le déjeuner ?

– Ne t'inquiète pas, mon amour. Maman a tout prévu. Elle vient spécialement pour te préparer ton plat préféré, un omble chevalier en papillote et une écrasée de pommes de terre au romarin.

Philippe m'a embrassée sur le front. Ce baiser n'a rien éveillé, je me demandais si s'interroger quant à la préparation du repas du lendemain était un signe encourageant. Et si j'allais reconnaître le goût de la cuisine de ma belle-mère.

– Tu as l'air vraiment exténuée.

– Oui, j'aimerais dormir.

Avant de quitter le salon, j'ai jeté un dernier regard vers lac. Il était dévoré par cette nuit qui ressemblait à celle qui vivait en moi. Philippe et moi sommes montés en nous tenant par la taille et, tout en gravissant cet escalier en marbre, alors que je regardais la transparence des panneaux de verre, il a posé une main sur mon ventre.

Nous sommes arrivés à l'étage où il a aussitôt remarqué la porte ouverte de la chambre de Louis.

– Je lui ai permis.

– Ce gamin n'est pas une fille.

Sa remarque a soulevé des interrogations. J'ai su que j'allais l'observer avec Louis et j'aurais aimé ne pas le faire. En arrivant dans notre chambre, il m'a proposé de m'y laisser seule, cette nuit. Je n'ai pas pu répondre mais j'ai apprécié son regard quand il m'a dit qu'il avait envie de rester avec moi, comme celui qu'il a eu en quittant la salle de bains. J'ai été touchée par sa voix quand, au moment où nous nous couchions, il a dit, sans l'ombre d'un doute, qu'il savait déjà que le prochain test anténatal dont nous avaient parlé les médecins prouverait sa paternité. Autant que par le fait qu'il ait l'élégance de s'abstenir d'avoir des gestes débordants une fois sous les draps. Il m'a caressé le visage, puis il a éteint. Il s'est endormi contre moi, qui n'arrivais plus à penser.

Il s'est rapproché doucement, pendant les quatorze jours suivants.

Et quand, enfin, nous avons fait l'amour, je n'ai rien ressenti. Aucune sensation n'a bousculé ce voile noir et compact en moi. Je n'avais pas le sentiment de faire l'amour pour la première fois de ma vie, mais je me suis sentie éteinte. Le vide absolu. Ça aussi, ça m'a terrifiée, d'être morte *partout*.

Cependant, j'ai fait semblant d'être bien et je lui ai dit que c'était bien. Autant pour y croire que pour ne pas avoir à me justifier chaque fois que nous ferions l'amour. Je l'ai écouté s'endormir, alors que se réveillaient les images du film à l'eau de rose que j'avais élaboré en Allemagne.

Comme je m'étais trompée ! *Quelle conne !*

4

Les premières semaines ont défilé sans que je m'en rende compte. Mes journées étaient ponctuées de rendez-vous chez la gynéco, de rendez-vous avec des médecins, avec Patricia, ma voisine et amie, avec les autres amis que nous fréquentions. De rendez-vous avec les professeurs de Louis, avec d'anciens collègues, de rendez-vous avec ma psy. Elle s'appelle Noëlle Lebrun et elle est blonde… Ça m'amusait et, l'idée d'être amusée, de pouvoir m'amuser d'une pensée aussi légère me faisait du bien. Noëlle est attentive, je me sens de plus en plus à l'aise avec elle.

Mais aujourd'hui, ce n'est pas avec elle que j'ai rendez-vous, mais avec Patricia.

Comme Philippe et sa mère, Patricia s'occupe de mon coaching. Elle habite de l'autre côté de ma petite rue, derrière un haut portail noir coulissant, et m'a tout réexpliqué de A à Z avec une patience d'ange. Ensemble, nous avons fait du shopping, des courses alimentaires, les trajets maison-école, école-club de sport, et tant de choses encore. Elle m'a donné ses tuyaux. Je prends des dizaines de photos de boîtes de conserve, de bouteilles de lait, de paquets de céréales pour acheter les mêmes au supermarché. Je note scrupuleusement sur un répertoire alphabétique leur emplacement afin de ne plus perdre un temps infini à les chercher. Pour les ampoules, j'ai indiqué :

tiroir de gauche du grand meuble dans le garage. Pour boulanger : aller le lundi chez celui de la rue du Pré, les autres jours chez celui de la rue Fragonard. Pour les poubelles : les mardi et jeudi soir. Pour amis : j'ai écrit Sacha. Je voudrais revoir ses yeux, et tout ce que j'y avais lu. Oui, j'aimerais le revoir. Il me semble que cet homme-là avait exactement perçu ma détresse, il me semble qu'il aurait compris que j'écrive son nom dans ce répertoire que Philippe inspecte régulièrement.

Je crois qu'il aurait pensé comme moi qu'il *inspecte*. Il aurait vu que mon mari me surveille… Peut-être m'aurait-il rassurée en disant que Philippe ne veut que mon bien, et peut-être que lui, je l'aurais cru sans remettre en doute… *tout*. Peut-être qu'avec lui je n'éprouverais pas la même distance ou le même ennui qu'avec toutes les autres personnes qui se prétendent mes amies.

Je n'arrive pas toujours à me concentrer, si bien qu'on me répète qu'on me l'a déjà expliqué. Alors, je note pour éviter les regards…

Et, un soir plus sombre qu'un autre, pour ma mémoire, j'ai écrit : perdue, peut-être morte. Ce qui m'a valu de la part de Philippe un regard où, pendant une seconde intense, j'ai vu danser les ombres du reproche.

– En tout cas, tu n'as pas oublié ça ! me lance Patricia alors que j'écris où ranger le gonfleur qu'elle est venue m'emprunter.

– Je n'ai pas oublié quoi ?

– Tes notes. Tu faisais des listes entières de « choses à faire ».

– Comme beaucoup de gens, je suppose.

– J'en connais des tas qui n'en ont pas besoin. Dont moi.

– Je n'ai donc pas perdu la main. C'est bon signe, dis-je sur un ton qui n'échappe pas à Patricia.

– Martha ?

– …

– Donne-toi du temps. Essaie de vivre au présent. C'est *le présent* qui compte.

– Patricia, je voudrais vraiment que ce soit aussi simple… Mais, sans le passé, on n'est rien. Et moi, je n'ai pas décidé de faire table rase. Tout ce que je sais, c'est Philippe, Louis, ma belle-mère, toi et tous les autres qui me l'avez enseigné. Et je dois prendre pour vérités toutes ces choses, il me faut vous croire.

Patricia pose la main sur mon bras.

– Je suis maladroite, mais tu peux me croire. Tu peux croire Philippe, Louis et tous les autres. Même ton affreuse belle-mère. C'est un mégaboulet, je te l'accorde, mais ce qu'on te dit de toi va dans le même sens.

Je reste dans ses yeux si noirs que je n'en distingue pas les pupilles. Je soupire.

– Ma belle-mère est non seulement un boulet, mais une femme des plus désagréables, avec laquelle je crains de ne jamais m'entendre.

– Et je vois d'un très bon œil que tu sois fidèle à ce que tu ressentais pour elle… Dis-le à ta psy, tiens ! Ça, c'est un vrai bon point ! Une preuve monumentale que tu es Martha. Tu ne t'entendais pas avec Anne-Marie auparavant.

Patricia baisse imperceptiblement la voix, puis ajoute :

– Ne répète pas à Philippe que si j'avais été amoureuse de lui, sa mère aurait été une cause de rupture. Pour ne pas dire de meurtre !

– Ça me rassure !

– Que je puisse être amoureuse de ton mari ?

– Non. Que tu aies envie de trucider l'autre !

– Tu sais comment tu faisais allusion à elle ?

– Non.

– Tu l'appelais ta *moche-mère*.

– J'avais de l'humour ?

– Beaucoup. Mais tu étais si fine qu'Anne-Marie n'y voyait que du feu. Elle est si imbue d'elle-même qu'elle est

71

incapable d'écouter les autres. Tu ne l'as jamais appréciée, et tu n'as rien fait pour te rapprocher d'elle.

— Tu me fais infiniment plaisir.

— Tant mieux, Martha. Parce que je t'aime beaucoup.

Je marque un temps et songe aux cœurs que Philippe avait dessinés. Deux pour Lisa et un pour Patricia, qui change d'expression et me sonde.

— Tu es en train de te demander ce que nous nous confiions, n'est-ce pas ?

— Oui.

— Je n'ai jamais été ta meilleure amie, fait-elle en posant à nouveau la main sur mon bras. Et tu n'étais pas la mienne, non plus. Ce sont nos fils qui nous ont rapprochées quand vous avez emménagé. Nous bavardions de choses et d'autres, mais sans jamais aller très loin. Je ne t'ai jamais dit quoi que ce soit de très personnel, et toi non plus.

— Je saisis.

— Ce qui ne nous empêchait pas de dîner ensemble régulièrement.

— Exact. J'ai d'ailleurs lu dans mon cahier de dîners les recettes pour chacun.

— Pour être tout à fait franche, j'enviais tes talents de cuisinière, et j'étais jalouse de tes repas impeccables, jamais tu ne nous as servi deux fois le même plat ! Ou encore le même vin, alors que moi je fais régulièrement brûler des casseroles et ce qu'il y a dedans !

— Rassure-toi, ça m'arrive aussi en ce moment… Hier, j'ai oublié les haricots sur le feu, puis les pâtes. Les casseroles sont irrécupérables.

— C'est peut-être la preuve que tu deviens humaine, Martha.

Je marque un temps long, puis je lui avoue que je ne sais pas si je suis capable…

— … d'être cette Martha qui, comme tu le soulignes et comme Philippe et sa mère le soulignent, semblait parfaite.

Je prends une lente inspiration, la retient puis soupire. Alors, avec un sourire lumineux, Patricia incline la tête pour savoir si Philippe le dit plus souvent qu'elle. Je réponds par un silence.

– Ça ne fait jamais que quatre mois et des brouettes, Martha… Et de plus, tu es enceinte. Laisse-le dire ! Tu crois que j'écoute tout ce que mon mari me raconte ? C'est comme ça, une vie de couple, de vieux couple. Et vous comme nous, on fait partie des couples sérieux au long cours… Rien n'est plus comme au début et, crois-moi, tant mieux. Parce que les je-te-colle-toute-la-journée… merci ! (Elle a un sourire touchant.) Dans la vie normale, les reproches finissent toujours par tomber… C'est humain. Je pense que tu retrouves le mouvement intérieur de ton amour pour Philippe. C'est tout, et c'est le meilleur des signes.

– Sûrement.

– Plus que sûrement ! Parce que sinon, ça voudrait dire que, moi, j'ai tout faux !

Elle s'illumine, je la trouve féminine et séduisante.

– David et moi, on n'est plus dans l'extase quotidienne ! Et même, je dirais qu'avec ce bébé je vois la preuve évidente d'une activité en chambre plus vigoureuse chez vous que chez nous. Ce bébé est votre chance, Martha.

– Tu parles assez fort pour qu'il se réveille, dis-je en plaquant une main sur mon ventre.

Patricia approche une chaise et je m'y assieds, elle propose de préparer le thé.

– Ah… Petite erreur, dis-je. Tu oublies que je n'aime plus le thé, mais le café.

– Merci de me reprendre, fait-elle en glissant une capsule dans la machine. Mais Maman me permet-elle de me faire un thé chez elle ?

– Tu es ici chez toi.

Ma voisine et amie ne relève pas, je ne sais si elle a compris que je sous-entendais que chez moi je la trouve « chez elle ».

Elle navigue le long du comptoir en béton blanc, pendant que mon bébé navigue à l'intérieur de mon ventre. Mon T-shirt jaune est tendu et c'est vrai que ce petit être donne le ton de mes journées… Je me demande pourquoi je suis tombée enceinte à ce moment-là de ma vie et je ne parviens toujours pas à décider si je vais demander à connaître le sexe. J'aime qu'il ou elle grossisse avec gourmandise, et je découvre, avec lui ou elle, une nouvelle maternité que je ne compare à rien. Il ou elle est ce poids qui me rive dans ma réalité. Cette vie que Philippe et moi avons conçue.

Quand nous avons obtenu le résultat du test de paternité il y a quelque temps, même si Philippe était confiant, ça a été un moment étrange entre nous. C'était très doux. Je veux dire, entre cette nouvelle version de « nous ».

Ce jour-là, j'ai vraiment aimé son absence de doutes. Mais ça n'a pas provoqué de second coup de foudre pour lui… J'aurais pourtant aimé, parce que je crois que ma vie entière en aurait été simplifiée.

La bouilloire siffle et mon téléphone vibre simultanément, puis sonne. Je ne relève pas la tête parce que je crains que ce soit ma belle-mère qui s'invite.

– Oui ma douce, c'est ta moche-mère, dit Patricia en faisant glisser mon portable jusqu'à ma main. Et pardon… Mais ma tolérance pour elle a des limites qui empiètent sur l'amitié que je te porte. Je vais dégager ton plancher dès son arrivée.

– Lâche !

– J'assume entièrement.

– Bonjour, Anne-Marie.

Anne-Marie arrive en cinq minutes, elle a donc appelé alors qu'elle était à moins d'un kilomètre. Patricia évaporée, ma belle-mère inspecte la maison de son regard de vipère, elle m'interroge sur ma grossesse pour me reparler de la sienne au cas où j'aurais oublié ses contractions, nausées, et tout ce qui allait avec… Philippe lui a tout donné.

– Mais il s'est rattrapé ensuite, puisque j'ai la chance d'avoir engendré un fils attentif et attentionné.

Quand Louis arrive après l'école, elle a sa phrase habituelle :
– Mon petit chéri, embrasse-moi et dis-moi combien Mamina t'a manqué !

Je ne sais pas comment Louis se comportait auparavant, mais je me réjouis profondément qu'il dépose un bisou des plus furtifs sur sa pommette botoxée avant d'aller se réfugier dans sa chambre. Anne-Marie plante dans le mien son regard d'acier, identique à celui de Philippe.

– Ma chère Martha, je ne peux pas dire que vous fassiez des miracles avec l'éducation de votre fils, depuis votre retour. Louis se relâche, il faudra vous ressaisir.

Qu'est-ce que je peux répondre à cela, hormis :
– Mamina, vous savez très bien que je ne suis pas au mieux de ma forme, et qu'étant enceinte, je…
– Écoutez mon conseil, ma chère Martha. Vous devez vous reprendre en main et dépasser cet… incident. J'imagine bien et je conçois parfaitement que ce n'est pas facile pour vous. Mais nous n'avons pas envie que notre vie à tous en pâtisse. Vous croyez que c'est agréable d'avoir l'impression d'être face à une étrangère qui révolutionne tout ?
– Mais qu'est-ce que je révolutionne ?
– Eh bien… tout. À commencer par ce T-shirt !
– Vous n'aimez pas le jaune ?
– Je n'aime pas *ce* jaune. Qui, du reste, ne vous met absolument pas en valeur. Si René était là, il vous le dirait.

Non, mon beau-père ne dirait rien, ou alors quelque chose comme : « Oh ! Moi, je ne comprends rien aux couleurs.

Ni aux femmes ! » Dieu merci, René est un homme discret, inconsistant, certainement vampirisé par trop d'années de vie commune avec son dragon, qui ne se prive pas de se plaindre qu'il ne la soutient jamais.

Et comme par magie, au moment où je pense qu'elle va ajouter « dommage que mon fils ne soit pas là pour me soutenir », elle prononce cette phrase-là.

Car c'est précisément ce que fait Philippe. Comme un fils parfait, il soutient sa mère contre vents et marée, tout en me trouvant, heureusement, des circonstances atténuantes. Quand la conversation en arrive à ce point, en général, je monte m'allonger en prétextant que je suis fatiguée. Oui, je le suis de voir cette femme, qui est une véritable pollution à elle seule. Je suis fatiguée de l'entendre parler, et même respirer.

Mais mon amnésie n'a pas gommé chez moi les marques de politesse d'une bonne éducation. Et, comme le souligne Patricia, mon malheur m'a laissé une certaine chance : ma détestable moche-mère vit à Chambéry, soit à cinquante-huit kilomètres de Veyrier-du-Lac. Et elle aussi est très occupée par ses réunions de je-suis-indispensable-partout, et de je-sais-tout-mieux-que-tout-le-monde parce que j'ai-soixante-cinq-ans et un-lifting-aussi-réussi-que-mon-chignon-de-star. Louis dit « sa choucroute », à lui, je confie que j'aimerais y enfoncer deux saucisses. Ce n'est malheureusement pas aujourd'hui que je vais le faire.

Alors, avec un plaisir vengeur, je dis :

– Il faut que je vous informe que ma gynéco ne veut plus que je fasse de la route, parce que le col de mon utérus, comme le vôtre, menace de s'ouvrir. Je ne vais plus pouvoir accompagner Philippe chez vous.

– Eh bien, nous viendrons. Moi, je suis en pleine forme.

J'ai perdu une occasion de me taire. Je monte voir si Louis fait correctement ses devoirs.

5

Avant, j'étais professeure de français et je travaillais dans un établissement pilote privé, l'école Ariane. Un lieu unique en France, accueillant des jeunes avec non seulement de grosses lacunes, mais également de sérieux problèmes de délinquance. Elle a été ouverte en 2007, pour lutter grâce à de nouvelles méthodes contre l'échec scolaire et social.

Le pari de l'école Ariane est qu'en trois années maximum les élèves obtiendraient suffisamment de connaissances pour passer un CAP, un BEP, ou un bac professionnel ou général. Ils peuvent, en fonction de leur rapidité d'apprentissage, changer d'orientation. L'école est fondée sur l'idée de progrès, elle ne cloisonne pas, elle ouvre des perspectives. Les élèves ont des parcours terribles, un casier dense. Ils sont issus de familles déstructurées, leur niveau est à leur image. Les professeurs sont toutes des femmes, pour apaiser les tensions.

L'école est financée en partie par la Région et des fonds privés, les familles des jeunes participant à la hauteur de leurs moyens. Cette contribution représente un engagement, et si l'élève réussit, il repart avec un contrat d'embauche en CDI, le permis, un passeport, ainsi que trois mille euros. S'ils souhaitent poursuivre des études dans un cursus traditionnel, ils le peuvent. Anita Garcilosa fait des études d'infirmière. Jenny Martin est apprentie brodeuse chez un grand couturier à Paris. Beaucoup sont pâtissiers, boulangers, mécaniciens, employés de mairie, soudeurs… Entre 2007 et 2010, il y a aussi eu des échecs, et en 2011 Tom Sevran, Jason Martini et Fabien Donzet ont abandonné. Mohamed Assa et Sousse Bia, coup sur coup, en février 2012. Mélia Méhouri a succombé à une crise cardiaque suite à une overdose chez elle peu après, et Raphael Pérec, devenu majeur, a quitté l'école et s'est envolé pour Montréal le samedi 5 janvier 2013, soit deux jours avant ma disparition. Tout cela, je l'ai lu dans mes dossiers ou appris de la bouche du nouveau directeur qui a remplacé Max Dujardin, tombé gravement malade juste avant mon retour d'Allemagne. C'est Max Dujardin qui a été à l'initiative de ce projet. J'ai bavardé avec des collègues et certains élèves. Tous m'ont répété que j'étais une très bonne professeure. Je ne les ai pas reconnus, je n'ai pas reconnu les locaux, ni l'itinéraire.

Mes cours sont d'une précision quasi mathématique. La lecture de mes propres mots ne m'apporte rien, et aucun nom ou remarque ne m'a éblouie. Juste après ma disparition, Max Dujardin, les élèves et le personnel de l'école ont été interrogés. Les Dujardin ont déménagé en région parisienne et Lisa, ma collègue et amie, vit à Chicago depuis l'été précédant mon accident.

Comme Philippe, elle m'a dit que je ne fréquentais pas de collègues en dehors des réunions professionnelles classiques. Mes amies d'enfance ou de fac sont éparpillées dans toute la France. Je n'ai plus de famille, mes parents ayant été fils et fille uniques. À longueur de journée, j'écoute les gens me raconter qui je suis. J'apprends à les connaître, mais je ne devine rien sur moi.

Je suis submergée d'informations, alors que j'ai l'impression d'être lisse.

Pourtant, je m'endors en un claquement de doigts

parce que je suis enceinte. C'est au réveil que j'ouvre les yeux sur ce rêve récurrent où Philippe s'est trompé de femme en venant me chercher.

Noëlle Lebrun ne s'en étonne toujours pas, elle trouve cela normal.

6

– Est-ce normal de ne pas pouvoir encore dire « chez nous » ou « chez moi » ? Est-ce normal de dire « mon mari » et de ne pas ressentir que Philippe est mon mari ? Est-ce normal de vous faire une remarque pareille alors que les semaines défilent ?

Noëlle Lebrun ne réagit pas, je soupire un peu trop fort volontairement et pose les mains sur mon ventre bien rond.

– Je n'y arrive toujours pas… Je n'arrive toujours pas à me sentir chez moi dans cette maison… Ou dans mon couple ou dans mon corps. J'écoute Philippe me dire que je lève mon verre de manière identique, que je ne prépare plus la corbeille à pain de manière identique, que je passe plus de temps sous la douche, que je préfère maintenant le café au thé, que je plie le linge différemment… Que mes plats ont presque le même goût, que ma vinaigrette est exactement celle qu'il aimait, que je l'embrasse différemment, mais qu'il retrouve mes lèvres et qu'il les aime… Que nos étreintes ne lui rappellent pas celles que nous avions lors de ma première grossesse… Je n'épouserai jamais entièrement la femme qui était moi, et c'est épuisant d'entendre ses remarques, même s'il croit bien faire.

– Pour votre mari, c'est important de se reconnaître en vous.

– Je ne veux pas porter cette responsabilité. Et, s'il vous

plaît, j'ai assez de Patricia qui théorise le couple avec des phrases d'une bêtise affligeante.

– Comme ?

– *Dans un couple, on est dans un bateau à rames et si les deux rameurs ne s'accordent pas, le voyage va être compliqué.*

Noëlle sourit, puis elle croise les bras.

– Quelles sont les phrases que vous ne voulez plus entendre dans ma bouche ?

– Vous voulez vraiment le savoir ?

– S'il vous plaît !

– *Je sais que vous n'aimez pas entendre cela, Martha, mais tous les amnésiques passent par là. Ils se redécouvrent sous un autre angle. Suivez mon conseil, un conseil de femme plutôt qu'un conseil de médecin, concentrez-vous sur votre instinct et vos émotions et laissez-les parler.*

Noëlle lâche un petit rire qui m'emporte à mon tour. Nous restons à nous dévisager, puis elle s'avance un peu et pose ses bras croisés sur son bureau.

– Riez-vous avec Philippe ?

– Parfois.

– Quand ?

– Quand ? je répète.

– Oui, j'aimerais le savoir.

– Il y a deux jours. Non, trois. Nous étions dans le sous-sol. Nous avions ouvert les cartons de linge et d'objets sur lesquels j'avais écrit « Bébé ». Philippe dépliait les vêtements un à un, et c'était drôle d'imaginer Louis dedans. Il ne se souvenait pas de notre fils portant ces gigoteuses. Il a dit que mon amnésie avait dû le contaminer… J'ai ri de bon cœur, et lui aussi.

– Et après ?

– Je lui ai demandé pourquoi j'avais gardé ces vêtements, alors qu'il avait eu les oreillons. Il a répondu d'une voix qui m'a touchée qu'on devait savoir inconsciemment que je retomberais enceinte.

Je me tais, et Noëlle poursuit :

– Et après ?

– Nous nous sommes embrassés… C'était un baiser différent des autres.

– Aimez-vous votre mari, Martha ?

Je sais que Noëlle vient de formuler une question que je ne suis pas encore parvenue à me poser, mais avec elle, dans cet espace où j'ai l'impression d'être protégée, mes idées se forment sans mal.

– Je n'ai pas eu de coup de foudre pour lui et je ne sais pas ce que c'est que d'être amoureuse. Je ne sais toujours pas si j'aime Philippe ou si je vais retomber amoureuse de lui. Mais après ce baiser, quand il a tout remballé, en regardant ses gestes décidés, en écoutant sa voix gaie lancer : *« Ces machins méritent la poubelle ! Et même tout de suite ! »*, il m'a semblé possible de l'avoir aimé… D'avoir réellement eu des sentiments pour lui… Je ne sais pas comment je l'ai aimé, et je m'en remets aux sagesses de ma voisine sur la vie d'un couple qui n'en est plus à ses deux premières années… Il y a des moments où je me dis que je n'ai pas d'autre choix, ni même le choix… Et d'autres où je me répète que j'ai une chance infinie de l'avoir comme mari, d'avoir un fils comme Louis en pleine santé qui m'aime sans condition… D'attendre un autre enfant, qui grandit pour le mieux et qui sera là dans exactement deux mois.

– Est-ce pour lui et pour Louis que vous vous considérez comme chanceuse ?

– Oui… Et Pour Philippe, également. Je comprends, et je sais qu'avant je les ai rendus heureux, mais je vis chaque journée avec le sentiment de marcher sur un sol de verre, parce que sans cesse je me demande si je fais comme il faut, si je suis comme je devrais être, si quand je me laisse être celle qui vit en moi, je fais bien… Si je vais me perdre encore… Si… Si… Si…

— Que craignez-vous, Martha ?

— D'être complètement instable.

— Vous savez que vous ne l'êtes pas.

— Non. Non, Noëlle, je ne le sais pas. Je ne suis sûre de rien. Et, plus que jamais, je voudrais être sûre de ce que j'ai fait, dit, pensé, ressenti.

— Je vais être franche avec vous. Plus vous serez dans l'expectative, plus vous vous bloquerez.

— Je n'ai pas envie que ce miracle arrive dans vingt ans, quand j'aurai pris l'habitude de vivre dans cette Martha que je suis devenue !

— Vous aimez-vous ?

— Comment vous répondre ? Je ne sais pas qui je suis !

— Alors, je vais poser ma question différemment : aimez-vous la femme qui me dit maintenant toute sa difficulté à se glisser dans une vie qu'elle ne comprend qu'avec efforts ?

— Oui.

— Eh bien, nous avons progressé aujourd'hui.

— *J'ai* progressé.

— Je suis heureuse que vous me repreniez, Martha. Vous avez fait un grand pas, parce que si vous m'avouez que vous vous aimez, j'en déduis que vous vous acceptez.

— Et *accepter son problème, c'est en partie le surmonter.*

— Vous me citez sans faute.

— Oui. Je retiens aisément les mots et les phrases. Les vôtres, celles de Philippe, de sa mère… C'est le rangement, les objets et les visages qui m'échappent encore ! Je ne sais pas si je les ai déjà vus, où et combien de fois… Il n'y a que ma belle-mère que je ne puisse évidemment pas confondre, puisqu'elle ne peut s'empêcher de souligner à tout-va qu'elle est ma belle-mère !

Noëlle ne commente pas mais, dans son regard, je note que je suis passée de la femme spectatrice de cette vie qui « doit » être la sienne à celle qui en devient l'actrice. Qui râle, qui existe. Des minutes passent, silencieuses et chargées de cette avancée intime, elles comptent.

— Il n'y a que lorsque j'observe le lac que je suis vraiment bien. Je ne pense plus à rien. Je ne cherche à enregistrer aucune information. Je ne me demande pas si je l'ai déjà vu ou pas, si j'ai bien fait de plonger dans cette vie sans transition… Il absorbe mes remous intérieurs comme s'il les comprenait… Les jours se succèdent, et il me semble que rien ne se simplifie… Et à certaines heures, quand je sens le désespoir me saisir, je descends m'asseoir au bord. J'emporte ma couverture, celle que Sacha m'a donnée. Je m'enroule dedans et j'ai l'impression que cette eau me voit, que ce lac sent ma présence… Je me sens vraiment bien mais, au bout d'un moment, il y a toujours un je-ne-sais-quoi qui me tend. Je sais bien qu'il n'y a personne, parce que ce n'est pas un bruit qui me sort de ma torpeur, mais plutôt une sensation. Je suis sûre que c'est parce que toutes les personnes de mon entourage me surveillent, et que moi-même je me surveille…

Je me tais, Noëlle demande après un temps.
— Que faites-vous, quand vous avez cette sensation ?
— Je me lève et je rentre.
— Avez-vous la crainte qu'on vous interdise d'être *bien* ?
— Il m'arrive d'y penser, oui.

— Vous vous souvenez du jour où vous m'avez dit que vous pensiez que votre mémoire s'était enfuie ?
— Très bien. Je pense encore que je possède une mémoire enfuie. Ce n'est pas un fait, c'est un état. Le mien.

— Vous arrive-t-il de penser que vous avez eu cet accident parce que vous vouliez fuir quelque chose qui vous empêchait d'être *bien* ?

— Oui.

— Qui pouvait vous empêcher d'être *bien* ?

— Comment voulez-vous que je vous réponde ?

— Avez-vous le sentiment que quelqu'un cherche à vous nuire, actuellement ?

— Non.

Noëlle m'étudie encore, alors je dis :

— En dehors de ma moche-mère, non. Je le sentirais. Je sais que je m'en rendrais compte, parce que, moi aussi, j'étudie tout le monde.

Noëlle s'adosse contre son fauteuil en cuir et me dévisage encore.

— Avez-vous déjà été traversée par l'idée que votre accident et votre amnésie sont la conséquence de votre propre interdiction à être *bien* ?

— Oui.

Je me tourne vers la fenêtre, les voilages sont mats et donnent à cet espace une luminosité douce. Ici, c'est l'introspection, ici c'est l'aveu dans une lumière et un regard de thérapeute. Ici, c'est une bulle.

— Nous venons de faire un deuxième grand pas, aujourd'hui, Martha, et je suis très satisfaite de notre échange. De vos aveux comme de vos avancées.

Je reviens vers Noëlle, qui se lève, contourne son bureau et s'avance vers moi.

— Nous allons travailler sur vos sensations d'être épiée. Et j'aimerais que vous notiez les moments précis où vous avez eu cette sensation, le contexte, vos états d'âme… On va éclaircir et évacuer tout cela. Je sais que nous finirons par mettre au jour ce qui est enfoui dans la mémoire *enfuie* de Martha Klein.

Ensemble, nous nous dirigeons vers la porte, devant laquelle nous nous serrons la main. Je souhaite à Noëlle de passer de bonnes vacances en Corse. Elle me remercie, puis me dit que cette petite pause dans nos entrevues tombe bien.

– Il est temps que vous repreniez confiance en vous, Martha. Ne luttez plus contre vous-même, ni contre votre mémoire. Un chemin se construit.

Je marche vers ma voiture garée à quelques rues de son immeuble. J'observe les gens. Je m'installe à l'intérieur et jette un regard dans le rétro. Puis je démarre sans avoir ressenti ce sentiment d'être épiée. Je conduis en me demandant où va me mener le chemin évoqué par ma psy. Où va – ou veut – me conduire mon amnésie ? Est-elle, comme Noëlle le croit, révélatrice de quelque chose ? Est-elle un acte manqué ? Est-ce que je ne voulais plus de cette vie avec Philippe ? Qu'aurais-je voulu fuir dans notre vie ?

Je réponds volontairement à voix haute :

– La femme parfaite qui n'était pas *bien* et que je ne supportais plus d'être.

Je longe le lac, et l'ombre de la voûte de platanes se rejoignant au-dessus de l'avenue d'Albigny musèle mes pensées. Je quitte Annecy en direction de Veyrier. Je perds le lac de vue, il disparaît derrière les arbres et les maisons. Une question surgit, et je la formule encore à voix haute :

– Que serait ta grossesse, alors ?

Je m'interdis de répondre. Je ne veux pas que le bébé qui grandit en moi m'entende dire : un accident.

7

Aujourd'hui, c'est lundi. Et comme tous les lundis matin, Marina vient à la maison pour le ménage, alors je la laisse travailler seule. Je reste chez Patricia pendant que cette dernière accompagne à l'école Vincent, son fils, et Louis. C'est un rituel immuable depuis mon retour. J'attends sur son canapé blanc, entre des murs écureuil, au milieu de meubles rétros chinés depuis de nombreuses années. J'aime beaucoup sa décoration désorganisée et chaleureuse, et je profite de la vue différente qu'offrent les trois portes-fenêtres à petits carreaux de son séjour sur le lac. Je préfère la mienne.

Alors, je réalise que j'ai réellement songé *la mienne*.

Les choses avanceraient-elles sur ce chemin invisible ?

Patricia sonne pour que je lui ouvre. Elle aime entrer chez elle comme si elle y était invitée, elle inspecte sa déco, nous bavardons chiffons… bébé. À plusieurs reprises, j'ai envie de dire qu'hier, Philippe et moi, nous nous sommes étrangement accrochés. Seulement, à force d'hésiter, de ne pas trouver la phrase sur laquelle rebondir, je me tais et je laisse parler Patricia.

Mais je me dédouble et j'en ai conscience.
Oui, pour la première fois j'ai le sentiment certain de

pouvoir le faire délibérément. J'entends ma voisine et amie, je réagis tout en nous revoyant, Philippe et moi, dans notre chambre.

Louis dormait dans la sienne, mon mari préparait son costume pour le lendemain. Nous avons regagné le rez-de-chaussée et Philippe m'a dit qu'il allait cirer ses chaussures.

– Tu veux que je cire les tiennes ?

– Non, merci. Je l'ai fait hier.

Il a ouvert le placard et je l'ai entendu dire d'une voix que j'ai détestée :

– Où as-tu mis le cirage noir ?

Je me suis crispée, puis je me suis penchée au-dessus de ce tiroir où manquaient le cirage noir et la brosse à reluire. J'ai ouvert les autres – tous les autres – et j'ai retrouvé cette boîte et cette brosse dans le dernier qui renferme un bazar indéfinissable. En silence, Philippe les a empoignés puis, avant de s'asseoir sur le banc, il a jeté un regard au vide-poche où nous devons ranger nos clés.

Encore une fois, je l'ai détesté d'avoir ce geste.

– Tu vérifies une deuxième fois, ai-je dit. C'est une obsession.

– Ce n'est pas une obsession, c'est un réflexe maladroit. Et si tu remettais les choses là où elles doivent être, je ne le ferais pas.

– Si tu avais vu mes clés en arrivant, tu n'avais pas besoin de vérifier à nouveau.

– Je répète, c'est un réflexe maladroit.

– C'est plus qu'un réflexe, ce sont des remarques constantes !

– Je n'ai strictement rien dit. J'ai juste regardé.

– C'est pire !

Et là, tout s'est emballé.

Le cocktail mêlait fatigue, énervement, tension, hormones, stress et déception, l'instant est devenu explosif.

J'ai reproché à Philippe d'être sur mon dos, il m'a blâmée de ne pas faire attention à des détails simples, *puis* de ne pas faire attention à lui.

– Et si je ne pouvais redevenir cette Martha que tu as épousée ?

– Pourquoi tu dis ça ? Pourquoi tu ne redeviendrais pas ma Martha ? C'est bien ce que tu veux ?

Il a posé les mains sur mes épaules, je les ai senties immenses et lourdes. Il était triste, froid, lointain et pourtant direct. Mon ventre s'est contracté violemment, les larmes me sont montées aux yeux et j'ai dit qu'il fallait que je m'allonge. Il m'a accompagnée jusqu'au canapé où il m'a aidée à m'installer. Il a caressé mon ventre et s'est excusé. Il a pris ma main, l'a embrassée. Moi, je ne voulais qu'une chose, que mes muscles se détendent. Nous sommes restés comme cela à nous regarder, muets.

Puis, Philippe s'est penché pour me donner un baiser tendre. J'ai senti qu'avec ce baiser il cherchait à être rassuré, alors c'est ce que j'ai fait, je le lui ai rendu avec tendresse. Mais j'ai songé à Dina. Je n'ai pas comparé ma détresse à la sienne, cependant j'ai compris dans ma chair ce qu'était l'impossibilité de parler. Philippe m'a donné un nouveau baiser, un baiser simple, celui d'un couple qui va bien après ses douze ans d'amour. Mon ventre est redevenu souple, et mon mari est allé me chercher un verre d'eau.

En revenant près de moi, il a dit que pour le dîner de vendredi soir avec ses clients, je n'avais qu'à passer commande chez le traiteur rue des Forges.

– Il est très bien pour les dîners, mieux que celui de la place du Général-Leclerc. C'est une affaire extrêmement importante pour moi.

– Pourquoi tu ne les invites pas au restaurant ? Je ne risquerais pas de commettre d'impair.

– Mon amour, ce dîner à la maison est essentiel pour que je démontre à mon client qu'il fait partie de mes amis.

– Et il en fait partie ?

– Non. Mais c'est un client d'exception.

Philippe a souri, mais il ajouté :

– Je suis sûr que ces notions de business te disent quelque chose.

J'ai laissé filer cinq secondes, je les ai comptées.

– Je ne joue pas à l'amnésique, je le subis.

– Je ne voudrais pas être maladroit, mais je subis mon caractère.

Le bébé s'est manifesté tout en haut de mon ventre, et Philippe a recouvert la bosse dure de sa paume. Il a eu son sourire de papa quand le bébé a bougé tout contre lui. Il l'a suivi de sa main, et nous n'avons pas pu prononcer un mot de plus. Je me suis endormie sur le canapé, et en me réveillant, à 2 h 10, j'avais une couverture sur moi. J'aurais aimé que ce soit celle de Sacha. Je ne suis pas montée dans notre chambre, j'étais bien toute seule, je me suis rendormie aussitôt très profondément. C'est la voix de Philippe bavardant à l'étage avec Louis qui m'a réveillée.

J'ai replié la couverture et l'ai rangée pour que notre fils ne s'inquiète pas. Philippe a très bien joué le mari et le papa idéals. Moi, j'ai préparé le cacao et les tartines. Je les ai embrassés sur le pas de la porte et, en les regardant partir, je me suis demandé si, à force de prétendre que tout était normal, tout le deviendrait.

Je pense encore exactement à cela quand Patricia se lève en disant qu'elle doit faire un plein de frigo avant de récupérer nos enfants.

– Tu peux me rapporter deux baguettes ?

– Une bien cuite pour monsieur, et une blanche pour madame ?

– Merci.

D'un geste instinctif, elle attrape son sac à main, ses clés, enfile ses sandales, et moi les miennes. Elle me prend le bras pour rejoindre son portail en métal noir d'un modèle aussi austère que le nôtre. De l'autre côté de cette petite rue se cache ma maison. Ce sont les deux dernières, au bas de la butte de cette rue qui décline vers le lac.

– À quoi penses-tu ? fait Patricia.
– Au dîner que Philippe organise vendredi pour ses clients.
– Envoie-le paître ! Tu es enceinte de sept mois !
– Je ne crois pas que ce soit dans mes cordes, parce que je suis enceinte de sept mois.

Patricia me raccompagne jusqu'à son portail et, alors que je traverse la rue, elle m'appelle. Je me retourne.
– Quand est-ce que tu te sens vraiment bien ?

Patricia est la première personne en dehors de ma psy à me demander cela.
– Quand je me promène au bord du lac. L'après-midi en particulier, quand, après 16 heures, la couleur de l'eau devient bleu-vert, de la surface au plus profond.

Patricia se dresse sur la pointe des pieds pour apercevoir le petit coin de lac entre les bosquets qui bordent notre rue.
– Dire qu'il faut que tu me le soulignes pour que je le note…
– Et toi, tu l'aimes ?
– Uniquement quand l'eau est très, très chaude, et elle ne l'est jamais assez ! Et je ne suis pas aussi parfaite que toi pour pouvoir dire précisément la couleur qu'il prend alors…

Elle plaisante, bien sûr, mais j'aurais préféré qu'elle omette cette phrase-là. Aujourd'hui, mon sens de l'humour est défaillant, et ma sensibilité à fleur de peau. Peut-être trop.

Et si c'était moi qui avais les idées tordues ? me dis-je en poussant la porte de ma cuisine où, sur la table, j'aperçois les deux casseroles que j'avais enfoncées la veille dans la poubelle du garage. Un mot de Marina dépasse : « IL FO FROTER AVEC SABLE. marina ».

Marina est une merveille. Elle arrive tôt le lundi et le jeudi matin, puis repart vers 11 heures pour récupérer sa propre fille à l'école. Non seulement elle est discrète et efficace, mais elle m'apporte à sa façon une aide précieuse.

Tout comme Sacha et Anton, elle est russe. Elle a les mêmes yeux qu'eux, légèrement étirés et souriants. Philippe m'a appris que cela fait maintenant dix ans qu'elle vit en France, mais je ne sais pas pourquoi elle a quitté la Russie. C'est une association à laquelle nous faisions des dons qui nous avait contactés pour nous proposer ses services. Marina ne parle pas. Elle est devenue muette après une maladie à laquelle je n'ai rien compris.

En arrivant en France, elle a eu une brève liaison de laquelle est née une fille. Je me sens comme elle, amputée de mes moyens. Est-ce pour cela que je l'apprécie autant ? Pas seulement. Sa personnalité me plaît et j'aime ses petits mots. Qu'elle les signe systématiquement par une minuscule m'agace, cependant. J'ai bien essayé de la faire changer. J'ai échoué, Marina veut être marina.

Quand je désespère de localiser le truc dont j'ai absolument besoin, Marina me sauve. Une fois, peu de temps après mon retour, de rage, je lui avais demandé :

– Vous savez où je peux *me* retrouver ?

Sans hésitation, elle avait dessiné un cœur sur son bloc.

– Vous voulez dire que c'est l'amour qui va m'aider ?

Elle avait hoché la tête.

– Oui, mais s'il est perdu ?

Elle avait eu un sourire et un regard où je n'ai rien lu, senti ou deviné. Elle a posé la main sur mon ventre. Et moi, j'aurais aimé savoir comment Philippe et moi avions conçu ce bébé, comment nous nous étions aimés à cet instant-là. J'aurais aimé avoir voulu cet enfant, et pouvoir lui dire que je l'avais désiré, parce que je redoute cette question qui surgira un jour, quand il sera assez grand pour s'interroger.

Pour le moment, il dort, alors je demeure immobile, appuyée contre le comptoir.

Je suis en équilibre entre le néant noir derrière moi, et l'avenir face à moi. Il me semble blanc comme cette neige en Allemagne. Marina a raison, l'amour, c'est ce bébé. Je lui dirai que c'est lui qui m'a aidée à traverser ces mois difficiles.

8

Les clients de Philippe sont d'un ennui mortel, et aucun terme financier ou juridique n'a le pouvoir de me captiver.

Je souris aux anges et à la femme de l'industriel avec qui mon mari fait affaire. De quoi parlent-ils ? Eh bien, je m'en fiche, parce que, comme avec Patricia, je me dédouble. Je me fiche de la vie de rêve de cette femme dont la voix ressemble à celle d'une enfant, je navigue dans un monde mystérieux où le silence est divin, où je me sens bien, où je ne pense pas, où je vois sans voir, où je sais qu'il y a un meilleur.

Une fois le dessert avalé, les hommes passent au bureau terminer leurs « affaires », et j'emmène l'épouse du très rigide M. Baumgartner voir le lac depuis notre jardin. La nuit est douce, l'été décline. La chaleur que le lac a dévorée jour après jour inonde l'air. Ute qui me tient le bras se retourne pour admirer notre maison qu'elle trouve une fois de plus *perfekt*.

Alors je ne suis plus dédoublée, et j'ai très envie de signifier à Frau Baumgartner qu'aucune maison n'est parfaite, parce qu'elle est l'œuvre d'un humain. Qui, lui, ne l'est pas non plus. Que rien ne l'est jamais, parce que tout, absolument tout a des faiblesses, des défauts, une part d'incontrôlable… Que j'en ai vraiment, mais vraiment par-dessus la tête d'entendre ce terme dans la bouche de

tout un chacun. Qu'il me donne envie de hurler, comme
Dina : *Fuck ! Scheiße !* Que si Mme Baumgartner le prononce
encore une seule fois, je la noie dans le lac pour la faire
taire. Définitivement !

Nous approchons de la berge et l'image de cette femme
suffoquant à mes pieds me saisit par sa netteté. Alors je
l'éloigne du bord, des fois qu'elle dérape de nouveau, et
que moi je plonge dans l'incontrôlable.

9

Noëlle, qui a pris des couleurs en Corse, rit quand je lui raconte l'image de Frau Baumgartner se débattant devant mon indifférence.

– Votre pulsion est très saine ! Elle prouve d'une part que votre dédoublement est l'état de semi-hypnose dans lequel vous rechargez vos batteries, et d'autre part que vous êtes tout à fait capable de reprendre pied quand c'est nécessaire. Croyez-moi, il m'arrive aussi d'imaginer qu'un de mes patients ouvre la fenêtre, qu'il l'enjambe et que je ne fais rien pour l'en empêcher. C'est humain… C'est de l'exaspération… Je sais très bien que je ne le ferai pas, et je suis certaine que vous êtes capable de vous reprendre.

Elle se tait puis croise ses bras sur le bureau.

– Non, vous n'êtes pas dangereuse, Martha. Louis est en sécurité avec vous et vous saurez vous occupez de votre bébé.

Je me rive à son regard. Je bois sa certitude. Noëlle a le pouvoir de donner une réponse aux questions que je n'arrive pas à formuler. Elle sourit comme s'il n'y avait aucun doute, puis m'interroge pour savoir si, depuis notre dernière rencontre, en dehors de cet épisode désagréable du cirage, j'ai eu la sensation d'être épiée.

– Non, rien.

– Même au bord du lac ?

– Oui. Nulle part.

– Pourquoi, d'après vous, Martha ?

– Parce qu'il n'y avait rien d'autre que la surveillance de mon entourage, mêlée à mon manque de confiance en quoi que ce soit.

– La confiance nous concerne tous, c'est tout l'enjeu de la vie en société. La part de confiance que l'on accorde aux autres et qu'ils nous rendent en retour. Les autres ont le droit de vous percevoir différemment, et ils peuvent oublier que vous vous sentez différente de l'image qu'ils ont de vous. L'amnésie n'est malheureusement pas une blessure externe et visible. Et, si cela peut vous rassurer, je ne sais pas si je suis exactement celle que vous pensez que je suis.

Nous nous sourions. Longuement. Des liens se sont tissés, impossible de les empêcher. Noëlle ne sera jamais une amie, mais elle est la seule auprès de qui je me peux décharger sans engendrer de conséquences sur notre relation.

– Je croyais que votre qualité de thérapeute était votre certificat de garantie, dis-je après ce moment.

– Vous le voyez imprimé sur mon front ?

– D'une certaine manière, oui.

– En quelle couleur ?

– En bleu. Ce qui est, selon vous, la couleur qui fait du bien.

C'est la fin de notre échange, Noëlle me raccompagne jusqu'à la porte. Nous nous serrons la main et, comme un rituel, notre conversation se poursuit :

– J'aimerais sincèrement que vous n'ayez jamais eu cet accident pour que vous n'ayez pas à affronter votre amnésie, Martha.

Aujourd'hui, c'est moi qui retiens sa main.

– Et vous, Noëlle, vous avez des tourments ?

– Croyez-vous que je sois psy par hasard ?

Elle a un sourire mi-rassurant mi-lointain, puis elle insiste pour que je réfléchisse à cette question de confiance et d'acceptation des autres tels qu'ils sont. Elle veut que je lui apporte une réponse pour notre prochaine entrevue.

Je repars avec l'idée que ma belle-mère me conduit aussi à ce point de confiance et d'acceptation en me répétant de sa voix de crécelle : « Vous devez cesser de pourrir la vie des autres, Martha. Seigneur ! Faites des efforts et oubliez-vous un peu ! » Je lui en veux de surgir sans cesse, même dans mes pensées, alors je conduis en fixant le goudron qui brille sous le soleil. Je suis le chemin intérieur qui me guide, qui se construit à mon insu. Et qui m'emmène jusqu'à l'école de mon fils.

Parmi les mamans groupées sur le trottoir, j'aperçois Patricia, puis nos fils qui sortent en même temps. Elle s'approche pour me dire qu'elle n'a pas de temps pour bavarder, parce qu'elle est déjà en retard pour emmener Vincent chez le dentiste. Mais elle s'en fiche avec une allure que je trouve d'une absolue dignité. Elle prend le temps d'en perdre encore. Elle sourit, elle marche sur le chemin de sa vie en tenant les rênes. Elle m'impressionne parce que, lorsque je démarre, elle s'arrête une nouvelle fois auprès de deux autres mamans.

Je m'engage sur la route, et Louis annonce :

– J'ai eu un 10/20 en dictée et un 8/20 en maths. Papa va m'engueuler, comme l'autre fois il t'a engueulée avec le cirage.

Je lui jette un coup d'œil de côté, mon fils avoue qu'il était redescendu à la cuisine et qu'il nous a entendus.

– Tu dis ça parce que avant ça n'arrivait pas ?

– Les mauvaises notes ou les engueulades ?

Il sourit d'une façon qui me vole un sourire.

– Je dis ça pour que tu m'engueules pas.

Voilà pourquoi j'aime mon fils, pour cet esprit malin qui l'habite, pour sa façon de m'ancrer dans le présent sans que je sois dédoublée.

– Nous nous disputions comme ça, juste avant ma disparition ?

– C'était Noël… Et tout le monde, sauf Mamina, est gentil à Noël.

– Et avant Noël ?

– Non… Mais des fois, Papa est chiant. Il aime pas quand les ballons traînent sous la table de la salle à manger…

Je l'embrasse au feu rouge, lui promets d'éviter les disputes et le prie d'éviter les gros mots devant moi.

– Avant, tu m'grondais pas quand j'en disais.

– Tu ne vas pas me faire avaler ça, mon chéri. Alors n'essaie pas de me truander !

– Truander, c'est un gros mot, M'man.

– Ça non plus, je ne vais pas l'avaler. C'est le genre de choses sur lesquelles je n'ai aucun doute.

Louis rit puis il murmure à mon oreille qu'il m'a bien eue, parce que je n'ai rien dit pour ses mauvaises notes. Ça m'amuse quand il essaie de m'avoir, mais ça me désole qu'il nous ait entendus.

10

À peine Noëlle me fait-elle entrer dans son bureau qu'aussitôt je dis :

– Avant d'aborder cette question de confiance et d'acceptation, je voudrais vous raconter mon rêve car, cette fois, dis-je en m'asseyant doucement dans le fauteuil en cuir, il y a eu une variation.

– Oh ! J'ai hâte de l'entendre ! fait Noëlle en sortant son magnétophone antique qu'elle installe à droite de son carnet de notes.

Je me relève pour me réinstaller plus confortablement, le dos bien calé. Ma psy me demande d'être ultraprécise.

– La première image n'est rien d'autre qu'une sensation de néant. Je *suis* dans ce néant. Je marche sur des kilomètres sans avoir l'impression d'avancer d'un pouce. Dans un silence total et dans une absence de couleurs. Ce n'est ni gris, ni noir, c'est indéfinissable et mes pas résonnent dans ce vide. Je ne sais pas si je suis enceinte ou non. Je veux dire que j'ai cette pensée-là en faisant du surplace… Et c'est là que les choses diffèrent parce que, d'un coup, j'ai intensément chaud et soif. La gorge me brûle. L'air, en glissant vers mes poumons, semble déchirer des lambeaux de chair. Je pense alors : « Oh ! J'ai vraiment très envie de me désaltérer ! » J'entends ma voix prononcer cette phrase comme si j'étais un robot qui lisait une réplique excessivement mal écrite et je me mets à trembler sans pouvoir m'arrêter parce que je sais qu'il n'y a rien autour. Mes jambes ne me portent plus et lorsque je suis sur le point de m'écrouler, je me retrouve dans une forêt dense où la lumière tire des flèches très inclinées entre les arbres. Au loin, je distingue une espèce de forme qui m'attire inexorablement. Plus j'approche, plus le parfum des roses est puissant et me donne la nausée. Je chancelle et me rattrape à une sorte de cabane délabrée. Elle dégage une odeur pestilentielle. J'ai envie de vomir. Je contourne la bâtisse faite de planches larges d'un brun presque noir et découvre un rosier grimpant gigantesque, avec d'énormes fleurs d'un rose éclatant. Le soleil brille, efface les arbres et, comme dans un film, il neige ! Je relève la tête sur les flocons qui tourbillonnent tout en m'effondrant au pied du rosier sur la terre molle et grasse. Je disparais comme si je fondais littéralement dans cette terre. Alors mon rêve classique reprend. Je suis couchée sur un lit dans le néant, et Philippe entre. Je me lève comme une automate et pars avec lui. Je regarde derrière moi, j'ai l'impression d'être restée sur ce lit qui n'existe pas, et qu'il en emmène une autre.

Je me tais, Noëlle fronce les sourcils puis demande :
– Vous êtes morte, quand vous avez le sentiment de fondre dans cette terre ?
– Je n'en sais strictement rien.
– Vous êtes oppressée ?
– Je ne sais pas. Je fonds comme si je disparaissais, puis je suis couchée sur ce lit. Encore maintenant, je sens ce parfum doux et écœurant.

Noëlle relit ses notes et relève la tête vers moi.
– Un, fait-elle en posant son index sur le pouce de la main opposée, vous êtes dans le néant, puisque vous n'avez aucun souvenir. Deux (elle place son index sur la dernière phalange de son autre index), cette cabane représente,

101

selon moi, votre maison, votre couple, votre famille. Trois (son doigt bouge sur son majeur), l'odeur pestilentielle…

– … n'est autre que le dégoût que m'inspire ma situation, poursuis-je à sa place. Et quatre, le merveilleux rosier digne d'un conte de fées symbolise la personne que je suis au plus profond de moi. Personnalité qui déborde, et saoule son mari et sa belle-mère.

– C'est une analyse intéressante, Martha.

– Je n'aurais pas utilisé ce mot.

– Je ne suis pas d'accord avec vous. Vous débordez de fleurs parce que la vie, votre vie, s'incarne… On ne peut pas arrêter nos changements intérieurs.

– Et cette nausée ? Signifie-t-elle que je ne supporte pas la personne que je suis ? Que je sois dans cette vie ou dans la précédente ?

– Je considère votre écœurement plutôt comme le symbole d'un point de non-retour. D'ailleurs, vous approchez de la délivrance physique. La venue au monde de votre bébé va transformer beaucoup de choses et votre inconscient vous y prépare. Dans les rêves, ce sont les symboles qui comptent plus que la chronologie des faits. Le soleil, c'est la vie et la vérité. Votre nouvelle vie vous éblouit comme une vérité.

– Et les flocons représentent mes souvenirs gelés.

– C'est une remarque pertinente. Si vous la soulignez et si vous voyez ces flocons, c'est parce que vous saurez les reconnaître. Qu'ils apparaissent sous forme de flocons indique qu'ils seront probablement partiels, comme des taches de lumière. Comme des îles vers lesquelles vous pourrez revenir.

Je n'ai strictement rien à répondre, j'écoute et mémorise. Alors Noëlle me demande ce qui me marque le plus dans ce rêve.

— Cette terre grasse et molle dans laquelle je fonds.

— Pour moi, elle matérialise toutes ces angoisses dont vous souhaitez vous débarrasser. Elles fondent. Et que ce soit cette image qui vous marque le plus est vraiment encourageant.

Un instant plus tard, je relève :

— Il n'y a que deux protagonistes dans ce rêve, Philippe et moi.

— C'est une bonne remarque. Philippe est l'homme qui vous ramène à la vie. Et vous, vous abandonnez une version de vous.

— Comme une mue, dis-je en croisant les bras sur mon ventre.

Noëlle sourit franchement.

— Avez-vous eu le sentiment d'être épiée, ces derniers temps ?

— Non. Rien. Si ce n'est, évidemment, ma belle-mère qui, oui, m'épie quand je range les assiettes dans le lave-vaisselle. Elle est si proche que j'ai l'impression que son parfum est le mien.

— Il vous flanque la nausée ?

Je lève les yeux au ciel.

— Non, c'est toute sa personne qui me flanque la nausée.

— Alors nous avons là une nouvelle analyse qui remet en cause toute ma crédibilité !

— J'ai confiance en vous.

— Vous me faites bien plaisir, Martha.

— Je viens chez vous avec plaisir.

— Pour quel plaisir exactement ?

— Celui de me décharger de tout ce qui me pollue… Pour que cela n'envahisse plus mes nuits et ne me hante plus le jour… Parfois, je repars de chez vous consolée comme une petite fille que sa maman aurait prise dans ses bras en lui disant que le grand méchant loup n'existe pas.

103

Noëlle ne se défait pas de son sourire, elle pourrait être ma mère, elle en a l'âge. Mais elle ne ressemble pas aux photos que j'ai vues de ma maman.

– Je ne fais pas de transfert, je reprends.

– Vous arrive-t-il de penser à votre maman, j'entends, à l'idée d'avoir une maman ?

– Par moments. Peu, en réalité. Je pense plus souvent à être une maman équilibrée pour mon fils et pour mon bébé.

La couleur de l'invisible

Je marche rue de la Confédération à Genève en poussant le landau de Nina. Elle dort sur le côté. Je remonte sa couette et touche son tout petit nez, sa peau de pétale de rose. Depuis un peu plus de deux mois, elle me stabilise dans l'instant. Je ne pense pas au passé, ni à ce que j'avais dû ressentir avec Louis.

Sa naissance est un soleil, même si elle n'a rien éclairé et que mon amnésie demeure telle qu'elle était, compacte et totale.

Je marche dans le froid pénétrant de cette ville où j'avais des habitudes. Encore aujourd'hui, rien de ce pays – qui est aussi le mien – ne me parle. Je suis une étrangère perpétuelle, je pense à Baudelaire et aux nuages…

Souvent.

Philippe m'a montré les magasins où j'aimais acheter mon thé, ceux où je choisissais telle marque de chocolat. Je viens d'en ressortir, aucune odeur n'a eu de pouvoir magique. Je regarde les décorations de ce Noël qui se prépare, je me dis que ce sera mon premier. Les gens avancent pressés et les bras chargés. Comment vivraient-ils sans leurs souvenirs ?

Je tourne sur la droite et descends vers le lac. Il fait

humide et le brouillard s'est levé, mais il a laissé sur le Léman son ombre invisible. Des mouettes rasent la surface, les reflets sont durs et le jet d'eau au loin est puissant.

Oui, avec la venue au monde de Nina, je vais mieux.

Depuis qu'elle est née, le brouillard invisible qui me troublait parfois au point d'être obligée de m'asseoir pour ne pas perdre l'équilibre n'a plus ce pouvoir. Je ne m'assieds plus, je vis au rythme de ma fille en la regardant dormir et s'éveiller au monde.

Je suis sa maman, même si je ne sais pas quelle femme je suis.

J'aime ma fille d'un amour sans questionnement, j'aime Louis du même amour. Et je sais que je n'aime pas Philippe comme s'aime ce couple qui, depuis de longues minutes, marche enlacé à quelques mètres devant moi.

Je ne vois que leurs dos et le mouvement de leurs hanches, mais l'amour qui les tient est palpable, même à distance. La femme a des cheveux souples, couleur miel foncé, un peu comme celle du chêne ou de l'oranger. Ceux de l'homme sont un ton plus clair, mais sur sa nuque, là où des mèches se recourbent indisciplinées, ses cheveux sont bruns. Je ne sais pas ce qu'elle fait dans la vie, mais lui est photographe. Je le ressens à la façon dont il tient son appareil photo.

Ils s'arrêtent, je ralentis et le regarde lever son appareil, puis cadrer l'invisible flottant au-dessus du lac. Je sais qu'il le voit et qu'il est capable de l'immortaliser. Elle le regarde, lui. Qui travaille. Elle n'a pas d'alliance, mais elle l'aime, oui, elle aime cet homme. Je les dépasse quand il se retourne. Je vois leurs yeux et la façon dont ils se regardent sans me voir.

Il y a quelque chose de grave dans cette jeune femme aux yeux noisette et dans ce jeune homme aux yeux d'encre. Quelque chose comme une vérité, quelque chose comme l'émotion de leur vie. Ils sont là pour une raison qui a un sens pour eux.

Ça, aussi amnésique que je sois, je le comprends dans ma chair.

Je m'arrête un peu plus loin et reviens sur cet invisible qui couvre le lac. C'est une ombre, c'est peut-être une blessure, un chagrin, un malheur récent. Derrière mon dos, la jeune femme dit « Bertrand » d'une voix qui me noue le ventre. Lui l'appelle « Lola », avec une intonation qui me fait me demander si Philippe et moi nous nous sommes aimés comme eux.

Je ne me retourne pas, pourtant cet invisible je le vois tout comme je perçois cet amour qui les lie. Je le sens. Je ne ressens rien de cela avec Philippe.

Je m'éloigne et m'assieds sur un banc. Ils me dépassent. Ce jeune homme, plutôt grave, fait encore des photos, j'aime ses gestes, ils sont comme une évidence. Je comprends que moi, qui me suis mise à prendre des tonnes de photos, je ne suis ni ne serai jamais photographe. Mais ça ne me trouble pas.

Il se tourne vivement vers la jeune femme, son objectif est sur elle. Elle sourit comme on donne tout, elle sourit comme on s'excuse, pardonne ou regrette. Tout son corps lui donne ces choses pour qu'il les observe à nouveau. Oui, il s'est passé quelque chose entre eux.

S'est-il passé quelque chose de grave et de sérieux entre Philippe et moi ?

Qu'y avait-il entre nous ?

Comment lui demander si nous avons été comme ce couple qui avance dans son amour ?

Je me penche sur ma fille endormie. Je les regarde alors qu'ils reprennent leur chemin. Je ressens leur amour et leur enlacement. Je le comprends au plus profond de moi. Si je le comprends et le ressens ainsi, c'est peut-être parce que je l'ai vécu… Si je ne le ressens plus avec Philippe, c'est peut-être que c'est parti… Ou que je l'avais éprouvé avec le seul homme que j'avais rencontré avant lui.

C'est mon mari qui me l'a appris, c'est lui qui m'a dit que Simon et moi avions rompu quand ce dernier était parti étudier au Japon. Une amie d'alors m'a montré sa photo. Elle n'a rien éclairé en moi. Qu'il soit marié et qu'il ait trois enfants m'indiffère. Je ne l'ai jamais appelé.

Nina se réveille, je la prends dans mes bras. Le temps de ce mouvement, le couple s'est évaporé. Je reste assise sur le banc, l'invisible ne s'envole pas, il flotte au-dessus de l'eau. Et si Philippe avait raison ? Et s'il était cet amour que j'ai connu ?

Nina plonge ses yeux gris sombre dans les miens, et la chance d'être en vie, avec elle si bien portante après un accident, me frappe comme un éclair. J'abandonne aussitôt l'idée de changer de vêtements, de repeindre complètement la maison, de tout « révolutionner ». Je ne vais rien déplacer ou remplacer, pour que mes souvenirs reviennent.

Je veux revivre cet amour-là.

La couleur du blond platine

1

On sonne. Je regarde par le judas et, après un temps, je sais qui est la femme blond platine au carré flou qui attend, les mains sur les hanches. J'ouvre. Elle me sourit largement.

– Lisa ! Enfin !

– *Yes ! It's me, baby !*

Elle me saute au cou et m'embrasse avec fougue.

– Quand as-tu changé de coupe et de couleur ? dis-je.

– Avant-avant-hier. Je n'ai pas envie qu'on me reconnaisse à chaque coin de rue, j'ai laissé des souvenirs ici !

Lisa, je ne l'ai jamais revue autrement que sur Skype – en brune, les cheveux frisés et très longs. Comme tout le reste, elle appartient à un monde qui, depuis un peu plus de trois ans, demeure gommé de ma mémoire. Au fil des mois, j'ai écouté et même attendu ses confidences au téléphone. Elles m'ont beaucoup distraite, fait rêver, parfois – en particulier quand Lisa raconte ses escapades amoureuses. Car Lisa est une femme volage. Qui en est fière.

Pour sauver leur mariage, John, son mari américain, avait décidé de s'exiler à Chicago il y a bientôt quatre ans. Il pensait que ça serait la solution pour la « guérir ». Mais ça n'a pas marché et, avec exactement la même voix que celle qu'elle prenait au téléphone, elle me dit :

– J'adoooore les Américains ! Je suis un monstre sans scrupule ni conscience.

Elle grogne en découvrant ses dents. Nous éclatons de rire.

– Tu restes combien de temps ?

– Peut-être un ou deux mois. Mon père vient de tomber gravement malade.

– Mon Dieu !

– Ne dis pas de conneries ! Tu sais combien je le déteste.

J'ai un sourire parce que, bien sûr, en trois années d'échanges, Lisa m'a parlé de son enfance au milieu de son présent.

– Bon, je prends racine à l'entrée ou tu m'invites enfin *inside* ? dit-elle en me saisissant le bras et en m'entraînant vers la cuisine, qu'elle restitue sans l'ombre d'une hésitation.

– Je veux un très bon espresso français.

Elle se débarrasse de ses chaussures et se laisse tomber sur une chaise. Je prépare le café.

– Ma sœur ne veut pas être la seule à prendre en charge le vieux con qui, comme tu le sais, n'a personne à part nous. Alors me revoici, me revoilà ! Mais *don't panic*, les méchancetés de mon géniteur ont suffisamment jalonné ma vie pour que je n'aie pas envie de les subir à nouveau. Et, poursuit-elle alors que je m'affaire avec le plateau, je n'ai pas besoin d'une analyse pour savoir que c'est à cause de lui que je me jette sur tous les mecs qui passent à ma portée pour avoir l'impression d'être intéressante à défaut d'être aimée.

– Ou pour avoir le dessus ? dis-je avec un regard.

– Toutes les positions sont intéressantes, Martha… J'aime la variété.

Lisa me fait un clin d'œil, c'est une séductrice séduisante. Elle s'empare du plateau et file au salon où elle le pose sur la table basse en verre.

– Dis voir, ça n'a pas beaucoup changé ici ! C'est toujours chic et sobre et on a toujours peur de déranger.

Elle m'entoure de ses bras.

– Pardon ! C'est le décalage horaire qui me fait dire des horreurs, pas les gènes de l'autre con ! Et en parlant d'horreurs, tu devrais virer ces horribles croûtes.

– Tu oublies que j'ai décidé de ne rien changer pour ne pas effrayer mes souvenirs, dis-je en m'asseyant sur le canapé.

– Et si ces mochetés effrayaient tes souvenirs ?

Je ris, Lisa me plaît en chair et en os, comme par écran ou téléphone interposés.

– Je n'arrive toujours pas à comprendre comment tu as pu laisser Philippe coller ici ces trucs qui sont…

– Un investissement financier à long terme.

– Ces toiles ont pris de la valeur ? demande-t-elle avec ironie.

– Je vais interroger Philippe.

– Eh bien ! Voilà une raison supplémentaire de la nécessité de mon retour ! Et, crois-moi, ce sont pas ces machins qui vont ébranler ta mémoire maintenant, ils en ont largement eu le temps !

Elle se lève et décroche une première toile. Puis elle traverse la pièce, fait de même avec la deuxième et la troisième. Elle se plante au milieu du séjour et me fait signe de la rejoindre. Nous étudions cet espace qui a pris une autre dimension. Alors me revient cette envie de tableau que j'ai eue juste après mon retour.

– Il faut un tableau, mais un seul, fort, immense, sur ce mur-là, au fond, fait Lisa en tendant le bras.

– Je suis d'accord, et j'en ai eu envie.

Elle se tourne vers moi :

– Tu verrais quoi ?

Je reste sur ce mur.

– Peut-être le tableau d'un orage.

– Un orage ?

Je suis aussi surprise de ma réponse que l'est Lisa, mais je redis que, oui, j'y accrocherais bien le tableau d'un orage…

– … sur le lac. Comme celui auquel j'ai assisté peu après mon retour. Oui, je crois que c'est exactement ce qu'il faut.

Lisa se contorsionne vers la baie.

– *Why not !* Mais un *fucking beautiful storm*, parce que ça t'est sorti comme un éclair de cœur, ma chérie !

– De génie. On dit un éclair de génie, je la reprends en lui pinçant doucement le bras.

– D'où vient le génie ? répond-elle les bras écartés.

Je raccroche les toiles une à une, Lisa m'aide pour la dernière. Elle touche le col de mon chemisier blanc.

– Il est neuf, mais j'ai gardé le style de Martha.

Mon amie glisse son bras sous le mien, m'entraîne sur le canapé où, très sérieuse, elle se penche vers moi.

– Tu en es où de tout ? Et ne me ressers pas la sauce que tu m'as fourguée au téléphone.

Alors je lui livre une autre version de ces trois années. Je lui avoue que Philippe et moi avons traversé des moments difficiles.

– Par vagues. Nous nous sommes accrochés assez souvent au début puis, ma grossesse avançant, nous avons mis de l'eau dans notre vin, et avec la naissance de Nina il y a un mieux.

– Mais comme la marée qui revient, vlan…

– Oui, vlan. Les choses ont atteint leur paroxysme le jour où il a rapporté des anxiolytiques et des somnifères que ses amis médecins à Genève lui avaient conseillés.

– Comment il a osé ?

– J'étais soi-disant invivable, de jour comme de nuit. C'est vrai, je suis parfois ailleurs, je suis étourdie, j'oublie encore des choses, et j'en range où il ne faudrait pas. Sans parler de mes clés… J'ai eu une phase où j'étais si fatiguée et débordée que j'étais hyperémotive…

Je relate la scène à Lisa, dans les moindres détails.

– On ne peut plus te parler sans que tu prennes tout comme une agression !

– Mais non…

– Fais-moi confiance, Martha. Tu es si tendue que tu *es* agressive. Tu n'allaites plus. Tu n'es plus enceinte. Donc, tu n'as aucune raison de ne pas te soigner.

– Noëlle me donne déjà des cachets !

– Mes amis ont vérifié. Les deux traitements sont compatibles.

– De quel droit tu m'imposes cela ?

– Je le fais pour ton bien. Pour que tu dormes, et moi aussi !

– Tu n'as qu'à faire chambre à part !

– Jamais. Cette chambre est la mienne. Cette maison est la mienne, et…

Il s'est interrompu, alors j'ai crié :

– Et quoi ? Qu'est-ce que tu allais dire ? Que *je* suis à toi ? Que *les enfants* sont à toi ?

Philippe s'est approché de moi avec une telle brusquerie que j'ai craint qu'il me gifle. Dans ses yeux, il y avait de la rage, mais il s'est dominé.

– Si jamais tu avais l'envie de divorcer, Martha, je demanderais la garde des enfants, parce que je fais vivre ma famille, et que je suis une personne stable psychologiquement.

– C'est une menace ?

– Non. Je t'explique juste les choses comme elles sont. Tu as perdu la tête, Martha.

– Peut-être, mais pas la raison. C'est toi qui veux divorcer, n'est-ce pas ? Ou alors non, tu veux me pousser au divorce…

Philippe m'a saisie par le bras :

– Je veux juste retrouver ma femme. Celle que j'aimais *avant*. Je veux ma vie d'avant.

113

– Vache ! fait Lisa. Et après ça ?

– Philippe s'est excusé par téléphone depuis son bureau. Il a juré que ses mots avaient dépassé sa pensée, et que jamais il ne pourrait faire cela. Tout m'enlever. Il avait parlé sans réfléchir, il était à cran. Lui aussi traversait une période difficile à son travail et « tu sais dans quel état je suis quand je suis exténué ».

– Ton mari peut être d'une humeur exécrable, c'est vrai. Il s'emporte vite comme sa mère.

– Mais à la différence d'elle, il s'excuse. Et il a réellement fait des efforts après ça, et moi aussi. Nous sommes arrivés à un équilibre. Nous nous accrochons encore parce que l'amnésie engendre des complications, et je veux bien admettre que vivre avec quelqu'un de différent n'est pas facile, mais vivre avec un mari qu'on n'a pas l'impression d'avoir choisi est aussi déstabilisant. Je me dis qu'on aurait dû agir autrement le temps de se réapprivoiser… Il y a des moments où je me demande ce que je fais dans notre couple, et d'autres où j'ai l'impression d'être sa femme… J'ai des sentiments pour lui… C'est nouveau. C'est…

– C'est ce que ta vie te fait faire.

– Oui. C'est exactement cela.

– Et avec ta belle-mère ?

– Oh ! Elle, je ne l'écoute pas. Je m'en contrefiche. Et avec Louis et Nina je suis profondément heureuse.

– Et avec toi-même ?

La question de Lisa me fait sourire de surprise, mais avec sincérité, je réponds :

– Je ne me reconnais toujours pas dans cette femme qui était moi, mais comme tous les amnésiques avec lesquels je me suis entretenue, il y a peu de chance que ça arrive… Ces deux femmes cohabitent et leur communication est parfois conflictuelle. J'ai eu peur que la Martha-parfaite étouffe celle qui vit désormais en moi. Mais au fil du temps et avec l'aide merveilleuse de Noëlle, je ne suis plus en guerre comme j'ai pu l'être. Je ne suis plus aux aguets. Je me suis habituée à vivre ainsi en étant les deux.

– Je suis plusieurs femmes aussi, si ça peut te rassurer.

– Mais tu as la mémoire de ce que tu fais.

– Et que parfois je voudrais oublier…

Le regard de Lisa est délicieux, je le trouve gai, taquin et piqué d'un zeste de mystérieux que j'envie.

– Et toi, comment gères-tu toutes les versions de toi ?

– Je ne vis qu'au présent, affirme-t-elle.

– J'ai fini par m'habituer à vivre ainsi.

Elle prend ma main dans la sienne.

– Et toutes les deux, nous nous comprenons toujours, et autant qu'avant.

Sa remarque me fait sourire. Lisa m'étudie, puis elle se relève et marche vers le buffet pour se pencher sur les cadres photo.

– Ne me dis pas que c'est Nina ?

– C'est bien elle.

– Je veux la voir. Où est-elle ?

– Elle fait la sieste, mais dès que…

– À qui ressemble-t-elle le plus ?

Lisa soulève le cadre, scrute les traits de ma fille.

– Elle a des cheveux châtains comme les tiens.

– La même peau que Louis.

– Mais ses yeux ne sont pas bleus comme ceux de Philippe. Mon amie me fait un clin d'œil.

– C'est la fille de ton amant !

– Là, tu perds la mémoire. Tu oublies le test de paternité, et que Martha est incapable de ça.

– Et ça vaut mieux pour elle ! Parce que si, en plus d'être le « prototype de la femme qu'on voudrait toutes être », Martha prenait la liberté de me faire de la concurrence, je crois bien que, comme les autres nanas, je rêverais non pas de la voir disparaître, mais de la liquider pour de bon !

Lisa me fixe d'un air sérieux, mais je sais qu'elle ne l'est pas. Pourtant, quelque chose de cette vieille habitude de questionner me pousse à lui demander :

– J'avais des ennemies ?

– Rien que des envieuses ! Remarque, c'est la même chose. Mais, sois rassurée (elle repose les cadres n'importe comment), ton cerveau n'est pas équipé pour vivre un adultère. Tu es une romantique de base. La fidélité, le toujours, *the true love*, c'est pour toi. Les grands sentiments, la poésie…

Elle tend le bras vers la bibliothèque.

– Tu avais la voix chevrotante chaque fois que tu citais Hugo ou Baudelaire.

– Épargne-moi, s'il te plaît. Je suis une caricature vivante.

– Non. C'est moi, la caricature. Regarde par toi-même ! Je suis trop grande, trop pulpeuse et habillée comme une foldingue, alors que toi, tu restes si mince qu'on en serait jalouse. D'ailleurs, comment fais-tu pour garder ta silhouette de rêve après tes grossesses ? Tu as repris la danse ?

Je secoue la tête.

– Tu savais que Maryline, chez qui je suivais des cours, s'était suicidée ?

– Évidemment ! Tu m'as appelée complètement effondrée quand tu l'as appris. (Elle revient s'asseoir vers moi.) C'était, selon ma très fiable mémoire, à cause d'un type qui l'avait plaquée et dont elle était éperdument amoureuse.

– Philippe m'a dit la même chose.

– Alors ton mari ne ment pas, fait Lisa avec un regard appuyé. Tu as appris qui c'était ?

Je secoue la tête et dis que j'ai rencontré une des femmes qui étaient dans mon cours.

– Elle ne connaît personne qui ait jamais croisé ce type, parce que c'était une relation interdite.

– Un homme marié, haut placé, ou un mineur.

La conviction de Lisa est indiscutable.

– Un artiste, d'après ce qu'elle sait et d'après ce que j'aurais dit à Philippe.

– Tu parles ! Un artiste ! Quel artiste irait à Dingy-Saint-Clair ? Relation interdite égale relation à problèmes. (Lisa hoche la tête deux fois, lentement.) Et si Maryline avait été assassinée ?

– Cette fois, c'est toi qui deviens terrifiante. D'autant que son corps n'a toujours pas été retrouvé.

– Ma chérie, je vis aux États-Unis où, crois-moi, les histoires de meurtres débiles ou sordides ne manquent pas. Mais si tu préfères, dit-elle en posant sa main sur mon bras, je peux te livrer une version que la romantique en toi devrait aimer : Maryline a fait croire à un suicide et s'est tirée pour vivre cachée avec son super grand amour au fin fond du Groenland. Sans papiers, sans carte de crédit, sans téléphone portable, sans le flic Internet. Elle passe son temps à admirer son sculpteur gravant sa silhouette souple dans des os de baleines. (Lisa prend une pose indescriptible.) Des tas de gens font ça, tu peux me croire. Os de baleines ou autres…

Elle se lève puis se penche sur la table basse pour se resservir du café.

– Quand est-ce que Maryline a disparu, déjà ?

– En décembre, juste avant mon accident.

– Alors, tu vois. Une chose est sûre. Ce n'était pas avec toi qu'elle se sauvait… Donc, logiquement, Martha, tu n'es pas lesbienne.

Lisa me fait rire, même si parler de Maryline avec autant de désinvolture me culpabilise. J'envie sa spontanéité, sa fraîcheur, ses certitudes, sa drôlerie, sa façon de poser des idées légères sur des maux graves sans toutefois manquer de respect. Tout ça me souffle comme un vent de mieux-être, et même d'optimisme.

– Oui. Ta version me plaît. Je voudrais sincèrement que Maryline ait disparu avec son grand amour.

– Et il se pourrait même qu'un de ces jours elle t'envoie une carte postale du Groenland qui te prouverait que j'ai raison.

Elle vide sa tasse d'un trait.

– Tiens, à bien y réfléchir, je peux même te dire que s'il y a dans les parages une relation interdite avec qui elle aurait pu se tirer à cette époque, c'est Raphael Pérec.

Lisa se tait et me dévisage, alors je demande si je dois déduire de son silence que je connais ce Raphael Pérec.

– Oui, tu sais. Enfin l'autre Martha le connaît.

– Qui est-ce ?

– Un élève. Assez perturbé et instable, mais très doué pour faire chier et dessiner sur les tables. Un élève, que toi et moi avons eu en classe, et qui me faisait rêver, moi. Mais que rêver, insiste Lisa avec un hochement de tête, parce que j'ai assez de sang-froid pour éviter les problèmes avec un grand et gros P. Et les jeunes de l'école Ariane étaient des dossiers à éviter.

– Maryline aurait pu le rencontrer ?

– Ce n'est pas à moi, mais à toi qu'il faudrait le demander. Je ne dansais pas aux temps anciens, je…

Lisa n'en dit pas plus, sa moue suffit. Elle attrape son portable et comme, me dit-elle, elle le fait désormais avec tous ses élèves et amants, *facebookise* Raphael Pérec. Facebook se révèle muet, alors elle balance son téléphone à l'autre bout du canapé.

– Je suis conne ! Je ne risque pas de trouver sur Facebook un môme qui s'est tiré d'Ariane comme un voleur pour aller au Canada ! Je me souviens encore de la colère de Max ! Il m'a appelée alors que je dormais pour me dire que si je croisais un jour Pérec à Chicago, je devais le prévenir aussitôt. Il était hyperfurax que ce môme ait abandonné l'école deux jours avant la rentrée des vacances de Noël sans lui en parler, comme un lâche ! Je ne comprenais pas pourquoi il m'appelait en pleine nuit…

Lisa a un immense sourire, même pour ajouter que Philippe lui a annoncé plus tard ma disparition.

— Donc, conclut-elle, si ce môme s'est taillé le 5 janvier, il n'a rien à voir avec ta disparition le 7 et il n'est pas non plus l'artiste de Maryline.

— Tu me vois rassurée.

Lisa croise les bras, elle sourit encore mais ne me lâche pas du regard.

— Philippe a raison, tu ne retiens vraiment pas les noms, parce que Pérec est forcément dans les dossiers que tu as consultés.

— C'est vrai, j'ai toujours du mal avec les noms, surtout avec ceux que je ne pratique pas *tous* les jours.

— Quand je pense qu'ils ont réussi à fermer cette belle Ariane…

— Crois-moi, ça m'a fait vraiment bizarre de recevoir la prime de licenciement alors que, pour moi, je n'y ai jamais travaillé. J'ai eu le sentiment de gagner au Loto et de commettre une imposture.

— Tu n'en as pas commis et tu n'étais pas une imposture, Martha ! Ta prime était amplement méritée, parce que le job chez Ariane était *heavy*. Passionnant, mais… *very heavy*.

— Tu aimais ?

— C'était une façon super unique d'enseigner, extrêmement stimulante, et que je ne retrouverai jamais ailleurs.

— Tu dis « enseigner » comme une gourmandise.

— Alors, ça, ça me fait vraiment plaisir, parce que j'adooooore enseigner… Et tout ce qui va avec. Les hommes impliqués dans l'éducation de leur enfant, les collègues, les adminitratifs…

— Et John ?

— Je l'aime plus que tout. En réalité, malgré tous mes écarts, il n'y a que lui que j'aime, et je ne sais même pas pourquoi.

— Ma psy prétend qu'on ne sait pas toujours dire pourquoi on aime quelqu'un ou reconnaître qu'on l'aime.

— Alors c'est une bonne psy. On se fout de la recette, du moment qu'elle marche ! Mais ne crois pas que les remords ne m'assaillent pas… Je les assume, comme une contrepartie incontournable, même s'il m'arrive de me demander si j'aurais préféré être comme toi, avec cette ligne divine, ces yeux pleins de gentillesse, cette élégance inscrite dans tes gènes, ces murs à redécorer, tes grandes idées, et même ton petit air…

– S'il te plaît, ne dis pas parfait.

Lisa prend mes mains dans les siennes.

– Tu as une belle nature, Martha. Tu es une belle femme, tu as – note que j'utilise le présent, parce que je sais en te regardant que tu es encore comme ça – oui, tu as un beau respect pour les autres et pour cette belle notion d'engagement. Tu donnais de beaux cours, tu avais choisi une belle mission en enseignant comme moi à Ariane. Tu es restée avec Philippe qui, même s'il casse les couilles, est un type solide. Tu lui as redonné une belle chance. Qui est peut-être votre meilleure chance. Et tu devrais peut-être reprendre une belle activité pour t'aérer la tête et sortir de cette belle maison.

– Je ne sais toujours pas ce que je vais faire quand Nina ira en classe.

– Photographe ?

– Non, je réponds, sûre de moi. Je ne le suis pas. Et pour preuve, si je l'étais, mon matériel serait à portée de main. Et tu aurais dit que mes photos de Nina étaient belles.

– Aïe, je sens que j'ai fait une gaffe.

– Non. Ça ne me vexe pas. J'ai compris que j'ai commencé à faire des photos comme le Petit Poucet pose des cailloux. Et si je suis des cours, c'est parce que Bruno me l'a très gentiment proposé. Mes clichés de tasses, de fruits, de fourchettes alignées le faisaient rire. Ça me faisait du bien de faire rire quelqu'un. Et en apprenant une technique dont je ne sais quasiment rien…

– … tu fais travailler ta mémoire sans te perdre dans ce qui t'angoisse.

Je marque un temps. Puis confie :

– J'ai été très touchée que Philippe m'offre un bel appareil. Oui, ça m'a touchée qu'il me fasse un cadeau pour moi. Je dois le reconnaître.

– Mais il ne s'intéresse pas à ce que tu fais.

– Ça l'indiffère. Mais ça ne m'affecte pas non plus. Je n'attends pas qu'il soit en extase devant moi, qui ne le suis pas devant son travail.

– Est-ce que tu as envie de retravailler ?

– Non. Je n'ai pas envie d'enseigner, et je ne m'en sens même plus capable.

– À cause de Philippe, qui aime que tu sois à la maison ?

– Non. Je n'ai pas envie d'exercer une activité parce que j'ai encore besoin de temps en tête à tête avec moi-même.

Puis, par défi, j'ajoute :

– Je choque la femme libre que tu es ?

– Alors là, point du tout, ma chérie… Rien ne me choque. (Lisa change radicalement d'expression, son sourire s'efface totalement.) Hormis, évidemment, tous ces attentats et *toutes* les horreurs de ce monde qui vient de basculer dans ce que je n'arrive pas à comprendre.

Elle a un regard où je lis sa glaçante désillusion, son désarroi total et sa profonde tristesse. J'y noue les miens.

– Je ne regarde quasiment pas les infos. Je suis… Je ne peux pas… Je préfère le lac.

– Et le sexe ? demande Lisa en retrouvant une voix plus légère.

– C'est mieux qu'au début.

Elle demeure silencieuse pendant plusieurs secondes, puis elle dépose une bise sur ma joue.

– J'ai les boules pour toi, mais pas de solution miracle autre que celle d'aller voir ailleurs.

– Ce qui est au-dessus de mes principes et de mes forces.

– Non, crois-moi. Il n'est pas question de forces ni de principes.

Je souris à sa formule, et Lisa poursuit :

– Je ne peux évidemment pas te dire comment Martha-la-parfaite se débrouillait au lit, parce que tu ne m'as jamais rien détaillé de croustillant mais, te connaissant comme moi je te connais, je ne peux que te répéter que Philippe et toi étiez heureux ensemble… Tu ne te plaignais que de ta moche-mère, mais avec classe.

Elle se tait à nouveau, me fixe du regard. Puis elle effleure de son index un point entre mes sourcils.

– As-tu imaginé, dans ta petite tête, que Philippe aurait pu avoir une maîtresse jalouse au point de vouloir se débarrasser de toi, en te poursuivant sur cette route enneigée pour te piquer ton mari et ton Lioricci 61 ?

– N'oublie pas mon peigne en corne et mes Kleenex.

– Que tu ne me prêtais pas.

– Je n'étais pas prêteuse ?

– Alors ça, *no, never*. Pas prêteuse de livres, de fringues, de crayons, de trombones, de rien. Sauf des sous. Tu m'as plusieurs fois dépannée de cinq cents euros pour mes escapades, sans me poser de question. Je te les rendais, bien sûr, parce que les bons comptes font les bonnes amies. Mais non, pas prêteuse.

Nous restons sur cela, puis je vois Lisa changer d'expression.

– Est-ce que tu sens maintenant que je suis ton amie ?

– Oui. Et je retombe en amitié avec toi.

– Ça me fait vraiment plaisir, Martha, parce que, même si je vis loin, tu es une femme importante dans ma vie. Et même si Philippe m'avait plu, même si je suis élastique sur ce principe-là, je n'aurais rien tenté avec lui par amitié pour toi. Donc, dit-elle reposant son index entre mes sourcils, ce n'est pas moi, cette ombre qui se balade en toi.

122

Je serre fort la main de Lisa. Très fort.

– C'est très angoissant, ce vide noir, n'est-ce pas ?

– Moins qu'au début. C'est…

– … comme un orage qui ne veut pas éclater.

Son idée me vole une émotion que je sens venir de mon cœur.

– Moi, ton amie, poursuit Lisa, en conclus que ton envie de tableau vient de cela.

– Peut-être.

– Fais-nous une belle photo d'orage !

– Il faut de la chance, et un talent que je n'ai pas.

– Tu as déjà entendu parler de la chance du débutant ?

– Oui.

– Un éclair, et hop, clic clac, c'est dans la boîte !

Nous rions encore et, après ce moment délicieux, je dis :

– Je suis vraiment heureuse de te voir.

– Alors je prends ça comme un « tu m'as manqué ». Et si ça vient de si loin, c'est que quelque chose mouline en toi et que tout n'est pas perdu. Tu es sur le bon chemin.

Je l'enlace, Lisa soupire.

– Quand je pense que je vais devoir remercier mon vieux con de père pour avoir la chance d'entendre que je manquais à mon amie amnésique ! C'est la première fois qu'un truc venant de lui me fait plaisir.

Nina m'appelle depuis l'étage, je saute sur mes pieds et Lisa m'emboîte le pas vers l'escalier. Au bas de celui-ci, d'une voix douce, elle me demande si je me souviens qu'elle m'a dit, lors d'une de nos conversations sur Skype, avoir accouché d'un bébé qui était décédé dans ses bras à la naissance, sept ans auparavant.

– Oui.

– Je ne te l'ai jamais confié mais, si je n'ai pas eu d'autre enfant c'est parce que, pour moi, cela voulait dire oublier celui qui venait de partir. Je n'ai rien senti. Tu imagines ? Si seulement j'avais senti que mon bébé souffrait… Je me sens responsable, mais les choses sont bien ainsi. Je suis bien trop égoïste pour pouvoir m'occuper de quelqu'un d'autre que moi.

Nous arrivons en haut de l'escalier.

– Tu es sûre que voir Nina ne te…

– J'ai accepté cette idée, et être avec d'autres enfants ne me fait plus de mal.

D'un geste décidé, elle pousse la porte, s'émerveille devant ma rayonnante Nina. Puis, toutes les trois, nous allons dans le jardin. Les heures passent et nous bavardons encore de choses graves ou futiles. Nous marchons, nous nous asseyons. Nous grignotons et je ne retrouve pas le décapsuleur pour le Coca dont Lisa a envie. Je lui demande s'il m'arrivait d'avoir des trous de mémoire.

– Jamais ! Tu n'étais pas prêteuse, et tu remarquais tout de suite si on t'avait délestée de quelque chose ! Mais, fait-elle en se débrouillant avec le manche d'une fourchette, si tu m'en parles, c'est que le sujet est sensible.

Le Coca gicle, Lisa passe un coup d'éponge, la jette dans l'évier sans la rincer.

– Disons qu'en plus des noms j'ai visiblement des problèmes avec différents objets, que je ne retrouve pas à leur place habituelle alors que je les y ai rangés.

– Tu es la seule à utiliser ce décapsuleur ?

– Non. Mais mes clés, en général, oui.

– Ton fils te joue des tours.

– Non, dis-je en secouant la tête. Je sais que ce n'est pas Louis.

– Ta femme de ménage ?

– Marina n'est pas là quand je cherche mes clés. Et elle n'a pas de double.

– Tes beaux-parents ?

– Ils en ont un, mais ma belle-mère affirme qu'elle serait

la dernière des imbéciles si elle pénétrait chez nous alors que la caméra de l'alarme filme les entrées et les sorties.

– Elle n'a pas tort. Reste alors Philippe…

– Que j'ai accusé et qui m'a demandé quelle raison le pousserait à le faire, alors qu'il ne rêve que de vie paisible.

– Il n'a pas tort non plus. Si j'étais toi, je garderais mes clés accrochées à mon cou.

– Excellente idée.

Le portable de Lisa sonne, elle grimace devant le numéro qui s'affiche.

– *Fuck !* Le vieux me réclame à son chevet.

Sa voix a pris une autre intonation. Mon amie m'embrasse et soulève Nina en disant que ma fille ne ressemble qu'à elle-même.

– Pourquoi est-ce qu'on devrait ressembler à ses parents, d'abord ? Moi, je me passerais bien d'être le portrait de l'autre con !

Je suis vraiment contente que Lisa soit en France pour quelque temps. J'ai grand besoin d'une amie qui aime le café.

2

Rosemarie, l'assistante de Philippe, vient de me prévenir que je peux dîner sans lui. Une affaire très importante le retient à Genève pour la soirée. Je songe qu'un personnage en vue a pris rendez-vous pour échapper au fisc. *Quel vilain lapsus, Martha ! Tu veux dire offrir un traitement haut de gamme à ses économies.*

Je souris parce que la visite de Lisa m'a quasiment donné des ailes… Et quand, une demi-heure plus tard, Rosemarie me rappelle pour que je pense à retirer mes clés de la serrure, je lui précise que je vais les poser dans le vide-poche.

Elle a laissé filer deux secondes assez pénibles, puis elle a dit :

– Vous souhaitez que je le transmette à Philippe ?

– Ce n'est pas nécessaire de le déranger pour cela.

Nous restons un instant suspendues à ce téléphone. L'amitié, c'est ce qu'il y a entre Lisa et moi, et la non-communication est ce qui passe entre Rosemarie et moi. Elle me souhaite une bonne soirée. Je dîne avec les enfants, nous parlons en allemand parce que Louis a un contrôle demain. Nina répète quelques mots. J'aurais aimé avoir le souvenir de mon fils à son âge répétant ce que je lui apprenais.

Je monte coucher ma fille, puis je range la cuisine. Louis

se douche. J'enlève les clés de la serrure et les pose, non pas dans le vide-poche, mais à côté. Je les fixe du regard. Mon fils passe m'embrasser dans le couloir et remarque mes clés *et* mon expression probablement idiote.

– Tu essaies de les faire voler dans le machin de Mamina ?
– Exactement.

D'un geste vif, Louis les balance dans le vide-poche. Je l'embrasse, il se place à côté de moi et, tous les deux, nous nous regardons dans le miroir qui surplombe le meuble de l'entrée. Mon fils pose sa main à plat sur sa tête, et oui, dans moins de trois centimètres il atteindra ma taille. Je lui pince la fesse, alors il détale en me disant qu'il est assez grand pour dormir la porte fermée.

Et je reste là, un peu désœuvrée. Et seule.

Je pars à la recherche de mon appareil photo. Que je ne trouve pas. Nulle part dans la maison. Si bien que, pendant un bref instant, je suis traversée par une panique fulgurante qui m'énerve. Et je m'énerve de m'énerver. Parce que au lieu de réfléchir, je culpabilise de ne pas le trouver.

Ce mécanisme de pensée est comme un circuit imprimé.

Je ferme les yeux et respire calmement. Je remonte le cours des choses. Je me souviens l'avoir déclenché dans le jardin et être passée par le garage pour ranger les jouets de Nina. Je pousse cette porte et repère aussitôt mon Nikon sur un des meubles. Je reviens dans le séjour et cadre les trois tableaux de Philippe, avec l'idée de les mettre en vente sur Leboncoin.

L'idée m'amuse.

Puis je revois les yeux bleu-gris de mon mari alors qu'il m'avait offert cet appareil.

– Il fait quasiment tout, tout seul. Et si tu n'es pas satisfaite, tu utilises la fonction « effacer », et envolées les déceptions !

J'avais songé à ce moment que c'était plus simple que dans la vie et qu'il faudrait équiper mon cerveau de cette fonction « effacer » pour détruire les doutes, les angoisses, les malaises, les craintes stupides, les phases dépressives et cette éternelle impression d'être amputée… Mais je n'ai jamais pu confier cela à Philippe. Je suis mise à faire des centaines de clichés de Nina dans son berceau transparent à la maternité, puis dans son berceau en osier blanc à la maison. Louis n'a pas échappé à mon objectif, avec délectation nous nous sommes construit une riche collection de grimaces et portraits. Philippe n'aime pas poser, il n'aime pas être vu par cet œil dont il ne distingue pas la pupille, alors je ne le photographie que lorsqu'il est avec les enfants.

C'est peu après la naissance de Nina que j'ai rencontré Bruno. Il m'a appris que j'avais été une cliente, mais que je ne passais qu'en coup de vent. Je n'étais ni bavarde, ni sympathique, ni froide… juste pressée et ailleurs.

– Comment ça ?

– Vous entriez, vous payiez et repartiez en courant parce que vous vous gariez toujours en vrac sur le trottoir. Alors que maintenant, vous ouvrez les enveloppes dans la boutique et je vous regarde sourire. C'est rare, d'autant que les gens qui viennent chez moi faire développer leurs photos ne sont pas pléthore.

Sa remarque m'a plu et Bruno m'a proposé des cours. *« Pas pour te draguer. »* J'ai aimé qu'il me tutoie, je suis sa seule élève et non, il ne me drague pas. Nous ne sommes pas devenus amis, il commente mes erreurs en me les expliquant. Il me donne des conseils. Il est modeste, il me montre souvent le travail de *« vrais photographes »*. Il collectionne leurs livres, il est comme un enfant quand il en a acquis un nouveau. Il reste à côté de moi et nous voyageons, en silence.

Un après-midi, devant des photos nues sans texte, j'ai senti l'eau et la glace, le vent, la pluie, l'infiniment puissant, le vivant, la peur et la tristesse, la plénitude. La beauté. Et éprouvé mille autres choses indicibles. J'ai compris la différence entre le génie et l'absence de génie.

Puis, en refermant ce livre, en découvrant le portrait du photographe, je l'ai reconnu. J'ai dit à Bruno que je l'avais croisé un jour de décembre au bord du Léman à Genève. J'ai décrit la femme qui était avec lui. Cet amour qui était là en eux et autour d'eux. J'ai dit qu'ils avaient dû souffrir de quelque chose, et que ce devait être proche.

– Je me souviens encore de sa voix quand il a dit « Lola ». Je ne sais pas… c'était plus que de l'appeler…

Bruno a retourné le livre et posé son doigt sur le titre *L'Eau-là*. Alors je lui ai raconté la façon dont ce Bertrand Roy tenait son appareil à bout de bras, comme il le levait pour le braquer sur l'invisible. Et en la décrivant, j'ai pris conscience de combien ma mémoire était juste et précise.

Ça m'a profondément rassurée d'être si claire.

Ça m'a retournée d'avoir encore senti l'amour.

Mais ça, je ne l'ai pas confié à Bruno, qui me fixait.

– Tu sais qui est Bertrand Roy ?

– Non.

– Il a été otage en Afrique. Il a réussi à se libérer, seul, après plus d'un an de captivité, le 25 décembre 2011.

Nous n'avons rien dit de plus, mais Bruno et moi nous nous sommes longuement regardés puis, d'une voix un peu différente, il a repris :

– Tu te sens peut-être otage de ton amnésie comme lui l'est de son passé. C'est peut-être pour cela aussi que tu l'as remarqué, ce jour-là.

– Peut-être, oui.

Bruno avait lui aussi rencontré le photographe, alors que celui-ci dédicaçait son livre à la FNAC de Lyon. Il avait d'abord hésité, puis il avait fait la queue. Il se souvenait aussi de cette femme assise à côté de lui. Elle observait les gens dans la file pendant que Bertrand Roy signait.

– Elle souriait doucement, mais elle m'a alors fait l'effet d'être… son garde.

– Tu as vu en lui l'otage ou le photographe ?

– Les deux, mais je me suis adressé au photographe. J'ai demandé comment il définissait son travail.

Bruno a rouvert le livre sur la dédicace. « *Quand je déclenche, le présent s'étire pour que j'en capte une substance plus profonde, plus riche et plus intense.* » J'ai lu la date, 7 septembre 2013, et j'ai songé que moi je les avais rencontrés trois mois plus tard. J'ai revu cet invisible sur le lac, j'ai senti son poids et compris qu'il ne s'était pas allégé en trois courts mois. J'ai relevé les yeux vers Bruno. Cet invisible et mon amnésie flottaient là, très visibles. Bruno a simplement dit :

– Je ne voudrais ni de son talent, ni de sa vie à lui ou à elle. Ni de la tienne, Martha.

J'aurais aimé avoir cette conversation avec Philippe. Oui, j'aurais aimé. Je songe parfois à ce photographe blond-châtain au regard noir si direct, qui voudrait sûrement oublier des horreurs, alors que moi je voudrais découvrir ce qui m'est arrivé dans les moindres détails. Je songe aussi à la femme qui était si entièrement avec lui. À ce qu'elle avait enduré durant son absence. À Philippe et à ce qu'il gardait de ces journées douloureuses et sans fin pendant lesquelles j'étais demeurée introuvable, et lui suspect.

Je pense aux conjoints, aux parents et aux enfants des gens qui ont vécu cela.

Je relativise ma situation, tous m'ont aidée à l'accepter.

Enfin ce soir, je ne sais quoi cadrer, et mes pas me guident jusqu'à mon lit, où je tombe dans l'état de semi-hypnose que m'a enseigné Noëlle, pour faire le voyage en arrière jusqu'à la remorque du camion. Mais comme à chaque tentative, je me perds dans le noir compact, dense et total qui a pris le contrôle d'une très grande partie de ma vie. De la même manière que dans mon rêve. Je sens déjà l'angoisse poindre au fond de moi.

Merde.

Je me redresse et file dans mon bureau. Je cherche avec une subite frénésie la chemise jaune dans laquelle Philippe a réuni tous les documents concernant ma disparition. Où l'ai-je fichue ? J'ouvre et referme les tiroirs, soulève et déplace les dossiers, les range sans ordre, parce que je suis incapable de me souvenir dans quel ordre ils sont d'une fois sur l'autre.

Enfin, je le découvre sur l'étagère derrière mon bureau. Je relis les articles et le rapport de la gendarmerie. Je suis allée le matin à l'école Ariane. J'ai assuré mes deux cours puis je suis repartie. Je ne découvre rien entre les lignes des interrogatoires. Et Pérec s'est bien envolé pour Montréal le 5 janvier, comme le dit Lisa. Puis, j'ouvre mon dossier de l'école Ariane et recherche la fiche de ce Pérec.

Je ne l'ai eu en classe que lors de ma dernière année d'enseignement. Soit pendant à peine quatre mois, pendant lesquels cet élève a brillé par ses absences, ses retards quasi permanents, son indiscipline.

Dans la rubrique « Profil », j'ai indiqué : perturbateur, insolent, fainéant, brillantissime. Il me faut une minute pour retrouver la fiche sur laquelle je demandais aux élèves ce qu'ils attendaient de cette école et de mon cours. Et ce qu'ils préféraient.

Pérec n'avait répondu qu'à deux des quatre rubriques. Même si les fautes d'orthographe me brûlent les yeux, le reste en dit long :

Profession souhaitée : Pas souhaité. Je sai que je vè finir mécano.
Vos attentes dans cette école :
Vos attentes pour mon cours :
Ce que vous préférez : la m'aime chauze que l'étrangé de Baudelaire.

Qui était donc cet élève qui n'était pas capable de recopier correctement, qui avait assez de maturité pour dire toute sa résignation, et qui connaissait ce poème de Baudelaire ? Quel genre de personne regarde les nuages comme Baudelaire ? Je me souviens parfaitement avoir pensé aux nuages en reprenant connaissance en Allemagne.

Je n'en avais aucun souvenir, mais je savais ce qu'étaient les nuages.

Je demeure songeuse… Sacha, le ciel, Anton, les cristaux de neige si brillants m'envahissent… Puis, à nouveau, le noir revient et éteint tout.

Je baisse les yeux sur cette fiche et là, tout de suite, ça me plaît bien que cet élève au parcours déchiré ait repris sa liberté et qu'il préfère les nuages.

Pourtant, ça n'avait pas suffi à me faire retenir son nom. Et ce n'est pas faute d'avoir consulté mes fiches depuis mon retour… Pour la première fois, je me demande ce qu'il faut avoir vécu pour écrire « Je sai que je vè finir mécano », quand on préfère *L'Étranger*, de Baudelaire.

Combien de fois Philippe m'a-t-il reproché de ne pas faire attention à lui ?

J'entends sa voiture rouler dans notre allée, je range à la hâte et j'arrive dans le couloir juste quand mon mari entre. Il évite le vide-poche, m'embrasse. Je retiens la porte avant qu'il ne la ferme et je sors pour regarder les nuages. La nuit baigne le jardin, Philippe fait un pas et nous restons sous le ciel et les constellations.

J'ai envie de lui parler d'étoiles, de nuages, de leur idée, de ce qu'elle sème en nous, mais il dit que ses clients étaient d'une lenteur exaspérante. Alors je lui annonce que Lisa est en France et qu'elle est passée me voir. Je lui parle de son père malade, de sa vie américaine, de nos souvenirs de l'école Ariane. Philippe m'écoute en dînant et en consultant ses mails.

Je n'évoque pas Bruno, Bertrand Roy, sa compagne ni Pérec, je dis que Lisa a teint ses cheveux en blond platine et que ça lui va très bien. Philippe relève la tête, il a hâte de la voir en blond platine. Je pense que Lisa le trouve séduisant et que, comme Patricia, elle a eu besoin de me dire qu'elle n'était pas intéressée par lui.

Je n'ai jamais vu Philippe regarder une femme devant moi ou avoir la moindre réflexion douteuse. J'ai envie de lui dire tout cela, mais les mots fondent en se formant. Philippe me demande si j'ai fait les courses pour le week-end.

– Avec la visite de Lisa, non. Je me lèverai tôt demain, je ferai en sorte que tout soit prêt.

Il ne dit rien, je sais qu'il a eu envie de me faire une remarque et qu'il l'a contenue.

Nous montons nous coucher et nous faisons l'amour.

Comment les gens qui s'aiment font-ils l'amour ?

La couleur de l'orage

1

– Bonjour, Noëlle.

– Oh ! J'aime quand vous êtes en colère, Martha. Racontez-moi.

Je tombe dans le fauteuil.

– Vous y tenez vraiment ?

– Oui.

Alors, je me lance. Depuis que Lisa est là, ma routine est brisée. Nous nous retrouvons pour un café, nous nous promenons dans les rues d'Annecy. Elle fait un saut chez moi pour cinq minutes, nous rions. Elle pose pour moi, même nue. Elle est très à l'aise avec son corps, je l'envie. Nous déjeunons au restaurant… J'oublie mon agenda, mes rendez-vous… Et celui d'hier où j'avais la haute mission de récupérer ma belle-mère chez son coiffeur à Annecy, puis de la conduire chez des amis avec qui mon beau-père jouait au bridge. Mais amnésique et légère comme je le suis, je l'ai oubliée parce que j'étais au cinéma avec Lisa.

J'étais cependant à l'heure pour aller chercher ma fille à la halte-garderie, et nous sommes rentrées en chantant *Il pleut, il mouille, c'est la fête à la grenouille*, parce qu'il s'était mis à pleuvoir. Nina mélangeait les paroles, je la regardais dans le rétro, elle était délicieuse, je souriais. Mais à la seconde où j'ai aperçu Anne-Marie devant mon portail, ruisselante, j'ai eu le pressentiment que ma moche-mère allait me pourrir la fin de la journée. Elle avait sa tête des mauvais jours parce qu'elle avait eu la bêtise de payer son taxi avant de sonner à la maison. Patricia n'étant pas non plus chez elle, l'averse a ruiné le coûteux chignon de ma maudite belle-maman. Je lui ai répondu assez sèchement qu'elle n'avait qu'à entrer, puisqu'elle possède un trousseau. Elle m'a rétorqué, encore plus sèchement :

– Je ne l'ai pas pris, puisque vous deviez vous occuper de moi !

J'ai laissé Anne-Marie me fusiller du regard sans répondre. J'ai filé dans la cuisine pour préparer son thé brûlant.

– Rester sous cette pluie à attendre votre bon vouloir m'a frigorifiée, et…

J'ai absorbé la suite de ses tendres paroles, j'ai supporté en silence sa tenue extravagante, ses pieds boudinés dans des sandales dorées à talons aiguilles et ses commentaires exécrables. Mais j'ai consulté ma montre… Ce qui n'a malheureusement pas échappé à son œil aiguisé. Moche-mère s'est levée pour enfiler son Burberry dans un grand geste de flamboyance. Elle a exigé que je la conduise « sur-le-champ chez les Guérin pour enfin me sentir accueillie agréablement ! » Seulement, c'est à ce moment-là que mes clés désinvoltes ont repris leur vie propre. Ont suivi les reproches, les questionnements, le mépris…

– Enfin, Martha ! Comment est-ce possible, à la fin ? Comment pouvez-vous perdre vos clés chez vous à tout bout de champ ?

– Vous devriez savoir ce que j'en ai fait, puisque vous n'avez pas arrêté d'être sur mon dos !

– Comment ça, j'étais sur votre dos ?

– Comment ? Vous voulez que je vous dise comment ? Vous ne m'avez pas lâchée d'une semelle. Vous m'avez poursuivie de vos foudres et de votre envie de thé brûlant !

Vous m'avez bassinée avec vos ridicules histoires de chignon, dont je me contrefiche.

J'ai vu les yeux d'Anne-Marie s'écarquiller et sa bouche se tordre dans un ralenti qui m'a soulagée. Elle a posé une main sur sa poitrine pour essayer de contrôler sa respiration.

– Je vais prendre un taxi, Martha, m'a-t-elle dit, cinglante. Mais sachez que vous regretterez de m'avoir parlé ainsi.

– Courez donc tout rapporter à votre fils, je m'en contrefiche !

– Je crois que vous perdez la tête !

– Je l'ai déjà perdue. Inutile de me le rappeler sans cesse.

– À cause de vous, je vais arriver très en retard chez mes amis.

– Vous n'aviez qu'à y aller directement, au lieu de vous déplacer jusqu'ici.

– Je me suis déplacée pour voir si vous alliez bien, ma chère ! Ne vous voyant pas venir, j'ai eu peur qu'il vous soit encore arrivé quelque chose, puisque votre portable était éteint et que le fixe sonnait dans le vide ! J'ai dû appeler Philippe pour qu'il consulte le journal de l'alarme. Que, bien sûr, vous n'aviez pas enclenchée ! À quoi pensez-vous donc, Martha ?

– Pas à vous, visiblement.

– Comment ne pas le voir… Alors que moi, je me fais du souci pour vous. Et surtout pour mes petits-enfants. Je pense aux autres, moi ! Je ne suis pas en permanence centrée sur ma petite personne, comme vous. À oublier le monde qui m'entoure !

– Taisez-vous, Anne-Marie !

Avec un calme olympien, je lui ai claqué la porte du séjour au nez pour aller m'asseoir près de Nina, qui regardait *Les 101 Dalmatiens* dans le salon, et Cruella m'a semblé tout à coup très familière.

Puis… Puis, j'ai attendu patiemment la suite des événements.

Une demi-heure. Il a fallu exactement trente minutes pour que Philippe me téléphone et me passe la deuxième couche. Je l'ai laissé dire combien il s'était encore inquiété et comme j'étais irresponsable de quitter la maison sans mettre l'alarme, puis j'ai demandé :

– Tu surveilles mes allées et venues en consultant le site de l'alarme ?

– Ce n'est pas de la surveillance, c'est de l'inquiétude.

– Combien de fois par jour est-ce que tu le fais, Philippe ?

– Je reçois un message quand l'alarme est activée et désactivée.

– Je déteste ça !

– Je déteste que tu ne l'enclenches pas quand tu pars !

– Je ne peux pas vivre fliquée !

– On en reparlera ce soir.

La tempête s'est emballée à la seconde où mon mari est entré. Nina a hurlé que Mamina était méchante avec moi. Philippe lui a balancé une claque. J'ai pris ma fille dans mes bras en hurlant : « Ta mère me SORT par les yeux depuis le premier jour ! » Il a hurlé encore plus fort que j'étais devenue « HYSTÉRIQUE, et non plus amnésique ! Qu'avant, jamais une scène pareille… »

Je me suis décomposée et dispersée dans le néant.

– Comment s'est achevé votre week-end ?

– Eh bien, nous avons fait chambre à part samedi. Mais comme dimanche nous avions un déjeuner prévu de longue date chez les Jacquin à Grenoble, la tension a fini par retomber. Je me suis excusée, puisque cette alarme avait prouvé l'heure à laquelle j'étais partie de notre maison ce 7 janvier. Pendant ma disparition, sur le conseil de la police, Philippe a fait améliorer le système. Désormais, des caméras prennent des clichés en cas d'effraction, et celle qui est face à la porte d'entrée filme qui entre et qui sort. Philippe reçoit l'info… Il a admis qu'il aurait dû m'en informer. C'est vrai, ça le rassurait de savoir que j'étais à la maison. Il a désactivé la géolocalisation de mon portable. Il a installé l'application pour l'alarme sur mon portable. Louis a retrouvé mes clés sur le meuble sous le lavabo des toilettes, et j'imagine que le fantôme de la maison avait décidé d'assister à une scène piquante. Enfin, je veux dire que je ne me souviens pas les y avoir laissées, parce que en entrant je n'ai pas pensé aux clés, avec l'autre ! Et je me demande si notre vie de couple se résume à rechercher ces maudites clés. Cette histoire est complètement dingue… À moins que je ne devienne vraiment folle.

– Martha. Vous n'êtes pas folle d'oublier votre belle-mère… C'est un acte manqué qui trouve toute sa justification. Et il a induit cette crise des plus salutaires. Vous avez enfin jeté hors de vous ce qui vous pesait et vous l'avez fait en direct, les yeux dans les yeux. Croyez-moi, la vraie folie, c'est autre chose.

J'appuie la tête contre le dossier du fauteuil en cuir roux dans lequel je suis assise, et Noëlle sourit avec une petite inflexion de la tête. Quand elle fait cela, je sais que je vais apprécier sa réponse.

– Vos oublis sont de l'ordre de la normale, surtout pour quelqu'un qui souffre d'amnésie. Par ailleurs, tout le monde cherche ses clés. Moi-même, dans ce bureau, je parviens à égarer mes deux paires de lunettes plusieurs fois par jour.

– Pas Philippe. Il ne perd jamais rien.

– Sauf vous.

– J'adore votre sens de l'humour, Noëlle !

– Il y a toujours une explication à tout. Et d'ailleurs, il me vient une idée.

– Meilleure que celle de mon amie Lisa, j'espère. Soupesez mon trousseau !

2

J'ai appliqué le conseil de Noëlle à la lettre. J'ai remplacé le vide-poche en bois hors de prix d'Anne-Marie par un autre, que j'ai acheté dans une boutique de gadgets d'Annecy. Il est en plastique rouge vif bon marché, mais il est impossible de ne pas le voir quand on rentre.

Je me suis offert un nouveau porte-clés, rouge également. Je l'ai marqué de façon à le reconnaître. C'est idiot, mais ça me rassure. J'y accroche les clés de la maison ainsi que celle de la boîte aux lettres. Si jamais quelqu'un avait dans l'idée d'acquérir le même, histoire de jouer à me rendre cinglée, je m'en rendrais enfin compte.

Tout cela n'émane pas de moi, mais de ma psy qui cherche à me rassurer, à me détendre, à me faire vivre dans un climat de confiance. Car oui, je manque de confiance.

Je dépose mes clés dans le nouveau vide-poche, puis me prépare un café. Alors je remarque, en quittant la cuisine, la caméra dans le coin opposé à la fenêtre. Puis celles dans le séjour, les chambres, la salle de bains, le garage…

Et si les caméras de l'alarme dispatchées dans la maison transmettaient des images à Philippe ? Je me fige, glacée. Je ne sais pas si c'est pire d'être surveillée ou d'imaginer qu'on l'est. Philippe est-il en train de me voir penser à cela ? Je quitte notre chambre et me réfugie dans le séjour face au lac. Je sais qu'une caméra est dans mon dos, orientée vers la baie vitrée.

Je songe à cette présence que je sens parfois…

Mais alors, au bord du lac ? Mes idées tombent comme les gouttes sur la pelouse.

Est-ce que je deviens cinglée sans que personne s'en aperçoive ?

Est-ce que ma mémoire pourrait encore me fuir ?

Se pourrait-il que je me réveille à nouveau dans une vie qui ne parle qu'au présent ?

Je sais que Noëlle m'a dit que cette crainte est inhérente à mon état, mais je déteste l'idée d'être trahie par moi-même. Je fixe les gouttes qui tombent et rebondissent sur la terrasse.

Si j'étais photographe dans ma chair, je ne resterais pas immobile, je ne verrais – et ne penserais – qu'à leur mouvement et à cette lumière évanescente qui flotte jusqu'à moi.

Suis-je amnésique comme on est photographe ?

Est-ce inscrit dans mon ADN ?

Pourquoi, Martha, es-tu partie ? Pourquoi m'as-tu laissée seule dans ce vide ?

Pourquoi tu ne m'aides pas ?

Alors, pour la première fois depuis des mois, je pleure. Je laisse mes larmes tomber comme la pluie, elles n'enlèvent que le trop-plein et je me sens tout à coup épuisée. Je me retourne et fixe la caméra. Puis j'appelle Philippe.

– Je voudrais savoir si les caméras disposées dans la maison filment en permanence.

– Non, uniquement en cas d'ouverture par effraction. Tu voudrais qu'on change de système ?

– Non, non. C'est parce que Lisa m'a dit que sa voisine surveillait son chat de cette manière que j'y ai songé.

Philippe rit, il ne se moque pas.

– Martha, tu es ma femme. Pas mon animal de compagnie, et je n'ai pas le temps matériel de suivre ce que tu fais à longueur de journée. Et si je le faisais, je ne te ferais pas chier en permanence…

– Tu es contrarié que je te questionne ?

– Non. Je te comprends.

Sa voix me touche, elle est honnête. Puis elle prend une autre intonation pour demander :

– Tu seras contrariée si je rentre encore tard ce soir ?

– Non, je comprends.

Encore maintenant, assise face au lac, je songe à l'honnêteté de sa voix… Je ne bouge pas jusqu'à ce que les enfants rentrent avec Patricia, qui les a récupérés. Ils s'extasient sur le rouge du vide-poche et, sans que j'aie besoin de le répéter mille fois, Louis s'attaque à ses devoirs. Puis il joue avec Nina pendant que je bavarde au téléphone avec Lisa. Le tonnerre se met à gronder, je raccroche et Nina se précipite vers la baie vitrée.

Toutes les deux, nous attendons les éclairs, Louis se joint à nous. J'installe le trépied et mon appareil photo. Le tonnerre cesse comme s'il m'avait vue. Nous dînons tôt, Louis trouve la salade délicieuse, la quiche excellente. Il dessert la table, alors je dis :

– Dis voir, mon chéri, tu as quelque chose à me réclamer ?

– Non.

– Une mauvaise note à m'annoncer, peut-être ?

– Ben non, pourquoi ?

– Oh ! Pour rien.

Je l'embrasse sur la joue, il fait semblant de ne rien sentir. Moi, je fais mine de tomber dans le panneau, je vais attendre patiemment la contrepartie. Comme une espionne, je vais jouer à celle qui ne voit rien.

À plusieurs reprises dans la soirée, je ne peux m'empêcher de faire un détour pour vérifier si mes clés sont toujours à la même place. Ce qui est à la fois rassurant et inquiétant. Parce que si ce n'est pas Philippe, Louis, Marina ou le fantôme de la maison qui joue à les déplacer, si c'est effectivement moi qui me dédouble et les cache, c'est que Noëlle se trompe et que je suis…

– Maman ! crie Louis depuis la cuisine.

Je reviens à la réalité, me glisse dans cette maman que je suis et pense *Tiens, déjà ?*

– Si tu veux, tu peux prendre ton bain maintenant, dit-il en s'essuyant les mains. Je vais mettre le linge dans le sèche-linge.

Je ne bouge pas, reste dans ses yeux. Il fronce les sourcils, puis les arque.

– Merci, mon chéri… Mais n'oublie pas de me dire « s'il te plaît », quand tu seras enfin décidé à quémander ce que tu as derrière la tête.

– Mais M'man, pourquoi tu dis ça ?

– Oh ! Pour rien.

Je gagne la salle de bains, allume la radio, fais couler l'eau, alors que le tonnerre se remet à gronder. Je referme les robinets et descends en courant vers mon appareil. Dehors, il fait très sombre, un gris mat uniforme filtre le monde, il ne pleut plus. Et d'un coup sec qui résonne entre les montagnes, le tonnerre éclate. J'entraperçois un mouvement de lumière au loin quand le gris s'est fracturé. La foudre est tombée sans prévenir, sans pluie, de l'autre côté de la montagne au-delà du lac.

Le silence revient, le gris s'est métamorphosé en noir, la nuit est totale.

Les enfants m'appellent à l'étage, je lis une histoire à Nina, puis je borde Louis qui sourit. Il n'a toujours rien à me réclamer, mais me demande de fermer la porte.

– Tu vas naviguer sur Internet ?

– Non, M'man. Mon portable est en bas, à côté de ta *red box*, et je dois terminer *Le Bourgeois gentilhomme*.

Louis soulève le livre et déclame une scène. Mon fils me semble immense dans son lit, je recule jusqu'à la porte et la tire. Je suis une mère suspicieuse et une femme méfiante. J'en veux à cette mémoire enfuie qui me transforme, je la déteste. Je retourne dans la salle de bains, me penche pour toucher l'eau puis rouvre les robinets. Je me dévêts et me regarde nue dans le miroir.

Il demeure silencieux, ne me renvoie que mon image.

Je suis une femme mince qui, dans quelques jours, aura trente-six ans et demi, j'ai la taille marquée, des seins ronds, des épaules étroites, un cou équilibré et des cheveux bruns qui me tombent sous les omoplates.

Je me sens toujours différente de cette Martha qu'on m'a livrée trois ans plus tôt comme un vêtement, je n'ai plus la révolte de mes premières semaines, je ne vis plus dédoublée, mais je suis devenue double. Et tordue au point de ne plus faire confiance aux autres. En rien.

Je mets la radio en route pour ne pas m'enliser dans des idées poisseuses. Je me glisse dans l'eau que je laisse couler jusqu'à ce que le bain atteigne la température un tout petit peu trop chaude que j'aime. Cette chaleur me détend physiquement et je me dis que l'orage – celui qui a emporté ma vie en éteignant ma mémoire – est peut-être enfin passé. Que désormais mes jours seront plus... Le mot que j'aimerais trouver est absorbé par Charles Aznavour, qui chante *Emmenez-moi au bout de la Terre, emmenez-moi au pays des merveilles... Il me semble que...* La musique me berce, la voix de Charles m'emporte. *Emmenez-moi au bout de la Terre, emmenez-moi au pays des merveilles...* Je voyage, je ferme les yeux. La musique est entraînante, je voudrais abandonner une fois pour toutes cette femme qui me perturbe et retrouver celle qui est en paix. *Emmenez-moi au bout de la Terre, emmenez-moi au pays des merveilles...* Je voudrais vivre au pays des merveilles...

Mais la chanson s'arrête, écourtée par un blanc de quelques secondes. Une voix d'homme s'excuse, l'orage a fait des siennes sur le relais. Je n'écoute pas, je referme les yeux. « Hier à Cannes, le prix du meilleur scénario a été attribué au film *Le Roman au titre impossible*, adapté du premier roman de l'écrivain-scénariste français Maxime Champrouge. »

Je suspends mon souffle.
Je viens d'entendre un nom.

Un nom qui est une clé.
Un nom qui déverrouille une porte.
Un nom qui fait surgir immédiatement Maxime Champrouge.

Aussi incroyable que cela puisse paraître, je *sais* qui est Maxime Champrouge.

Je revois la toute première fois où je l'ai aperçu.

3

C'était en octobre 2010, le 12. Maxime Champrouge venait d'intégrer en cours d'année l'école Ariane. Il avait une façon de sourire à tomber par terre.

Je ne sais s'il en avait conscience. Mais la première fois où nous nous sommes croisés, j'en ai été bizarrement troublée. Non, il ne m'a pas dit bonjour. Il a souri. En me fixant un peu plus que nécessaire.

J'ai immédiatement pensé : *Ce garçon va avoir une cour impressionnante*, et je l'ai très vite constaté auprès des élèves féminines. Même certaines de mes collègues, – dont Lisa –, ne parlaient que de son charme ravageur dans la salle des profs.

Elles me semblaient ridicules, je me suis moquée de leurs conversations.

– Mesdames, j'adore le cliché ! Vous amouracher d'un enfant de seize ans…

– Quand on a sa carrure, Martha, on n'est plus exactement un enfant, a dit Lisa.

– Quand on a son âge, on est quoi, même avec sa carrure ? Pas un homme, en tout cas.

– Non, ce n'est pas un homme, mais un rêve…

– In-ac-ces-si-ble, a renchéri Carole en battant des paupières. On n'est pas stupides, Martha, mais on n'est pas aveugles non plus.

– Et on ne se fait pas mal aux yeux en regardant.

Lisa souriait, Carole aussi, Annie, Myriam, Christine, Céline, Elsa et Jeanne également. Je n'ai pas avoué ce que j'avais ressenti quand il m'avait souri. J'étais au-dessus de cela. Pourtant, j'ai pensé : *Comment leur a-t-il souri ?*

La deuxième, troisième, quatrième, cinquième, vingtième, cinquantième, millième fois où Maxime Champrouge et moi nous sommes croisés dans les couloirs ou dans la cour, jamais il ne m'a dit bonjour. Il n'a fait que sourire et attacher son regard quelques dixièmes de secondes de plus que nécessaire.

Je restais avec mon bonjour sans réponse et son silence. Son assurance m'exaspérait, mais j'étais décidée à ne pas lui faire de leçon de politesse. Parce que je n'étais ni sa prof ni sa mère… et parce que ce sourire, je l'attendais.

À cette minute, dans mon bain, je ressens au plus profond de moi ces émotions, avec une telle précision que j'ai l'impression que je viens de le croiser. Je n'ose pas imaginer ce que mon âme me faisait désirer. Parce que c'était bien de cela dont il était question. De désir.

Pourquoi est-ce que j'avais remarqué ce Maxime Champrouge, et pourquoi est-ce que je le regardais ? Qu'y avait-il de si vide dans ma vie pour que je me prenne à rêver ainsi ? Comment un de ses sourires pouvait-il me bouleverser à ce point ?

Je suis incapable de dire si mes souvenirs couvrent quelques semaines, des mois ou une année. Je revois le blouson en cuir brun qu'il portait, le col en fourrure relevé, je revois son écharpe rouge qui passait d'une fille à l'autre, et je le revois dans son blouson en jean d'un bleu très délavé. Je sais que je guettais les moments où j'allais le rencontrer dans l'école, je m'amusais du hasard… Puis, brusquement, je me revois un matin ouvrir la porte de la salle des professeures. Je portais mon trench beige – celui qui est toujours suspendu dans le placard de l'entrée – une jupe crayon du même beige et un chemisier blanc. Mes collègues féminines parlaient de lui pour les mêmes raisons que d'habitude. Son charme dévastateur et son comportement ingérable. Je les trouvais ridicules… *Moi, pitoyable.*

– Il n'y a que toi, Martha, qui restes indifférente ! a lancé Carole. À croire que tu avales un bol de glaçons tous les matins au petit déj !

Elles ont pouffé comme des dindes et je les ai regardées à tour de rôle.

– Le matin, je prends un thé brûlant. Mais surtout, mesdames, j'ai la chance d'être mariée à un homme au charme bien plus viril que celui de ce gamin de… quel âge a-t-il déjà ?

Je me souviens avoir pensé : *Voilà, c'est dit. L'affaire est close.*

– Il n'est pas encore majeur, a conclu Lisa en soupirant. Et s'il était élève ailleurs qu'ici…

– Rappelez-moi vos âges, mesdames ? ai-je continué, blindée par ma décision.

– Quarante ! a claironné fièrement Carole.

– Trente-cinq ! a avoué Christine. Et toi, Céline ?

– Quarante-huit !

– Et toi, Martha ? m'a lancé Christine sur un ton agressif qui m'a vexée.

Carole a rétorqué plus vite que moi :

– Martha n'a pas d'âge, elle est faite de glace.

– Je suis faite de glace, mais *dignement.*

Je les ai toutes dévisagées avec l'envie de les étrangler parce qu'elles venaient de dire face à moi ce qu'elles déversaient dans mon dos. J'ai récupéré mon courrier puis j'ai filé assurer mon cours.

C'est ce jour-là que j'ai décidé que, désormais, chaque fois que je verrais Maxime Champrouge, je ne le regarderais plus. Je l'ai croisé avant le déjeuner que j'ai pris à l'extérieur de l'école et m'y suis tenue. Il n'existait pas, *j'étais faite de glace.*

En fin d'après-midi, Lisa est entrée dans ma classe.

– On t'a énervée, ce matin, pas vrai ?

– J'ai été ridicule ?

– Pourquoi tu te préoccupes de ça ? On n'est jamais ridicule quand on dit ce qu'on pense avec autant de conviction. (Elle m'a fait un clin d'œil.) Tu sais bien qu'on est toutes un peu envieuses de Martha-l'irréprochable.

– Tu veux dire la fille de glace, plate, sans relief, dont ses collègues se moquent derrière son dos.

– C'est vrai, elles jasent. Pas moi.

– Mais tu ne dis pas que je ne suis pas plate et sans relief.

– Tu sais très bien que tu ne l'es pas, alors ne joue pas à ça. (Elle m'a donné une bise affectueuse.) Tu as récupéré les bons gènes et moi, quand le Bon Dieu a dit : « Qui veut du piquant dans sa vie, de l'adultère, du mensonge et du plaisir ? », j'ai bondi sur la table en hurlant : « Moi ! Moi ! Moi ! Je veux tout ! Vous pouvez même ajouter les remords. Je vais tout assumer ! »

Cette fois, c'est moi qui ai embrassé Lisa. Qui s'est épanchée sur son agenda très compliqué, puisqu'elle entretenait deux liaisons simultanées. C'était surprenant, affolant, épique et très drôle. J'étais en réelle admiration devant sa facilité à ne pas s'emmêler les crayons, je sais que j'enviais sa liberté et sa capacité à ne pas tomber amoureuse. À rester détachée, légère. Tout était évident et simple pour elle. Séduire, succomber, s'amuser, rompre. Tout comme vivre avec ses infidélités. Même confier ses remords lui était aussi naturel que de dire bonjour.

Alors que moi… Je rangeais mes fiches par ordre alphabétique et laissais des vêtements de rechange dans le coffre de ma voiture pour ne pas être prise au dépourvu au cas où je renverserais mon thé… Je planifiais même mes courses au supermarché. J'élaborais des menus pour la

149

semaine entière. Je préparais ma tenue la veille. Dévoiler ce que cette Martha ressentait ou le partager était impossible.

Je me revois éviter Maxime Champrouge et marcher le nez sur mon portable. Je le sens me frôler. Je me demandais s'il le faisait exprès, et je sais que moi je faisais exprès de prétendre n'avoir rien remarqué. Je revois sa main, ses baskets grises. Je sens sa présence derrière moi.

4

– Tu mets quoi, pour le bal ? m'a lancé Lisa en se garant à côté de moi.

Il était 8 heures et il faisait déjà très chaud. Elle s'est débarrassée de son gilet pour le balancer sur la banquette arrière de sa décapotable. Sa tenue est devenue tout à coup beaucoup plus aérée.

– Quoi ? Hier, les ingénieurs de la météo nous ont prévenus. Il va faire trente-huit degrés cet après-midi. Tu imagines un peu ! Trente-huit degrés ! Tu imagines !

– Oui, très bien. Sauf que moi, c'est moins fiévreux dedans.

– Tu es encore fâchée depuis l'autre jour.

– C'était de l'humour.

Lisa a souri, puis a ouvert la bouche pour me dire qu'hier, entre 18 heures et 18 h 30… Je lui ai pincé le bras.

– Non, s'il te plaît, je digère mon petit déjeuner.

– Alors ça, c'était… vraiment… drôle !

Elle a glissé son bras sous le mien et s'est quand même penchée vers mon oreille.

– La fin de l'année, c'est dans trois semaines ! Il faut que je fasse le plein de tout avant.

– Tu vas me manquer horriblement.

– Je le sais, et tant mieux ! Mais tu n'as pas répondu à ma question…

– Quelle question, déjà ?

– Mais enfin ? Le bal de l'école !

– Je ne crois pas qu'on vienne cette année plus que les autres. Et de toute façon, je n'en ai pas encore parlé à Philippe.

– Pourquoi tu lui demandes son avis alors que lui ne s'embarrasse pas du tien quand il t'impose ses clients ? Tu dis : « On va au bal du lycée. Et tu fais un don, déductible des impôts. »

– Il en fait déjà un par an.

– Allez, viens, ce sera notre premier et dernier bal ensemble ! Tu as conscience que *moi*, je suis en train de te supplier…

– Je vais en parler à Philippe, ce soir.

– Et tu dis : « Lisa nous a réservé des places à leur table. C'est ma meilleure amie, et ça me fait plaisir de lui faire plaisir. »

J'ai hoché la tête, et elle a demandé :

– Qu'est-ce que tu vas mettre ?

– Un conseil ?

– Ah non ! Pas de conseil, Martha sait quoi porter.

5

J'ai essayé vingt-deux tenues. Depuis mes robes noires aux longueurs, coupes, manches, étoffes différentes au jean et chemisier crème en soie. J'ai passé des heures devant le miroir à l'interroger. J'ai changé vingt-deux fois d'avis.

Philippe m'a surprise en sous-vêtements dans la chambre.

– Tu as vidé ton dressing ?

– Presque ! Je ne sais pas quoi mettre.

– Pour ton bal ? C'est quand même pas un dîner à l'Élysée !

– Évidemment. Je cherche juste la tenue idéale.

Il a fait un inventaire rapide de mes vêtements éparpillés sur le lit.

– Cette robe noire. La toute simple. C'est ce qui te va le mieux.

Je me suis rangée à son avis.

Pendant le trajet, Philippe a jeté un œil à mes pieds d'un air qui m'a dérangée. Il était moqueur.

– Pourquoi tu as choisi des chaussures plates ?

– Pour pouvoir danser à l'aise. J'ai autant envie de m'amuser que toi lorsque tu invites à la maison tes relations, et que vous passez des heures à rire de choses auxquelles je ne comprends rien, et qui de toute façon me barberaient à mourir si d'aventure je les comprenais.

– Tant que ça ?

– Pire.

Il a pris ma main, l'a embrassée tendrement. Je reconnais ses lèvres et son baiser.

– Martha, ce soir c'est ta soirée. Même si je déteste ce genre de fiesta, je te regarderai. Louis, a-t-il fait en interpellant notre fils dans le rétro, tu valseras avec Maman, n'est-ce pas ?

Notre garçon a retiré ses écouteurs pour lancer un élégant :

– Hein ?

– Papa demande si tu vas te déhancher avec moi ?

Louis a grimacé en renfonçant ses écouteurs.

– Je crois que tu ne vas pas avoir beaucoup de succès avec nous ce soir, mon amour. Mais j'espère qu'on ne va pas t'empêcher de t'amuser.

Dans la bouche de Philippe, c'était une gentillesse. Il voulait me faire plaisir, mais je trouvais qu'il s'y prenait mal.

Non, il ne m'a pas empêchée de danser, de bavarder, de rire. Il a passé la soirée à analyser les cours du dollar et de l'euro, l'impact d'une petite augmentation sur l'économie mondiale avec John, pendant que Lisa et moi nous moquions des tenues extravagantes de certaines de nos collègues. Elle a regardé son mari qui faisait une longue tirade sur les meilleurs placements, avec un air d'ennui désespéré.

– Tu as besoin d'air comme moi ? ai-je soufflé.

– Et vite !

Katy Perry chantait *Firework* et, sur la piste, je rêvais de me lâcher autant que Lisa alors que mon corps réclamait de le laisser faire ce qu'il savait faire. Mais par timidité, par réserve, par pudeur, je me suis contentée de quelques ondulations sages jusqu'à ce que les slows nous fassent rejoindre notre table. Mais avant que nous l'atteignions, trois élèves que j'avais eus en classe se sont approchés pour nous inviter.

– Ma femme ne danse les slows qu'avec moi, les garçons.

Philippe a attrapé ma main et, me sentant observée, j'ai relevé les yeux. À quelques mètres devant, appuyé contre un poteau, se tenait Maxime Champrouge. Me regardant, *moi*. Il était placé de telle sorte que mon mari ne pouvait le voir. J'ai eu le sentiment qu'il était à cet endroit depuis longtemps. Il n'a pas baissé les yeux, moi non plus.

Mon cœur s'est affolé et j'ai rougi.

Il a eu un sourire qui m'a renversée et déstabilisée. J'ai dansé avec Philippe et, quand j'ai risqué un regard dans sa direction, il avait disparu.

Depuis combien de temps était-il là, à me fixer ? L'émotion que j'avais cherchée à étouffer quelques semaines auparavant m'envahissait, plus troublante encore. Je me suis approchée de l'oreille de mon mari.

– On rentre ?

– Déjà ?

– Oui. La musique est vraiment trop forte.

– D'accord.

Nous avons quitté la piste, et j'ai aperçu Lisa virevoltant dans les bras de Jacques Chamel, qui avait été l'une de ses premières conquêtes à l'école Ariane. Je lui ai envoyé un baiser, qu'elle m'a rendu de loin. Philippe s'est dirigé vers le vestiaire et je suis passée aux toilettes. Je n'osais regarder ailleurs que mes pieds, de peur de croiser les yeux de Maxime Champrouge. C'était ridicule, je me sentais ridicule. Je me suis enfermée dans une cabine et j'ai pris cinq bonnes minutes pour… *pour quoi, Martha ?* Mettre un tant soit peu d'ordre dans mes émotions, et me dire que j'étais idiote.

Quand enfin j'en suis ressortie, je suis retombée nez à nez avec les trois garçons qui voulaient nous inviter, Lisa et moi. Ils m'ont encerclée, ils riaient.

– Allez ! Rien qu'une petite danse ! C'est la fin de l'ann…

– Je crois que vous feriez mieux d'aller vous coucher, *les enfants*, ai-je dit fermement.

– C'est pas gentil de vous moquer de nous, madame Klein !

– Surtout que ça nous ferait sacrément plaisir !

J'ai cherché Philippe du regard, quand une main a saisi la mienne pour me tirer en arrière.

– Son mari a raison, madame Klein ne danse pas avec les enfants.

Ce n'était pas mon mari, mais Maxime, qui tenait par le cou une élève que je n'avais pas eue en classe. Il souriait, et la fille aussi. Je n'ai pas dit un mot, je me suis dégagée à toute vitesse. Philippe, qui n'avait rien vu, m'attendait, comme Louis, le nez sur son portable.

En voiture, j'ai fermé les yeux pour ne revoir que ceux de Maxime. Et son sourire. J'ai senti ses doigts autour des miens… Je voyais cette fille contre lui.

J'aurais voulu pleurer.

6

– Martha ! Voulez-vous me donner la main, pour que je descende du bateau ? Mon fils a été assez stupide pour laisser trop de mou à cette maudite corde !

Louis a sauté le premier pour aider sa grand-mère.

– Attends Mamina ! J'vais te tenir ! Tiens, attrape ma main…

Avant que j'aie le temps d'intervenir, Louis a été déstabilisé par le poids de sa grand-mère. Il est tombé du ponton droit dans le lac, entraînant Anne-Marie avec lui. J'ai vu l'extravagant chignon disparaître sous l'eau. Au ralenti. Elle a poussé un long et pitoyable glapissement et je me suis mordu les lèvres pour ne pas exploser de rire quand elle a resurgi. En moins de cinq secondes, son laborieux travail de crêpage et de laquage s'était affalé sur son front comme une vulgaire serpillière. Louis a crié qu'il ne l'avait pas fait exprès. Philippe s'est précipité pour aider sa mère à escalader l'échelle du ponton pendant que je lui tendais une serviette qu'elle m'a arrachée des mains.

Alors, j'ai croisé le regard de mon fils.

– Ben quoi ?

J'ai applaudi en douce et il a détalé en riant vers les jeux pour enfants. Philippe a hurlé dans le vide :

– Reviens tout de suite faire des excuses à ta grand-mère !

Louis n'a pas reparu avant une bonne heure, espérant

que Mamina aurait retrouvé son calme. Mais non, elle avait opté pour une mauvaise humeur durable qui a pollué notre long, très long pique-nique.

Deux jours plus tôt, nous étions rentrés de croisière, et déjà Anne-Marie s'était invitée à partager notre dimanche. Elle avait même trouvé le moyen de m'humilier en disant :
— Martha, je sais combien Philippe aime la plage de Saint-Jorioz. Demandez-lui de préparer le bateau et, je vais vous épargner du souci, j'apporterai un vrai pique-nique.

J'étais contrariée à l'idée de la supporter et de l'entendre répéter, comme à chacun de nos retours de voyage, qu'elle ne voulait rien savoir de nos vacances.
— Qui ne m'intéressent pas. Alors, surtout, ne me dites rien ! D'ailleurs, c'est vrai, comment pourrais-je être captivée, alors que je n'y étais pas ?
L'idée de la gifler et de la rebalancer dans le lac m'a grandement titillée, alors qu'elle le distillait pour la énième fois dans une énième version. Et quand elle s'est rendu compte que René avait oublié la Thermos de café sur la table de sa cuisine, je me suis levée avant Philippe.
— Reste. Je vais en chercher au bar.

J'ai traversé la plage à pas lents. Pour grignoter des minutes… Pendant ces deux semaines sans son ombre infernale, je m'étais demandé comment j'avais pu subir son cirque depuis des années, et comment j'allais continuer pendant que son mari faisait le mort, que le mien lisait les journaux économiques, et que Louis la fuyait ? Je n'étais quand même pas déjà en enfer, avec comme seul rôle de lui tenir compagnie !
— Quatre cafés à emporter, s'il vous plaît. Dont un double avec un nuage de lait et deux sucres.
— C'est pour votre belle-mère ?

J'ai tourné la tête… Maxime était là. Son bras touchait le mien, il souriait.

– Vous avez passé de bonnes vacances, madame Klein ?

– Oui. Merci. Et vous ?

– Eh bien moi, je suis resté par là, et comme il a fait pas terrible, je suis moins bronzé que vous.

– Vous habitez Saint-Jorioz ?

Il a ri.

– Vous n'êtes pas censée savoir où je réside, madame Klein. C'est le règlement.

Il m'a dérobé un sourire, puis il a ajouté :

– Non. Et je n'ai pas non plus de bateau pour venir à la plage depuis chez moi.

Je ne sais pas s'il a senti qu'il m'avait blessée, mais il s'est excusé.

– Je n'aurais pas dû dire ça. Ce n'était pas délicat.

Je lui ai souri à nouveau et il a expliqué qu'il était invité à l'anniversaire d'une copine. Qu'il avait failli ne pas venir, son vieux scoot ayant décidé ce matin de lui compliquer la vie.

– Ç'aurait été bête de rater votre arrivée, et de vous rater.

Il a dit ces derniers mots avec un tel naturel que mon cœur a tressailli. Il tenait mon regard et je n'ai pas baissé le mien pour dire :

– Ma belle-mère n'a pas encore digéré son plongeon.

Le serveur a déposé les cafés un à un et j'ai fait un pas de côté pour attraper des serviettes en papier. Maxime s'est penché pour me souffler à l'oreille qu'il avait même eu envie de la pousser.

Il a repris mon regard, il avait une assurance qui me donnait envie de le gifler, mais pas du tout pour les mêmes raisons que ma belle-mère. J'ai fixé mon doigt composant le code de carte bleue.

– Martha ! Tu as pensé au lait de Maman ?

Philippe s'est glissé entre Maxime et moi, et je suis redevenue la femme de mon mari. Quand nous sommes repartis avec le plateau, Maxime s'était envolé.

En vacances sur le paquebot, je m'étais laissée aller à penser à lui. Je n'avais pu m'empêcher de jouer platoniquement. Chaque fois que son visage s'était imposé à moi, je ne m'étais pas fait violence pour le bannir de mon âme, pour ne pas revoir son mouvement de tête, son geste pour repousser sa mèche. Sentir son regard sur moi. J'avais l'impression que jamais Philippe ni quiconque ne m'avait regardée comme lui, que ses doigts tenaient encore les miens, que sa peau répondait à la mienne.

Oui, je « jouais », parce que Maxime ne pouvait surgir sur le pont du paquebot ou au bar. Pour tuer mon ennui et me faire des sensations à la Lisa, me disant que ce n'était pas si grave que ça… Que ça ne m'engageait à rien de repenser à son sourire ou d'être troublée par ce que je ressentais. De loin.

D'ailleurs, je n'ai plus pensé une seule fois à lui dès lors que j'ai reposé le pied sur la terre ferme, et le quotidien a empli tout mon espace. Maxime resterait un rêve de vacances, un rêve qui m'aurait rendu mes quinze ans pendant deux semaines.

Mais… j'avais eu tort. Parce que, sans le vouloir et sans m'en rendre compte, j'avais entretenu et cultivé le terrain. Aujourd'hui, j'avais été bouleversée de le revoir, de sentir sa chaleur contre la mienne parce que dans exactement dix jours, ce serait la rentrée scolaire… J'ai même paniqué en marchant à côté de Philippe jusqu'à notre place. À quelques mètres déjà, je pouvais entendre Anne-Marie en train de sermonner Louis.

– Je crois que la leçon est claire, Mamina, ai-je dit en lui tendant sa tasse. Louis s'est excusé, alors on n'en parle plus.

Elle a ouvert la bouche mais sa réponse, de toute façon, ne m'intéressait pas. J'ai tourné la tête vers le plongeoir au moment où Maxime faisait le saut de l'ange. Il a pénétré dans l'eau sans une éclaboussure.

7

Je savais que Maxime ne serait pas dans mes effectifs, mais, les jours suivants, je ne pouvais me défaire de l'angoisse de le retrouver au hasard d'un couloir. J'ai songé autant de fois à démissionner qu'à me dominer.

La veille de la rentrée, j'étais assise devant mon ordinateur à guetter le mail confirmant la répartition des classes. Je pensais au bras de Maxime contre le mien au bar, à la façon dont son corps était entré dans l'eau sans une éclaboussure, à sa voix me disant « Vous n'êtes pas censée savoir où je réside, madame Klein. C'est le règlement. » À son « Je n'aurais pas dû dire ça. Ce n'était pas délicat. » J'aimais qu'il ait choisi les mots « réside » et « délicat ». J'aimais qu'il ait pensé à dire ces phrases-là. J'ai retenu mon souffle en voyant le mail s'afficher puis j'ai soupiré en le parcourant. Non, aucun changement. Maxime ne faisait pas partie de mes élèves et quitter l'école serait un aveu de faiblesse. Et de peur. J'ai songé à mon père qui me répétait qu'il faut dépasser sa peur pour ne pas être dévoré.

Je marcherais dans les couloirs sans lever la tête. J'étais aussi déterminée que détendue, je porterais un jean, le jour de la rentrée.

Il faisait encore beau et je me souviens d'avoir roulé vitre ouverte. Les paysages que je retrouvais après deux mois de trêve me semblaient rassurants. Les mêmes vaches broutaient l'herbe desséchée en balançant leur queue. J'avais l'impression de les connaître toutes personnellement. Seules les feuilles des arbres avaient changé de nuance. Elles avaient viré au vert foncé intense, presque sec, et les sapins étaient devenus plus sombres. Ça sentait la fin d'été. La fin d'un aveuglement et d'une tentation. C'était forcément un signe.

Dès que j'ai poussé la porte de la salle des profs, tous les regards se sont tournés vers moi.

– Eh bien, bonjour à vous toutes. Apparemment personne n'est enchanté de reprendre, à ce que je vois !

– Nous, si, a fait Myriam. Mais nous compatissons pour toi.

Je me suis arrêtée net parce que, de toute évidence, quelque chose avait évolué depuis la veille. J'ai senti une colère ravageuse m'envahir.

Myriam a annoncé :

– Il est dans tes effectifs.

J'ai quitté la salle pour filer à grands pas dans le bureau de Max Dujardin. J'ai frappé une fois, puis je suis entrée.

– Je croyais que les listes étaient définitives !

– Bonjour, Martha. Assieds-toi, je t'en prie.

– Comment expliques-tu qu'entre hier et aujourd'hui les listes aient été bouleversées ? ai-je demandé en restant debout.

– Bouleversées ? Mais Martha, il y a juste eu un transfert.

– Pourquoi ne m'as-tu pas tenue au courant ?

Max s'est levé et a contourné son bureau, calmement.

– Je sais, tu sais, et tout le monde sait qu'il est actuellement le problème de l'école. Carole refuse de l'avoir dans sa classe, elle ne veut pas se le cogner en plus des jumeaux Lacoste, d'autant que ces jumeaux-là refusent d'être séparés. Carole prend Da Costa qui était dans ta classe, et toi, tu prends l'autre qui, je te l'accorde, en vaut trois à lui tout seul.

162

– Fiche-le dehors s'il prend la place de trois élèves. Il y en a sûrement qui ont envie de saisir la chance de s'en sortir !

– Martha ! Tu entends ce que tu dis ? Je ne peux pas le mettre dehors parce que sa prof ne « veut » pas de lui. Qu'est-ce qui t'arrive ? Je ne te reconnais pas !

– Je n'apprécie pas que les choses se fassent derrière mon dos.

– C'est vrai, j'ai eu tort. Mais je n'ai pas d'autre alternative que toi, Martha. Vous n'êtes que deux profs de français, et c'est sa dernière année. Alors, je compte sur toi pour en tirer le meilleur. Contrairement à son comportement, il est brillant.

– Ingérable et détestable, si j'en crois les plaintes de mes collègues.

– Martha. C'est bien pour ça aussi que tu as choisi de faire ce métier chez nous, non ? Tu n'es pas ici par hasard… Tu as toujours su quel était notre matériau et tu fais des merveilles. À la vérité, je suis surpris que toi, la femme posée et solide, tu te mettes dans cet état.

J'étais écœurée par le discours moraliste de Max, j'étais effrayée par sa dernière remarque, mais que pouvais-je faire ? J'aurais l'air de quoi, si j'avouais que Maxime ne me laissait pas indifférente ? De ce que j'étais ? Une idiote de bientôt trente-trois ans, qui avait le béguin pour l'insupportable-voyou-et-beau-gosse-de-l'école. J'étais d'un ridicule pathétique et j'avais le moral à zéro. Je ne voulais pas être un cliché.

– Je lui ai demandé s'il était OK de t'avoir comme prof et, miracle, il est OK. Il s'est engagé à faire profil bas et à la fermer avec toi.

– Formidable ! Tu me vois rassurée d'avoir son approbation !

À la seconde où j'ai prononcé cette phrase, j'ai vu un sourire énigmatique se dessiner en Max.

– D'avoir son approbation ? a-t-il insisté.

– D'être sa professeure principale ! l'ai-je cinglé en retour.

J'avais le sentiment de prendre un coup de poignard entre les omoplates et je suis sortie du bureau en claquant la porte. Pour la déglinguer.

Ma colère n'avait pas diminué d'un poil quand j'ai rejoint ma salle. J'ai sorti mes affaires, j'ai regardé les chaises vides. La sonnerie a retenti et mon cœur m'a trahie. Comment Maxime allait-il me regarder pendant quarante-cinq minutes ? Comment, moi, j'allais faire ?

J'ai attendu devant ma porte, j'ai vu arriver les élèves et, à mon grand soulagement, il était déjà absent. Ali, le surveillant, me l'a confirmé et m'a dit qu'il s'en occupait. Après une bonne demi-heure, ne le voyant toujours pas arriver, je me suis détendue parce qu'il ne viendrait plus, et quand bien même il le ferait, je l'éjecterais droit chez Max.

Pendant les deux cours suivants, mes nouveaux élèves ont été relativement calmes et en fin de matinée, j'ai refermé la porte de ma classe à clé et dévalé l'escalier pour rentrer au plus vite chez moi. Carole m'attendait au bout du couloir, et je n'ai pas su dire si son regard était vengeur, moqueur ou compatissant. Elle m'a entraînée à l'écart.

– Je croyais qu'il te faisait rêver. C'est bien ce dont tu te vantais l'année dernière, non ?

– S'il te plaît, ne me déteste pas.

– Je ne veux pas écouter tes plaintes et s'il fait chier une…

– Encore un échec, m'a-t-elle coupée, et c'est la fin d'Ariane. Je ne plaisante pas, Martha.

Elle avait baissé la voix et s'était rapprochée. Elle était très grave.

– Qui te l'a dit ?

– Max, lui-même, hier. Il va falloir que tu négocies ton année avec lui. Pour toi, pour lui et pour nous tous. Je ne suis pas censée te le confier, mais le projet Ariane va très mal, c'est plus que sérieux. Et moi, je suis seule à élever mes trois gosses, j'ai besoin de ce salaire-là. Je ne peux pas retourner à l'Éducation nationale.

Elle m'a serré le bras, a attendu que je jure de garder le secret, puis elle a fait demi-tour. J'avais le sentiment que tout se liguait contre moi. J'ai tourné les talons puis, me ravisant, je l'ai rattrapée.

— Il s'est déjà battu dans ta classe, n'est-ce pas ?

— Oui. Il ne peut pas encadrer Da Costa et Bogdan, qui le lui rendent bien.

— Il ne vient pas en cours à cause d'eux ?

— Non, il ne vient pas… Je ne sais pas pourquoi il ne vient pas. Il ne répond pas à ce genre de questions… Pas même à la psy à qui il raconte absolument n'importe quoi. Il est indiscipliné, contestaire, déstabilisant, percutant. Debout. Ne lui demande pas de s'asseoir, il le fait quand il en a envie.

— Il est agressif ?

— Il ne cherche pas la merde, il est la merde… Mais il n'est pas sournois comme ce Kévin Lacoste. Il est ingérable et… il ne tient pas en place.

— Mais qu'est-ce qu'il fout chez nous ?

— C'est ici ou la prison, pour lui.

— Tu sais ce qu'il a fait ?

— Trafic de drogue. Récidive de trafic. Vol. Outrages divers et variés. Il encourt une peine supérieure à trois ans parce qu'il s'est soustrait à un contrôle judiciaire. Il attire les problèmes comme un aimant et il est tombé sur des connards tout au long de sa vie, il n'a que sa grand-mère, qui est littéralement dépassée.

— C'est Max qui t'a dit tout ça ?

— L'an passé. Quand je n'en pouvais plus de lui…

Elle s'est approchée un peu plus.

— C'est celui pour lequel Max s'est le plus battu pour que sa « candidature » soit acceptée.

165

Des voix résonnent plus loin, mais on ne voit personne. Carole, cependant, baisse encore la voix.

– Si j'ai un conseil à te donner, sois intransigeante et sévère. Mais vraiment sévère. Ne lui laisse jamais croire qu'il a ou peut avoir le dessus. Moi je n'y arrive plus, Martha.

– Et son niveau ?

– Orthographe et grammaire nullissimes. Intellectuellement brillant, je dirais très au-dessus de la moyenne… Pour moi, il est autodestructeur.

– Tu veux dire suicidaire ?

– Non. Il agit comme s'il avait déjà baissé les bras, et qu'en même temps il le refusait. Son comportement est à son image. C'est un jeune déchiré.

– Je te déteste quand même.

Mon envie de démissionner et de quitter le bateau maintenant m'a assaillie. Je suis arrivée dans le hall bruyant, et il était là. Il souriait, adossé contre un mur, seul. Il m'a regardée et j'ai fait deux pas vers lui, mais il a fait demi-tour et a grimpé l'escalier.

Je suis partie, j'étais en colère. Après moi.

8

Je ne suis pas rentrée chez moi, j'ai marché au bord du lac sur le petit chemin qui longe la berge en contrebas de notre maison. Je suivais l'eau qui se mouvait tranquillement. J'ai déjeuné au bar sur la plage publique, puisque Louis restait à la cantine, puis j'ai bavardé avec Patricia à la sortie de l'école. Tout allait bien dans mes classes. La routine… Oui, on était libres pour un dîner le week-end suivant.

La présence de Louis m'a apaisée et les documents à compléter, les livres à couvrir m'ont occupée. Je buvais les mots de mon fils, qui avait une enfance normale, une maison calme, un avenir structuré. Une maman… Quelle mère étais-je en train de devenir ?

Exceptionnellement, Philippe a pu se libérer plus tôt que d'habitude pour passer du temps en famille. Louis est arrivé en traînant des pieds dans le salon.

– Ben quoi ? a-t-il dit en voyant son père. Pourquoi t'es déjà rentré ?

– J'étais impatient de savoir comment s'était passée la rentrée de ta dernière année en primaire, Fils !

– Eh ben, qu'est-ce que ça va être quand je vais attaquer le collège !

– Tout s'est bien déroulé ?

– Super… J'ai deux maîtresses. Une vieille gentille, une jeune et chiante qui nous a déjà collé des exos de maths pour demain.

– Louis ! Ton vocabulaire !

– Louis ! Ton vocabulaire ! a-t-il répété en repartant dans l'escalier.

Philippe m'a enlacée.

– Ça promet. Et toi, cette première journée ?

– Oh ! Parfaite. Les nouveaux élèves ne sont pas trop impolis.

– Et les anciens ?

– Pénibles comme des anciens ! Mais tu sais comment c'est…

– Un an à les supporter, et après ils vont te manquer.

Philippe m'a touchée avec cette remarque, et je suis restée contre lui. Ce soir-là, j'étais bien dans ses bras.

Le deuxième jour de classe, Maxime était encore moins présent que la veille. Mais le troisième jour, suite à une intervention de Max, quand il est entré avec une demi-heure de retard, j'ai appliqué mon plan à la lettre.

– Trente minutes de retard, c'est inacceptable. Ali, vous raccompagnez ce retardataire chez le directeur.

Maxime s'est immobilisé devant mon bureau et, sans me lever, je lui ai tendu des papiers qu'il a attrapés sans un regard.

– La première feuille comporte quatre rubriques auxquelles je vous demande de répondre le plus précisément possible, et la deuxième est le sujet de la rédaction que vos camarades ponctuels sont en train de composer.

Il a lu à haute voix : « Pendant les vacances, points de suspension. »

– C'est cela. Vous imaginez la suite à la place de ces trois points, sur une page entière, sans sauter une seule ligne.

Le surveillant et lui sont ressortis, mais après avoir franchi la porte, Maxime m'a regardée.

Je n'ai pas très bien dormi à cause de ce regard, et à cause de qu'il avait remué en moi et que je ne voulais pas

168

ressentir. Mais au réveil, j'ai décidé que cette émotion ne m'appartenait pas, du moins pas à la professeure. J'ai attendu à la porte de ma classe l'arrivée des élèves, je savais qu'il viendrait.

Il n'a pas dit un mot pendant tout le cours, ne m'a pas regardée. Il a arpenté le fond de la salle pendant une bonne quinzaine de minutes, puis il s'est assis dans un coin, au fond, après le dernier rang. Il griffonnait dans un cahier à la couverture rouge. Pendant que les autres recopiaient trois phrases avec peine, je me suis approchée. Il a refermé son cahier.

– Et votre classeur ? Vous ne l'avez pas ?

Il s'est contenté de hausser les épaules sans relever la tête.

– Je vous demande de l'apporter pour le prochain cours.

– Je vous l'apporterai pour le prochain cours, madame Klein.

Les autres élèves ont pouffé et j'ai eu droit à une batterie scandée de « Je vous l'apporterai pour le prochain cours, madame Klein. »

– Vous avez raison, c'est la phrase à vous répéter pour ne pas oublier votre classeur au prochain cours, ai-je dit à la classe entière, avec toute la fermeté que je savais déployer. Et d'ailleurs, nous allons en profiter pour en faire l'analyse grammaticale mot après mot. Ensuite, vous rédigerez cinq lignes qui résument votre précédente rédaction.

Pendant que j'écrivais cette phrase au tableau, Maxime a répété une bonne dizaine de fois : « Pendant les vacances, points de suspension. » Je n'y ai pas prêté attention, puis je suis passée dans les rangs. J'ai évité le fond de la salle, je ne savais pas comment lui parler.

Dès que la sonnerie a retenti, il a déguerpi dans le flot des élèves en passant son bras au cou de Sonia Kravitz, sans un regard vers moi. Même si j'avais su quoi dire, il avait été plus rapide que moi. Jason, à qui j'avais demandé de

169

ramasser les feuilles restées sur les tables, me les a tendues et je les ai rangées dans mon sac. Il ne bougeait pas.

– Vous voulez me demander quelque chose ?

– Comment on fait ?

– Comment on fait quoi ?

– Ben pour avoir une idée.

– Vous n'avez pas écrit un mot.

– Si. J'ai recopié « rien » sur cinq lignes.

J'ai songé à la copie blanche qu'il m'avait rendue sans expliquer quoi que ce soit.

– Vous voulez dire que vous n'avez rien fait pendant vos vacances ?

– Ouais. Rien.

– Dans ce cas, puisque vous venez me dire votre difficulté, je vous autorise à recommencer votre rédaction en écrivant ce que vous auriez aimé faire ou en écrivant comment votre ennui vous a dérangé.

– Il m'a pas dérangé. J'm'en fous de rien faire.

– Alors, écrivez cela. En m'expliquant pourquoi cela ne vous a pas dérangé, et ce que vous aimez dans l'ennui.

– Ben j'aime parce que j'fais rien. J'me pose sur le canapé, j'pense à rien.

– Alors écrivez cela, décrivez votre canapé, les murs, le sol, ce que vous ressentez. Vous faites des phrases courtes qui commencent par une majuscule et qui se terminent par un…

– Point.

– Merci, Jason.

– J'peux dire que j'ai mangé de la merde et bu du Coca ?

– Trouvez un synonyme poli pour « merde », s'il vous plaît.

En quittant l'école sans avoir revu Maxime, j'ai conduit avec l'image de lui dans son blouson en jean arpentant ma classe. Pourquoi avait-il ce comportement, pourquoi l'avais-je remarqué, *lui* ? Pourquoi est-ce que je ressentais autant d'émotions à cause de lui ? Mes pensées

170

s'emmêlaient, devenaient confuses et je me suis arrêtée pour faire des courses pour le dîner. Puis je suis passée chez le traiteur et ai commandé un jambon à l'os en vue du prochain dîner de Philippe.

J'ai récupéré Louis, qui était souriant, qui avait dix ans, qui grandissait dans une maison où on ne mangeait pas de la merde. Il a fait ses devoirs sur la table de la cuisine et j'ai consulté mes fiches pour trouver un dessert original. Il m'a aidée, il a lu les recettes sans ânonner, sans hésiter sur les lettres. Il a prononcé avec l'accent allemand *Schwartzwald*, il avait l'eau à la bouche. Il m'a dit en allemand qu'il avait envie de m'aider à faire plutôt une grande charlotte aux framboises. Nous avons continué de parler allemand.

– Pourquoi on n'a pas de framboises dans le jardin ?
– Je ne sais pas.
– Pourquoi il n'y a pas de fraises, non plus ?
– Tu en voudrais ?
– Oui, a-t-il fait en repassant au français.
– Alors, on en plantera au printemps prochain.

Avec mon fils à côté de moi, ma vie est redevenue belle, simple et douce. Louis est resté dans la cuisine pendant la préparation du dîner. Le lac absorbait au loin la lumière du soleil qui déclinait. J'ai eu l'envie intense de courir jusqu'à mon repaire secret et de m'y asseoir cinq minutes, pour dire à toute cette eau que je ne comprenais pas ce qui m'arrivait, que je voulais retrouver la paix et avoir l'esprit totalement vide.

Oui, je me souviens très bien avoir souhaité, à cet instant-là, être vidée de tout.

Beware of what you wish for, it may be granted to you !, avait dit Lisa un jour, en riant… Peut-être ai-je trop désiré me laver l'esprit de mes pensées dévorantes et troublantes, et qu'une main m'a exaucée…

Après avoir dîné sans Philippe, je suis montée dans mon bureau pour corriger les analyses de phrases et les résumés. Certains élèves m'ont fait sourire, d'autres m'ont vraiment apitoyée. Et puis je suis tombée sur *son* devoir. Il n'avait analysé qu'un mot. *Klein = le nom*. Sous cette copie, il avait laissé sa rédaction. Découvrir une poésie de douze lignes, à la place de la page rédigée que j'avais exigée, m'a décontenancée. Mais, au deuxième vers, une chose en moi s'est envolée, m'emportant tout entière avec elle.

pendant les vacances…
jè rencontré la fame de ma vi
elle est sovage
elle ne sait pas que je l'apprivoise
moi j'ai tout mon tamp
je m'aproche doucemant
et je lui di
même si elle ne veu pas l'antendre
que mon Kœur bat dans le sien
que mon Kœur bat au rytme du sien
et si elle l'ignore
…

Maxime Champrouge

Pendant une courte minute, j'ai pensé à la jeune femme qui entendrait ces mots de sa bouche. Oui, j'ai envié celle qu'il apprivoisait de la sorte, et je l'ai même jalousée. Je me suis demandé si c'était cette fille qui l'avait invité à son anniversaire, ou cette Sonia Kravitz… Et j'ai sursauté quand Philippe a brusquement ouvert la porte de mon bureau.
– Tu as déjà mangé ?
– Oui.
Il a fait quelques pas pour venir m'embrasser, je me suis levée avant qu'il puisse voir le poème.

– Tu es en pleine correction ?

– J'en ai encore pour quelques minutes, et je te rejoins. Tu as l'air exténué.

– Je le suis.

– Tu travailles trop.

– Toi aussi, mon amour, a-t-il fait en touchant ma joue. L'année a à peine commencé, et tu es déjà toute pâle.

– C'est le bronzage qui s'en va.

Philippe a quitté mon bureau. Je n'ai pas corrigé la copie de Maxime, je l'ai enfouie sous les suivantes, d'un niveau qui n'avait rien à voir avec ce qu'évoquait Maxime. Je me suis regardée dans le miroir de la salle de bains et m'y suis vue, oui, très pâle. Je me suis pincé les joues jusqu'à ce qu'elles rosissent, avant de descendre.

– Tu as pensé à commander le jambon à l'os ?

– Oui, et grâce à Louis, j'ai trouvé ce que je vais préparer en entrée, ai-je dit en m'asseyant face à Philippe. Qu'est-ce que tu penses de feuilletés poire-roquefort ? Je crois que ça s'accommodera bien avec…

– Une salade. Et comme garniture avec le jambon ?

– Le traiteur propose des champignons.

– Bonne idée. Et de saison.

Philippe m'a parlé de ses clients, de l'univers dans lequel ils évoluaient. J'ai évoqué ce Jason qui n'avait rien fait et qui n'avait envie de rien. Philippe n'a pas commenté, et l'or de son client n'a rien remué en moi, parce que j'avais d'autres envies.

Je n'aimais pas avoir ces envies, et je m'en délectais…

Je découvrais la culpabilité, et un désir qui m'était étranger. J'ai regardé Philippe se dévêtir en plaçant avec soin son pantalon sur le valet. Il s'est retourné.

– Qu'est-ce qu'il y a ?

– Est-ce que tu dictes et contrôles tout avec tes employés comme tu fais avec moi pour ces dîners ?

Il a souri, il était en chaussettes et caleçon. Il était séduisant, je lui ai rendu son sourire.

– Je décide, je contrôle et je vérifie. Je suis chiant, efficace et juste. Mais les affaires tournent plutôt bien, et on ne manque de rien.

– C'est juste. Je n'ai pas à me plaindre.

Il a marché vers moi, nous nous sommes embrassés, puis aimés.

Philippe a dit :

– Et maintenant, je vais dormir du sommeil du *juste*.

La minute d'après, il ronflait. Alors que moi… Il m'a fallu des heures pour m'endormir. Les mots de Philippe et ceux de Maxime Champrouge résonnaient… Même si les fautes de Maxime me brûlaient les yeux, je ne pouvais pas ignorer l'émotion qui ricochait comme un écho en moi. Dans cet immense rien qui s'était installé à mon insu.

Je me suis tournée et retournée.

Quand, enfin, j'ai fini par m'avouer que j'aurais aimé qu'on me dise de tels mots, j'ai trouvé le sommeil.

9

Au cours suivant, j'ai distribué les copies. Maxime était présent, je l'ai regardé bien droit dans les yeux pour lui demander de venir me voir à la fin de l'heure.

– Et si je ne viens pas ?

– Ce n'est pas envisageable.

Une fois de plus, à aucun moment je ne l'ai vu noter quoi que ce soit dans son classeur qu'il n'avait – de toute façon – pas apporté. Je n'ai pas fait de de remarque car il se taisait et restait immobile sur sa chaise. Il tenait son cahier rouge et le feuilletait. À la fin du cours, il a attendu dans son blouson en jean, les bras croisés.

Les autres élèves ont quitté la salle dans le brouhaha, lui est demeuré la tête baissée sur son cahier.

– Vous étiez en retard, aujourd'hui ai-je dit en marchant vers lui.

– Encore.

– Oui, encore.

– Dix petites minutes.

– Non. Vingt.

– Vous avez peut-être raison, madame Klein.

Il a alors relevé les yeux vers moi et je me suis arrêtée. Ils étaient d'une couleur indéfinissable. Bleus ou verts. Gris, peut-être. Je ne sais pas. Leur étincelle m'a saisie autant que son assurance. Alors, sans pouvoir ni reculer ni avancer, j'ai dit :

– Ce n'est pas une analyse que vous m'avez rendue, ni une rédaction.

– C'est l'analyse d'un seul mot, et c'est un poème.

– Ce n'était pas la consigne.

– Je m'en fous.

– Mais vous ne pouvez pas vous en foutre.

– Pourquoi pas ?

– Parce que vous avez des devoirs dans cette école. Vous devez suivre les consignes et les cours. Chaque exercice est nécessaire et chaque élève doit s'y conformer. C'est ainsi. Tout le monde suit des règles, c'est indispensable dans toute société. On ne peut pas se foutre de tout.

Maxime n'a rien dit, il ne souriait pas, il fixait son cahier. Il pensait – je le percevais –, qu'on pouvait très bien se foutre de tout. Alors j'ai marché jusqu'à sa table.

– Pourquoi est-ce que vous séchez les cours ?

– Je ne les sèche pas. Je suis là, avec vous.

– Effectivement, vous êtes présent, mais vous ne notez rien et vous n'écoutez pas.

Il avait le visage toujours incliné vers son cahier rouge vif.

– Si.

– Qu'attendez-vous de cette école ? Vous n'avez pas répondu au questionnaire.

– L'école, ce n'est pas pour moi. Je suis là pour ne pas aller en prison. Et pour ma grand-mère.

– Vous devriez être là pour vous. Si Ariane vous remet sur les rails, c'est pour vous. Et vous apprenez pour vous. Savoir rédiger, avoir des connaissances, obtenir un diplôme, c'est pour vous. Savoir écrire correctement, c'est aussi pour vous. Et puis, je trouve qu'en dehors de votre orthographe fantaisiste, vous êtes vraiment doué pour…

J'ai hésité une toute petite seconde à trouver les mots suivants, alors il s'est levé, a planté ses yeux en moi, a souri.

– Doué pour quoi, madame Klein ?

J'étais saisie par la façon dont il me regardait.

– À part vous, qui peut bien comprendre ce que j'ai en moi ?

Il a contourné sa table et s'est avancé. Alors j'ai dit :

– Tout le monde s'intéresse au talent. Tout le monde sait reconnaître la beauté.

– C'est vrai. Je vois votre beauté.

Il s'est arrêté à un pas de moi et j'ai compris. Oui, à cet instant, j'ai compris dans ma chair qu'il éprouvait le même trouble que moi en sa présence. Et avec toute la conviction, la force que je pouvais mobiliser, j'ai poursuivi :

– Je veux que vous travailliez pour vous offrir un meilleur avenir. Mon rôle est de vous aider, rien d'autre.

– Je veux que vous travailliez pour vous offrir un meilleur avenir. Mon rôle est de vous aider, rien d'autre.

Il répétait sans imiter ma voix, il répétait avec un sourire qui me déchirait, puis il s'est dirigé vers la fenêtre. Il avait les mains enfoncées dans les poches de son jean, et je ressentais à quel point il était mal. À quel point son avenir organisé par nous tous allait lui couper les ailes. À quel point il refusait tout cela. Et à quel point, moi, je le renvoyais à ce qu'il refusait… Nous sommes restés silencieux, l'un et l'autre. Je ne voulais qu'une chose, à laquelle je m'interdisais même de penser. Et comme il gardait le dos tourné, j'ai demandé avec un courage dont je ne me croyais pas capable :

– Qui est Maxime Champrouge ?

– C'est mon nom d'artiste et d'homme maudits.

Alors il s'est retourné.

– Je vais vous dire pourquoi Maxime Champrouge ou Raphael Pérec ne viennent pas à vos cours, Martha. C'est trop dur de vous voir.

Nous étions suspendus et sidérés, accrochés l'un et l'autre à l'émotion qui nous tenait. J'ai de nouveau barricadé la mienne, et Raphael a eu un regard d'une tristesse insupportablement réaliste. Il a ramassé son sac et a claqué la porte. Violemment.

Je me suis effondrée sur sa chaise, les jambes tremblantes. Devant moi, sur sa table, il y avait son cahier rouge. Je l'ai ouvert... Des pages entières étaient couvertes d'esquisses au crayon, et toutes me représentaient. Marchant dans les couloirs, sur le parking, dans les escaliers. En classe. Parfois, seuls mes yeux étaient dessinés. Parfois, juste ma main.
Sur le dernier croquis, j'étais assise à mon bureau et je le regardais.

Des textes étaient griffonnés dans tous les sens. Ici trois mots, là une flopée entière sans ponctuation, attachés les uns aux autres. Tous parlaient d'amour, et tous m'étaient destinés. Mon cœur battait à mille coups et mes mains tremblaient plus que mes jambes. J'ai repris la feuille où il n'avait écrit que : *Klein = le nom.*

Comment une telle chose est-elle possible ?

Je ne pouvais bouger de sa place, je relisais ses mots. J'entendais sa voix dire « Martha ». Puis « rien d'autre ». Je ne pouvais me lever et, surtout, je ne savais que faire. Si ce n'était qu'il était impossible de le trahir.

Brusquement, les élèves du cours suivant sont entrés en trombe.
– Ben si, les mecs ! Elle est là, la Klein !
J'ai attrapé le cahier de Raphael et j'ai regagné mon bureau.
– Madame, ça va pas ? a demandé Khadija.
– Si, si. Je n'ai pas vu l'heure, ai-je dit en refermant la porte. Installez-vous à vos tables et sortez vos livres.

– Ben, m'dame, on d'vait pas réciter vot'e poésie à la con, aujourd'hui ?

– Tenez, justement, Alvez, lancez-vous puisque vous êtes candidat. Et mettez le ton, je vous prie.

Alvez s'est avancé en me demandant :

– Je mime bien le thon, m'dame ?

La classe entière s'est esclaffée, je les ai regardés rire, insouciants, idiots et légers.

Il n'était pas 14 heures, et j'avais du temps avant la sortie de Louis, j'ai couru me réfugier vers le lac. Dans mon endroit secret, en contrebas du chemin de promenade. Ce n'est pas une plage, ni même une crique. Non. Ce sont tout juste deux mètres carrés de sable coincés entre les roselières. À l'abri du regard des promeneurs.

Il faisait chaud et le lac était bleu-vert, avec une touche de gris. Comme si la couleur était coulée dans un bloc et non pas appliquée en surface. Exactement comme les yeux de Raphael. J'ai rouvert son cahier et ai dégusté ses mots. *Mes mots.* J'étais submergée par le trouble d'être aimée ainsi, cependant, avec exactement la même intensité, j'étais terrifiée par ce qu'il éprouvait comme par ce que je ressentais.

Et qui impliquait que j'avais quitté la route que je partageais avec Philippe. Cette idée me ravageait l'âme. Pourtant, à cette minute précise, j'étais profondément heureuse.

Je me suis couchée sur le sable au soleil. Le cahier de Raphael sur mon cœur. J'entendais sa voix me dire les mots qu'il avait jetés pour moi. Je me laissais devenir, l'espace de quelques minutes, celle qu'il voyait. J'étais cette femme, oui, j'étais cette femme. C'était comme si je l'avais toujours su sans vouloir l'admettre. Comme si je l'avais toujours attendu, lui, cet homme de dix-sept ans et de quinze ans de moins que moi.

Cette pensée m'a fait bondir sur mes pieds.

Non. Tout cela ne pouvait exister. *Dans la vie, il y a des règles.* Tous ces rêves… Toutes ces poésies ne nous mèneraient à rien. Ni lui. Ni moi. Je suis rentrée chez moi et j'ai aperçu le capot d'une Golf noire d'un modèle identique au mien, malheureusement trop familière. Anne-Marie était là. Et la réalité aussi.

– Vous ne notez plus vos rendez-vous, Martha ? Mais vous venez du lac ?

– Oui, je reviens du lac.

– À cette heure-ci ?

– J'avais besoin d'une promenade.

– L'école a à peine commencé et déjà vous n'en pouvez plus ? Mon fils a raison. Vous devriez cesser de travailler et vous concentrer sur votre maison et votre famille ! Comme si une femme comme vous avait la nécessité de travailler !

– J'avais besoin d'une promenade, ai-je répété en ouvrant ma porte, comme vous, d'une séance chez le coiffeur.

– Que voulez-vous dire ? Je sors de chez le coiffeur.

– Alors, vous y êtes allée pour rien. Votre chignon est déséquilibré sur la gauche.

Elle s'est plantée devant le miroir au-dessus du meuble en chêne ciré chocolat sombre, moi à côté. Nos regards se sont liés, j'ai volontairement dit :

– On a raté votre chignon, tout comme moi j'ai raté notre rendez-vous. Mais ce n'est pas si grave, n'est-ce pas, quand on vit dans le monde injuste d'aujourd'hui ?

Bien sûr, suite à mes propos déplacés, irrespectueux, inhabituels et insultants, j'ai eu droit à une explication de texte de Philippe. Que je n'ai pas écoutée. Pour avoir la paix, je me suis excusée sans prêter la moindre valeur aux mots que je prononçais.

Je ne pensais qu'aux mots de Raphael, infiniment beaux.

10

Alors que Louis valsait entre le frigo et les paquets de céréales, Philippe m'a dit :

– Tu as les yeux cernés, et je sais que tu n'as pas bien dormi. Je t'ai sentie te retourner sans cesse. Tu es trop sensible pour travailler dans un établissement pareil. Pourquoi tu n'arrêtes pas, tout simplement ?

Le mot « sensible » m'a saisie.

– Pourquoi tu reviens là-dessus ?

– Parce que tu te fais du mal inutilement.

– Ce n'est pas inutilement, Philippe. Je n'ai pas étudié inutilement, et ce n'est pas pour rien que j'ai choisi d'être utile en aidant ces jeunes particulièrement malmenés par la vie, alors que moi, je vis dans le confort.

– C'est gentil pour moi et pour Louis.

– Ça n'a rien à voir avec toi et Louis.

– Ça nous perturbe. Aussi.

– Pas moi, a fait Louis en décidant enfin sur quelles céréales son choix allait se porter. Maman aime travailler dans cette école, et elle nous aime.

Philippe a regardé son fils qui s'est assis en bout de table.

– OK, Fils. Tu es plus malin que moi.

Louis a plongé le nez dans son bol, Philippe et moi sommes tombés dans le regard l'un de l'autre. J'étais dans ce présent-là, qui me terrifiait moins que ce que j'allais devoir dire à Raphael le lundi suivant.

Ma décision n'était pas difficile à prendre. Elle était même évidente. La seule difficulté était de la mettre à exécution. Il fallait que je lui parle et que je lui explique que ce qu'il écrivait et dessinait était très beau, mais que je ne n'étais pas cette femme à qui il s'adressait. Que j'étais sa professeure, et rien d'autre. Que la poésie, la beauté des mots, des nuages, d'une situation m'émouvaient. Comme des milliers de gens. Je dirais qu'il se trompe. Je mentirais et dirais que, moi, je ne ressens *rien d'autre*. Que j'étais mariée et maman d'un petit garçon. Que je garderais ses écrits et ses dessins pour moi, que je l'encourageais à explorer son talent. Qu'il avait du talent…

Lundi est arrivé, j'étais décidée, mais c'est avec fébrilité que j'ai attendu Maxime. Il n'est pas venu dans ma classe. Le mardi non plus. Max, que j'ai rencontré, m'a félicitée de mon calme avec Pérec. Il allait lui parler, mais il lui donnait un peu de temps.

– Je connais l'animal. Vous vous apprivoisez.

Le mot « apprivoiser » m'a accrochée, j'ai sondé Max. Il a ajouté qu'il priait pour que ça ne dure pas.

Mercredi était ma journée *off*. Longue journée.

Jeudi, Raphael n'avait pas cours avec moi, et je l'ai aperçu sur le terrain de sport. Je l'ai observé depuis ma fenêtre, discrètement. Ses gestes me… plaisaient. Par deux fois, j'ai eu l'impression qu'il regardait vers ma salle, du moins vers le bâtiment principal. Je me suis sentie pitoyable.

Vendredi, pas de Raphael dans ma classe, mais présent ailleurs. Il me manquait. Et ça, c'était une donnée nouvelle que je n'avais pas envisagée. Je voulais le voir. Mon corps en avait envie… Mais mon cerveau m'a giflée d'une pensée lourdement raisonnable. Raphael s'était entiché de moi parce que je devais le faire penser à sa mère, et… en aucun cas je ne voulais me substituer à elle.

Alors, j'ai su ce que j'allais dire.

Raphael, je suis touchée et émue par tout ce que vous m'avez dit et par tout ce que vous avez écrit. Mais je n'éprouve rien de cet ordre pour vous. Je suis désolée. Je ne suis pas celle que vous croyez aimer et je ne veux pas que vous ratiez votre année à cause de moi. Il faut voir la réalité telle qu'elle est. Je suis votre professeure, et vous avez un réel talent. Vous avez un grand talent. Ne le gâchez pas stupidement. Venez en cours pour réussir votre année. Vous pourrez, avec l'argent qui vous reviendra si vous obtenez votre diplôme, vous consacrer à l'écriture. Je ferai en sorte que votre contrat dans ce garage soit mué en emploi à mi-temps. Je suis certaine que c'est possible, si vous avez un véritable projet à côté. Je vous appuierai, et vous aiderai si vous êtes vraiment motivé. Pensez à vous, à votre avenir.

Je serais ferme sans l'être trop. Oui, voilà. Je me suis répété tout ceci au point de m'en convaincre.

Et toi, Martha, dans tout ça ? Moi ? J'ai passé l'âge de fondre au premier sourire et de m'emballer comme si j'avais dix-sept ans.

11

Vendredi, 18 heures. Je roulais en direction de mon cours de danse hebdomadaire où, pendant une heure, je n'allais faire que compter mes pas et laisser la musique entrer en moi pour y occuper toute la place. J'allais me décharger de tout. J'allais vider mon corps de ces émotions qu'il ne savait pas gérer. Je revois encore la petite route de campagne et le ciel sombre qui semblait vouloir se poser au beau milieu. Un orage était imminent. Les nuages s'amoncelaient à vue d'œil sous un vent désordonné, et les vers de Baudelaire résonnaient dans mon cœur comme si Raphael les soufflait.

Au moment où j'ai levé les yeux sur un éclair, j'ai roulé sur quelque chose et ma voiture a fait une embardée.

Je me suis garée sur le bas-côté, le pneu avant droit était à plat. *Merde...* J'ai voulu appeler Philippe à la rescousse, parce que je n'avais encore jamais changé de roue, mais j'ai eu beau renverser mon sac à main, j'étais partie sans mon portable.

J'avais la tête ailleurs et j'étais au beau milieu de nulle part.

J'ai ramassé un morceau de bois gros comme un poteau de clôture, duquel plusieurs longs clous rouillés dépassaient. À cette seconde, je me suis sentie plongée dans la nouvelle *Grand Chauffeur*, de Stephen King, dans laquelle une femme écrivain suit le raccourci indiqué par une bibliothécaire et tombe dans un piège infernal… J'ai jeté un regard à la ronde. J'étais réellement au milieu de nulle part. Alors, j'ai passé des minutes à chercher comment extraire la roue de secours de son logement.

J'ai lâché un cri de victoire en la jetant à terre. Il m'a encore fallu des minutes pour localiser la croix à dévisser. Personne ne venait vers moi, personne ne semblait surgir de ce *nulle part*, l'orage ne grondait pas, et j'ai supplié ces objets en métal de ne pas attirer la foudre sur moi et de collaborer.

Avec détermination, j'ai entrepris de desserrer le premier boulon. Qui, à ma grande surprise, a aisément cédé.

Pleine de confiance, je me suis attaquée au deuxième, qui n'a rien voulu savoir. *Tu t'es réjouie trop vite !*

Cette fois, je voulais qu'un véhicule apparaisse. Et vite ! Maintenant ! Une pluie fracassante semblait prête à tomber. *Louis dort chez Patricia, et si Philippe rentre tard… Combien de kilomètres avant la première maison ?*

Au loin, des phares ont surgi. Je me suis plantée au milieu de la route et j'ai agité les bras. J'avais oublié Stephen King, mais son personnage inquiétant a posé la main sur ma nuque, quand le véhicule m'a dépassée et s'est arrêté devant le mien, le bloquant.

Mes clés sont sur le contact… Mais la roue est à plat, et… La portière s'est ouverte.

– On dirait que vous avez besoin de moi, madame Klein ?

Raphael était là, devant moi.

Stupéfaite, j'ai bredouillé un « j'ai crevé » à peine audible dans le tourbillon du vent, et il a souri avec cette façon unique de me regarder. Mon cœur battait à la fois dans mes mains, mes jambes et ma bouche, trop vite, partout et trop fort, quand Raphael s'est avancé sans me lâcher des yeux. Je lui ai tendu la croix que je tenais encore à la main, il a eu un petit air moqueur.

– Je vois que vous avez plutôt bien avancé le travail.

– Oui. J'ai réussi à dévisser un boulon, mais…

– Mais ?

– Je n'arrive à rien avec le deuxième. Il est si serré que…

Je me suis à nouveau interrompue, Raphael continuait de sourire. Il a reculé vers mon coffre.

Il a levé le cric sous mon nez.

– J'aurais été curieux de voir comment vous alliez bien pouvoir remonter votre roue si tous les boulons avaient cédé aussi facilement que le premier… points… de… suspension…

Son regard s'est attardé sur moi, j'ai eu le sentiment qu'il était en moi et qu'il faisait danser mon cœur. Raphael souriait de tout son être. Il s'est accroupi et je n'ai pas regardé sa nuque, ni ses cheveux de la même couleur que les miens. J'étais rivée à ce point sur le col de son T-shirt blanc et je ne pouvais dépasser la ligne de tissu, je ne pouvais me promener sur sa peau. Raphael s'est relevé, a cherché mon regard.

– Satanée roue ! Jamais vous n'y seriez arrivée sans moi, Martha.

Oui, ça l'amusait de m'appeler Martha, et ça le satisfaisait que j'en reste muette. Il m'a saisie par le bras pour m'attirer vers le bas-côté. Il a marché à grandes enjambées vers sa camionnette. Le ciel a grondé d'un coup sec, puissant, et j'ai repensé à ce personnage monstrueux qui frappe l'écrivain, la viole et la laisse pour morte dans les bois.

Nous étions seuls, sans témoin, au milieu de rien.

Raphael est revenu avec une sorte de barre de fer. Il a balayé le ciel d'un mouvement de tête, puis s'est agenouillé pour glisser cette barre dans un des trous de la croix, a forcé, et le dernier boulon récalcitrant a cédé.

Il m'a lancé un clin d'œil.

– Rien ne me résiste, Martha.

J'aurais voulu pouvoir dire qu'il était trop sûr de lui, mais j'étais dépossédée de mes moyens. J'ai relevé la tête, les nuages noirs et lourds étaient à portée de mes doigts.

– Vous n'avez pas changé vos pneus neige depuis l'hiver passé, Martha ?

Il savait que ce nouveau Martha me donnerait un sourire.

– Je roule toujours avec des pneus neige, ai-je dit en revenant vers lui.

– Et pourquoi donc ?

– J'ai déjà vu de la neige tomber fin mai, alors même ma roue de secours est équipée d'un…

Je n'ai pas achevé ma phrase, j'étais ridicule de me justifier.

– Vous aimez être rassurée.

J'ai secoué la tête pour dire non, Raphael a fait oui en se redressant. Un coup de tonnerre a déchiré l'espace, et je me suis crispée.

– Et vous avez peur de l'orage.

– Non.

– Je crois que si.

Oui, j'avais peur. De Raphael. Et il le savait. Mais il s'est concentré sur ma roue qu'il a remontée aussi vite que possible.

Le vent soulevait ses cheveux, j'avais envie de détacher les miens, de laisser ce vent me caresser, emporter mes idées. Je voulais une douceur et de la force. Les nuages étaient trop nombreux et trop lourds pour ce ciel trop chargé. Le tonnerre courait vers nous, et d'un coup, des gouttes piquantes nous ont frappés comme des milliers d'épingles. J'ai récupéré mon parapluie dans la voiture alors que des éclairs torpillaient le ciel dans un fracas incessant.

L'orage s'était arrêté au-dessus de nous.

– Montez dans la voiture ! a commandé Raphael alors qu'il dévissait le cric.

J'ai ouvert le parapluie, mais il me l'a arraché des mains et l'a jeté en criant :

– Montez dans la voiture ! Maintenant !

Il m'a littéralement poussée à l'intérieur et la portière a claqué sur moi. Le tonnerre hurlait, je ne voyais plus Raphael. Ni devant ni derrière. Ni de mon côté. Brusquement, il s'est engouffré au moment même où la foudre s'est abattue sur la route. Devant nous. Ensemble, nous avons regardé la boule de feu rouler puis disparaître.

D'un geste que j'ai trouvé infiniment séduisant, il s'est séché le visage avec son T-shirt.

Il s'est tourné vers moi.

Il n'a pas souri, il a tendu le bras et m'a essuyé la joue.

La chaleur de sa peau a inondé la mienne, j'étais paralysée.

Doucement, il s'est approché de moi.

Il m'a embrassée là où il m'avait caressée.

J'étais liquéfiée.

Il a posé ses lèvres sur les miennes, j'ai arrêté de respirer.

J'ai compris que ce serait fatal.

Je l'ai repoussé, et la panique m'a fait débiter tous les mensonges que j'avais programmé de dire. J'étais structurée, logique, j'enchaînais les phrases, j'aimais mon mari, ma famille et mon fils, la vie avec eux, Raphael me fixait, il écoutait.

J'ai conclu :

– Raphael, c'est impossible.

– Vous ne pensez pas ce que vous dites, Martha.

– Si.

– Non. Vous ne pensez pas ce que vous dites.

– Raphael… Vous avez dix-sept ans.

– Plus depuis hier, et vous auriez dû le deviner, puisque je conduis. Vous êtes troublée, et je sais que je vous trouble au point d'oublier qu'Ariane nous fait passer le permis, et que celui-ci est validé le jour de nos dix-huit ans. Vous pouvez me souhaiter un bon anniversaire, Martha.

– Je vous souhaite un très bon anniversaire…, ai-je dit en essayant de reprendre le contrôle. Mais, pour vous comme pour moi, il faut que tout cela s'arrête.

Il a détourné la tête. Je voyais son profil, les muscles de ses joues se tendre. Il avait raison, je ne pensais pas un seul des mots que je venais de réciter.

Je mentais, mais j'ai poursuivi avec obstination :

– Raphael, il faut vous montrer raisonnable. Vous savez très bien que c'est impossible.

– Je sais que vous m'aimez.

– Non.

Il a pris ma main, je l'ai retirée aussitôt.

– Dites-le ! Dites-le, que vous ne m'aimez pas !

Alors bien calée dans mon siège, les bras croisés, j'ai articulé :

– Raphael, je ne vous aime pas. Vous vous trompez. Ce que vous prenez pour de l'amour chez moi, c'est de la tendresse et une émotion. Rien d'autre.

J'ai vu la douleur que j'avais provoquée en lui parce que je préférais le mensonge à cet amour impossible, insensé et pourtant, si réel. Raphael a regardé la route, puis il est revenu vers moi. Il m'a embrassée avec rage, la seconde d'après, il a quitté ma voiture. Il a couru sous la pluie vers sa camionnette.

Mais à mi-chemin, il a fait demi-tour et a ouvert ma portière.

— Martha, moi je t'aimerai toute ma vie POINT FINAL.

J'ai fermé les yeux, et il s'est envolé. J'ai entendu sa camionnette s'éloigner. J'ai pleuré jusqu'à en être totalement vidée.

12

Je n'ai aucune idée du temps que j'ai passé dans la voiture à verser des larmes. Je crois que j'attendais tout simplement qu'elles se tarissent. Quand enfin j'ai relevé la tête, le soleil s'était couché. J'aurais déjà dû être rentrée depuis longtemps. Qu'allais-je dire à Philippe ? Je ne pouvais prétendre que j'étais allée à mon cours de danse, et qu'après j'avais crevé et remplacé seule la roue. Il ne me croirait pas.

Alors, j'ai retouché mon maquillage et, en pénétrant chez moi, en croisant le regard sombre de mon mari, j'ai dit que j'avais crevé avant d'arriver et que j'avais attendu indéfiniment que quelqu'un passe parce que je n'arrivais pas à dévisser un des boulons. Ce qui était, finalement, la vérité.

Qui m'emmenait vers une vie de mensonges.

– C'était qui ?
– Je n'en sais rien. Un type tombé du ciel avec sa bonne volonté !
– Tu as l'air encore bouleversée.
– Lis la nouvelle *Grand Chauffeur* de Stephen King, et tu comprendras ce que ça fait que d'attendre perdue sur une petite route avec une roue crevée à cause d'un morceau de bois recouvert de clous !

Philippe m'a dévisagée longuement, j'ai ajouté que le

livre était dans notre bibliothèque et que j'allais me doucher.

– Pourquoi tu ne changerais pas de cours de danse ? Il y en a des milliers à Annecy ! Tu aurais pu trouver plus facilement de l'aide, sans avoir l'air de revenir d'une nouvelle de King.

– Quand tu me parles comme ça, Philippe, j'ai l'impression d'entendre ta mère.

Mon mari s'est tu et m'a regardée avec dureté :

– Je te fatigue à ce point ?

– Tu sais très bien que Maryline est une amie. Et si je vais à son cours dans la cambrousse, c'est aussi parce que ça me fait plaisir de la voir.

– Si vous dansez, je ne vois pas comment vous pouvez parler.

– Pense ce que tu veux. Je vais me doucher.

Je lui ai tourné le dos.

– Et ne me demande pas s'il y a des hommes au cours ! Le numéro de Maryline est dans mon calepin sur mon bureau. Appelle-la toi-même.

– C'est déjà fait ! Elle ne répond pas !

Je me suis arrêtée exactement au milieu du couloir, et j'ai eu envie d'ouvrir la porte d'entrée pour fuir au loin. Mais, très calme, j'ai fait face à Philippe et j'ai expliqué que pendant les cours, Maryline ne répondait pas au téléphone.

– Tout le monde répond, de nos jours.

– Alors demande-lui pourquoi elle ne le fait pas.

Je suis montée dans la salle de bains à l'étage et je suis restée longtemps sous la douche. Philippe a fini par m'y rejoindre.

– Je suis jaloux. Tu le sais, mon amour. Et j'étais très inquiet.

Moi, encore, j'ai fermé les yeux… Sur ma vie.

13

Samedi matin, je me suis étourdie d'activités et, dans l'après-midi, j'ai marché au bord du lac avec Patricia, pendant que nos maris couraient et que nos fils faisaient du roller. J'ai accepté leur invitation à dîner, et le lendemain j'ai prétexté une migraine écrasante pour ne pas aller à Chambéry chez mes beaux-parents.

Je suis restée enfermée chez moi et n'ai cessé de regarder par la fenêtre. Je crois que je m'attendais à voir Raphael apparaître. Le ciel était bas, les nuages voulaient entrer dans le lac… Le temps d'orage ne chassait rien de celui qui grondait, enflait, menaçait de tout exploser en moi. Je me repassais en boucle chacune des secondes de ce qui s'était passé.

J'oscillais entre le désespoir total d'avoir fait fuir Raphael, de le faire souffrir, et la colère contre moi-même, le souhait d'avoir rêvé tout cela, la honte de mentir et de ressentir de tels sentiments, et la certitude que je n'y pouvais strictement rien.

14

Lundi, quand j'ai aperçu Max dans le hall, j'ai su qu'il m'attendait. Je l'ai suivi jusqu'à son bureau. Il ne disait rien, il était grave. J'ai eu subitement très peur que Raphael ait commis… Max m'a demandé de m'asseoir, mais je suis restée debout.

– Pérec abandonne Ariane.

– Ce n'est pas possible ! ai-je dit, soulagée.

– Ce petit con préfère la taule et son casier à vie, plutôt qu'obtenir un diplôme !

– Il ne peut pas !

– Il vient d'avoir dix-huit ans ! Techniquement, il peut. Et l'école va fermer, si tu ne parviens pas à le faire changer d'avis.

Mes jambes se sont dérobées sous moi, je me suis littéralement écroulée dans le fauteuil.

Et sans comprendre pourquoi, j'ai vu Max sourire.

– Mais les astres sont de mon côté, Pérec a eu un accident.

– Grave ?

– Rien de catastrophique.

– Que s'est-il passé ?

– Dans le garage où il travaille le samedi, ce petit con a fait une belle bourde de débutant, parce que la voiture sous laquelle il bossait lui est tombée dessus. Résultat : quatre côtes cassées. Trois à gauche, une à droite. Il est cloué au lit.

– Il arrête Ariane parce qu'il est blessé ?

Max a soupiré et s'est assis sur son bureau.

– La raison pour laquelle Pérec veut arrêter est hors sujet, dirais-je.

– Je ne comprends pas.

– Hier soir, j'ai reçu sa grand-mère qui m'a supplié de déchirer la lettre qu'il avait postée depuis le hall de l'hôpital quand je la recevrais, de le réintégrer et d'envoyer quelqu'un chez eux pour lui faire cours. Elle ne veut pas qu'il aille en taule après s'être saignée autant pour lui, et moi non plus. Parce que, au cas où tu n'aurais pas intégré ce que je viens de dire, Martha, nous n'avons plus droit au moindre échec.

Je me fichais de ce que Max disait, je n'entendais pas les conséquences. Je ne voulais pas que cet amour fracasse ma raison.

– C'est impossible d'aller chez lui, le règlement ne le permet pas. Aucun prof n'a le droit de savoir où vivent les…

– Merde, Martha ! m'a-t-il coupée, très agacé. Le règlement va permettre, le règlement sait se montrer intelligent.

Il s'est avancé vers moi, il devenait nerveux.

– Et Pérec est d'accord ?

– Pérec est un pion. On n'en a strictement rien à foutre de ce qu'il veut.

Le regard de Max m'a terrifiée. Je sentais que certaines choses m'échappaient. Je n'aimais pas ce ton que je ne lui connaissais pas, je n'aimais pas qu'il utilise le mot « pion ».

– Il faut qu'il se plie à nos exigences. Ce gars doit absolument passer son diplôme cette année et dé-guer-pir pour toujours.

J'allais ouvrir la bouche, mais pour dire quoi ? Max a enchaîné sur un ton beaucoup plus sec :

– Je te rappelle que cette école est un site pilote, et qu'on est sur la corde raide. Si par malheur on ferme, c'est tout le projet Ariane qui coule. Plus aucun établissement ne sera ouvert, et plus aucun môme ne bénéficiera de ce qu'on est en train de leur donner.

Max était à un pas de moi, qui n'arrivais pas à me relever de ce fauteuil.

– Pérec ne peut pas abandonner en cours de route, et nous foutre tous ici dans la merde la plus totale en flinguant le reste.

Tout à coup, j'ai saisi la manœuvre.

– Non, non ! Je ne vais pas y aller.

– Martha, je ne vois personne d'autre que toi. Tu es son professeur principal. Tu y vas cet après-midi pour le convaincre qu'il n'a aucun intérêt à détruire son avenir, et le nôtre par la même occasion.

J'étais comme Alice au pays des merveilles, je rétrécissais sans le vouloir, j'avançais dans un monde dont les codes me filaient entre les doigts.

– Il n'est au courant de rien, a continué Max. Joue sur les sentiments qu'il a pour sa grand-mère pour reprendre la main.

J'ai marqué un temps.

– Et tu me laisses y aller seule ?

– Pérec ne t'agressera pas ! Surtout pas avec quatre côtes cassées et sa grand-mère chez lui…

Je n'ai pas répondu à son sarcasme. En reculant enfin, Max m'a demandé si je savais où étais Véry.

– Oui.

– Tu traverses ce mouchoir de poche, tu continues tout droit, tu dépasses le bois, la grande prairie puis, sur ta droite, tu verras une toute petite maison avec un toit rouge. Il n'y en a pas d'autre avant des kilomètres.

Je me suis relevée. Max a saisi mon bras. Je n'aimais pas son geste, ni la façon dont il serrait ses doigts.

– Je veux que ça reste entre toi et moi.

– Et mon mari, s'il l'apprend ?

– Comment l'apprendrait-il en travaillant à Genève ?

– …

– Si tu ne dis rien, personne ne le saura, ni ici, ni chez toi. Ce n'est que l'affaire de quelques cours. Et dans tous les cas, moi je sais où tu es et quand.

– Et si Pérec ne se présentait pas aux examens de fin d'année ? Tu y as pensé ?

– Bien sûr. À toi de le convaincre de son intérêt comme du nôtre.

J'ai retiré mon bras de sous sa main et Max a eu une expression qui le rendait sinistre.

– Si Pérec a accepté d'être ici c'est que, quelque part, bien au fond de ce qui est tordu en lui, il a eu l'envie de s'en sortir, même s'il fait tout pour compliquer sa putain de vie. C'est cette envie-là que tu dois exploiter. Tu es une bonne prof. Une très bonne, parce que tu sais leur parler, à ces…

– Pions.

Max n'a pas relevé, alors j'ai dit qu'il était hors de question que j'y aille le soir.

– Ne t'inquiète pas, je vais te caler des horaires qui n'éveilleront les soupçons de personne.

Je suis partie avec une enveloppe que Max m'a demandé de remettre à Raphael, après l'avoir flingué du regard.

Oui, pions = mot final.

15

La grand-mère de Raphael m'attendait devant la petite maison, appuyée sur ses béquilles. Elle s'est avancée difficilement pour venir à ma rencontre et m'a tendu une main solide. Elle a écrasé la mienne avec une vigueur que je ne lui aurais pas soupçonnée.

– Il est là-haut. Je ne sais pas encore ce qu'il va décider. C'est une sacrée bourrique, vous savez ! Il m'en a fait voir de toutes sortes, ce petit saligaud… Mais heureusement c'est un gentil garçon. Enfin, quand il veut… Il faut savoir le prendre.

Dans sa voix éraillée, je sentais tout son amour pour Raphael. Elle me sondait, elle m'évaluait.

– Je veux qu'il s'en sorte mieux que moi et mieux que sa mère. J'ai pas été très utile à ma fille, alors pour le p'tit…

Elle avait des yeux vifs. Elle aurait pu avoir des larmes dans les yeux ou dans la voix, mais je n'aurais pas aimé. Je préférais qu'elle soit sèche. Cette mamie me plaisait.

– C'est à droite, en haut de l'escalier.

J'ai gravi une marche et la vieille femme a retenu mon bras.

– Vous allez l'aider, mon Raphael ?

– Je vais faire de mon mieux.

– Je veux plus que ça.

198

J'ai fait oui de la tête.

– Ne frappez pas, entrez directement, il a ses écouteurs.

Une marche en plein milieu de l'escalier ciré a grincé, et j'en ai compté sept jusqu'à la dernière. J'ai fait cinq pas pour poser la main sur la poignée de la porte de la chambre. J'ai ouvert sans réfléchir.

Raphael était allongé au milieu de son lit double au fond de la pièce. À droite. Il avait des écouteurs sur les oreilles et ne les a pas retirés en me voyant dans l'encadrement de la porte. Je ne savais pas s'il était surpris ou non. En tout cas, il ne souriait pas.

Sans y être invitée, je suis entrée dans son univers et j'ai refermé derrière moi. Il me dévisageait, je suis restée debout jusqu'à ce qu'il enlève ses écouteurs.

– Bonjour, Raphael. Je suis mandatée par le di…

– Vous pouvez dégager et dire à Max d'aller se faire foutre. Je ne veux pas vous voir.

– Raphael, ça ne marche pas comme ça. Vous n'avez pas le choix. Et moi non plus, d'ailleurs.

Il a remis ses écouteurs, mais je me suis installée sur une chaise à côté de la table en plastique marron, délavée par les années et les intempéries. Elle était encombrée de dessins, d'outils, de vêtements. De textes jetés sur des morceaux de feuilles. Des livres étaient repoussés dans un coin. J'ai attendu. En le dévisageant à mon tour. Raphael fermait les yeux. Il avait un bandage sur le corps, une de ses épaules était nue, son jogging noir était trop court. Il était beau, il respirait doucement.

Au bout de cinq longues minutes, il a enfin éteint sa musique.

– Si j'accepte, c'est pour Mémé. Si j'accepte, je veux que ce soit vous.

– Sauf si je me fais écraser par une voiture, comme vous.

Il m'a toisée et m'a expliqué qu'il avait oublié de mettre la sécurité de l'engin qui soulevait la BMW sous laquelle il travaillait.

– Je n'avais pas la tête à ce que je faisais.

– Vous me tenez pour responsable ?

– Non, Martha. Mais vous êtes là, dans mon cœur, et vous renversez tout.

Je n'ai pas bougé, lui non plus. J'avais conscience de tout, de l'espace, de ce qui se jouait au-dessus, autour et en nous. J'étais, oui, un pion dans cette force qui nous emportait. Lui ne baissait pas les yeux. Alors j'ai dit :

– Raphael, il faut qu'on travaille.

J'étais ferme. Il était perdu, il était amoureux de moi, il était sans espoir, et je crois que c'est pour cela que je lui ai obéi quand il a dit :

– Venez vous asseoir sur mon lit parce que, moi, je ne peux pas bouger.

Je me suis assise tout au bord du matelat, en essayant de ne pas provoquer de secousses. Il a souri, j'ai aimé sa voix quand il a dit :

– Dans l'état où j'suis, je ne vais pas vous sauter dessus.

Je me suis rapprochée, resserrant les pans de mon trench. J'ai expliqué ce que nous allions voir pendant son immobilisation. Nous avons fait des exercices de base simples. Il a coopéré, même si parler lui était difficile. Je lui ai laissé les cours à étudier pour la séance suivante, ainsi que les devoirs à faire. Il les a posés à côté de lui. Il a saisi mon regard.

– Vous voulez savoir si c'est douloureux ?

Je me suis relevée, et il a ajouté :

– Ça fait moins mal que ce que vous m'avez dit l'autre jour.

Immédiatement, ma gorge s'est nouée, et oui, j'aurais

aimé dire que je ne pensais pas un mot de ce que lui avais jeté sous cet orage, mais que je ne pouvais faire autrement. Je me suis accroupie pour sortir de mon sac son cahier rouge.

– Vous avez un vrai talent pour le dessin.

– Je m'en fous, du dessin. Je préfère écrire, je préfère écrire avec des fautes.

– Pourquoi ?

– Je *suis* une faute.

– Vous ne devriez pas penser cela. Ariane vous a donné une belle chance, vous pouvez y arriver. Je le sais. Vous êtes intelligent. Je vais vous aider. Mais je ne peux rien si vous ne vous aidez pas vous-même.

Il regardait son cahier que je tenais.

– Je ne sais pas si vous voulez vous en sortir, Raphael.

– Vous croyez que je vais m'en sortir en étant mécano ? Vous pensez que je vais vivre en étant ce que je ne suis pas ? Vous pensez ça, Martha ?

– …

– Vous pouvez, vous, vivre en étant ce que vous n'êtes pas ?

– Raphael…

– Vous pouvez continuer votre vie comme vous êtes aujourd'hui ? Vous pouvez vivre en étant ici avec moi, et chez vous avec moi en vous ?

Il était d'une lucidité et d'une innocence qui me renversaient. Il était franc, courageux, honnête, pur, passionné. Jeune. Jeune…

– Je suis plus âgée… La vie quand on est adulte n'est pas si tranchée. Vous avez la liberté entre vos mains, Raphael.

– Oui… J'ai toute la liberté entre mes mains et je ne suis pas comme vous… Je dis la vérité et je suis libre…

Je vous aime, je vous ressens, j'écris de belles lignes, je le sais. Je suis libre de vivre cela, mais pas de vivre avec vous… Et vous êtes là, dans ma chambre, pour me dire que je dois me plier à une vie dont je ne veux pas… Une vie qui arrange tout un petit monde dont je me contrefous… Que penses-tu de ça, Martha ? Que penses-tu de toi ?

J'ai fait un pas et posé son cahier rouge et l'enveloppe à côté de lui. Je me suis retournée, mais Raphael a attrapé la ceinture de mon trench. Il avait été rapide, il était direct, sans ombre.

– Reste cinq minutes. Regarde, je ferme les yeux.

Oui, il fermait les yeux. Il était allongé là, sous les miens. Alors, après des minutes de vide absolu où en moi il n'y avait que lui et ces émotions qui nous transperçaient, je me suis rassise et il a rouvert les paupières.

Et, pour la première fois, j'ai fait ce que mon corps me dictait. Je me suis couchée contre sa peau, et nous sommes restés ainsi. Sans bouger. J'entendais battre son cœur. Il résonnait dans le mien. Exactement comme dans son poème.

Puis il y a eu un bruit en bas, et en un rien de temps j'étais debout au milieu de la chambre. Raphael souriait.

– Je t'attendrai toute ma vie, Martha.
– Tu es fou.
– Oui.
Je suis partie sans me retourner.

Mémé, elle, m'attendait au bas de l'escalier. Elle m'a proposé un thé que j'ai refusé.

J'ai roulé doucement sur la petite route de campagne. J'étais apaisée. Oui, quelque chose de doux s'était installé en moi.

J'avais voulu me coucher contre Raphael et j'étais heureuse de l'avoir fait.

À mesure que je m'éloignais de Véry et que je me rapprochais de Thônes, je devenais malheureuse d'être heureuse.

16

J'ai passé une mauvaise nuit, et Philippe a senti ma nervosité.

– Ton boulot te mine. Ne dis pas le contraire, je le vois.

– Philippe, j'assume.

– C'est parfait, alors.

– Et, dis-je en me penchant sur le planning du prochain dîner, je me souviens que les Mollet-Bricard sont déjà venus l'année passée. Sa femme adore les Saint-Jacques et ne met jamais de sel dans ses plats.

J'ai planté mes yeux noirs dans les siens, clairs.

– Quelle mémoire ! Tu es formidable.

Je l'ai embrassé. J'ai fait un décompte des heures qui me séparaient de Raphael. Je mourais d'envie de le voir. D'être contre sa peau.

En me garant devant la petite maison au toit rouge lors de ma visite suivante, je savais que Raphael serait toujours allongé sur son lit. Dans la même position que lorsque je l'avais quitté.

– Tu n'as pas bougé ?

– J'ai dit que je t'attendrais toute la vie. Point final.

– Tu as fait tes exercices ? ai-je demandé, de loin.

– Sur mon bureau.

Effectivement, tout était fait. Proprement et ordonné par matière. J'ai corrigé les exercices de français, tout était juste.

– Pourquoi tu ne travailles pas comme cela en classe ?

– Je te l'ai déjà dit, enfermé, j'étouffe.

– Tu as écrit d'autres textes ? Un roman ?

– Non.

– Pourquoi ?

– Pourquoi j'écrirais un roman quand on veut me coller sous une bagnole ?

– À quel point tu aimes écrire, Raphael ?

– Moins que je t'aime toi.

J'ai reformulé ma question, j'étais assise à distance sur la chaise marron dont le plastique usé était rêche.

– Je voudrais écrire des films. Je répète, je voudrais écrire des films… Je n'ai pas le fric pour intégrer une école. Je ne sais pas s'il existe une école pour apprendre à écrire des films et, de toute façon, je ne veux pas être enfermé dans une école, où qu'elle soit.

– On peut regarder ensemble et voir ce qu'il serait possible de faire avec la prime que tu toucheras. Si tu réussis à avoir ton diplôme.

Il est resté les lèvres scellées. Quelque chose se mouvait en lui, quelque chose de très sombre, alors j'ai dit :

– Je vois que tu renonces à tes rêves.

– Tu vois que je renonce à toi ?

J'ai prétendu que cette dernière phrase était sans impact. J'ai organisé mes feuilles.

– Je renoncerais à tout… a-t-il poursuivi. Mais je ne renoncerai jamais à toi, qui es si belle avec ta queue-de-cheval et tes jambes croisées dans ton jean impeccable. Ton chemisier blanc comme un putain de nuage… Toi, qui ne veux pas me regarder, même à distance… Toi, qui es là dans mes pensées, dans mes coups de crayon, dans ma bouche… Toi qui as peur et qui me fais peur.

Moi aussi j'avais peur, de ce qu'il venait de dire et de ce

qu'il avait en lui. Mais ça n'avait rien à voir avec une envie de fuir. C'était une peur fascinante qui m'a fait relever la tête.

— Tu as peur de moi ?

— De ne pas être à la hauteur. À ta hauteur.

— Et si nous travaillions ?

— Et si nous travaillions, elle me dit…

J'ai souri, je suis restée sur la chaise et nous avons revu les accords du participe passé. Très sérieusement. Je me sentais l'apprivoiser et le libérer alors que je l'emprisonnais. Je sentais que lui, avec ses regards, construisait autour de nous une muraille pour notre monde. Il écrivait. Par la fenêtre, je ne voyais que le ciel et la promenade des nuages. Ils étaient nos témoins.

Quand j'ai rangé mes stylos et mes livres, Raphael s'est levé. J'ai regardé la porte et il a fait non de la tête. Je n'ai pas bougé, je voulais cet instant. Il s'est avancé et a passé son bras autour de ma taille, mes mains se sont nouées à son cou.

Nous ne nous sommes pas embrassés, pas ce jour-là.

17

Nous nous sommes embrassés à ma troisième visite, à la minute où je suis arrivée, puis nous avons travaillé. Ce baiser était le nôtre, il existait, et les nuages l'avaient vu.

À la quatrième visite, nous avons fait l'amour.

Quand j'ai quitté Raphael, je lui appartenais bien plus. Je n'avais pas beaucoup lutté… Pas lutté du tout. C'était insensé, mais c'était ainsi. Nous vivions chaque journée en attendant l'instant de nous retrouver. Nous travaillions, nous riions, nous nous racontions. Nous nous aimions. Nous étions tout simplement bien ensemble. J'étais comme je ne l'avais jamais été. Et j'oubliais presque mon autre vie, l'espace de soixante minutes.

Les paroles de Lisa dansaient dans ma tête :
– La clé d'un adultère réussi, c'est de dissocier ses deux vies. Et surtout de ne jamais tomber amoureuse.
– Sinon ?
– Sinon ? m'avait-elle répondu les yeux exorbités. Mais Martha ! Si tu tombes amoureuse, tu es foutue !

J'étais donc foutue. Je n'avais pu dire non à Raphael quand tout ce que je pensais, c'était oui.

– La première fois que je t'ai vue, tu garais ta voiture sur le parking et j'étais à l'accueil, attendant d'être convoqué par Max. Tu portais un jean et un chemisier bleu. Tu n'en as qu'un de cette couleur. Et tu ne l'as jamais plus reporté à l'école.

– Je l'ai brûlé.

– Tu repasses ?

– Marina l'a brûlé, ai-je repris.

– Tu vivrais sans femme de ménage ?

Sa question en posait une autre et je n'ai pas répondu.

Raphael n'a pas quitté mes yeux, il avait les doigts glissés entre les boutons de mon chemisier, il touchait ma peau, là, sur mon cœur. Il le dessinait du bout des doigts.

– Quand tu as refermé ta portière, ton trench est resté coincé sans que tu t'en aperçoives, jusqu'à ce que ta ceinture te retienne. À ce moment-là, nos regards se sont croisés et tu m'as souri. J'ai su que j'allais t'aimer, et que toi tu allais succomber, Martha.

– Et nos quinze ans de différence ?

– Ça fait quoi ?

– C'est trop.

– Et dix, alors, c'est quoi ?

– Dix, c'est moins.

– Et vingt ?

– C'est beaucoup, beaucoup trop.

– Martha, tu dis n'importe quoi. Dix, ce serait acceptable et vingt, inacceptable. Et quinze alors, c'est quoi ?

Ma réponse a été un baiser. Deux secondes plus tard, j'étais dans ses bras, avec pour tout vêtement son amour. Oui, je parvenais à oublier tout le reste pendant les fugaces minutes que nous avions à nous seuls dans sa chambre et qui comptaient mille fois plus.

Ce n'était pas seulement qu'elles comptaient plus, c'était que pendant tout ce temps avec lui je ne pensais à rien d'autre. Je vivais juste mes sentiments. Sans culpabilité. Sans remords.

18

Plus tard, alors que Raphael était de retour en classe, j'ai prétexté le caractère « indispensable » d'un soutien pour continuer mes escapades chez lui. Et puis mon anniversaire est arrivé, il avait un cadeau pour moi. Un tube de rouge à lèvres Lioricci ultralongue tenue. Le numéro 61. Le même que celui que je portais habituellement.

– Tu n'auras qu'à le laisser, ici. Comme ça, si tu oublies le tien…

– Tu penses à tout.

– Je pense à toi, a-t-il dit en se dégageant de mes bras.

Il s'est assis à son bureau et a ouvert son cahier rouge. Il m'a ordonné de ne plus bouger. Il a dessiné, encore et encore. Et quand enfin il a reposé ses crayons, il s'est allongé sur son lit. Épuisé.

Ce jour-là, nous n'avons pas fait l'amour. Nous n'avons pas dit un seul mot de plus. Nous sommes restés l'un contre l'autre.

Notre amour réclamait plus. Il voulait aller plus loin, renverser l'existant, dire la vérité, la vivre au grand jour.

Le moment d'agir était là, les nuages, en nous regardant, l'exigeaient.

Mais je me suis levée parce que la peur de parler — la peur tout court — s'était infiltrée dans cette chambre. Raphael m'a regardée m'en aller sans me retenir, j'ai dévalé l'escalier.

Comme d'habitude, je me suis préparée à saluer sa grand-mère. Elle n'était pas dans la cuisine. Elle m'attendait dehors sous le porche et a saisi mon bras au passage.

— Vous lui avez déjà brisé le cœur. *Je le sais.* Alors je vous conseille de ne pas le lui arracher.

Son regard vif et assassin m'a clouée sur place. Derrière moi, j'ai entendu la voix de Raphael.

— Qu'est-ce que tu chantes, Mémé ? a-t-il fait en m'enlaçant. Je ne suis pas comme Maman. S'il te plaît, tais-toi.

La vieille femme n'a pas cillé, mais j'ai vu combien elle était contrariée. Raphael avait le dessus. Il m'a entraînée dans le jardin. C'était la première fois que nous étions intimes à l'extérieur.

Et si Philippe vient à passer ?

Raphael a vu cette idée en moi et j'ai dit :

— Pas aujourd'hui, s'il te plaît.

Il a pris mon visage entre ses mains et m'a regardée, là, dans mon cœur.

— Je ne veux pas être celui qui est de trop.

J'ai répété :

— Pas aujourd'hui, s'il te plaît.

Mémé a claqué la porte d'entrée et j'ai couru derrière la maison où je cachais ma voiture.

J'ai fait marche arrière en lançant un dernier regard à Raphael. Je pouvais évaluer sa tristesse, la mienne était identique.

Je conduisais trop vite, et je me suis fait si peur dans un virage, bien après avoir quitté Véry, que j'ai dû me garer sur le bas-côté pour me calmer. Un instant plus tard, une voiture m'a dépassée et, pendant une seconde, j'ai craint qu'elle ne s'arrête. Étrangement, je revois encore la plaque d'immatriculation et je me rappelle m'être demandé ce que quelqu'un du département de la Haute-Marne pouvait bien faire sur cette route déserte.

19

Je ne suis pas rentrée chez moi, j'ai marché dans les allées d'un supermarché sans rien acheter. J'essayais de me calmer. De savoir ce que je voulais vraiment faire de ma vie. Raphael était clair, il ne voulait pas être celui qui était de trop. Il l'avait dit le jour de mon anniversaire, le jour où j'allais passer la soirée seule avec Philippe au restaurant, le jour où mes beaux-parents avaient récupéré Louis à l'école, que nous devions aller chercher le lendemain. Anne-Marie aurait préparé un gâteau extravagant, comme chaque année. Je ne savais plus ce que voulait dire un anniversaire…

Je n'avais pas la réponse en arrivant au restaurant. Philippe m'attendait, assis au bar. Dès mon arrivée, il m'a regardée étrangement.

– Tu viens de remettre du rouge à lèvres ?

– Oui.

J'ai bu une gorgée de son whisky, et mon mari m'a embrassée. J'ai souri en disant que la nouvelle formule du Lioricci 61 tenait ses promesses. J'ai pensé que moi, je trahissais les miennes.

Et j'ai pensé à Louis.

Philippe a sorti de sa poche un écrin blanc. J'ai basculé le couvercle. C'était une montre au cadran rond en or rose très clair, au dos de laquelle était gravé : « Martha et Philippe pour la vie. »

Mon mari me l'a passée au poignet, son regard me liait à lui pour la vie. Je lui ai donné un baiser, puis je l'ai remercié. Je me sentais une imposture, j'étais une menteuse et une infidèle. Je me suis tournée vers la serveuse qui nous annonçait que notre table était prête. Table qui, à notre surprise, se trouvait à côté de celle de David et Patricia, nos voisins.

– Ce serait idiot de s'ignorer. Pour une fois qu'on peut se voir sans nos sales mômes, ailleurs que dans nos maisons respectives.

– David, enfin ! C'est l'anniversaire de Martha. Ils n'ont certainement pas envie de se coltiner notre présence toute la soirée.

Philippe m'a regardée, et j'ai dit :

– Je serais très contente de passer cette soirée avec vous, d'autant que ça fait longtemps qu'on vous doit une invitation.

Philippe a hoché la tête. David a claironné que le vin et le champagne étaient pour eux, quand la serveuse a rapproché nos tables. Patricia a juré qu'ils avaient atterri dans ce restaurant par le plus grand des hasards. Nous nous sommes assis.

Son mari a ajouté :

– Le hasard des places pour se garer fait très bien les choses, surtout après avoir tourné comme des fous.

– Et plus on est de fous, plus on rit ! a lancé Patricia.

– Au restaurant, ma chérie. Parce que dans un couple, quand il y en a un de trop…

Mon sang s'est glacé. Patricia a fixé son mari.

– Devant témoins, je te préviens que je tue celle qui est de trop !

David a pris la main de sa femme.

– Moi, je te noie dans le lac, et ce serait facile, vu que tu nages comme une enclume. Je le dis *aussi* devant témoins.

La serveuse a déposé quatre coupes en souriant. Patricia, qui avait envie de jouer, s'est retournée vers moi.

– Et toi, Martha, tu ferais quoi ?

– Idem. Sauf que ce serait plus difficile, parce que Philippe nage bien mieux qu'une enclume.

Nos rires et la honte écrasaient mes épaules. Philippe a trinqué en soutenant mon regard, Patricia a tendu son verre vers lui.

– Et toi, Philippe ? Que ferais-tu ?

– À qui ?

La couleur du doute

1

– Martha ! Martha ! Mais qu'est-ce que tu fiches dans ce bain gelé ?

J'entends les mots, des voix, une musique. J'ouvre les yeux et distingue Philippe agenouillé près de la baignoire.

– Tu es glacée. Depuis combien de temps tu es dans cette eau ?

J'enfile le peignoir qu'il me tend. Je bredouille que je me suis endormie, je grelotte autant que lorsque je m'étais réveillée dans le camion de Sacha. Philippe me frotte les bras.

– Habille-toi. Tu es complètement frigorifiée. Je descends te préparer une tisane.

– Je te rejoins dans une minute, dis-je en essayant de paraître… normale.

Comme une automate, j'enfile mon pyjama, des chaussettes et un gilet. Je passe la brosse dans mes cheveux en me regardant dans ce miroir qui a fait semblant de ne se souvenir de rien. Et qui maintenant affiche mon passé. Je revois les yeux de Raphael sur moi. Son sourire si particulier quand il baisse la tête.

Mes idées sont claires, précises.

Je viens de recouvrer une partie de ma mémoire. Un pan de ma vie vient de traverser cette porte entre l'obscurité et la conscience. Ces souvenirs expliquent pourquoi je sens autant de différence entre la femme que Philippe croyait retrouver et celle que je suis. Il m'appelle depuis la cuisine. Je réponds que j'arrive, mon instinct me dicte une seule chose : garder le silence.

– Je n'y crois pas. Comment est-ce que tu as fait pour t'endormir ? T'avais pris des somnifères ?

– Non. Tu sais bien que je n'en prends plus. J'ai juste fermé les yeux, et… voilà.

– L'eau était glacée. N'importe quoi !

Il secoue la tête, toujours incrédule. Puis il pose son verre de vin et prends mes mains.

– J'espère que tu ne vas pas tomber malade. Parfois, je me demande vraiment ce que tu as dans la tête.

Je ne quitte pas ses yeux, je me demande s'il cherche à voir en moi.

– Du vide. Tu sais bien que je n'ai que du vide dans ma tête.

Philippe reste à me tenir les mains. Oui, son regard me sonde vraiment.

– Ça ne va pas mieux, n'est-ce pas ?

Des larmes indésirables sont sur le point de me submerger, alors Philippe m'enlace.

– J'avais imaginé qu'avec le temps tu irais mieux.

– Je vais mieux. C'est juste que ce vide, parfois…

Il reprend mon regard, je vois dans le sien quelque chose comme un doute et une crainte qui me crispent.

– Parfois ? demande-t-il.

Ses yeux sont de la couleur de l'acier, ils me transpercent. Je ne sais pas quoi répondre, il me caresse la joue puis change d'expression.

– Parfois, j'ai peur que ça recommence. J'ai peur de te perdre encore… J'ai peur que tu m'échappes, et de ne plus savoir qui tu es. Cette amnésie, cet accident t'ont rendue différente, autant que moi, ils m'ont rendu… tranchant. Je deviens plus tranchant que je ne le voudrais, et tu es plus distante que tu ne l'étais. Cet accident, cette amnésie…

– Moi.

– Oui, toi… Tu me pousses là où je ne voulais jamais aller, et… je n'aime pas être cet homme qui se demande s'il est encore aimé.

Depuis mon retour, j'ai déjà vu Philippe irrité, furieux, inquiet, agacé, énervé, déçu. Mais triste comme ce soir, jamais.

– Est-ce que tu m'aimes, Martha ?

À cet instant, j'aime sa faiblesse et sa question. Sa franchise. Pourtant, quelque chose me souffle que mon mari me pose cette question là, maintenant. Pas hier, pas il y a un an, mais ce soir alors qu'il vient de me retrouver endormie dans le bain. *De quoi a-t-il peur, exactement ? De quoi ne devrais-je pas me souvenir, pour que rien ne change entre nous ?*

Mais je suis incapable de lui demander s'il a appris que j'avais un amant, s'il s'est rendu compte de la présence de Raphael au bar de la plage de Saint-Jorioz et encore moins de m'expliquer ce « à qui ? » qu'il a prononcé, alors que nous dînions avec Patricia et David comme témoins. Je ne peux pas non plus les questionner, eux.

Raphael n'est jamais revenu dans ma vie.

Je sais qu'il est parti au Canada. Je le sais depuis le début. Son véritable nom ne m'a pas réveillée. *Pourquoi ? Pourquoi est-il parti ?*

Je veux le découvrir et je veux le faire moi-même.

Philippe me fixe encore, alors je réponds :

– Oui. Je t'aime.

– Tu le jures ?

Je jure que je dis vrai et je mens. Je mens et je jure. Et je dis vrai. *Peut-être est-ce cela, perdre la tête…* J'avais perdu tous les liens avec mon passé, et mon présent – auquel je me suis habituée pour survivre – vient d'être ébranlé comme je ne pouvais l'imaginer. Alors non, ce soir, je n'ai pas d'autre choix. Je ne peux pas avouer à Philippe que je viens de me souvenir que j'avais un amant dont j'étais folle… Et qui se disait fou.

Est-ce que j'ai eu un accident pour oublier tout cela ? Ou à cause de tout cela ? Où est Raphael, aujourd'hui ? Où vit-il ?

Je refuse le vin de Philippe. Il ne faut plus que je perde conscience une seule seconde, il ne faut pas que je m'enivre, que l'alcool me fasse faire ou confier n'importe quoi. Je ressens l'amour blessé de Philippe autant que le manque de Raphael. Je comprends enfin pourquoi je ne pouvais me reconnaître dans cette Martha que les autres connaissaient.

J'ai aimé Philippe ce soir, mieux peut-être. Mais, toute la nuit, je ressens les mains de Raphael sur ma peau. Toute la nuit, son sourire et sa façon unique de baisser le regard me hantent. Toute la nuit, je vois le regard différent de Philippe. Toute la nuit, j'élabore des milliers de suppositions sur ce qui a pu se passer depuis cette soirée au restaurant.

Je retrouve enfin en moi la lumière, mais rien ne s'éclaire et je suis condamnée au silence.

Dans le noir, je me demande si j'avais avoué à Philippe mon amour pour Raphael, ou si je lui avais dit que je le quittais ?

Est-ce que je fuyais vraiment les embouteillages en empruntant cette route enneigée ?

Avais-je pensé à Louis ?

Qui est celui que je fuyais ?

La seule réponse que je puisse apporter avec certitude est que ce maudit accident a eu lieu le 7 janvier 2013, que je ne suis revenue chez moi que le 26 février et que mon dernier souvenir remonte au 30 novembre 2012.

Je suis intimement convaincue que ce que j'ai partagé avec Raphael a changé ma vie.

2

Philippe me touche l'épaule. J'ouvre les yeux, il est assis au bord du lit. Il porte son costume marine.

– Pardon pour hier. Je n'ai fait que soulever des angoisses supplémentaires. Je suis égoïste et maladroit.

Il m'embrasse.

– Le café t'attend.

– Merci.

– J'ai laissé un message à Noëlle Lebrun.

Je me redresse.

– Pour lui dire que je m'étais endormie dans mon bain ?

– Je le lui ai dit, oui. Mais je ne l'ai pas appelée que pour cela. Je lui ai dit ma part de responsabilité dans ta difficulté à revenir dans notre vie. Je voulais qu'elle l'entende de ma propre bouche. J'ai, en réalité, laissé un message, elle n'était pas à son cabinet. J'espère que tu ne m'en veux pas ?

– Non.

Philippe sourit, ses yeux sont plus doux.

– Tu rentres tard ?

– Malheureusement, je risque de t'abandonner pour une bonne partie de la soirée.

– Je trouverai à m'occuper.

– Tu vas faire quoi ?

Son regard change en une fraction de seconde, mon mari se reprend et m'assure qu'il ne me surveille pas.

– C'est un réflexe conditionné, alors.

– Oui, Martha, un vilain réflexe conditionné.

Je l'accompagne jusqu'à la porte, l'embrasse et le regarde partir, partagée. Oui, partagée. Et je ne pense qu'à une chose : *si je fais une recherche depuis un ordinateur de la maison, je vais laisser des traces.*

Après avoir déposé Louis au collège et Nina à la halte-garderie, je fonce chez ma psy, qui m'accueille avec une inquiétude évidente dans le regard.

– Première chose, Martha, votre mari a téléphoné pour me signaler votre endormissement d'hier dans votre bain.

– Oui, je suis au courant.

Elle pose le doigt sur son répondeur, et je reconnais la voix de Philippe qui dit exactement ce qu'il m'a répété.

– Il s'inquiète, dis-je.

– Oui, c'est vrai, il s'inquiète. Mais moi, je suis troublée qu'il avoue tout cela *après* votre endormissement. Et je me demande s'il a peur de voir ressurgir certaines ombres du passé. Qui le concernent, lui.

Noëlle exprime ce que j'ai craint la veille. Mais j'affirme :

– Je n'ai pas eu de souvenirs.

– Parfois, insiste-t-elle, des choses remontent sans qu'on s'en rende compte, et se glissent dans le présent.

– Ne me dites pas que vous aussi doutez de mon amnésie ?

– Martha, je *sais* que vous êtes amnésique. Je dis juste qu'il arrive que des souvenirs s'intègrent en douceur dans le quotidien. C'est le conjoint, ou l'entourage qui le comprend.

Noëlle me teste-t-elle aussi ? L'idée s'arrête en moi, l'inquiétude également. Alors, je retrace les événements de la veille, je choisis mes mots, j'évite Raphael. Je parle du bain et de cette eau chaude. Je parle de ma mère qui me manque peut-être, je dis que peut-être, dans ses bras, je me laisserais vraiment aller. Noëlle écoute attentivement.

– Je n'ai sûrement pas accordé une importance suffisante à l'absence de votre mère. Cet endormissement dans l'eau signifie que votre corps a besoin de lâcher prise et de se libérer. Ce mur qui enferme vos souvenirs ne demande – peut-être – qu'à tomber, et il me semble que ces séances de sophrologie auxquelles nous avions songé pendant votre grossesse vous aideraient dans ce lâcher-prise. Aimeriez-vous en faire ?

– Tout ce qui peut m'aider à réveiller ma mémoire est bienvenu.

Noëlle rédige une ordonnance, me la tend, mais la retient au dernier moment.

– Oui ?

– Du nouveau concernant vos clés ?

– Non. Je les retrouve dans la boîte rouge. Aucun autre trousseau dénué de la marque que j'ai faite n'est apparu à la place de l'autre. Votre idée était la bonne.

– Espérons que la sophrologie sera aussi efficace.

Je range l'ordonnance et remercie Noëlle de me suivre avec autant de sollicitude.

– Je vous aime bien, dit-elle se levant. Mais c'est un tort.

– Et pourquoi donc ?

– Quelle ânerie un psy ne doit absolument pas faire pour être efficace ?

Alors que je marche vers ma voiture, mes idées s'enchaînent. En ouvrant ma portière, je suis immobilisée par l'une d'entre elles. Raphael était-il avec moi quand j'ai disparu ? Je tombe sur le siège et je tremble. Je regarde autour de moi, comme lorsque je suis seule au bord du lac et que j'ai cette impression d'être observée… Est-il réellement parti ? Qui était ce Raphael Pérec ? Qu'avait-il donc exactement commis, pour atterrir à l'école Ariane ?

Jusqu'où suis-je allée avec lui ? Jusqu'où aurait-il pu aller ?

Une voiture klaxonne avec insistance derrière moi pour que je lui laisse le stationnement, alors je démarre. Mais je cale comme une débutante, ce qui agace le barbu brun à lunettes, qui insiste. Il a au moins cinquante ans, donc ce n'est pas Raphael. Je libère enfin *sa* place, pour m'arrêter au feu dix mètres plus loin. Je me concentre sur mon volant et, à la seconde où le feu vire au vert, je passe la première et me trompe de direction pour rentrer sur Veyrier, parce que je n'arrive plus à délier mes sentiments de la peur qui cavale en moi.

Ces souvenirs ne me délivrent pas, tout se complique.

Et je ne sais plus du tout où je suis et tourne à gauche, puis à droite. Encore… Encore… Me voilà en direction de Thônes, quand quelque chose d'étrange se glisse sous ma peau jusqu'à mes mains. Je reconnais le chemin pour aller chez Raphael.

Je sais que je vais chez lui. J'aperçois un panneau indiquant la direction de Véry.

C'est là qu'il habitait.

Je traverse le hameau, le bois, je sais qu'il y aura une prairie puis la maison de sa grand-mère. Je la vois avec son toit rouge sombre. Je mets mon clignotant et me gare devant une ruine. Mon cœur bat si fort qu'il me faut une minute avant de pouvoir sortir. J'ai peur, mais il faut que je sache. Je regarde dans le rétro, je suis seule. Je descends.

La maison est recouverte de tags, les volets verts sont arrachés de leurs gonds au rez-de-chaussée et pendent lamentablement. L'herbe folle recouvre le jardin que j'ai connu impeccable et riche d'herbes aromatiques, de légumes et de fleurs. Les hortensias sont secs et miséreux, le lilas est tout aussi minable. Les rosiers de Mémé sont redevenus sauvages, alors que des ronces cascadent par-dessus le grillage.

Le portail grince quand je le pousse, je revois Raphael à

la fenêtre de sa chambre, à l'étage. Son sweat bleu ouvert. Il est appuyé contre le chambranle, les mains dans les poches. Il m'attend, il observe chacun de mes gestes. Il sourit. Mon cœur retrouve le rythme qu'il avait alors.

Chaque fois que je le rejoignais, c'était là que nous nous retrouvions. Dans ce premier regard que nous échangions avant de nous jeter dans les bras l'un de l'autre. Je ressens dans ma chair le bonheur que j'éprouvais ici. *Oui, dans ces lieux, j'étais heureuse.*

Je gravis les marches du patio en imaginant que Mémé va m'accueillir avec son regard de travers et son sourire figé. Elle refusait la situation que Raphael lui imposait, mais ne disait rien. Malgré elle, elle nous protégeait.

La porte d'entrée est recouverte de planches clouées à la va-vite par un bon à rien. Elle aussi est taguée par divers artistes anonymes. Je ne frappe pas, je tourne la poignée ronde en cuivre et, surprise, la porte m'obéit. En pénétrant dans le petit couloir sombre, je comprends que je suis dans un squat.

Raphael n'est plus là. C'est certain. Jamais il n'aurait laissé sa maison dans un état pareil. Sans réfléchir, je monte à notre étage. Je sais quelle marche va émettre un craquement, je suis heureuse de l'entendre, je lève les yeux vers la chambre, espérant comme une folle que Raphael va apparaître dans l'entrebâillement. Mais dans le silence qui règne, il n'y a que mon cœur et ce qu'il sait.

D'abord, je ne vois rien de l'instant présent. Raphael est assis à son bureau en train de me dessiner. Moi, je suis debout près du vieux miroir piqué de grains et de taches mordorées. Je suis immobile et je l'observe dans le reflet. Il sourit en coin et je m'entends dire :

– Qu'est-ce qui t'amuse ?

– Je t'avais bien dit que je finirais par te croquer.

– Quel vocabulaire, mon cher !

– Je ne sais pas si je t'en ai déjà parlé, mais je prends des cours particuliers avec une prof de français.

– Et elle est comment ?

– C'est une vieille qui s'est entichée de moi.

– La pauvre femme ! Elle a dû perdre la tête.

– Non. Pas encore, a-t-il dit sans me regarder. Pas assez. Mais, fais-moi confiance, je saurai lui faire perdre la raison.

– Mais toi, tu ne t'es pas amouraché d'elle, j'espère ?

Il a secoué la tête, puis son regard est venu chercher le mien.

– Moi, c'est pire.

– Ah oui ?

Raphael a posé son crayon, je n'ai pas bougé d'un millimètre. J'étais toujours debout près du miroir. Dos à lui. Je revois encore les dessins qu'il avait épinglés au mur, la tapisserie bleue à fleurs minuscules, le tapis vert élimé et son poster de Batman.

Je revois l'instant précis où il a fait le premier pas vers moi. Ses mains ont glissé sur mes hanches et, une seconde plus tard, nous étions enlacés sur le sol.

– Quoi qu'il nous arrive, Martha, tu es à moi. Quoi qu'il nous arrive, je t'aimerai toujours.

Je suis prise de vertige et m'assieds sur son matclas. Une couverture est fourrée en boule contre le mur, je la respire. Elle n'appartient pas à Raphael. La réalité me saute alors aux yeux. Tout son univers est saccagé. Les étagères où ses livres de poésie étaient soigneusement alignés à côté de ses romans préférés sont arrachées du mur. Les livres gisent déchirés par terre. Batman a les ailes arrachées et la tête en bas. Quelqu'un a écrit en lettres gothiques : *Batman is fucking dead*. Ce n'est pas l'écriture de Raphael.

Des larmes me submergent. Même le cadre avec le portrait de la mère de Raphael est brisé sous la petite table de nuit. Sa photo est froissée. Je me baisse pour la ramasser et la déplie. Annie Pérec souriait du haut de ses vingt ans, elle avait déjà une longue vie de toxicomane. Elle se prostituait, Raphael n'a jamais connu son père. Sa mère s'était shootée à mort dans sa voiture au pied de l'immeuble où tous deux vivaient à Draveil. Il avait tout juste onze ans.

C'est lui qui m'a raconté cela, et c'est lui qui m'a dit que déjà plusieurs écoles ne voulaient plus de lui. C'est moi qui avais voulu savoir, qui l'avais questionné… C'est lui qui avait peur que j'aie peur de lui… C'est moi, qui n'en avais pas peur…

Non, je n'avais alors pas peur de Raphael.

Je reste sur la photo de sa mère, elle avait ce quelque chose de déterminé et de désespéré comme lui. Jusqu'où est-il allé ?

Que s'est-il passé pour qu'il parte sans cette photo ? Est-ce lui qui l'a froissée ? Ce dernier souvenir date-t-il d'après le 30 novembre ou d'avant ? Que lui est-il arrivé ? Où est sa grand-mère ? Je veux le revoir. Je veux savoir…

Il faut que je retrouve Raphael.

3

– Qu'est-ce que vous foutez là ?

Je me lève avec un sursaut devant une jeune fille rousse, le visage tavelé de son clair, les cheveux roux coupés ultracourt avec un rat blanc sur l'épaule.

– Et vous, qu'est-ce que vous faites ici ?

– Ben, c'est mon squat.

– Et les gens qui y vivaient avant vous…

– Rien à foutre ! C'taudis, il est à personne ! De toute façon, depuis que j'suis là, y a jamais personne qu'est venu me demander de déguerpir, dit-elle en s'effondrant sur la chaise en plastique de Raphael.

Avant que j'aie le temps d'ajouter un mot, deux molosses noirs plus gros que des rottweilers surgissent dans l'encadrement de la porte en grognant, suivis de deux grands types extrêmement sales. Mes jambes m'abandonnent, je retombe sur le lit.

L'un d'eux retient un des monstres qui s'avance vers moi par son collier, et j'explique tant bien que mal que je connaissais les personnes qui habitaient cette maison, avant. Je ne sais pas pourquoi, mais ils m'écoutent et répondent à mes questions.

Non, ils ne savent rien sur ses occupants. Ils squattent la maison depuis un bail. Peut-être deux ans, ils ne savent pas trop. Les dates… Oui, depuis qu'ils l'ont découverte au hasard de la route… Je ne demande pas plus de précisions sur leurs activités. Je n'en ai pas besoin. Un des deux types dit, d'une voix un peu trop fine pour sa carrure :

– On fait de la récup de baraque, en quelque sorte. C'est écologique !

J'ai envie de répondre que l'écologie ne rime pas forcément avec crasse, vol et dégradation, mais je les remercie de me raccompagner jusqu'à ma voiture, que je suis contente de retrouver intacte. Les chiens ne grognent plus quand je remonte dedans. Ils bavent juste sur ma portière, et j'entame un demi-tour quand la jeune fille rousse tape contre la vitre.

– J'ai l'impression de vous avoir déjà vue quelque part…

– Vous étiez à l'école Ariane de Thônes ?

– J'ai jamais été dans aucune école ici, m'dame !

– Alors, je ne sais pas.

– Ben, moi non plus. Mais je sais que je vous ai déjà vue.

Elle sourit avec insistance, croise les bras et poursuit :

– Et je sais que je ne vous ai jamais vue *ici*. J'suis pas complètement dézinguée.

Il est 11 heures quand je repars, et j'arrive avec dix petites minutes de retard à la halte-garderie. La jeune femme qui m'accueille me regarde avec une drôle d'expression et je crains qu'elle m'interroge sur mon bouleversement.

– Je suis désolée.

– Oh ! Ne culpabilisez pas, madame Klein, vous n'êtes pas la dernière, aujourd'hui.

En me voyant, Nina accourt dans mes bras, son odeur me fait du bien.

– On va chercher Louis ? demande-t-elle.

– Tout de suite, ma chérie.

Quand il monte, mon fils est en rogne. Il a été « nul » lors du match de rugby hebdomadaire.

– Ce n'est pas très grave.

230

– Pas grave ! Pas grave ? Mais M'man ! J'allais marquer un essai, et j'ai laissé tomber le ballon en avant !

– Et c'est grave, ça ?

– Ben oui ! Tu parles que c'est grave ! J'ai fait un en-avant. L'autre équipe a récupéré le ballon, et ils ont marqué un putain d'essai.

– Louis !

Il hausse les épaules.

– On a perdu le match à cause de moi, je suis le responsable.

Il est rageur comme son père. Perfectionniste et impulsif comme lui.

– On mange quoi ?

– Des raviolis.

– Ben putain, j'aurais mieux fait de rester à la cantine. C'est à bégère, mais c'est moins dégueulasse que tes raviolis de merde.

– Tais-toi, je commande sévèrement.

– Et pourquoi t'as pas cuisiné un bon truc, d'abord ?

– Pour qui tu te prends ? Ne me reparle *jamais* sur ce ton, Louis ! Et je veux que tu t'excuses !

Un minable « p'rdon » sort de ses lèvres.

– Hein Maman, il dit mal « par-don », Louis !

– Oui, c'est vrai. Il va recommencer, et s'appliquer.

Mon fils obtempère avec un regard et un sourire angéliques. Il attend que je lui réponde pour se retourner le poing levé vers sa sœur, qui lui tire la langue.

Comme mes exploits culinaires se limitent à réchauffer la boîte de raviolis, le déjeuner est bâclé. Les enfants courent s'affaler devant la télé et, seule à la cuisine, j'établis mon plan d'action pour mes heures de liberté de l'après-midi.

Après avoir redéposé les enfants dans leurs établissements respectifs, puis tourné une bonne demi-heure pour trouver une place libre dans les rues tarabiscotées d'Annecy, j'entre dans un de ces cybercafés que je n'imaginais pas fréquenter un jour. Le responsable me conduit gentiment à un poste en m'expliquant le fonctionnement du système. L'informatique n'est pas ce que je maîtrise le mieux, mais je sais que Philippe contrôle l'historique de Louis, et le mien aussi peut-être. Je sais parfaitement qu'un ordinateur plante quand ça le toque et je sais tout aussi parfaitement que Philippe rentre parfois plus tôt sans prévenir. Sans parler de sa mère qui…

Je préfère rester invisible et anonyme.

Je tape Raphael Pérec et me perds dans le n'importe quoi de Google, je n'ai pas accès aux articles du *Dauphiné* parce que je n'y suis pas abonnée, alors j'entre Maxime Champrouge. S'affiche non pas un portrait, mais la couverture de son livre, *Le Roman au titre impossible*. Elle est entièrement blanche, le titre est écrit en lettres noires, comme tapé sur une très vieille machine à écrire. Je clique sur le premier article.

Lors de la cérémonie de remise des prix à Cannes, c'est le Français Maxime Champrouge qui a obtenu le prix du scénario pour le film Le Roman au titre impossible. *Il est adapté de son premier roman, sorti simultanément aux États-Unis et au Canada, où vit actuellement l'écrivain. Son roman est une des meilleures ventes outre-Atlantique. Le film a été récompensé par deux autres prix, celui de la mise en scène et d'interprétation masculine.*

Raphael vit toujours au Canada. Raphael ne doit pas y vivre seul.

Raphael m'a abandonnée.

4

Je suis morte.

Pendant de longues minutes, je ne vois plus l'écran de l'ordinateur. Je ne pense plus, je ne pleure pas. Je me sens morte dans la densité de ce noir compact et total. Je n'entends plus mon souffle jusqu'à ce que mes mains reviennent d'elles-mêmes sur le clavier. En un rien de temps, j'apprends que Maxime Champrouge est « quelqu'un de discret et d'excessivement timide ». Il ne donne aucune interview, aucun journaliste ne l'a encore rencontré, personne ne connaît son âge ni qui se cache derrière ce pseudo, et beaucoup disent que ce mystère a autant contribué à son succès que le fait que son manuscrit ait été vendu avant publication pour une adaptation cinématographique.

Je contacte l'éditeur qui le diffuse en France. Une femme me certifie qu'eux-mêmes n'ont jamais vu son portrait.

– Il ne signe pas de dédicaces ?

– Vu l'envol de ses ventes, il n'a vraiment pas besoin de se montrer, bien au contraire. Quand tout le monde ne sait plus quoi mettre sur Facebook et compagnie pour se faire remarquer, en voilà un qui a su intelligemment créer un vrai buzz. Et si vous voulez mon avis, même si le texte est fantastique, c'est ce mystère qui a fait exploser les ventes outre-Atlantique.

Je raccroche et reviens sur la couverture de son roman, et il me faut une minute pour avoir le courage de lire la quatrième :

Berlin, 1939. Johann est un soldat de l'armée régulière allemande. Il est marié à Anna. Ils ont deux adorables enfants. Mais la Seconde Guerre mondiale éclate et Johann part pour le front en France. Un soir, alors qu'il patrouille, il découvre une femme agonisante dans un fossé. Elle s'appelle Marie et le supplie de la tuer...

Le Roman au titre impossible est une histoire d'amour bouleversante. C'est une histoire qui vous arrache à vous-même et dont vous ressortez métamorphosé.

Maxime Champrouge vous conduit, à votre insu, à vous questionner sur ce que vous avez de plus intime, de plus secret, et à vous remettre en cause. Et la question finale demeure : par amour, jusqu'où iriez-vous ?

Raphael aurait pu écrire cela. Mais ce mystère obscurcit le mien.

Par amour, jusqu'où est-il allé ? Par amour, jusqu'où suis-je allée ? Que retient ma mémoire ? Que s'est-il passé entre nous après le 30 novembre ? Je ne peux contraindre ma mémoire à me livrer ce qu'elle garde, mais je sais que Raphael a dit : « *Je ne veux pas être celui qui est de trop.* » Je sais que le rapport de la gendarmerie indique que j'ai quitté mon domicile vers 18 heures. Je sais – pour l'avoir entendu de la bouche de Louis – que je l'ai accompagné à 7 heures devant son école. Patricia et David sont restés à côté de moi jusqu'au départ des enfants vers l'Italie. Max a dit aux gendarmes qu'il m'avait convoquée vers 8 heures pour m'annoncer que Raphael avait quitté l'école et qu'il était parti à Montréal deux jours plus tôt. J'ai assuré mes cours, puis je suis repartie après 12 h 45, en disant que je retrouvais mon mari dans la soirée à l'Auberge du Coche de Saint-Julien-en-Genevois. Personne ne sait ce que j'ai fait entre 13 h 30, heure à laquelle j'ai désactivé l'alarme, et 18 h 15, heure à laquelle je l'ai réenclenchée. Je sais aussi que tout indique que Raphael est parti.

Je paie ma consommation Internet puis ressors, complètement déstabilisée, perdue et malheureuse. J'ai une profonde envie de pleurer. Je marche sans revenir à ma voiture, je marche en me demandant s'il est parti parce que j'ai fini par le quitter. Qui a abandonné l'autre ? Qui était-il au fond de lui ? Qui suis-je, moi ?

Où est sa grand-mère ?

Pourquoi sa maison est-elle dans cet état ?

Je marche et je marche, et je m'imagine des vies avec lui. Il m'aime, ne m'aime pas, joue, ne joue pas, il est dangereux, il ne l'est pas, il est fou, il ne l'est pas, il l'est… moi… il… moi… il… Je suis folle, il ne l'est pas… il… il… il… Tout est possible, puisque je n'ai que des bribes de souvenirs. Je marche dans ma vie hachée.

Puis je m'arrête net.

En quoi ai-je eu confiance depuis mon retour ?

Je m'adresse à cette autre femme, celle qui sait au fond d'elle pour le lac et pour les nuages. Je demeure immobile sur un trottoir gris.

Oui, tout mon corps sait que j'ai aimé Raphael Pérec à la folie. Et oui, je suis sûre qu'il m'a dit : « *Quoi qu'il nous arrive, Martha, tu es à moi, quoi qu'il nous arrive, je t'aimerai toujours* », parce que mon corps a retrouvé le chemin jusqu'à Véry. C'est un fait.

Je dois faire confiance à ce qui me guide.

Je reviens sur mes pas, et en sortant mes clés de mon sac, je constate que je me suis garée devant une librairie. Ce n'est pas un acte manqué. C'est un fait. J'achète *Le Roman au titre impossible*. Je demande au libraire ce qu'il en sait, il hausse les sourcils, les épaules et secoue la tête. Mais il a lu le livre et l'histoire lui a fait oublier le reste.

Je regagne ma voiture, glisse la clé dans le contact, ne démarre pas, parce que je suis de retour chez lui.

Je suis couchée la tête sur son cœur. Je l'écoute lire ses poèmes préférés.

— Si j'étais Prévert, c'est pour toi que j'aurais écrit :

Des milliers et des milliers d'années
Ne sauraient suffire
Pour dire
La petite seconde d'éternité où je t'ai embrassée
Où tu m'as embrassé…

Raphael s'est tu pour m'embrasser. Puis il a barré la fin du poème de Prévert, et m'a donné son stylo. J'ai écrit à mesure qu'il dictait :

… Où je t'ai embrassée
Quand dehors
La foudre s'abattait
Avec la même force
Que dans mon Kœur
Martha
Jamais je ne pourrai oublier
Cette petite seconde
Qui m'a embrasé
Pour l'éternité.

— Et j'aurais signé Maxime Champrouge…
— En référence à Prévert. Et tu écris cœur avec un K, pour moi.
— Tu es la plus maligne. (Il m'a de nouveau embrassée comme s'il me dévorait.) Et pourquoi Maxime, d'après toi ?
— Parce que tu sais que ça veut dire « le très grand » en latin.
— Tu es décidément la plus maligne.
— Je ne crois pas.
— Tu as tort de ne pas te faire confiance. Je sais que tu es la plus maligne.

5

Je lis, je vis *Le Roman au titre impossible.* Raphael est l'auteur parce que j'entends sa voix dire ces mots. Je suis dans son histoire. J'attends que Philippe rentre, je lis allongée sur le canapé en cuir brun foncé, je ne me cache pas. Je veux voir sa réaction. J'entends qu'il arrive. Il ouvre notre porte, retire sa veste, ses chaussures, entre dans le séjour.

Je repose le livre ouvert sur la table basse.

Philippe m'embrasse, me sonde comme la veille. Tous les deux, nous savons à quelle heure je suis sortie et à quelle heure je suis revenue. Il s'assied à côté de moi.

– Tu as passé une bonne journée ?

– Oui. Je me suis même offert le livre de ce Français qui a obtenu le prix du scénario à Cannes.

– Il a de la chance, ou alors c'est vraiment excellent.

– Le livre est, pour le moment, vraiment bon.

– C'est toi l'experte en littérature, ici.

Philippe me sourit, se penche sur la couverture et sur la quatrième qu'il ne lit pas. Puis il prend le livre, le retourne et lit à voix haute le dernier paragraphe que je viens de découvrir en bas de la page : *Il pleut et la terre est lourde. Je déteste la guerre, les hommes qui la font, ceux qui l'ont préparée et ceux qui l'ont voulue. Je me déteste de ne pas être capable de déserter, de dire non à ce que je vais commettre.* Il relève la tête.

– Aucun de mes clients n'est marchand d'armes. J'ai une éthique.

— Ce n'est pas que Maxime Champrouge n'aime pas la folie de la guerre qui est important, c'est…

— Qu'il écrive qu'on ne peut pas y échapper. Je sais le poids des mots écrits, Martha, même si je manie mieux les chiffres. (Il s'attarde sur le titre.) Ça en dit long, ou pas assez.

Il repose le livre sur la table, sans autre commentaire.

— Et toi, ta journée ?

— De bons chiffres.

— Pas de dîner à préparer pour tes clients ?

— Non. Mais j'aimerais que nous dînions au restaurant samedi prochain.

— Où ?

— À Saint-Julien, dans notre auberge.

Nos regards demeurent rivés l'un à l'autre. Pourquoi, ce soir, Philippe me propose-t-il ce dîner, alors que je vois bien qu'il étudie ce que cette idée provoque en moi ?

— Pour repartir de zéro ? je demande.

— Et pour ne plus penser deux fois par jour, en passant devant cette auberge, à ces heures où j'ai paniqué, seul sans toi.

— D'accord.

Philippe me prend la main.

— Je regrette mon attitude, au début. Ces remarques que tu prenais comme des reproches… ces cachets que je voulais te faire prendre. Le reste…

J'exerce une pression sur ses doigts et souris.

— En parlant de dîner, est-ce que tu as faim ?

— Oui. Je meurs de faim.

6

– Bonjour Martha, comment allez-vous ?

– Bien.

Je suis surprise d'entendre Noëlle au téléphone à 8 h 45.

– Je voulais savoir comment Philippe s'était comporté… Vous a-t-il questionné sur votre endormissement ?

– Non, et nous n'en avons pas reparlé.

– Et vous, vous y avez ressongé ?

– Pas vraiment. Hier, c'était mercredi et j'ai fait la navette entre la halte-garderie, le collège, la maison, la piscine et le stade.

– Sans oublier les devoirs et tout ce qui s'ensuit ! Moi aussi, j'ai été une jeune femme courant pour et après ses enfants, qui sont bien grands et bien loin de moi maintenant.

Je sais que son fils vit en Nouvelle-Zélande, et que sa fille, elle, a choisi le Japon.

– Je n'imaginais pas qu'ils allaient mettre autant de kilomètres entre eux et moi, et je m'interroge régulièrement, ajoute Noëlle comme une confidence. Mais, revenons à vous, vous êtes-vous à nouveau endormie dans votre bain ?

– Non. Mais que craignez-vous ?

– Que vous vous noyiez ! Je n'y ai pas songé avant cette nuit et je m'en veux. Avez-vous des fatigues irrépressibles ?

– Non, non. Je me sens parfaitement bien. Je ne m'écroule plus dans le canapé, pas même en lisant.

– Tant mieux, me voilà rassurée.

– Noëlle… je reprends après un temps. Le ton de votre voix m'inquiète.

Ma psy s'excuse de sa maladresse et finit par avouer qu'elle n'osait dire frontalement avoir découvert ce matin, dans sa boîte aux lettres, un document me concernant.

– C'est une liste de vos anciens élèves.

– C'est… c'est…

– Je dirais déroutant. Je voulais vous l'envoyer par mail, mais j'ai préféré vous prévenir avant. Si je vous l'envoie, pouvez-vous me dire si c'est bien un document émanant de l'école Ariane ?

– Non, ne l'envoyez pas, Noëlle. J'arrive.

Les cheveux encore humides, j'enfile un jean, des mocassins pieds nus et, sur mon pull marine, un trench. Celui qui appartenait à la Martha de Raphael. Je me précipite chez Noëlle. Il n'y a aucun doute possible, c'est bien une copie de la liste des élèves que j'ai eus lors de ma dernière année à Ariane. Je repère le nom de Raphael au milieu des autres. Je relève les yeux vers Noëlle.

– Je ne comprends pas. Vous pensez que ça vient de mon mari ?

– Comment savoir ? Je dirais que ce quelqu'un souhaite que je me penche sur ce pan de votre vie. Il se peut que dans cette liste se cache un, ou plusieurs noms qui soient liés à vous.

– Ils le sont tous ! dis-je en essayant de réfléchir à la conduite à tenir. Je les ai tous eus en classe.

– Qui avait accès à ces listes ? demande-t-elle.

– Beaucoup de monde, je suppose. L'administration, les profs, le personnel médical, que sais-je encore.

– Et les élèves ?

– Je n'en ai aucune idée, l'école est désormais fermée.

– Il faudrait rappeler vos anciens collègues.

– Je peux poser la question à Lisa, mon amie qui est en France actuellement.

– Bonne suggestion.

– Il y avait une enveloppe ?

– Non, non. Cette liste a été glissée telle quelle, pas même pliée. Il n'y avait qu'elle dans ma boîte aux lettres ce matin, puisque hier soir j'ai relevé les prospectus.

Noëlle prend une longue et lente inspiration, puis poursuit :

– J'ai l'impression que cette liste m'indique que je dois comprendre un message qui m'échappe. Et ce qui m'inquiète le plus, c'est que je n'arrive pas à savoir si la personne qui l'a déposée est amicale ou hostile.

Je suis incapable d'aligner une pensée cohérente.

– À la vérité, continue ma psy, je pencherais plutôt pour la seconde hypothèse, dans la mesure où ce quelqu'un n'a pas le courage de se présenter. Par ailleurs, cette personne sait que vous êtes ma patiente.

– Elle pense que vous allez faire le lien avec moi…

– … pour vous aider à retrouver la mémoire, complète Noëlle.

Défilent en mon esprit les noms et les visages de ceux qui savent que je suis cette thérapie chez elle, et à cette liste s'ajoute le nom de ma psy elle-même. Alors, je dis :

– Cette personne *veut* que je retrouve la mémoire.

– Et elle joue à un petit jeu dangereux. Il vaudrait mieux que la police intervienne.

– La police ?

– Martha, je ne voudrais pas vous savoir en danger.

Elle sourit, et je ne peux m'empêcher de penser : *Qui joue, et qui ne joue pas ? Qui cherche à me déstabiliser et m'effrayer ? Qui est double dans mon entourage ?* Moi-même, je le suis, assurément… Je suis irritée et perturbée qu'on intervienne sans cesse dans ma vie, mais tout ceci ne me terrifie pas.

Non au contraire, tout ceci me détermine.

Je veux savoir qui se cache derrière tout cela et il n'y a pas deux façons de le découvrir. Et sûrement pas en allant voir la police. Je dois trouver par moi-même.

– Noëlle, je reprends le plus posément possible, nous devrions attendre que cette personne se manifeste plus clairement. Que dirais-je à la police, de toute façon ? Et que ferait-elle, à part mettre des semaines à rouvrir mon dossier ? À coup sûr, eux aussi vont nous dire d'attendre que cet individu se montre plus direct.

– Vous êtes perspicace… (Elle demeure le regard fixé sur et en moi.) Vous avez raison, Martha. Donnons-nous quelques jours avant de prendre une décision. Et si vous avez un peu de temps, j'aimerais que vous réexaminiez ces noms en vous concentrant, vous voulez bien ?

L'espace d'un millième de seconde, je suis persuadée que Noëlle fait partie intégrante de ce jeu. Mais, que j'aie raison ou non, cela ne certifie qu'une chose : *Raphael n'est pas un rêve.* Mes souvenirs sont exacts.

J'écoute ma psy égrener les noms, et pour chacun, je dis ce que j'ai lu dans mon cahier de professeur tout en entendant la bande de sa cassette s'enrouler en immortalisant mes dires. Je me rends compte que Noëlle saute le nom de Raphael. Je ne tique pas. Quand nous en avons terminé, elle avoue :

– J'ai omis un nom. Volontairement, Martha.

– Pourquoi ? je demande en maîtrisant le frisson désagréable qui remonte le long de ma colonne vertébrale.

– Parce que je connaissais Raphael Pérec, moi aussi.

Le frisson court horizontalement sur ma peau et m'enserre comme dans un étau. Noëlle marque une pause, longue, je ne bouge pas un cil.

– Je sais qui est Raphael Pérec, je finis par dire. Je me souviens d'avoir lu que c'est l'élève qui a abandonné Ariane et qui s'est envolé pour Montréal deux jours avant ma disparition. Je me rappelle aussi avoir lu qu'il était régulièrement absent et très rebelle, mais brillant.

Noëlle ne dit toujours rien, je rassemble tout mon self-control pour dompter mon rythme cardiaque.

– Vous le connaissiez personnellement ou vous le suiviez ?

– C'était un patient. Je le suivais pour sa dépendance à la drogue. Il était tout jeune. Il n'avait que treize ans. Sa mère est morte d'une overdose dans sa voiture au bas de leur immeuble à Draveil. Elle se prostituait pour se shooter, et Raphael ne sait pas qui est son père.

Noëlle se tait. Je sais qu'elle dit vrai.

– Je ne vois toujours pas le rapport avec moi.

– Martha ! Si quelqu'un dépose cette liste, c'est qu'il y a forcément une intention derrière tout cela. Cette personne doit supposer que je serai capable de trouver dans cette liste le lien entre votre passé et votre présent.

– Mais pourquoi moi ? Je ne suis pas votre seule patiente de la journée. Et pourquoi Pérec parmi tous ces noms ?

– Sur cette feuille, fait Noëlle en posant son index dessus, il est écrit : « Élèves de Mme Klein. » Hormis vous et Pérec dans cette liste, je ne connais personne. Et celui ou celle qui l'a glissée dans ma boîte aux lettres le sait.

Noëlle se penche et pose les bras sur son bureau.

– Qui a vu Raphael Pérec réellement monter dans l'avion ?

– Et qui peut le confirmer ? dis-je en maîtrisant ma voix.

– Il faudrait retrouver sa grand-mère.

– Vous avez son adresse ?

– Non. Je me déplaçais dans l'établissement où il suivait un programme de désintoxication. Mais je peux leur demander s'ils ont conservé son adresse.

Je ne sais quoi ajouter, Noëlle fronce encore les sourcils.

– À quelle heure est parti votre mari, ce matin ?

– À 7 h 55.

– Je suis arrivée à mon cabinet à 8 h 20. Avec la circulation matinale, ça lui laisse à peine assez de temps depuis Veyrier jusqu'ici. À moins qu'il soit passé hier soir, après 20 heures.

Je réfléchis, puis dis que je me souviens qu'il était 21 heures quand Philippe est revenu à la maison.

– Ce pourrait être lui.

Je secoue la tête.

– Si Philippe pense que ce Pérec a joué un rôle dans ma disparition, pourquoi n'en a-t-il pas parlé aux gendarmes, et pourquoi n'a-t-il jamais prononcé son nom devant moi pour voir ma réaction ?

– C'est juste. C'est juste… répète Noëlle, songeuse. Quel dommage qu'il n'y ait pas de caméra de surveillance dans ce hall.

– Oui, dommage.

– L'unanimité est très difficile à obtenir chez les hommes, les réunions de copropriété en sont la meilleure preuve ! Mais je crois, Martha, que toutes les deux, nous allons nous entendre pour retrouver Raphael.

Je note qu'elle l'appelle par son prénom.

– La première qui a une info appelle l'autre.

– Entendu, dis-je.

Le ton de Noëlle n'est pas enfantin, joyeux ou enthousiaste, elle est réellement sérieuse. Je m'apprête à lui demander de contacter cet établissement, quand une petite voix en moi souligne que Noëlle pourrait le faire immédiatement, mais qu'elle ne le fait pas. Ce qui ne répond à aucune de mes questions… Alors je vais faire comme elle. Je vais analyser ses idées, ses gestes, ses lapsus, ses actes manqués.

Elle quitte son fauteuil.

– Je vous chasse, mais nous faisons une bonne équipe.

– Surtout si nous parvenons à éclaircir ce que la gendarmerie n'a pas su faire.

Nous marchons jusqu'à la porte où, comme toujours, une nouvelle idée lui vient alors que nous nous serrons la main.

– Comment était Philippe, hier soir ?

– Gentil. Il veut que nous dînions samedi prochain à l'auberge à Saint-Julien, parce qu'il ne veut plus passer devant en pensant à ma disparition.

– Votre mari veut avancer.

Je réfléchis une seconde, puis j'ajoute :

– C'est vrai, Philippe était vraiment plein de gentillesse, hier. Et attentionné. Il s'est même intéressé au livre que j'étais en train de lire.

– Lequel ?

– Celui pour lequel Maxime Champrouge, l'auteur et scénariste français, a reçu le prix du scénario à Cannes. Son titre est assez original, il s'appelle *Le Roman dont le titre est impossible*.

– Ça en dit long ou pas assez.

– Philippe a prononcé exactement cette phrase. Mot pour mot.

Noëlle a un sourire que je trouve franchement énigmatique, et je me trouve aussi très suspicieuse. Alors que nous nous serrons la main une seconde fois, je demande :

– Vous pensez que ce Pérec est dangereux ?

– À treize ans il ne me semblait pas dangereux, si ce n'était pour lui-même. Je me souviens qu'il dessinait sans cesse la voiture de sa mère, il la recouvrait de roses, d'épines, de poignards, de seringues, de sang. C'était assez macabre, mais il avait un vrai talent pour le dessin. Il disait qu'il n'aimait pas dessiner, enfin, il l'écrivait avec cent fautes… Je l'encourageais à évacuer son chagrin, mais il déchirait en souriant ses feuilles sous mon nez. Il pouvait refaire ses dessins à l'identique, il pouvait citer toutes les sortes de drogues, leurs effets… La plupart du temps, il ne me parlait pas. J'étais satisfaite quand j'avais droit à un regard ou un mot… Je ne sais pas ce qu'il est advenu de lui après cela, parce qu'il n'a pas terminé sa thérapie. Il s'est enfui du centre. Je n'ai plus jamais entendu parler de lui jusqu'à cette liste. Mais il était prometteur.

– Que voulez-vous dire ?

– Avec les femmes. Je suis certaine que s'il naviguait dans votre mémoire, vous me diriez que c'était un bel homme en devenir.

– Encore faudrait-il que je le voie. Il n'y a pas de photos des élèves dans mes dossiers.

– Pourquoi ?

Je songe aussitôt que ce « Pourquoi ? » résonne comme une question-test pour vérifier mon amnésie.

– Peut-être que ma mémoire visuelle était parfaite, je réponds en appuyant volontairement sur ce dernier mot.

– Parfaite… Eh bien, fait Noëlle, aujourd'hui vous vous autorisez la liberté de ne plus vous interdire quoi que ce soit, pas même ce qualificatif qui vous fait horreur.

– Comme Philippe, j'avance. (Je souris.) Si Pérec vous fait signe, prévenez-moi.

– Nous avons conclu un pacte, Martha.

Comme souvent, je ne démarre pas tout de suite, je demeure assise au volant. Je songe aux dessins de Raphael et à son enfance chaotique. Je ne me souviens pas s'il m'avait parlé de ces dessins ou s'il m'avait parlé de Noëlle. Je ne sais pas si dessiner le faisait souffrir. Non, rien ne surgit en moi. Rien que ses gestes, ses coups de crayon, sa voix, sa peau, son regard. Ma psy avait déjà vu tout cela en lui. A-t-elle compris que Raphael et moi avons eu une liaison ? Cherche-t-elle à me piéger ou à me protéger de mon passé ? Sa poignée de main était comme toutes les autres. Hormis son dernier « Pourquoi », je n'ai rien décelé qui me permette de déterminer si elle est hostile ou amicale. *Raphael était prometteur à treize ans… Avec les femmes.*

Noëlle avait-elle, elle aussi, été enflammée au point d'en perdre la raison ? Philippe avait-il découvert que j'avais une liaison ? Une de mes collègues ? Lisa ? Patricia… Marina, qui m'aide à la maison et qui ne parle pas ?

Dans la nature se balade quelqu'un qui sait, pour Raphael et moi. Et ce quelqu'un cherche à faire en sorte que j'en retrouve la mémoire.

Et si c'était lui ?
Pour quelle raison ne viendrait-il pas me faire face ?
Et si je lui écrivais par le biais de sa maison d'édition ?
Que vais-je lui écrire ?

Mes idées explosent, il faudrait que je les note, mais… *écrire*, c'est laisser des traces. Il n'y a que la mémoire qui n'en laisse pas, surtout quand elle devient blanche. Oui, ma mémoire enfuie n'est plus noire, mais blanche. Parce que tout, et tous, peuvent y inscrire leur version.

Le Roman au titre impossible…

Je regarde tout autour de moi. Les passants, les ombres, les reflets… Samedi, je refuserai toute goutte d'alcool pour ne pas tomber dans le noir de l'inconscience, je conduirai, je n'emprunterai pas l'itinéraire que j'avais pris pour aller à Saint-Julien, même s'il ne neige pas.
Je regarde les nuages qui s'étirent comme du coton, le ciel est céruléen, très pur, et je songe que mes souvenirs sont revenus un jour d'orage.

7

Je me gare devant les Archives départementales, coupe le contact, et mon portable sonne. C'est Lisa.

– J'ai les boules !

– Qu'est-ce qui se passe ?

– Mon père n'en finit pas de mourir, alors John veut que je rentre le plus vite possible à Chicago, et moi j'veux pas, parce que je suis en pleine cuisine et que mon plat est…

– Ne dis rien, dis-je en interrompant sa voix veloutée. Je me doute !

– J'ai besoin d'un service, qui n'est pas dans tes cordes puisque tu n'es pas une menteuse, mais c'est justement parce que tu n'es pas une menteuse que John te croira sur parole.

Je me sens rougir.

– Viens, s'il te plaît, à 15 heures dans la maison de mon père, quand John appellera, tu décrocheras à ma place parce que je serai aux toilettes et, mine de rien, tu lui glisseras que je passe presque toutes mes soirées chez toi, vu que je te manque tellement quand je suis à Chicago.

– Presque toutes ?

– J'ai demandé un deuxième service à ma sœur et un troisième service à la fille de la voisine de mon père. Une copine d'enfance. Elle me connaît et me soutient dans ma démarche de libération de la femme.

– J'aime bien la façon dont tu envisages la question.

– Martha, dans *ma* vie, et dans celle de tout le monde, tout est une question de point de vue. Qui a dit que la vérité devait être dite ?

Je pense aux coïncidences, à la personne qui gère tout cela quelque part dans l'univers, mais je maîtrise ma voix comme une actrice vivant son texte pour dire :

– Tu as raison, la solidarité féminine doit être une réalité.

– Surtout qu'il y a déjà assez de garces autour de nous.

– De toi, dis-je par provocation. Tu oublies ma sainteté.

– Je vous prie, Sa Sainteté, de venir après vous être délestée de vos mômes.

Je raccroche, puis entre aux Archives. Après quelques recherches, je découvre un article sans photo qui évoque Raphael.

UN SIXIÈME ABANDON POUR ARIANE.

Raphael Pérec, désormais majeur, a quitté l'école et s'est envolé ce samedi 5 janvier 2013 pour Montréal. La direction nous a assurés tout mettre en œuvre pour que cet abandon n'ait aucune conséquence sur l'établissement. Rappelons que Pérec avait été arrêté et emprisonné pour recel de drogue début décembre. Des faits similaires lui avaient déjà valu plusieurs condamnations alors qu'il était mineur. Il a été innocenté, puis libéré le 4 janvier.

L'article s'achève ainsi. Raphael a été arrêté… Après mon anniversaire. Il faut que je voie sa grand-mère.

Alors que je m'apprête à appeler la mairie de Véry, je pense au journal d'appels de mon portable. Je déteste subitement ce monde où la traque est perpétuelle, je prétexte ne plus avoir de batterie auprès de la dame de l'accueil qui me permet d'utiliser son fixe. Je m'isole dans un coin et, par chance, l'employée de la mairie se révèle très bavarde. Elle m'apprend d'une voix peinée qu'Hélène Pérec est décédée seule, d'un arrêt cardiaque durant son sommeil dans une maison de retraite des Alpes-Maritimes.

À peine trois mois après y être entrée en avril 2013. Elle a été enterrée dans la plus stricte intimité à Véry.

— Et sa famille ?

— Cette pauvre femme n'a jamais été mariée et a perdu sa fille unique il y a bien des années en arrière et son seul petit-fils est parti au Canada. Mais à ce jour, on ne sait toujours pas où il vit. Elle avait vendu sa maison pour se retirer dans une maison de retraite à cause de lui. Il lui en a tellement fait baver alors qu'elle était malade du cœur… Elle a dit aux aides-soignantes qu'elle ne voulait plus jamais le revoir, et qu'il n'y avait rien à hériter à cause de toutes les conneries de ce gamin qu'elle devait rembourser… C'était de toutes les façons un jeune à problèmes. Oh oui ! Il lui en a fait vivre, à cette pauvre Mme Pérec — la drogue, les dégradations, les fugues, la prison… Il a été innocenté, c'est vrai, mais il ne tenait pas en place. Nulle part… Elle n'avait pas mérité ça. S'arracher les cheveux comme ça ! Il avait même saccagé la tombe de sa propre mère, cette pauvre femme a dû payer les réparations… Je me demande, moi, s'il ne lui a pas fait vendre sa maison… Mais, vous savez, ce qui m'attriste le plus, c'est que cette dame soit morte toute seule. Je la connaissais un peu, et c'était une femme droite. Elle n'avait pas eu une vie facile. Enfin, vous savez comment vont les choses. Quand elles se mettent après quelqu'un… Enfin, c'est la vie.

Je la remercie avant qu'elle ne me demande mon identité. Raphael aurait-il planifié sa fuite en faisant vendre la maison de sa grand-mère ? Est-il cette personne fourbe et mauvaise que cette employée vient de me décrire ? Quand la maison a-t-elle été vendue ? Et pourquoi se trouve-t-elle aujourd'hui dans cet état ? Si seulement je savais qui en est l'acquéreur… Si Raphael a été innocenté, c'est qu'il n'était pas si…

J'arrive devant la halte-garderie, encore plongée dans

mes pensées, quand l'accueillante me donne les travaux de ma fille et me complimente sur son précoce talent pour le dessin.

– Nina est déjà une vraie artiste. Remarquez, c'est une gauchère et il me semble que de nombreux artistes sont gauchers.

– Vous croyez ? Mon mari est gaucher, et il n'a absolument aucun talent pour le dessin.

– Ah oui ! Je me souviens. Il est banquier, n'est-ce pas ?

– À Genève.

– Mais vous, insiste-t-elle. Vous faites de la photo.

Je ne la reprends pas sur l'inexactitude de mon talent, et Nina se cache dans mon cou, gênée. L'accueillante lui touche la joue, me regarde avec une expression qui en dit long.

– Vous faites de belles photos de citrons pressés et de café qui fume dans les tasses.

Nina me sourit en baissant les yeux. Un frisson me parcourt des cheveux aux talons, parce que j'aurais merveilleusement aimé que Nina soit la fille de Raphael, et parce que j'ai honte d'avoir une telle pensée avec elle dans mes bras.

Ma sainteté me semble de paille, et alors que je conduis jusqu'au collège de Louis, j'entends les commentaires de l'employée de la mairie de Véry, si d'aventure elle lisait le récit de ma vie. « *Non, vraiment, cette femme est indigne ! Elle trompe son mari qui, malgré quelques petits travers, est un homme bien. Elle rêve que sa fille, qui est pourtant celle de son mari – ne le soit pas. Elle voudrait se jeter dans les bras de ce Raphael Pérec, qui n'est qu'un drogué, qu'un torturé qui a usé puis abandonné sa grand-mère. Il a disparu sans laisser de traces et il a peut-être joué un rôle majeur dans son amnésie. Moi, je vous le dis, son amnésie, cette Martha Klein, elle la mérite et tout ce qui va avec. Quoi ? Vous dites qu'elle a agi de la sorte parce que l'amour l'a frappée en plein cœur ? Mais on n'en a rien à faire de l'amour, de son grand A prétentieux et de ses exigences ! Tout ce qu'on attend de Martha Klein, c'est qu'elle reste à sa place. »*

Je ne pourrais pas lui en vouloir, parce qu'il y a du vrai dans ce discours. Je ne suis pas sûre que cette employée et tout le monde soient prêts à entendre ma défense. Qui me comprendrait ? Qui m'écouterait vraiment, si je parvenais à expliquer qu'avec Raphael, même s'il mentait, je me suis sentie à ma place ? Que je n'ai pas lutté, que j'en étais incapable, alors que jamais je n'avais désiré vivre une chose pareille ? Raphael est un accident qui m'a rendue plus heureuse que je ne l'ai jamais été avec Philippe, je le sens au plus profond de moi. Oui, je suis tombée amoureuse de lui parce que j'étais alors certaine que nous étions faits l'un pour l'autre. Ça ne gomme rien de mes actes, des siens, mais ça change tout. J'imagine leurs regards, qui ressemblent plus ou moins à ceux de ma belle-mère. J'entends ses méchancetés directes, je devine celles des autres, dissimulées derrière de jolis sourires qui sonnent faux.

Même amnésique, j'ai toujours su discerner la méchanceté.

Je n'ai gobé aucun des sourires qui l'ont maquillée. Il faut vraiment être idiot pour imaginer que ça ne se voit pas, et vraiment immonde pour oser le faire… *Comment estu vis-à-vis de Philippe ?* me cingle ma conscience. Je réponds que je suis déjà condamnée puisque je suis amnésique, que je mesure ma culpabilité et que l'ombre de Raphael Pérec va me hanter jusqu'à mon dernier jour.

Je coupe le contact et réalise que je suis arrêtée sur le parking devant le collège. Ai-je commis l'imprudence de conduire en étant ailleurs ? Suis-je imprudente en permanence ? Je regarde Nina, qui fronce les sourcils, puis je vois Louis, qui sort et marche vers la voiture.

Je redeviens leur maman.

Je suis à cheval sur deux vies.

Je ne dois pas détruire celle de mes enfants.

Louis tombe sur le siège passager, soupire, claque la portière, et Nina crie :

– Maman, pipi. Maintenant ! Ça va sortir !

Je la détache et nous courons à l'écart derrière un container, quand l'image de ce rosier gigantesque accroché à la cabane en planches dans les bois m'assaille. Pourquoi ce rêve, qui n'est jamais revenu, me retombe dessus maintenant, accompagné de la même angoisse étouffante ?

Mon souvenir s'éteint aussi vite qu'il est arrivé. Je constate alors que je suis remontée en voiture et que j'ai rattaché Nina dans son fauteuil.

– Putain, la tronche ! fait Louis. On dirait un zombie !

Je redescends sur terre illico et retiens à temps ma main, qui a failli partir toute seule.

– Ne me parle jamais plus comme ça, Louis !

– T'es pas obligée de gueuler ! Mes copains t'ont entendue !

– Je me fiche de tes copains ! Je veux que tu me parles correctement !

Le trajet collège-maison se fait en silence. Nina, elle aussi, semble ailleurs et regarde par la vitre. Louis tapote sur son portable. Va-t-il dire à son père que j'ai l'air d'un zombie ?

– On mange quoi ? J'espère pas des raviolis ! lance Nina quand notre portail coulisse.

Louis me jette un regard de côté, alors nous éclatons de rire.

– J'te jure que je fugue si t'en as fait !

– C'est quoi, fuguer, Maman ?

– Demande à ton grand frère, puisqu'il a du vocabulaire et des idées !

– Louis ? C'est quoi fuguer, hein ?

Il ignore sa sœur, qui s'entête :

253

– Hein, Louis ! C'est quoi fuguer ? Dis !

– Ben… C'est… être bête !

– *T'es bête* ! T'es bête ! chantonne-t-elle. T'es bête ! T'es bête ! T'es bête !

– P'tite peste ! P'tite peste ! P'tite peste !

– T'es bête ! T'es bête ! T'es bête !

Nina s'élance dans le salon, Louis à ses trousses. Elle court autour des canapés en criant pendant qu'il fait semblant de ne pas pouvoir la rattraper. Je crie, pour la forme, qu'ils font trop de bruit.

– Ben on s'en fout ! Y a personne ici, à des kilomètres à la ronde !

D'un coup, je prends conscience qu'effectivement, hormis Patricia qui se trouve à cent mètres, nous sommes isolés dans cette grande maison derrière un grand portail, cachée dans un grand jardin derrière de grands bouleaux d'un côté, et faisant face de l'autre à un très grand lac. J'ai la chair de poule et cours fermer la porte d'entrée à clé, ainsi que celle qui communique avec le garage.

Le micro-ondes crie à son tour que la pizza d'hier soir est réchauffée, et j'appelle les enfants pour qu'ils mettent la table pendant que j'essaie de retrouver un semblant de calme dans ma chambre. Mais dans cette chambre d'un blanc velouté, tout ce que je revois, c'est la rage dans les yeux de Philippe, lorsqu'il a dit que je perdrais tout si je le quittais.

Pourquoi cette conversation ne m'avait-elle pas terrifiée quand nous l'avions eue ? Pourquoi n'avais-je pas répondu ? Était-ce la fatigue ? La peur de me retrouver seule sans rien, ou la certitude de perdre mes enfants ?… Pourquoi Philippe est-il, depuis que Raphael a rejailli dans ma mémoire, moins suspicieux ? Pourquoi veut-il vraiment retourner à Saint-Julien ? Qui s'amuse à déplacer des objets et mes clés ici alors que la caméra de l'alarme n'a jamais filmé un intrus ? Suis-je moi-même en train de perdre réellement mes repères, mes moyens ?

La raison ?

Je m'approche de la fenêtre de ma chambre et le lac est là, immense, à me regarder comme toujours. Il miroite, des reflets iridescents dansent, ils m'éblouissent. Je ne suis plus certaine de sa couleur. J'ai les mains moites… Je n'ai rien à reprocher à Philippe… Peut-être se conduit-il ainsi pour que je n'aie rien à lui reprocher, alors que moi j'ai été adultère… Pour qu'on ne lui *reproche* rien… Pas même le doute, parce que ce sont les médecins qui ont proposé le test de paternité. Comment Nina a-t-elle été conçue ? Comment faisions-nous l'amour ? De plein gré ? Est-il celui qui déplace ces objets ? Qui joue avec mes clés ?

Mes idées s'affolent et mon cœur bat très lentement.

Moi qui ai attendu, avec une impatience que j'ai eu bien du mal à maîtriser, la remontée de mes souvenirs pour être apaisée, me voilà maintenant submergée de sensations de plus en plus troublantes.

Et moi aussi, j'ai l'impression d'être poussée là où je n'aurais jamais voulu aller.

Les souvenirs d'avant et d'après mon amnésie se fondent et brouillent le présent. Je fonds dans cette terre grasse et molle… Je fixe le lac, qui vient de prendre la couleur des yeux de Raphael. Je revois son sourire quand il les baissait.

Pourquoi les baissait-il comme cela ? Pourquoi n'ai-je pas pu échapper à sa peau ? Qui est Martha Klein ?

Louis m'appelle, je réponds que j'arrive.

8

Lisa ouvre la porte avec son immense et frais sourire.

– Comment tu vas, ma chérie ?

– Bien ! Mais avec un fils ado, les déjeuners ne sont que contestations et revendications.

– Calotte-le de ma part !

– J'ai failli.

– Café ?

– Très fort, s'il te plaît.

– Pour moi aussi ! J'ai un vif besoin de caféine.

– Une nuit agitée ?

– Tu parles de celle qui vient de se dissoudre trop vite ou de la prochaine qui… hummm… déjà ?

Lisa triple la dose d'office et John téléphone. Comme prévu, je décroche et, avec une conviction d'actrice, je rassure John. Notre échange est ponctué d'informations mensongères, de banalités et de politesses toutes américaines.

– Tu me juges, d'être une menteuse ? demande Lisa.

– Bien sûr que non. Pourquoi ?

– Mais parce que, toi, tu devrais me juger ! Me dire que je suis une garce et que je ne mérite pas l'amour de mon John.

– Lisa ! Tu es mon amie, je ne te juge pas.

Elle soupire, empoigne les tasses et la cafetière et m'invite d'un mouvement de tête à la suivre sur la terrasse.

Elle pose ses pieds nus aux ongles vernis de violet sur une chaise. Elle me trouve l'air fatigué, elle me demande ce que je fais de mes nuits, alors je lui parle de ce rêve où je fonds littéralement au pied d'un rosier rose vif. Je prétends qu'il revient me hanter par moment et que j'ai l'angoisse de le refaire chaque nuit. J'écoute mon intonation. Et oui, je suis une parfaite actrice quand je dis « chaque nuit ».

– Raconte en détail ! J'adore les rêves des autres !

Je déroule les images, j'étudie les émotions qu'elles génèrent chez Lisa. Que dirait-elle si elle apprenait pour Raphael et moi ? Je dépeins le rose des roses, leur parfum, le marron-noir délavé du bois, le blanc éclatant et la texure des flocons. Je m'interromps, parce que Lisa est… radieuse.

– Tu as le droit de te moquer. Je ne m'offusquerai pas !
Elle prend ma main.

– Martha, ce n'est pas un rêve. C'est la réalité.

– Qu'est-ce que tu veux dire ?

– Cet endroit existe. Je te jure, en vrai.

Je suis sans voix, ce rêve est une réalité et je ne comprends plus rien à rien.

– Ce que tu viens de me décrire, ce sont les vieilles chiottes dans le bois gigantesque derrière la maison de ta mère. Et si je le sais, c'est parce que j'y suis déjà allée avec toi. Je peux aussi te dire que je me suis soulagée, à l'intérieur, sur une cuvette faite de quatre planches, et que le papier journal fiché au crochet en fer en guise de PQ datait des années 1980.

– Tu es sûre ?

– À cent pour cent. Ça n'a pas fait tilt quand tu y es allée ?

Je raconte que j'ai visité la maison des nouveaux propriétaires, mais que tout avait été repeint, même le grenier avait été aménagé en chambres. Je n'ai rien reconnu à l'intérieur, ni dans le garage. Rien dans le jardin remodelé, aucun des arbres qu'ils ont conservés.

– J'étais enceinte et il pleuvait des cordes. Je pleurais parce que je n'en pouvais plus d'être confrontée sans cesse au passé qui se refusait à moi. Je n'ai pas fait un pas dans le bois qui m'appartient encore.

– Tu n'es pas allée dans le bois ?

– Non.

– Tu devrais y faire un tour. Ces toilettes sont plantées au fond du fond, juste avant une pente qui conduit sur un chemin paumé de chez paumé. Elles datent même d'avant tes parents.

– Tu as raison, je vais m'y rendre tout de suite.

– Je t'accompagnerais bien, mais (Lisa regarde sa montre) j'ai ma session avec l'autre con.

– Comment va-t-il ?

– Comment dire ça sans être méchante… Mon vieux n'est pas pressé d'aller voir s'il a envie de faire chier dans l'au-delà, alors il insiste ici. Quand je le promène dans les couloirs, l'envie de le pousser dans l'escalier me tente, crois-moi, chaque fois que je m'en approche.

Lisa se lève et je fais de même.

– J'espère que là aussi, tu me comprends.

– Il m'arrive d'avoir des pensées maléfiques avec Anne-Marie.

– Comment va-t-elle ?

– Elle vient dîner ce soir.

– Tu sais quoi ? Chacun sa *shit* !

Quand je quitte Lisa, je n'ai que le temps de faire ce que je déteste : les courses pour un repas qu'Anne-Marie va critiquer. Je ne rêve pas de la pousser du haut de notre escalier de marbre ou de la faire passer par-dessus les panneaux de verre de la balustrade, mais de lui préparer un consistant bouillon d'onze heures, suivi d'une glace à la mort-aux-rats, saupoudrée de cyanure. Juste pour être certaine d'être efficace et pour ne plus jamais avoir sous les yeux sa choucroute ridicule.

Je m'arrête en plein rayon, je suis devant un assortiment vertical de ciseaux. Ce n'est pas un acte manqué, c'est au-delà du lapsus. Des envies expéditives me prennent, je fais trois pas et je me fige.

Ce rêve, je l'ai décrit à Philippe en détail. Nous étions couchés dans le noir, et je me souviens parfaitement qu'il n'a rien dit. Pourquoi, à la différence de Lisa, n'a-t-il pas fait le rapprochement avec les toilettes dans le bois chez ma mère ? Pourquoi n'a-t-il pas réagi ? Pourquoi, moi, je lui parlerais maintenant que mon amnésie s'éclaire ?

9

À 10 h 05 précises, après un dîner pendant lequel j'ai étudié mon mari, sa mère et son père, et après une nuit à me demander comment accéder à ce bois sans me perdre sur le chemin forestier que je ne saurais pas reconnaître, je sonne chez madame Genner, la nouvelle propriétaire, qui a accepté plus tôt que je vienne.

– Je vous offre un café, mon petit ?

– Non merci. Je préférerais y aller tout de suite.

Madame Genner m'accompagne jusqu'à la remise en me demandant des nouvelles de Philippe, de Louis et de Nina, dont je lui présente une photo. Elle me parle de ses huit petits-enfants à qui elle interdit de jouer avec les outils qu'elle me montre.

– Ils ne datent pas de vos parents, enfin, si, la fourche, la binette, la faucille et les antiques pelles.

Elle me donne un sécateur et une paire de gants puis nous arrivons au grillage, qu'elle décroche.

– Je vous laisse maintenant. Mais pour les ronces, faites attention, elles ont tout colonisé.

Elle remarque le trouble qui s'est installé en moi.

– Mon petit, vous êtes sûre que…

– Oui, oui. Je vais bien. Merci.

L'odeur de terre mêlée aux feuilles mortes ne me

semble pas familière. J'observe autour de moi les arbres, les souches et les mousses qui recouvrent certains troncs. Combien d'oiseaux ai-je guettés dans les branches ? Combien de trésors ai-je cachés dans les vieilles trognes ? Je ne sais toujours pas quelle petite fille j'étais. Je ne sais pas si j'étais plutôt aventurière, rêveuse ou même si j'aimais grimper aux arbres. Mais j'étais seule, enfant unique. Et aujourd'hui, ici, en enjambant, me baissant et repoussant, je ressens cette solitude en moi.

Elle ne me quitte pas sur une bonne dizaine de mètres. Je dois enfiler les gants pour couper les ronces. J'aperçois enfin derrière un bosquet de noisetiers les fameuses toilettes. Un rosier gigantesque épouse tout un pan de la cabane, les planches sont effectivement noir délavé. Le rosier est recouvert de fleurs roses généreuses et éclatantes parce que nous sommes au printemps. Avant même que je m'en approche, leur odeur sucrée comme un gâteau anglais m'envahit. Mes idées sont claires. Je sais exactement ce que j'ai fait la dernière fois que je suis venue ici.

Alors, je fais demi-tour et retourne sur mes pas jusqu'à la remise pour récupérer la fourche. Je reviens et creuse à un endroit précis au pied du rosier. Le sol est dur et il me faut taper, et appuyer de toutes mes forces pour arriver à fouiller la terre.

Je me souviens que je pleurais et que j'étais infiniment triste. Oui, je pleurais. Quand enfin je dégage la terre sur une profondeur d'environ une vingtaine de centimètres, je tombe sur un sac en plastique noir entouré de Scotch marron. Avant même de l'ouvrir, je sais ce qu'il contient.

C'est moi qui ai confectionné cet emballage et qui l'ai enfoui ici.

Je vais enfin pouvoir toucher mon passé. Mes doigts arrachent le plastique et une touche rouge apparaît. La couverture du cahier de Raphael.

Pendant les quelques minutes qui suivent, je ne peux rien faire d'autre que le serrer tout contre moi comme s'il m'insufflait encore la chaleur vivante de Raphael. Mais je retarde aussi l'instant où je vais tomber sur sa dernière lettre.

10

– Max veut vous voir, m'a dit Suzanne alors que je passais la porte de l'école.

– Mais je l'ai prévenu que j'étais convoquée par la gendarmerie au sujet de la disparition de mon amie.

– C'est pour autre chose, Martha.

Max m'attendait assis derrière son bureau.

– Les flics ont fait une descente chez Raphael et trouvé dans sa cave une quantité non négligeable de cannabis, mais aussi de la cocaïne. Il a été incarcéré sur-le-champ.

Je suis restée plantée là où j'étais, je n'ai su que dire, sinon que j'étais convaincue qu'il ne se droguait plus.

– Il trafique peut-être encore ?

– Non. Je suis sûre que non.

– Comment est-ce que tu peux en être si sûre ?

– Max, c'est bien toi qui m'as demandé d'aller lui faire la classe à domicile, n'est-ce pas ? Raphael m'a juré ne plus rien toucher depuis qu'il est entré à Ariane. Il ne fume même plus de cigarettes.

Mes paroles n'ont pas rassuré Max. Il était en rage, il bouillait littéralement. Et quand j'ai demandé si, avec Raphael emprisonné, Ariane était en danger, il a explosé.

– Martha ! Si jamais ce petit con ne passe pas ses examens, je suis grillé !

– Mais pourquoi ?

Face à son silence, j'ai insisté.

– Ariane a occasionné des frais supérieurs à ceux qui avaient été prévus, si bien que ces enfoirés de financiers ont revu leur copie. J'ai été contraint de signer un nouveau contrat dans lequel Ariane ne peut perdurer sans couler au-delà de cinq désertions et Pérec est malheureusement le sixième. Tu comprends l'enjeu ?

– Mais c'est ridicule !

– Ridicule ? Non, Martha, ce n'est pas ridicule, mais complètement con et injuste ! C'est nier tous les efforts que j'ai faits pour mettre en place ce projet, auquel je crois plus que tout. Plus qu'à tout ce que j'ai fait dans ma vie ! (Max s'est levé, je me suis assise.) J'ai misé pour que cette école devienne un modèle à dupliquer dans toute la France. Tu ne peux pas imaginer tout – je dis bien tout – ce que ça implique. Tout ce fric… *Tout.*

Il arpentait le bureau comme un fauve. Je ne l'avais jamais vu ainsi. Et jamais encore je n'avais envisagé à quel point l'impact financier était primordial pour Max.

– Comment peut-on arriver à cette solution définitive ? Tout le monde sait qu'avec des élèves comme les nôtres…

Max a fait volte-face et a posé les mains sur les accoudoirs de mon fauteuil.

– Martha, je vais être très clair. Si Pérec ne réintègre pas cette école, je saute. Ça fait des mois que je suis en sursis. Et je ne veux pas essuyer cet échec. Pour rien au monde. Tu saisis ?

– Si tu veux, j'irai voir Raphael en prison pour continuer son soutien, si c'est ce qu'il te faut.

Max a eu un regard méprisant.

– Ce qu'il me faut, c'est retrouver le salopard qui a planqué la drogue chez Pérec, et qui l'a dénoncé pour me faire tomber.

– Tu es en train de dire que c'est une machination ?

Max s'est tu et, au-dessus de moi, j'avais un homme désespéré. Un sentiment de panique m'a envahie.

– Pourquoi Pérec, plutôt que n'importe quel autre élève ?

– Martha… (Il s'est redressé.) Je ne peux te dire qu'une chose, Pérec est une proie facile.

Mes mains étaient frigorifiées. J'étais nerveuse depuis le début de l'entretien mais, à ce moment précis, j'ai compris que Max allait m'apprendre ce que j'aurais préféré ne jamais savoir.

– Depuis longtemps, je suis au courant pour Pérec et toi. Et c'est même la raison pour laquelle je t'ai envoyée, toi, faire du soutien. Pour être sûr qu'il revienne. Je savais qu'il était fou de toi.

J'assimilais, j'intégrais que j'avais été manipulée par Max. Ou peut-être par…

– Qui d'autre le sait ? ai-je dit alors que la colère me gagnait. Et depuis quand tu sais ?

Max me regardait, je me sentais minuscule devant lui, immense et puissant.

– J'avais Pérec à l'œil depuis son arrivée. Un jour, en faisant en douce une inspection de son casier, j'ai découvert un très intéressant cahier rouge… Je lui ai trouvé assez de talent pour te reconnaître, et j'ai fait des photocopies sans le lui dire. Je l'ai observé, et toi aussi. Toi… qui me semblais coincée, mais qui étais si droite et pure… J'ai hésité à parler à Pérec, mais avec son caractère imprévisible, qui pouvait savoir ce qu'il allait faire… Alors je l'ai collé de nouveau pour cette rentrée avec Carole qui a chialé qu'elle ne voulait plus de lui. Et ce petit con s'est pointé exactement au même moment pour me dire qu'il abandonnait Ariane. Il était très agité, bien plus que d'habitude, et semblait au bord de l'explosion. Je l'ai laissé me dire qu'il se croyait foutu, qu'il ne supporterait jamais de refaire une année au milieu de tous ces connards, qu'il perdait son temps, qu'il s'ennuyait à mourir dans cette école de merde, et que bientôt il serait majeur, que la prison ne lui faisait pas peur, etc. Mais une fois son discours foireux terminé, je lui ai rappelé qu'il avait signé un engagement chez nous, et que même si la prison ne lui faisait pas peur, elle lui volerait ses plus belles années et lui collerait à la peau pour le restant de ses jours. Il m'a dit d'aller me faire foutre. C'est alors que j'ai cité ton nom. Il a eu les couilles de me répéter d'aller me faire foutre. J'ai sorti les photocopies de son cahier rouge. Je lui ai dit que je pouvais changer sa vie. Que je fermerais les yeux. Que je pouvais le basculer dans ta classe et qu'il ne tiendrait qu'à lui de se montrer convaincant.

J'étais furieuse, paniquée, écœurée. Max me dégoûtait. Il avait joué avec nous pour assurer son avenir.

— Martha, je crois que tu aurais aimé voir ce qu'il y a eu dans les yeux de Pérec. Je ne sais pas combien de femmes se vendraient pour avoir ce regard.

— Tu es abominable ! Tu nous as bien tous baisés… ai-je craché en me relevant.

— Ton vocabulaire me surprend.

— Il est à l'image de ce que je ressens !

Max a souri, et dans son sourire, je voyais qu'il avait réussi son coup.

— Voilà pourquoi je n'ai rien fait quand tu as rapporté les absences de Pérec. Je savais pertinemment qu'il reviendrait en classe. Ce môme est raide dingue de toi.

— Qui d'autre sait pour nous ? Carole ?

Max a secoué la tête.

Quelqu'un a toqué très fort, puis la porte s'est ouverte sur Kevin Da Costa qui hurlait que Carole était une salope. Max m'a reconduite en me commandant de ne rien entreprendre. Plus tard, dans la soirée, il m'a appelée pour m'apprendre que Raphael allait être transféré en région parisienne. La presse allait s'emparer de cela. J'étais priée, comme tous les profs, de ne pas blâmer Ariane si on m'interrogeait. Il m'a interdit de prendre contact avec sa grand-mère. Personne ne devait savoir que j'y étais allée.

– Agis comme d'habitude, sois coincée et discrète. Moi, je fais en sorte Pérec soit libéré avant ses putains d'examens, pour que je sois enfin libéré de lui. On est tous dans la même galère et on veut tous que ça finisse bien.

– Mais…

– Il n'y a pas de mais, Martha. Maître Berrier va trouver une faille, alors ne gâche pas tout en te faisant remarquer.

Les jours suivants me paraissaient flous et sans fin et, lorsque les vacances de Noël sont arrivées, je vivais déjà dédoublée. Je faisais semblant d'être heureuse quand j'étais malheureuse. Raphael était en moi et je pensais sans cesse à lui. Et à Maryline qui s'était donné la mort… Je survolais les conversations. Anne-Marie organisait le plus beau des Noëls. Philippe, comme Louis, semblait n'avoir rien remarqué. Raphael me manquait tant que chaque journée passée loin de lui me rappelait combien j'avais besoin de lui.

J'étais dominée et possédée par cet amour.

J'oscillais entre la certitude que les choses allaient avancer à cause de cette séparation, et la panique d'affronter ces mêmes choses.

Alors, j'écoutais mon cœur et je sentais le sien battre dans le mien. Au même rythme. Comme il l'avait écrit… Et j'avais la nausée. Maintenant, je sais pourquoi.

11

Je me revois, ce vendredi 4 janvier, déposer Louis chez un copain qui l'invitait à une soirée pyjama à Annecy pour fêter la fin des vacances de Noël. J'avais cédé, je redoutais pourtant de devoir passer la soirée en tête à tête avec Philippe. Mais la chance m'a souri, parce qu'il m'a annoncé par téléphone qu'il partait à Paris pour un rendez-vous imprévu. Il y passerait la nuit.

– C'est une personne qui ne peut se déplacer.

– Je dois te préparer un sac ?

– Non. Je n'ai pas le temps de rentrer et Rosemarie l'a déjà fait avec le rechange du bureau.

– Tu rentres quand ?

– Je reprendrai l'avion demain en fin de matinée, mais je repasserai au bureau. On se voit donc demain soir à la maison, ma chérie.

– Tu vas me manquer.

Je mentais. Je sais que je mentais très bien. Je marchais dans les rues d'Annecy où j'entrais au hasard dans des magasins et en ressortais sans même avoir vu quoi que ce soit. Je me souviens du vent froid qui sentait la neige et des lumières. La nuit était tombée et j'ai pensé que les quelques minutes du crépuscule, quand le jour bascule vers l'obscurité, ne nous effleurent qu'à peine. Il faut que l'obscurité soit totale pour que la nuit devienne une évidence.

J'ai alors réalisé, comme si j'étais spectatrice et actrice du film de ma vie, que je n'aimais plus Philippe.

Que pour aimer Raphael comme je l'aimais, il fallait que mon amour pour mon mari se soit enfui. Il s'était ennuyé dans notre couple parfait jusqu'à s'éteindre, il s'était enflammé avec le sourire de Raphael. Comme le crépuscule qu'on ne regarde pas, je n'avais pas vu le déclin de mon amour pour Philippe. Mais comme un orage, Raphael avait fait naître un nouvel amour. Il était puissant et lumineux. Je n'ai pas de meilleure explication.

Des flocons ont commencé à tomber, très gros et nombreux. Le vent les balayait à l'horizontale et ils me fouettaient le visage. Comme tous les passants, j'avançais tête baissée et j'étais subitement pressée de rentrer chez moi.

Les voitures avançaient au pas, je ne voyais quasiment rien et il m'a fallu quarante minutes pour parcourir six kilomètres et atteindre ma petite rue descendant vers le lac. Miraculeusement, lorsque j'ai tourné dans celle-ci, le vent a cessé et les flocons restaient comme suspendus à des fils invisibles. En mon absence, mon allée s'était déjà recouverte d'une couche qui crissait sous mes pneus.

Je suis descendue de voiture quand une silhouette s'est détachée du bosquet de bouleaux. Alors, mon cœur s'est affolé. Mais je n'ai pas crié. Non. J'ai couru me jeter dans ses bras. Raphael m'a embrassée comme il ne l'avait encore jamais fait.

Je l'ai entraîné à l'intérieur et il s'est laissé faire. Tout comme nous avons laissé nos corps reprendre vie ensemble. Et quand enfin nous avons pu parler, je me suis rendu compte que nous étions dans la chambre d'amis. Inconsciemment, j'avais poussé cette porte. Il l'a deviné.

– Comment le sais-tu ?

Pour toute réponse, il m'a souri et j'ai caressé ses cheveux.

– Ils sont trempés.

– Tu parles de mes cheveux trempés, mais tu ne me demandes pas pourquoi je suis sorti de prison plus tôt ?

– Tu sais que je n'arrive pas à raisonner quand je suis avec toi… Mais je n'ai jamais cru que tu avais caché cette drogue chez toi.

Raphael a allumé la lampe de chevet.

– Ils m'ont libéré parce que l'enquête a prouvé que, même si j'avais été assez manipulateur pour laisser des traces pour me couvrir avec des chaussures qui n'étaient pas à ma taille, je n'utilise pas un pied-de-biche comme un gaucher et donc, ce n'est pas moi qui ai fait ces marques à droite de la fenêtre. C'est un coup monté, et j'aimerais bien savoir qui a voulu me baiser la gueule et m'éloigner de toi.

J'ai buté sur le mot « gaucher ». Raphael a demandé si Philippe était gaucher. J'ai hoché la tête.

– J'aurais pu faire la même chose pour ne pas te perdre.

– Je suis certaine que Philippe n'est pas au courant pour nous.

– Comment tu peux être aussi catégorique, Martha ?

– Connaissant le tempérament impulsif et direct de Philippe, s'il l'avait appris, sa réaction aurait été une réponse physique immédiate.

Puis une idée, ou plutôt une conviction m'a frappée.

– Tu savais qu'il ne serait pas là ce soir, n'est-ce pas ?

– Oui. Parce que j'ai demandé un coup de main à Max. Qui, à son tour, a demandé à je ne sais qui à Paris d'organiser un rendez-vous bidon avec ton mari pour que nous ayons une vraie nuit à nous seuls.

– Et Louis ? Tu savais qu'il n'était pas là, lui non plus ?

Raphael a secoué la tête puis m'a embrassée.

– Non. Ça, je ne le savais pas. C'est bien pour ça que je me suis gelé derrière tes arbres. Je suis sorti parce que j'ai vu que tu étais seule dans ta voiture.

Je l'ai alors embrassé, il a ajouté qu'à l'avenir il vaudrait mieux que nous nous voyions…

— … ailleurs que chez moi, parce que ma grand-mère reçoit désormais la visite d'une aide à domicile qui passe plusieurs fois par jour.

— Nous allons trouver une solution.

— Sans Max, a-t-il insisté.

Raphael était sérieux, alors je lui ai fait part de ma conversation avec lui.

— J'ai besoin de ton explication, s'il te plaît.

Ce qu'il m'a raconté était conforme en tout point au discours de Max. Qui avait reçu sa grand-mère quand cette voiture…

— … m'est tombée dessus et que je voulais déjà tout quitter. Il m'a dit : « Si tu restes à Ariane, je m'arrange pour te donner Martha. »

— Me donner… ai-je répété avec un sentiment très déstabilisant.

— Oui, ce sont ses mots. Il a ajouté : « Parce qu'on n'a qu'une vie, Pérec. Si tu te barres, je lui fais une réputation qui va ruiner sa vie pour le restant de ses jours. »

— Quel salaud !

— Oui, c'est un salaud, et il est aux abois. Et quand un salaud est aux abois, il faut se montrer extrêmement prudent. Crois-moi, Max est bel et bien une énigme.

— C'est un putain d'enfoiré ! ai-je affirmé.

Raphael a pris mon visage entre ses mains.

— Tu m'en veux de ne pas t'avoir dit qu'il était venu me voir à l'hosto ?

— Non. J'en veux à Max. Je lui en veux de nous manipuler.

Raphael s'est penché pour me souffler à l'oreille qu'il avait détesté jouer avec sa grand-mère et avec moi. Puis il s'est assis, et j'ai senti qu'il allait me faire un autre aveu. Et j'ai su lequel.

271

– C'est toi qui as placé ce morceau de bois sur la route pour que je crève. Tu savais que je passerais par là.

– Oui. Je te suivais. Je changeais de scoot, de mob. De casque. Je me planquais dans les haies derrière chez toi quand il faisait nuit… Vous ne fermez les volets de cette grande baie que lorsque vous partez en vacances ou en week-end.

Il a caressé mon cou, mon épaule. J'aimais entendre et savoir qu'il était à quelques mètres de moi.

– Après l'orage, *notre* orage, a-t-il poursuivi en nouant ses doigts aux miens, quand tu m'as dit ce que tu m'as dit, je suis revenu en pleine nuit et je suis entré pour la première fois dans ton jardin. Je suis remonté jusqu'au noisetier rouge. Je vous ai vus, Philippe et toi, j'ai vu Louis, le matin. Je me suis persuadé que tu ne quitterais jamais tout ça pour moi.

– Quand as-tu commencé à me suivre ?

– Dès que je t'ai vue.

– Tu as suivi d'autres femmes ?

– Oui. Des tas de filles mais aussi des mecs. Que des enfoirés. Avant. Quand je déconnais à mort… Je ne déconne plus avec la drogue et le reste, Martha. Tu le sais.

– Oui.

Je me suis assise et j'ai enlacé Raphael. Je n'avais pas peur de lui. Non, à ce moment, je n'avais aucunement peur de lui. Je n'étais pas surprise qu'il l'ait fait, ni qu'il ait placé ce poteau sur la route, j'étais fascinée par son obstination. Par son amour pour moi. Par lui, par ce qu'il dégageait, me donnait. Il attendait que je l'embrasse et je l'ai passionnément embrassé, alors il m'a avoué avoir été quand même épaté, et infiniment heureux, de me voir entrer chez lui dans sa chambre.

– Tu avais ton petit air.

– Mon petit air de quoi ?

– De celle qui croit qu'elle va pouvoir échapper à l'amour et qui ne sait pas encore qu'elle va y passer.

– Y passer ? ai-je dit.

– Oui, exactement. Y passer.

Il souriait, j'ai glissé les doigts dans ses cheveux et puis, sans qu'il quitte mon regard, son sourire s'est effacé. Il m'a dit que sa grand-mère avait fait une attaque dix jours auparavant et que ça avait accéléré son dossier.

– Mon Dieu ! Comment va-t-elle ?

– Mieux, elle est rentrée, mais je ne suis pas encore allé la voir. L'avocat m'a laissé sur un parking où j'ai récupéré la voiture de la femme de Max. Je suis venu directement chez toi, j'ai longé le chemin au bord du lac et j'ai enjambé le portail blanc au fond du jardin. Et comme tu ne revenais pas, j'ai même eu assez de temps pour imaginer une façon radicale de liquider ton nouvel amant.

Il pensait à Philippe. Je le savais. Il s'est assis sur le bord du lit, il me tournait le dos. J'ai posé la main sur son épaule, et il a sursauté comme si je lui avais fait mal. Mais il est resté dans cette position et, sans un mouvement, il a dit :

– Je te l'ai déjà dit, Martha, je ne peux pas vivre sans toi.

Il s'est levé et m'a fait face. Il était nu, moi aussi. Je le regardais et je nous voyais dans cet instant. Tout son corps me posait une question – *la* question. J'ai affirmé, sûre de moi :

– Je vais quitter Philippe.

12

Raphael voulait une omelette, j'ai donc préparé une omelette. Avec du fromage et une salade. Il a dressé le couvert en fredonnant *Every breath you take, Every move you make, Every vow you break, Every smile you fake*, et s'est placé face à moi pour me chanter *I'll be watching you*. Il a pris ma main et m'a fait pivoter sur moi-même, il m'a ramenée dans ses bras en chantant *Every single day*.

J'ai retourné d'urgence l'omelette, et Raphael a ouvert puis refermé les placards un à un.

– Qu'est-ce que tu cherches ?

– Rien. J'analyse ton rangement. Je regarde comment tu ranges ta vaisselle, les conserves et les pâtes, le riz et les gâteaux. J'aime quand c'est joli et que ça sent bon.

Il s'est approché de moi comme un chat.

– Pourquoi le chocolat est tout seul ? Louis n'y a pas droit ?

– Si bien sûr, ai-je dit en passant mes bras autour de sa taille. C'est uniquement parce que, quand j'en ai envie, je ne veux pas perdre mille ans à le chercher.

Raphael a balayé sa mèche en arrière.

– Tu n'as pas mis mille ans pour dire que tu voulais vivre avec moi. Et ça me plaît.

Alors il a repris son fredonnement et ce n'était plus ma chanson préférée, c'était cette fois un air inédit, c'étaient des paroles qu'il inventait sur l'instant, c'était la nouvelle vie dans laquelle je venais de me jeter corps et âme. Nous avons dansé enlacés, les yeux fermés sur cet avenir que nous nous promettions *corps et âme*. Nous avons mangé. Nous étions déjà dans l'après. Nous survolions les mois à venir avant de pouvoir être totalement libres d'être ensemble. Il m'a promis de terminer son année, et je ne voulais pas perdre la garde de Louis. Raphael a eu un très beau sourire quand j'ai dit cela.

Nous terminerions l'année comme prévu pendant que je chercherais un nouveau poste sur Thonon-les-Bains, Évian ou peut-être en Suisse, pour ne pas éloigner mon fils de son père. Nous serions aussi prudents que nous l'étions actuellement pour n'éveiller aucun soupçon, nous ne nous appellerions jamais sur nos portables, nous ne nous contacterions que par mail.

– Tu te souviens de ce jour où nous avons choisi des pseudos pour nos adresses mail secrètes ?

– Très bien.

– Je vais les créer en arrivant chez moi et je te donnerai les mots de passe lundi.

Ensemble, nous avons décidé que je demanderais le divorce après avoir signé un contrat et trouvé un appartement. Non, je ne voulais pas rester à Ariane avec un Max aussi manipulateur. Je me suis félicitée d'avoir très bien vendu la maison de mes parents. Raphael m'a demandé le prix, il a sifflé et j'ai songé à ce moment-là à Philippe. Raphael m'a embrassée et d'une même voix, nous avons dit :

– C'est notre vie.

Il a promis, les yeux dans mes yeux, qu'il suivrait le protocole Ariane jusqu'au bout, qu'il travaillerait dans ce garage et écrirait, écrirait, écrirait.

Nous traverserions cette épreuve main dans la main, et nous mangions main dans la main. Alors je lui ai demandé de me parler de la prison. Il a refusé.

– Je veux savoir.

Raphael a secoué la tête.

– Tu as été maltraité ?

Il a secoué encore la tête.

– Vraiment ?

– À part la bouffe, la télé de merde et mon connard de voisin qui me racontait sans avoir le moindre remords combien sa salope de femme méritait les coups qu'il lui avait collés, j'ai tout supporté mieux que le manque de toi.

J'étais effarée. C'était comme si par sa voix je prenais conscience de la réalité de ce qu'il venait d'endurer. J'ai voulu l'embrasser, mais il m'en a empêchée. Il m'a regardée longuement.

– Promets-moi d'avoir toujours confiance en moi, Martha.

– Je te le promets.

Alors, il m'a soulevée dans ses bras. Nous nous sommes réveillés à 5 heures. Le ciel était aussi noir que le lac, mais la neige illuminait le jardin. Raphael s'est habillé en silence et nous sommes descendus prendre le petit déjeuner. Ensemble. Juste avant de partir, il m'a confié avoir commencé à écrire un film en prison.

– Tu es contente ?

– Raphael, je veux que tu écrives *pour toi*. Pas pour moi.

– Je ne peux pas.

– Alors, je ne veux le lire que lorsque tu l'auras terminé.

Il m'a quittée sous de lourds flocons en longeant la clôture. Oui, il connaissait ce chemin par cœur. Il rejoignait l'endroit où il avait garé la voiture de la femme de Max qui tenait nos vies.

J'ai refermé le portail coulissant que, la veille, dans mon bonheur de retrouver Raphael, j'avais laissé ouvert. Patricia ne devait pas l'avoir remarqué, parce qu'elle m'aurait appelée pour le signaler.

J'ai regardé la neige épaisse lisser le monde. J'ai pensé que c'était une bonne chose qu'elle efface les pas de Raphael.

13

Philippe a suspendu son manteau dans le placard de l'entrée et, à ses gestes, j'ai compris qu'il était d'une humeur massacrante. Son rendez-vous parisien ne semblait pas avoir été aussi concluant que de coutume. Et pour cause…

– Tu as mangé ?

– Non. Quand est-ce que j'aurais eu le temps ? Tu peux me le dire ?

J'ai réchauffé le poulet et l'ai écouté parler chiffres et temps perdu. Faire des équations et paraboles pour rattraper tout cela. J'ai analysé ses mots, ses expressions, et quand je lui ai demandé s'il neigeait à Paris, il a rétorqué, exaspéré :

– Mais qu'est-ce que ça peut bien foutre, Martha ? On n'habite pas à Paris !

Ce n'était pas pour cela que je ne l'aimais plus, mais parce qu'il ne me voyait plus. Je ne savais pas quand il avait cessé de me regarder, de m'écouter. Dévisagée… Envisagée… J'entendais la voix sensuelle de Vanessa Paradis chanter : *Tu m'dévisages, tu m'envisages comme une fille que je ne suis pas*, et j'ai alors pris conscience que Philippe et moi ne nous envisagions même plus. Nous avancions dans une vie calibrée par les habitudes et la voix grinçante de sa mère. Et quand son portable a retenti, j'ai vu dans le mouvement des muscles de son visage qu'elle lui téléphonait.

Non, je ne voulais plus de cette vie-là.

J'ai quitté la cuisine pour aller à l'étage voir mon fils, qui m'a demandé depuis son lit :

– On va aller au ski au lieu d'aller chez Mamina ?

– Je crois que non. Mais on ira tous les deux, quand tu rentreras de ton voyage en Italie.

– Tu promets ?

– Oui.

Louis a fermé les yeux, il était beau comme un ange. Qu'allait-il penser de moi ? J'étais affreusement déchirée par ce que j'allais provoquer, et triste. Mais je n'avais pas de honte à dire pourquoi j'allais quitter son père. Je n'avais pas honte de dire que j'aimais Raphael. Et que c'était ma vie.

Je ne me souviens pas du reste du week-end. Seulement de m'être réveillée le lundi 7 janvier au matin et d'avoir constaté que Philippe était déjà parti. Il avait laissé un mot à côté du mon bol. *Embrasse Louis pour moi, et dis-lui qu'à Venise il y a autre chose à regarder que les pigeons. J'ai hâte de te retrouver ce soir à l'Auberge du Coche de Saint-Julien. Je n'arrive pas à croire que ça fait déjà douze ans. Je t'aime Martha.*

Je ne voulais pas être aimée aux anniversaires, je voulais de la folie et de la poésie. Et pourtant, je n'avais d'autre choix que de le rejoindre. Mais avant cela, je verrais Raphael en classe.

Louis est monté dans le car, il était excité comme un fou et riait avec ses copains. Patricia et David m'ont rejointe, nous avons échangé quelques mots sur leur séjour à Megève.

– Un temps déplorable !

– Mais une neige d'enfer comme aujourd'hui, a fait David.

– J'aurais préféré qu'il n'y en ait plus pour nos garçons, a rétorqué Patricia. N'est-ce pas, Martha ?

– Je préfère la neige au verglas, ai-je répondu.

Le chauffeur a refermé les portes et, dans un ensemble parfait, tous les parents ont agité la main et pris des photos. Dix minutes plus tard, j'étais en chemin vers l'école Ariane. Les flocons s'écrasaient sur mon pare-brise.

Je n'ai pas aperçu Raphael dans le hall, ni dans la cour, alors je suis allée voir Max. Sa secrétaire m'a fait patienter cinq pénibles minutes, puis il m'a reçue. Il a attendu que la porte insonorisée se referme, il était extrêmement pâle, assis à son bureau.

– Cette fois, c'est foutu.
– Quoi ? Raphael a eu un accident ?

Max me regardait fixement. Avec un regard mort. Devant son air défait, je me suis mise à trembler.

– Donne-moi son numéro de portable, je vais l'appeler.
– C'est inutile, Martha. Il ne répond pas. Sa grand-mère non plus.

Il avait les mains posées sur une enveloppe kraft, son calme était effrayant.

– Il lui est arrivé quelque chose, Raphael m'avait promis qu'il serait là.
– Eh bien, il t'a menti, Martha. Ton Raphael est un putain d'enfoiré de malade qui s'est bien foutu de ta gueule et de ma gueule et de tout le monde, parce qu'il s'est tiré.

Je n'ai pas émis un son, je fixais les lèvres de Max.

– Oui. Tiré. Suzanne a trouvé ça dans la boîte aux lettres en arrivant. C'est sa grand-mère qui l'a déposé. La caméra l'a filmée. On la voit très bien marcher sur le parking, avec ses putains de béquilles le 5 janvier à 15 h 43.

Max m'a jeté une première lettre.

Max,
Mémé a vendu la maison et je pars tenter ma chance au Canada. Ici, j'ai eu ce que je voulais avoir. Adieu,
Raphael

Je ne pouvais détacher mes yeux de cette lettre. Raphael était parti. Il m'abandonnait. Max m'a balancé une autre feuille et son cahier rouge.

Mes mains ne m'obéissaient plus. Le cahier rouge est tombé sur le sol, j'ai déplié la lettre.

Martha,
Tu es comme ma mère. Tu sacrifies ton fils. Oublie-moi. Je suis fou et tu le sais.
Raphaël

J'étais anéantie. Max s'agitait sur son siège, sa bouche articulait des mots qui ne me parvenaient pas. Je pensais aux démarches administratives, à ce voyage que Raphael avait dû préparer depuis très longtemps. La vente de la maison de sa grand-mère ne pouvait avoir été conclue en cinq minutes. Forcément. Il s'était joué de moi… Oui. Il se vengeait de sa mère. J'étais déjà une ombre, je n'existais pas.

Max a fait le tour de son bureau et m'a saisie par les épaules, m'a secouée.

– Martha ! C'est Raphael qui a écrit ça ? C'est lui ? Il n'y a aucune faute. C'est lui ?

– Il n'en fait pas, me suis-je entendue dire.

– Tu veux dire qu'il n'en fait plus ?

– Non, il n'en fait pas, il écrit comme il l'entend.

– Alors, il est fou.

– Il ne l'est pas, ai-je dit, froide, sèche et morte. Il s'amuse. Avec toi, avec tout le monde, et avec moi !

– Quel enfoiré ! Putain ! Quel enfoiré ! Je veux le tuer, je vais le tuer mes propres mains. Tu entends ! De mes propres mains !

– Trop tard ! l'ai-je cinglé en me relevant. Je vais aider ceux qui en ont véritablement besoin.

J'ai quitté son bureau pour aller assurer mes cours. Je me suis concentrée sur mon travail, puis je suis rentrée chez moi, où j'ai déjeuné d'une tranche de jambon et d'une orange que j'ai mangées debout devant la baie. Je ne pensais pas, les faits s'imbriquaient les uns dans les autres pour créer une image infernale se répétant comme dans un kaléidoscope sur cette neige épaisse qui effaçait le jardin, les arbres, les nuages, le ciel, les flocons continus, le lac.

Dans le garage, j'ai emballé le cahier rouge dans un sac-poubelle noir très épais avec sa dernière lettre. J'ai enfilé des bottes de caoutchouc, ma doudoune, récupéré la fourche.

Je n'ai pas enclenché l'alarme quand j'ai quitté la maison. J'ai conduit pour me rendre dans le bois de mon enfance. Je me suis garée sur le chemin se coulant dans la forêt de l'autre côté de la maison des Genner. Le soleil brûlait les nuages, et la neige se battait pour jeter encore des flocons. Je suis passée par-dessus le grillage et j'ai gravi la butte sans m'enfoncer tant la neige était dure et me suis frayé un chemin jusqu'aux toilettes en bois. À l'endroit précis où je suis aujourd'hui.

J'ai enterré Raphael.

La couleur de la terre

1

Je ne sais pas si c'est le choc de l'émotion ou le bruit que j'entends derrière moi qui me fait sursauter. Un chat noir bondit, apeuré, lui aussi. Il s'immobilise deux secondes puis détale en sens inverse. Le flot de mes souvenirs s'est arrêté sur l'image de mes mains en train d'enfouir ce que je viens d'extraire.

Il me faut de longues minutes pour récupérer de ce voyage. Je regarde dans le vide, je vois ce passé tronqué comme un film, je comprends mille choses, et pourtant, je me heurte encore à ce noir compact et dense. Il lutte, il ne lâche pas prise et je me demande pourquoi je ne peux avoir accès aux souvenirs qui me manquent.

Que retiennent-ils ? Que cachent-ils ?

Je baisse les yeux sur la lettre de Raphael.

Je la relis avec l'espoir imbécile que ses mots ont pu changer. Mais non. Il a bel et bien écrit ce que j'ai perçu un instant auparavant. Je remballe le tout, puis je remets la terre en place, la tasse du mieux possible avec mon talon. Le ciel est menaçant. Tant mieux, la pluie effacera bientôt mon passage.

Je ne sais plus trop si c'est l'hiver ou le printemps. Ou quelle est l'année, ou quelle femme j'ai été pour être autant manipulée et menteuse. J'ai peur de cette Martha, j'ai peur de moi. Je suis en colère, je regarde les roses. Elles dormaient invisibles sous la neige, et si leur parfum dans mon rêve me soulevait le cœur, ce n'était que parce que j'étais enceinte, parce que je me dégoûtais, parce que j'étais *malade d'un amour empoisonné !*

Je voudrais le démolir et piétiner ces fleurs. Je suis heureuse que Nina ne soit pas la fille de Raphael. Oui, j'ai envie de hurler que c'est une chance !

Mais, avec un calme déterminé, j'enfonce ce que j'ai trouvé dans mon sac et le referme. Je vais tout brûler chez moi, réduire en cendres ce passé infernal pour l'oublier à nouveau. Je me relève, époussette mes vêtements, ramasse les gants, le sécateur et la fourche. Je les range dans la remise, puis vais saluer madame Genner. À qui, volontairement, je dis :

– Je repars d'ici sans mon passé.

– Je suis désolée pour vous, mon p'tit. Mais revenez quand vous voulez.

Je vais faire disparaître cette maudite Martha à jamais ! J'enfonce la clé dans le démarreur, le chat noir est assis sur le chemin, il me fixe de ses yeux jaunes. Il m'a suivie, il sait ce que j'ai trouvé, il m'a vue faire.

J'ai envie de l'écraser pour qu'il n'aille jamais miauler et emmener madame Genner jusqu'au pied de ce rosier. Je conduis et ses yeux jaunes me poursuivent. Je regarde dans le rétro, j'ai l'impression de voir deux phares au loin. Je m'arrête, personne ne me dépasse. Pourtant, j'ai l'impression qu'il y a un véhicule dont je ne vois rien d'autre que les phares. Je crie, seule dans ma voiture :

– Je veux que tout ça s'arrête ! Je veux que ça s'arrête !

Ma voix ricoche contre les vitres et ma gorge se déchire. Je fixe mon sac rempli de mensonges. Les dessins de Raphael et ses mots étaient des mensonges. Il mentait à merveille… Je hurle encore :

— Il mentait à merveille.

Je renverse mon sac, extirpe la lettre, relis ses saloperies de mots. Non, il n'y a aucune faute et je revois Raphael couché sur son lit, son cahier ouvert. Je suis à côté de lui, appuyée sur un coude. Je viens de lui dicter un texte dans lequel il n'a fait aucune faute. Il m'explique les accords, il analyse chaque mot. Il me regarde, il sourit.

— Écrire réclame plus qu'une orthographe irréprochable. Je me sens libre avec les sons. Je fais des fautes pour qu'on me regarde, qu'on s'occupe de moi, qu'on me parle, qu'on m'apprenne la vie. Je fais des fautes pour qu'on m'aime.

Il a caressé les pointes de mes seins avec son stylo, puis il les a dessinées sur son cahier.

Je ressens ses caresses sur mon corps, et ma colère devient tristesse. Puis manque. Parce que je n'ai jamais – mais jamais – ressenti le dixième de tout cela dans les bras de Philippe. Je tourne la clé, le moteur démarre, et le chat noir invisible est encore là. Ses yeux jaunes sont comme deux points.

Raphael pose son stylo, effleure les pointes de mes seins de son index.

— Pourquoi écris-tu Raphael sans tréma ?

— Ma mère ne voulait pas de ces deux horribles points.

— Pourquoi ?

— Pour me reconnaître si jamais elle me perdait.

— Comment aurait-elle pu te perdre ?

— En se droguant, Martha. Ma mère n'était pas folle, elle se comportait comme une folle. Mais elle m'a transmis sa créativité… Elle m'a encouragé à écrire comme je l'entendais. Elle m'a dit que ça, ces mots et ces traits qui jaillissent ne me laisseraient jamais tranquille.

Je vois enfin les deux points tracés par Raphael sur le e de son prénom, et une onde brûlante déferle en moi. Elle fait jaillir la vérité.

Mon amour a existé, et Raphael m'a aimée.

Le monde s'éclaircit, le chat se lève, le chemin se dégage, mes souvenirs sont exacts. *Mon amour a existé et Raphael m'a aimée.* Il m'envoyait un message, il écrivait cette lettre en n'étant pas lui. Pas libre d'être lui.

Mais, il y a plus de trois ans, l'avais-je compris dans mon aveuglement ? Je sais très bien que l'analyse de ma ligne téléphonique a permis aux enquêteurs d'identifier tous mes correspondants, et que Raphael n'a pas appelé. Qui l'a conduit à l'aéroport ?

Qui a acheté la maison de Mémé ?

Quels sont ces pseudos que nous avions choisis ?

Si je tente des combinaisons avec Maxime Champrouge, Philippe peut le découvrir. Je n'ai pas le temps d'aller dans un cybercafé.

Il n'y a qu'une personne qui puisse m'aider : Max. Il faut que je rentre chez moi, il faut que je retrouve ses coordonnées.

2

Quand j'arrive devant mon portail gris, Lisa m'attend, assise sur le capot de sa voiture. Je baisse la vitre passager et appuie sur la télécommande d'ouverture.

– Tu m'avais prévenue que tu viendrais ?

– Non, ma chérie, tu ne perds pas la boule ! Je suis passée te faire une surprise pour voir comment s'est passée ta visite chez ta mère parce que, ajoute-t-elle en se penchant, je n'étais pas très loin…

Par chance, elle se redresse sans apercevoir mon sac à main au pied du siège passager. Je me gare sous les bouleaux, quitte ma voiture en ne prenant que mon portefeuille et mes clés. Lisa marche jusqu'à la porte d'entrée, je verrouille ma voiture.

– Tu veux un café ?

– Je suis venue un peu pour ça, parce que dans une heure je dois aller voir mon père et j'ai le moral en berne. Mais tu as marché dans quoi ?

– Dans la terre autour de ces chiottes, dis-je en me déchaussant à l'extérieur.

– Martha ne veut pas pourrir sa jolie maison, mais dit « chiottes ».

– Bite, couilles, chier et merde aussi. Parce que j'y suis allée pour rien.

– Merde et chier, OK, mais quel rapport avec bite et couilles ?

– Je devais sentir que tu allais venir.

– Bien joué, bien joué…

Lisa s'immobilise devant mon nouveau vide-poche écarlate qu'elle trouve « bien plus séduisant que la merde de la vieille ». Elle est à côté de moi quand je me lave les mains, alors je lui parle du chat noir qui m'a fait sursauter.

– Ce n'était pas un chat, affirme-t-elle, mais une sorcière.

– Qui a probablement jeté un sort au rosier pour qu'il me fasse pleurer. J'avais envie d'arracher toutes ses fleurs.

Lisa me tend le torchon.

– C'est parce que ta mère te manque. Ton corps le sait. Il a besoin d'elle, c'est tout.

Je m'essuie les mains pendant qu'elle va préparer deux espressos, et j'ouvre la porte-fenêtre pour sortir sur la terrasse. Au loin, le lac miroite, le ciel est constellé de nuages enroulés sur eux-mêmes. Lisa s'assied et allonge ses jambes sur la pelouse. Elle a quelque chose à me dire. Je l'écoute, debout.

– C'est un des toubibs de mon père. Il est jeune, il est beau, il est séducteur comme moi et tout aussi marié que moi. Et il ne veut pas de relation a-mou-reu-se.

– Mais tu es en train d'en tomber amoureuse.

– Ton amnésie déborde, Martha, tu oublies que j'en suis incapable parce que j'aime mon John.

– Il m'arrive d'oublier encore.

– Il m'arrive d'oublier encore…, répète-t-elle en imitant le ton stupide que j'ai eu. On dirait la dame aux camélias.

– Et ton père ?

– Par moment, j'ai envie de demander à mon nouvel amant d'accélérer les choses, et par moment, j'ai envie de le massacrer pour me venger de toutes ses bassesses. Mais même ça, je doute d'en être capable. D'ailleurs.

Elle s'interrompt, et sa voix tombe comme avec un point final. Elle garde ses yeux dans les miens, j'ai le sentiment qu'elle, tout entière, s'infiltre en moi.

– Je déteste le fonctionnement de l'âme humaine. Je déteste l'autre con, je ne le plains pas alors qu'il souffre, mais je redoute de le perdre parce que j'ai peur du jour où il ne sera plus là et que je ne l'aurai plus pour le haïr. Je ne sais pas ce que je ferai de toute cette haine.

– Elle s'en ira avec ton père.

– Tu en es sûre ?

– Je pense que c'est ce qui se passera.

– Quand mon fils est parti, je n'ai pas cessé de l'aimer pour autant.

Lisa reste immobile et je vois tout, les quelques cheveux indisciplinés qui refusent la courbe ronde de ses boucles pour dessiner la leur comme ils l'entendent, son mascara marine. Ses lèvres gourmandes, ses pupilles débordant de vérité, la façon dont son visage est tourné vers le mien. Puis elle retrouve son sourire, elle ramasse sa tasse, la termine et me dit avec une honnêteté déconcertante qu'elle n'était venue que pour vider son sac et passer le temps.

Je la raccompagne à sa voiture et remarque alors que sa plaque minéralogique porte le numéro du département cinquante-deux. Comme la voiture qui m'avait doublée, sur la petite route qui conduit chez Raphael. Je me souviens que cette voiture était bleu nuit, alors que celle de Lisa est rouge. Mon amie m'interroge sur mes sourcils froncés, alors je me demande :

– Pourquoi ta voiture porte-t-elle le numéro de ce département, et pas celui du nôtre ?

– Comment veux-tu que je le sache, ma chérie ! C'est une voiture de location que j'ai récupérée avenue de Brogny.

– Pourquoi est-ce qu'elle est immatriculée dans le cinquante-deux, alors ?

– Peut-être à cause du prix de la vignette.

– Lisa, il n'y a plus de vignette en France.

– Ben démerde-toi avec ce mystère excessivement capital !

Elle s'installe derrière le volant, mais ne referme pas sa portière.

– À propos de mystère, en voici un autre pour t'occuper. Hier, j'étais à côté d'un bus, et à l'intérieur j'ai vu ta Marina. Qui *parlait*, appuie Lisa.

– Tu te trompes. Ma Marina est muette.

– Alors, c'est une muette chez toi, et une parlante avec sa fille.

– Louba lit sur les lèvres.

– Dans ce cas, demande à Marina pourquoi elle lui murmurait quelque chose à l'oreille. Et, fais-moi confiance, c'était bien elle, parce que, moi, je suis hyper-hyperphysionomiste.

– Je lui poserai la question…

– Tu ferais bien.

Lisa fait demi-tour, j'attends que le portail se referme et me dirige vers ma voiture, quand j'entends la sonnerie du téléphone fixe.

– Madame Klein ?

– Oui, c'est moi.

– Bonjour, madame. Je suis le capitaine de gendarmerie Marc Ébert.

Mon sang ne fait qu'un tour.

– Il est arrivé quelque chose de grave ?

– Non. Rassurez-vous, madame, il n'y a que des dégâts matériels.

– Mon Dieu ! Mes enfants ont eu un accident ?

– Non.

– Mon mari ?

– Non.

– Mes beaux-parents ?

Anne-Marie et René sont aux Antilles.

– Non, non, madame Klein, il ne s'agit pas d'un accident de la circulation. Je vous appelle pour l'incendie de votre maison.

– Capitaine, je suis dans ma maison, et je peux vous assurer qu'il n'y a aucune trace d'incendie où que ce soit.

– Madame, poursuit-il sur un ton très ferme, moi aussi, je suis dans votre maison, et je peux vous certifier que les pompiers ont fait du bon travail pour sauver les murs. Mais c'est à peu près tout ce qui a pu être sauvé.

– Je crois que la plaisanterie a assez duré. Je vais appeler la police.

Je raccroche, et le téléphone ne manque pas de resonner immédiatement. J'ai quelques secondes d'hésitation mais, comme il ne cesse de retentir, je décroche sans parler. Le capitaine Ébert m'annonce que ma maison de Véry est quasiment détruite.

3

« La propriétaire de ma maison est désormais Martha Klein, résidant 4, allée du lac à Veyrier-du-lac. » Je conduis en ne pensant qu'à cette phrase qu'Hélène Pérec a écrite sur son testament, selon Ébert. J'aperçois une demi-douzaine de véhicules devant la maison de Raphael.

La grille d'entrée a été arrachée et elle gît dans le jardin. Je regarde les traces noires qui sortent des fenêtres du rez-de-chaussée. Les flammes ont léché les murs et brûlé la glycine. Les pompiers entrent dans la maison pendant que d'autres en ressortent les bras chargés. Un gendarme mince et très grand se tient au bas des marches. Il me tend une main sèche et me regarde avec un brin de sévérité.

– Je suis le capitaine de gendarmerie Ébert.

– Je ne vous l'ai pas dit au téléphone, mais j'ai eu un accident de voiture en janvier 2013 qui m'a laissée amnésique.

Je termine ma phrase alors que j'aperçois la jeune fille rousse. Celle que j'ai rencontrée, il y a quelques jours ici même. Elle est assise sur un brancard sous le tilleul du jardin. Elle me lance un regard vide, et j'ai peur de rougir comme une gamine qu'on prend en flagrant délit de mensonge.

– Qui est la jeune fille assise là-bas ?

– Votre locataire. Enfin, si je puis dire.

– Ma locataire ? Mais cette maison est délabrée.

– Plus précisément, cette personne squatte chez vous. Vous la connaissez ?

– Non. Je ne crois pas l'avoir déjà vue.

– Vous ne croyez pas ?

– Je ne m'en souviens pas.

Marc Ébert me prie de le suivre et j'obéis. La jeune fille rousse ne me regarde pas et mon inquiétude augmente à mesure que les mètres nous séparant se délitent. Je l'entends chantonner, les yeux baissés. Quand j'arrive à sa hauteur, elle lève la tête vers moi, l'incline.

– C'est vous, la propriétaire ?

– Apparemment, oui.

– J'ai pas fait exprès, m'dame. J'vous jure, j'ai pas fait exprès ! J'voulais pas !

– Que s'est-il passé ?

– Ben, je l'ai déjà dit au flic.

– Et le flic vous demande de raconter tout ça de nouveau à Mme Klein.

Elle plante ses yeux verts dans les miens pendant une fraction de seconde, puis elle détourne le regard.

– Ben ce matin, j'me suis levée et j'suis descendue pisser. J'ai entendu du bruit et, juste après, ça a senti le cramé… C'est p't'être les deux connards avec qui je vivais. Ils avaient dit qu'ils voulaient m'faire la peau. Quand j'suis sortie du chiotte, le feu était partout dans la cuisine. J'ai couru dans le jardin chercher de l'eau au puits, et quand j'suis revenue avec le seau, j'pouvais plus entrer dans la pièce. Alors, je m'suis précipitée à l'étage chercher mes affaires ! Putain ! J'vous jure que j'avais l'impression que les flammes m'poursuivaient ! L'escalier brûlait derrière moi. J'ai sauté par c't'fenêtre-là !

Elle tend le bras vers la fenêtre de la chambre de Raphael. On dirait une enfant.

– Vous êtes fâchée après moi, m'dame ?

Je lui prends la main et elle y fait deux pressions légères

et rapides. Oui. Je suis sûre qu'elle se souvient de moi et je sais qu'elle ne va pas me trahir. Un pompier s'approche pour la conduire à l'hôpital soigner son entorse.

– Elle s'en sort plutôt bien ! Elle aurait pu se casser la jambe !

– C'est beau la jeunesse, hein ? lui lance-t-elle avec un clin d'œil.

Nous restons tous les trois déconcertés par son ton, moi plus que les autres, puis elle tire la manche du pompier.

– Alors, Chéri, tu m'emmènes ?

– Mais oui, Princesse. D'ailleurs votre carrosse est avancé.

Je la regarde s'éloigner. Elle ferme les yeux, fredonne en souriant.

– Elle vivait seule ?

– D'après ce qu'elle dit, plus ou moins. Elle raconte avoir eu deux compagnons, voire plus. Ils se seraient disputés récemment pour une histoire de fric et de drogue. Elle dit avoir pris des coups et en avoir donné, ses compagnons sont partis, puis apparemment revenus.

– Mon Dieu, dis-je. D'où vient-elle pour avoir une existence aussi difficile ?

– Il faut tempérer votre jugement, madame Klein. Cette jeune personne s'appelle Clara Van Ruben. C'est une Parisienne. Et elle est l'enfant unique d'un riche joaillier de la place Vendôme.

– Mais alors ? Ses parents…

– Ne la recherchent pas parce qu'elle les a usés « comme il faut », selon son père. Il m'a dit textuellement : « Clara Van Ruben a vingt-deux ans, et donc elle est majeure depuis longtemps. » Moi, quand je parle de ma fille, je dis « ma fille » ou « Élodie », si vous voyez ce que je veux dire… Mais on va enquêter, et on verra bien ce qu'on va apprendre sur ce qui s'est réellement passé pour qu'elle accepte de vivre dans ces conditions.

Quelques secondes de silence passent alors que nous

regardons tous deux Clara partir avec les pompiers et je demande :

– Vous ne m'avez pas dit depuis quand je possède cette maison…

– Vous n'avez pas posé la question à votre mari ? répond-il en désignant mon alliance.

– Je ne l'ai pas prévenu, parce qu'il est en déplacement à Madrid.

– Il travaille dans quoi ?

– Il est directeur-adjoint d'un cabinet financier à Genève.

– Il ne vous a jamais parlé de cette maison ?

– Ni emmenée ici.

Le capitaine Ébert ne me quitte pas des yeux, je sens qu'il me teste.

– Vous avez eu besoin d'un GPS pour venir ici ?

– Non, je réponds en me disant que lui ne répond toujours pas.

– Vous êtes amnésique, mais vous connaissez la route de Véry ?

– Depuis mon retour, j'ai longuement étudié les cartes de la région pour me repérer.

J'ai eu un ton ferme, et oui, je l'ai fait, même si je suis venue ici guidée par l'amour de Raphael. Il demeure impassible, j'ai peur qu'il m'interroge sur un bled que je ne saurais situer.

– Le testament d'Hélène Pérec est daté du 17 décembre 2012, dit-il sans bouger.

Un trouble s'empare de moi.

– Avant votre accident, donc.

– Je ne comprends pas. Je n'ai jamais vu quoi que ce soit dans nos dossiers au sujet de cette acquisition. Je n'en ai aucun souvenir. Je ne me souviens même pas de mon accident qui est survenu après 18 h 15, le 7 janvier, heure à laquelle j'ai enclenché l'alarme de la maison.

Ébert demeure les mains dans ses poches, il ne me lâche pas du regard.

– Je ne sais pas ce que j'ai fait avant cette date, dis-je avec assurance. Mon premier souvenir est d'avoir froid et mal à la tête alors que j'étais dans la remorque d'un camion russe en Allemagne, un peu après Görlitz. Ma disparition a duré cinquante jours.

– Vous êtes rentrée quand ?

– Le 26 février.

Nous ne disons rien, nous sommes arrêtés sur ces dates. Il me demande ce que je sais de l'enquête sur ma disparition, et je lui fais un résumé.

– Vous pensez qu'il y a un lien entre mon accident et l'achat de cette maison ?

Marc Ébert me fixe toujours.

– Il va m'être facile de retrouver votre dossier, madame Klein. On va passer de gendarmerie à gendarmerie, et je vais bien découvrir pourquoi vous auriez fait cette acquisition, que vous avez laissée se délabrer. Comme je vous l'ai dit au téléphone, le notaire de Thônes, qui vient de reprendre l'étude, n'a jamais rencontré Hélène Pérec.

– Vous *auriez* fait cette acquisition… dis-je. Qu'entendez-vous par là ?

Il sort les mains de ses poches, inspecte ses ongles.

– Vous en êtes peut-être la propriétaire, mais qui sait si vous en êtes l'acquéreur ?

– Est-ce que c'est possible ?

Ébert me lance un regard et un sourire amusés. Je suis convaincue que cet homme adore son métier.

– Madame, poursuit-il. À défaut de pouvoir vous rendre la mémoire, je vais faire le nécessaire pour que les pièces de votre puzzle soient cohérentes.

Que faire d'autre que de le remercier ?

Peut-être que, grâce à lui, je vais retrouver la trace de Raphael. Et si jamais les choses tournent mal, ou que la situation devient ingérable, il me suffira de continuer à jouer l'amnésique que je suis. Qui ment, qui triche, qui manipule. Qui cache. Qui se dédouble.

Suis-je en train de devenir un être immonde ?

— Vous êtes perdue ? demande Ébert en touchant mon bras.

— Je suis toujours perdue, capitaine, dès qu'il s'agit d'avant.

— J'imagine que ce doit être très déstabilisant.

— Oui. C'est très troublant de remonter dans un train en marche sans savoir ce qui s'est passé, ce que j'ai fait, ni avec qui je voyage.

— Si vous pensez que la confiance est l'une des choses les plus difficiles à donner, je suis d'accord avec vous.

Marc Ébert et moi, nous nous dévisageons. J'ai le sentiment qu'il me comprend et la crainte qu'il m'étudie. Il me propose de le suivre pour la visite. À l'intérieur, la maison est ravagée, ne restent que les murs, et un matelas éventré à moitié calciné tombé depuis l'étage, qui est entièrement détruit. Je sens les mains de Raphael sur mon corps, mais son âme a quitté cette maison. C'est une certitude.

Quand nous en sortons, le capitaine Ébert me demande si je veux porter plainte maintenant. Cependant, avant que je formule une réponse, il reprend :

— En y réfléchissant — et si vous en êtes d'accord —, j'aimerais assez l'idée que vous ne disiez rien à votre mari.

— Pourquoi ?

— Était-il suspect dans votre disparition ?

— Oui. Mais il a un alibi.

— Madame Klein, je n'insinue rien. Laissez-moi juste un peu de temps. De toute façon, c'est vous la propriétaire. Sous quel régime êtes-vous mariés ?

Sans aucune hésitation, je réponds que Philippe et moi sommes mariés sous le régime de la séparation de biens.

– Vous vous en souvenez très bien.

– Ma belle-mère ne rate aucune occasion de me le rappeler.

– Je vois.

Je le remercie encore, il m'informe qu'il prend les choses en main dès aujourd'hui.

– Pour ne rien vous cacher, je suis nouveau dans la région. Parfois c'est un avantage. Il est plus facile d'être totalement neutre pour poser certaines questions. Je vous tiens au courant dès que j'ai du nouveau. Il est possible que je ne vous contacte pas avant quelques jours.

– Je comprends.

4

Sur le trajet du retour, je repense à tout ce que je viens d'apprendre. Je me souviens que dans l'article que j'ai lu aux Archives, il était évoqué que Raphael avait été incarcéré *début* décembre… Pourquoi le testament est-il daté du 17 ? Pourquoi aurais-je acheté la maison de sa grand-mère ? Pour l'aider financièrement ?

Je bous intérieurement, je déteste cette mémoire qui incendie ma vie.

Je ralentis et reprends le déroulé des événements. Début décembre, Raphael est incarcéré, puis libéré le 4 janvier. Il vient chez moi dans la soirée pendant que Philippe est à Paris… J'avais oublié de refermer le portail. Qui aurait pu nous voir ? Patricia ? Mon mari qui serait rentré plus tôt de Paris ? Y était-il vraiment d'ailleurs ? Je le revois d'une humeur exécrable, il pianotait sur son portable… Il n'était revenu à la maison le 5 janvier qu'en fin d'après-midi. Il aurait eu le temps d'aller avant chez Raphael… Il aurait pu dire : « Ton choix est simple. C'est Martha ou ta grand-mère malade. » Il aurait pu faire signer un testament antidaté. Comment Raphael aurait-il pu refuser un tel chantage ? À moins que… à moins que je ne sois celle qui a fait cette offre à Raphael non pas pour l'aider mais pour le voir disparaître de ma vie, puisque sa maison est à mon nom… Ce qui ferait de moi…

Je ne sais plus tout à coup si mes souvenirs sont fiables et s'ils sont vrais…

Mon portable retentit, et aussitôt je deviens fébrile parce que le portrait de Philippe s'affiche. Je prends une inspiration avant de répondre.

– Je t'appelle pour te prévenir que l'avion va décoller. J'espère arriver à temps pour dîner.

– Tu veux manger quelque chose en particulier ? Je m'apprête à faire des courses.

– Ça dépend où tu es.

Mon sang ne fait qu'un tour, alors je dis que je voulais m'arrêter à la supérette de Veyrier.

– Prépare ce que tu veux, je n'ai pas très faim, j'ai mangé pour dix à midi.

– À ce soir.

– Oui, à ce soir, mon amour.

Après avoir raccroché, je vérifie que la géolocalisation de mon portable n'est pas activée. Non, elle ne l'est pas. *« À ce soir, mon amour… »* Philippe m'appelle souvent « mon amour », « ma chérie », moi jamais… Et mon portable retentit à nouveau. C'est Patricia.

– Nina vient de vomir.

– J'arrive !

Ma fille vomit une deuxième fois sur le canapé blanc de Patricia, qui la tient somnolente contre elle. Je pose mon portable et mes clés sur sa table basse et emmène Nina de toute urgence dans les toilettes où elle se soulage encore. Elle tient à peine debout, je la porte dans mes bras, lui essuie le visage.

– Ton divan est ruiné, je vais t'envoyer…

– Niet. Et ça tombe plutôt bien, je ne savais plus quoi inventer pour convaincre David de remplacer cet affreux canapé, dont le blanc n'est plus (elle grimace) qu'un très lointain souvenir.

300

Elle pose la main sur mon bras, sourit. Je pense à son : *Je ne savais plus quoi inventer.*

– Tu en connais beaucoup, des imbéciles qui se battent pour avoir un canapé blanc avec un môme qui adore se rouler dans la terre ?

Nina s'est déjà rendormie sur mon épaule, je remercie Patricia, qui attrape mes clés et mon portable puis me raccompagne en me demandant où j'étais.

– En ville. J'étais en train d'essayer une robe pour l'été.

– Autre que blanche, crème ou noire ?

Patricia sourit, elle m'émeut et me trouble. Elle me propose de récupérer Louis, je la remercie mais je me demande encore si elle m'a vue cette nuit-là dans les bras de Raphael.

– Je ne sais pas comment tu tiens le choc depuis toutes ces années. Si j'étais à ta place, je crois que, moi, je serais en pleine dépression.

À nouveau, sa remarque me touche, elle caresse la tête de Nina qui dort, épuisée, contre moi. Elle marche vers ma maison, je sais qu'elle va ouvrir. J'ai peur qu'elle pense à mon sac à main et qu'elle s'empresse d'aller le chercher dans ma voiture.

Elle glisse la clé dans la serrure, la fait jouer, puis dépose le trousseau dans le nouveau vide-poche rouge. Elle réalise alors que mon porte-clés est…

– … nouveau et très rouge. Et ce rouge fonctionne ?

– Très bien, pour le moment.

– Que tu ne puisses pas mettre tes clés dans le truc de ta belle-doche est un acte manqué très révélateur. Transmets-le de ma part à ta psy.

Elle ne pense toujours pas à mon sac, elle est fière de son mot, j'allonge Nina sur le canapé.

– Tu veux que je t'aide, c'est ta première gastro.

– Merci. Mais je crois que je vais savoir faire.

– Appelle-moi si tu as besoin.

– D'accord.

301

Enfin, Patricia s'en va. *Ma première gastro…* Ma voisine-et-amie a raison, mais mon corps sait, il s'occupe de ma fille. Je la douche, la sèche, l'emporte dans son lit, prends sa température, ferme les volets, installe une bassine à côté d'elle. Reste à la regarder. Louis entre, se sent en pleine forme et ressort faire un foot chez Vincent. Je demeure auprès de Nina. Je caresse son visage.

Et songe à cette maison incendiée, qui est à moi… Je redoute de fouiller dans le bureau de Philippe et je redoute l'appel d'Ébert. J'ai peur qu'il téléphone quand Philippe sera là. Me revient alors l'idée que mon sac dort toujours au pied du fauteuil passager dans ma voiture. Je me précipite un étage plus bas, à l'instant où mon mari pousse la porte.

– Nina a vomi plusieurs fois chez Patricia.

– Elle a de la fièvre ?

– Non, et elle dit qu'elle n'a mal nulle part. Ni à la tête ni à la gorge. J'hésite à appeler le médecin.

– Attendons demain. Soit elle couve quelque chose qui va se déclarer cette nuit, soit ça va passer tout seul. J'étais comme elle quand j'étais petit, Maman m'a toujours dit que je vomissais pour un rien.

Philippe me semble sincère, il a son sourire de papa quand il se penche au-dessus de notre fille. Je le revois le jour où il m'a dit qu'il n'avait jamais douté de sa paternité, et que le test, il l'a fait pour moi. Il me semble tout à coup moins traître que je ne le suis. Il ne me questionne pas pour savoir où j'ai passé l'après-midi, ni ce que je faisais pendant que Nina se sentait mal. Louis nous rejoint devant le lit de sa sœur. Il évoque à voix basse un 2/20 et un 7/20 en maths, parce qu'il ne comprend strictement rien au cours confus de son prof. Philippe l'entraîne dans sa chambre. Il explique calmement. Nous dînons en ne parlant que des cours. Ils remontent après dîner, je range avec des gestes mécaniques.

Je suis troublée par tout.

J'imagine mille personnalités à Philippe, et je sais que je suis double. Ce passé complique, trouble et brouille de plus en plus ma vie. Et la seule chose qui me semble être aussi solide qu'un bloc de marbre, c'est une ombre. Celle de Raphael, celle de son amour. Il me faisait confiance. Il me demandait de l'aider en mettant ce tréma.

L'ai-je trahi ? Est-ce que je jouais la comédie pour me sortir de cette relation avec un jeune homme incandescent et peut-être dangereux ? M'a-t-on contrainte à le faire ? La lettre de Raphael n'est pas datée… Quand l'a-t-il rédigée ? Quand vais-je pouvoir récupérer mon sac dans ma voiture ? J'hésite, écoute, avance dans le séjour, puis fais marche arrière sur la pointe des pieds jusqu'au couloir, avec cette fois l'idée consciente de faire disparaître mes clés. Je les prends en main, ouvre le tiroir pour en extraire le double, mais je tremble tant que le premier jeu tombe à côté de l'attaché-case de Philippe.

Philippe est maniaque, et son bureau est impeccable. Il sait toujours où tout est rangé. Il est organisé et secret quant à son travail. Je n'en sais que le nécessaire – comme les goûts culinaires de ses relations qu'il invite chez nous. Il monte systématiquement son attaché-case dans son bureau, et jamais je ne l'ai vu dans l'entrée.

Sans hésiter, je m'empare des clés de mon mari et fais jouer la serrure. Je soulève les dossiers ne portant que des numéros et aucun nom, les journaux financiers et les revues, puis tombe sur une chemise bleue vierge de toute annotation. C'est celle-ci que j'ouvre.

Avec stupéfaction, je découvre des factures concernant des locations de voiture : une Clio bleue, un 4 X 4 noir, et enfin une 306 grise. Toutes louées à différents organismes, mais avec des dates qui se chevauchent. Derrière celles-ci, reliées par un trombone, des notes de restaurants à Annecy, Grenoble, Lyon, Chambéry, Aix-les-Bains, des factures de stations-service, ainsi qu'une pour l'hôtel Formule 1 d'Argonay au nom d'un M. Garcin. Mais qu'est-ce que

Philippe fait avec ces factures ? Est-ce pour un de ses clients ? Je doute qu'ils logent dans des Formule 1... Je n'ai aucune idée du prix exact d'une chambre, mais il me semble que la somme représente beaucoup de nuits.

J'entends Philippe qui sort de la chambre de Louis. Je remets le tout en place, verrouille et repose tous les jeux de clés dans la *red box*. Il redescend, alors je m'enferme dans les toilettes. J'écoute, tandis que la sonnerie de mon portable jaillit dans le salon.

Philippe dit juste : « Oui. » Le capitaine Ébert est-il à l'autre bout de la ligne ?

Je respire très calmement, tire la chasse et sors quand mon mari apparaît dans le couloir. Il a un air grave, je redeviens cette Martha que je suis avec lui.

– Le père de Lisa est décédé cet après-midi.

J'écoute mon amie, les yeux rivés sur mon mari.

– Elle aimerait que je passe la nuit avec elle, sa sœur est rentrée avec son mari et ses filles. Elle n'a pas envie d'être avec eux. Elle...

– Vas-y. Je m'occupe des enfants.

Je passe voir Nina qui dort comme un ange, embrasse Louis, et redescends. Philippe tient son attaché-case refermé à la main. Je lui dis que Nina n'a pas de fièvre, il me répond avec tendresse qu'il sait s'occuper d'un enfant malade. Il m'accompagne dans le couloir et, d'une main, m'aide à enfiler mon trench, j'attrape mes clés, vois le double que je n'ai pas remis dans le bon tiroir. Philippe demande :

– Où est ton sac à main ?

– Je l'ai laissé dans la voiture en allant récupérer Nina.

Je l'embrasse et il plonge ses yeux dans les miens.

– Lorsque ta mère est partie, tu m'as dit que perdre sa maman, c'est se perdre un peu soi-même. J'imagine que c'est pareil quand son père s'en va. Dis à Lisa combien je suis peiné pour elle.

Je cours jusqu'à ma Golf, me glisse sur le siège et démarre le plus vite possible. Je conduis, perturbée par mes découvertes dans l'attaché-case de Philippe. Qui est M. Garcin ? Un détective ?

Oui, évidemment. Et… je suis la personne surveillée. La facture du Formule 1 est datée d'avril et nous sommes début mai. Pourquoi ? Est-ce le travail d'un mois ? Combien de fois ai-je eu la sensation d'être épiée ? Raphael a avoué qu'il m'observait, caché… Philippe le fait-il ? J'ai les mains moites parce que le détective doit savoir que je suis allée à Véry, et s'il le sait, Philippe aussi… Mais mon mari ne me dit rien… Il n'est plus tendu, il a changé d'attitude, de comportement… Et samedi, il veut que nous dînions à l'Auberge du Coche.

Quel jour sommes-nous ?

J'ai un trou, mais je suis dans la rue de Lisa. Je me gare devant la maison de son père. J'attends, personne ne me double, ne semble s'être arrêté derrière moi. Puis je lâche un rire. Oui, je ris. Parce que je ne suis jamais allée à Aix-les-Bains, Grenoble, Lyon. Il n'y a qu'à Chambéry que je me rende, mais jamais sans Philippe, qui n'est pas stupide au point de se filer lui-même.

Ce qui signifie que ces factures ne peuvent concerner que son travail.

Je ris encore, puis me reprends quand Lisa ouvre la porte. Elle pleure.

– J'ai senti que je m'effondrais quand Papa a succombé. C'est tragique de mourir du cœur, quand on ne l'a pas usé.

Elle se blottit dans mes bras.

– Il m'a demandé pardon d'avoir été odieux avec moi. Et avec ma sœur. Ce sont ses dernières paroles… Je le déteste de l'avoir fait, et je n'aurais jamais cru que je serais si triste de le perdre.

Je ne dis rien et Lisa s'essuie le visage.

– Tu dois me trouver ridicule.

– Non.

– Je n'arriverai jamais à comprendre les sentiments. On lutte, on les réprime, on croit les oublier, les dominer et puis, sans prévenir, ils te foutent par terre et tu es complètement paumée… (Elle se sert un demi-verre de whisky.) C'est la seconde fois que quelqu'un meurt dans mes bras. À croire que je ne suis bonne qu'à ça.

– Lisa ! Comment peux-tu penser une chose pareille ? Pour ton bébé, c'était complètement différent.

– Il était malade, et moi, je n'ai rien senti.

Elle reste contre moi et ses pleurs redoublent. Quelques paroles émergent comme des icebergs dans l'océan de nos pensées. On passe de l'horreur à l'anodin, du triste au drôle, du pathétique à l'espoir… Lisa s'endort, et moi aussi. Je suis dans les bras de Raphael, et je me réveille avant le lever du jour avec les yeux bleu-gris de Philippe qui m'observent dans un miroir.

Mon rêve s'arrête sur cette image de nous deux nous dévisageant. Noëlle dirait que c'est exactement ce que nous faisons tous les jours. Alors, cette voix tordue en moi me susurre que si Philippe fait appel à un détective pour ses clients, pourquoi il ne le ferait pas – aussi, et plus discrètement – pour moi… Retour à l'angoisse de départ.

Lisa me raccompagne jusqu'à ma voiture et, tenant ma portière, elle se penche :

– Je vais peut-être enfin grandir, parce que mon père n'est plus là pour me rappeler, ainsi qu'à ma sœur, notre insignifiance et notre médiocrité.

Elle n'a pas remarqué mon sac, je conduis en surveillant tout, y compris dans le rétro. Je n'arrive toujours pas à m'expliquer comment je peux être propriétaire de cette maison. Je sais qu'un jour ou l'autre ce secret – s'il en est un – surgira… Je m'arrête sur le très sombre parking du supermarché avenue de Brogny, et choisis la place le plus à l'écart. Je suis seule. Alors, j'attrape le sac plastique, descends, ouvre le coffre et, après avoir encore scruté par-dessus mes épaules, soulève la trappe de la roue de secours pour dissimuler le cahier et la lettre de Raphael.

Je revois alors ce soir d'orage où il m'a embrassée pour la toute première fois. Je le revois courir sous la pluie, trempé jusqu'aux os pour revenir me dire : *« Moi, je t'aimerai toute la vie point final. »*

J'entends le timbre de sa voix, je sais l'éclat dans ses yeux, et je peux presque toucher les gouttes qui perlent de sa mèche, je regarde sa bouche, ses lèvres pleines, les grains de beauté minuscules semés sous ses yeux. Je respire l'odeur de sa peau. Raphael est près de moi.

Il pense à moi. Là, maintenant.

Peut-être est-il devant l'océan Atlantique… Peut-être m'aime-t-il encore ? Peut-être attend-il de mes nouvelles ?

5

À l'étage de ma maison, il n'y a aucune lumière. Je suis revenue ici sans être suivie. Je lève la tête sur les nuages que la nuit a laissés derrière elle, au loin le lac est plat comme un film de métal, il attend que se pose sur lui la lumière du soleil. Raphael se promenait de nuit, il était un chat, un voyeur. Les montagnes me semblent plus hautes que d'ordinaire, et j'ai envie de les repousser pour que le soleil inonde la vallée, mon âme et mes souvenirs. Qu'il dissolve enfin le doute, la crainte.

J'entre en pensant à Nina et monte à l'étage.

Ma fille n'a pas de fièvre, Philippe sort de la salle de bains, il est en chemise blanche.

– Elle a dormi d'une traite mais garde-la à la maison.

– Oui, bien sûr.

Nous murmurons, nous nous embrassons, descendons à la cuisine où, sans plus parler à voix basse, il me demande des nouvelles de Lisa.

– Elle dit qu'elle va grandir.

– Pas trop, fait-il avec un regard appuyé. Sinon, je devrais mettre des talons.

Nous sourions, nous nous sourions, nous nous étudions, je le sens.

En préparant le café, Philippe m'annonce que ses parents

rentrent plus tôt de Guadeloupe pour éviter le cyclone, qui – je le pressens – va se rapprocher de moi.

– Je les récupère en fin d'après-midi et ils passeront la nuit ici.

Je ne commente pas, je sors les bols, le pain, le beurre, la confiture de pêches de vigne. Je suis bloquée à la maison, et la soirée va être des plus désagréables parce que, si Anne-Marie n'aime pas les souvenirs de vacances des autres, elle ne peut se retenir d'évoquer en détail les siens. Philippe se place à côté de moi et me remercie par avance.

– Ma mère est maladroite et fatigante… mais c'est ma mère.

Il se penche pour m'embrasser sur les lèvres. Je ne ressens rien, je reste dans son regard. Alors, avec la même expression, il dit :

– Ces factures dans mon attaché-case ne te concernent pas. C'est un client que mon cabinet fait suivre discrètement. S'il te plaît, n'en parle pas. À quiconque.

Je ne baisse pas les yeux, et Philippe m'avoue avoir remarqué que tout n'était pas replacé comme lui le fait.

– Tu me surveilles, Martha ?

– Je l'ai ouvert parce que je n'ai jamais vu ton attaché-case ailleurs que dans ton bureau ou accroché à ta main.

Nous en restons là, je sais que ma réponse est une réponse qui pourrait faire voler mille questions, mais Philippe n'en pose pas, il sourit. Il ne fait aucune remarque sur le double de mon trousseau de clés de voiture qui n'était pas rangé dans le tiroir réservé aux doubles.

– Alors, disons que c'est un prêté pour un rendu. On est quittes.

– OK.

Nous nous servons un bol de café et entreprenons de préparer les tartines. Philippe en dispose deux pour Louis et je fais chauffer son lait. Nous mangeons sans rien nous dire, je pense que c'est terrible de sentir le vide dans un couple. Je me demande si Philippe pense à la même chose quand il referme le pot. J'ai peur d'ouvrir la bouche et que ma voix résonne. Il se lève pour ranger la confiture et le beurre dans le frigo.

Il sait que je n'en reprendrai plus, ça, c'est une habitude de vieux couple. Pas une preuve d'amour.

Il rince son bol et nous entendons notre fils descendre avec sa façon à lui de basculer d'une marche à l'autre. Alors nous redevenons des parents quand nous nous regardons encore. Que serions-nous sans nos enfants ?

Louis entre en traînant les pieds.

– J'ai hâte d'entendre les aventures de Mamina. Gé-ni-al-e la soirée, et gé-ni-a-les les tartines… fait-il en tombant assis devant.

– On dit merci, Papa.

– Berk-merci-gentil-Papa.

Philippe sort de la cuisine après une affectueuse tape sur la chevelure ébouriffée de Louis, qui l'a esquivée en faisant basculer son bol de lait qu'il rattrape de justesse. Je lui lance l'éponge. Il nettoie et la jette dans l'évier. Quand son père est à l'étage, je dis :

– Berk-sa-méchante-mère.

– Soirée d'action en perspective… Sauf si je prie hyperfort pour que leur avion s'écrase avant Genève.

– Prie plutôt pour un joli chèque, ton anniversaire approche.

– J'hésite, dit mon fils la bouche pleine. Entre un gros chèque, et une très grosse envie de lui dire qu'elle nous fait chier avec sa vie.

J'aime son âge, sa vivacité d'esprit, sa façon d'être. Ma façon d'être avec lui.

– T'en dis quoi, M'man ?

– Que tu dis déjà des gros mots dès le matin.

– Tu sais, poursuit-il, j'aime autant te prévenir dès

maintenant que, si jamais tu te pointais chez moi pour expliquer la vie à ma femme, et qu'en plus tu te mettais à te crêper les cheveux… j'en dis que je te balancerais plein – mais grave plein – de tu-fais-chiiiiiiier.

Je l'embrasse en disant que je suis fière de lui. Mais il saisit vite l'opportunité et me réclame un scooter.

– Pour mes quatorze ans. C'est ça que je veux, c'est ça qu'il me faut.

– Non.

– Pourquoi ?

– Tu sais pourquoi, Louis.

– Alors plus jamais je te défends, et démerde-toi toute seule avec Moche-Mère.

– Je n'ai pas besoin de toi.

– Oh si ! M'man. Tu as besoin grave de moi, qui ai grave besoin d'un scoot.

– Non, dit Philippe en repassant la porte avec sa veste sur lui et son attaché-case à la main.

Je sais qu'il a entendu le « Moche-Mère », et je m'étonne qu'il n'en dise pas plus.

– J'vais être le seul de tout le quartier à me taper le bus.

– Louis, non, c'est non.

– Même Vincent va en avoir un.

– Louis, non, c'est non. Et ce sera toujours non.

– Je vous déteste. J'ai envie de vous tuer.

– Formidable, Mamina deviendra ta tutrice.

– Sauf si je me débarrasse d'elle et de Papi.

– Je te laisse le soin de lui en parler ce soir, Fils. Ta grand-mère va apprécier.

Philippe me sourit et Louis se lève pour flanquer son bol dans l'évier.

– Je ne travaillerai plus à l'école.

– Ça, ce n'est pas mon problème, Fils. Si tu redoubles, c'est que tu dois aimer suffisamment l'école pour t'offrir des années supplémentaires. Et rince ton bol grave bien !

311

Il le regarde faire et me conseille de commander un dîner chez le traiteur. Nous nous disons à ce soir. Louis a deux de tension pour ouvrir et refermer le lave-vaisselle. Et quand la porte d'entrée claque, il lâche :

– Je vais fuguer.

– Tu as déjà sorti cet argument, mon chéri. Tu es grave à court d'idées.

– Je vais me suicider.

Aussitôt, je me place face à lui et croise les bras.

– Et comment tu vas t'y prendre ?

– Je pique la barque de David, je rame jusqu'au milieu du lac, je picole tout ce que j'aurai chouré dans votre bar, je m'attache les pieds aux parpaings qui traînent au fond du garage, je saute avec et me noie comme ta copine Maryline.

– J'appelle ma psy.

J'attrape mon portable sur le comptoir, Louis me l'arrache des mains.

– Je plai-san-te.

– Pas… Moi. Je ne veux jamais entendre parler de cela, si tu veux avoir ton scoot.

Alors il rit, puis me donne un baiser claquant sur la joue.

– Fas-to-che de t'avoir.

– Je ne suis que l'étape un, dis-je en demeurant face à lui. Il va falloir batailler un peu plus sérieusement avec ton père.

– T'inquiète. J'ai un plan inratable.

– Lequel ?

– Chut… fait-il en me repoussant sur le côté. Tu sais bien qu'il faut savoir ne rien dire et agir en toute discrétion pour réussir.

Il disparaît, et me voilà les deux pieds collés au carrelage blanc de la cuisine. Qu'aurait dit la parfaite Martha ? Qu'a-t-elle fait pour que son fils chope des idées de suicide pareilles ? De manipulation ? Comment sont les ados des autres ? Comment était Raphael avec sa mère ?

Je pose la main sur l'évier. Je me sens entièrement perplexe, songeuse, triste, confuse… très confuse et épuisée par la nuit écourtée et découpée que j'ai passée dans le lit de Lisa.

6

Nina dort profondément et ronfle. Ses bouclettes sont étalées sur l'oreiller. On dirait une poupée. Je touche délicatement son front, rassurée de le trouver frais. Mais pourquoi Louis a-t-il dit : « Tu sais bien qu'il faut savoir ne rien dire et agir en toute discrétion pour réussir. » J'ai honte de suspecter maintenant mon fils. De ne pas être capable de m'en empêcher. Je bâille de fatigue, mon cerveau n'est plus capable de cohérence.

Je m'écroule sur mon lit, ferme les yeux. Puis, comme dans un brouillard, je sens bouger à côté de moi. Ma main reconnaît les petits pieds de Nina.

– Il fait soleil et j'ai faim, Maman.

Ma fille a retrouvé des couleurs, je la prends dans mes bras pour descendre à la cuisine où, stupéfaite, je découvre qu'il est 14 h 22. Où est passé le temps ? J'attrape mon portable. Ébert ne m'a toujours pas contactée.

Les heures défilent sans nouvelles de lui, je parle avec Lisa, je reçois Patricia, j'ouvre le courrier, consulte sans rien découvrir de nouveau les dossiers marqués « impôts », « immobilier », « contrats d'assurances », « banques » qui sont rangés dans mon bureau. Celui de Philippe est, aujourd'hui, resté grand ouvert.

J'y pénètre mais ne touche à rien. Le fauteuil de cuir

vert bouteille est repoussé contre le bureau de chêne, les crayons et stylos sont rangés la tête en bas, la gomme est à l'horizontale. J'ai l'impression de faire l'amour à Philippe en ce moment. Ce n'est pas le désir qui m'envahit, mais ses gestes ordonnés... Comme le mécanisme d'une montre... Je me suis habituée à ses gestes, les miens y répondent. Ceux de Raphael étaient...

J'en ai les larmes aux yeux.

Alors, je quitte cette pièce et suis soulagée que le traiteur, en livrant ses plats, me donne quelque chose à faire. Je dresse le couvert dans le séjour où Nina joue avec ses Playmobil. Que fiche Ébert, pendant que ma fille organise la promenade d'une famille de quatre personnes ? Elle ajoute le chien et le chat que nous n'avons pas. Elle oublie ses grands-parents. Elle est dans son monde simple et merveilleux, fait d'amour, de gentillesse, elle a la bouche de Philippe, elle lève la tête vers moi. Pendant des secondes intenses, je n'éprouve que le bonheur immense d'être avec elle.

Et puis subitement, il est 20 heures précises.

Anne-Marie sonne. J'ouvre, et sa première remarque est :

— Les enfants ne sont pas là pour m'embrasser ?

À son ton, je sais qu'elle est d'une humeur plus qu'exécrable.

— Non, Nina a demandé à se coucher et Louis a préféré terminer ses devoirs plutôt que de vous attendre debout derrière la porte.

Moche-Mère ouvre la bouche, mais la referme parce j'embrasse mon beau-père avec plaisir.

— Vous avez l'air épuisé, René. Comment étaient ces vacances ?

— Je vous avoue, Martha, que j'ai de plus en plus de mal avec les décalages horaires.

— Je crois que l'année prochaine, j'irai seule en voyage !
Votre beau-père n'a fait que se plaindre pendant ces deux
semaines ! Ah non ! fait-elle en levant la main vers son
mari. Ne dis plus rien, René. Tu as été assez assommant
comme ça.

Je file à la cuisine où Louis me rejoint, son casque collé
sur les oreilles.

— Elle est sous amphét, la vieille ?

— Fais gaffe, elle est loin d'être sourde.

Anne-Marie crie depuis le salon :

— Martha, soyez gentille de me rapporter très vite un
grand verre d'eau glacée. J'ai la gorge littéralement ravagée
par l'air conditionné de l'avion.

Louis s'en charge, et je finis de préparer le plateau de
l'apéritif. Mais à peine j'arrive dans le séjour que Philippe
me le prend des mains.

— Papa aimerait juste une petite soupe avant d'aller se
coucher.

J'hésite, et Anne-Marie, qui aime mes hésitations plus
que tout, s'y engouffre.

— Experte comme vous l'êtes en cuisine, Martha,
vous devez certainement avoir des bouillons cubes et des
vermicelles pour vos enfants quand ils sont malades. Non ?

C'est le point d'interrogation qui m'exaspère, cependant
je me tais, l'ambiance est inflammable.

— Qu'est-ce que tu cherches ? demande Louis, en
s'affalant sur la table de la cuisine avec son casque.

— Des bouillons cubes que je n'ai visiblement pas.

— Ben pourquoi tu fouilles al…

La réflexion de mon fils me fait redresser sur-le-champ,
et d'un pas assuré je retourne au séjour en l'entraînant par
le bras.

— Non, je n'ai pas de bouillons cubes et plus de vermicelles,
mais j'ai de la soupe à l'oseille. Je suis désolée, René.

— Ça ira très bien, Martha. Je n'ai pas très faim, de toute
façon.

– Ce n'est pas un peu trop lourd pour toi, une soupe à l'oseille ?

René secoue la tête.

Nous sautons l'apéritif, les glaçons dégèlent en silence, Anne-Marie nous raconte leur pénible attente à l'aéroport à l'aller. Elle repose sa fourchette, l'entrée du traiteur n'a pas la bonne température. Elle préfère éviter. Je remporte les assiettes et René se lève pour aller se coucher. Je l'accompagne dans la chambre d'amis, mais pas celle que j'ai partagée avec Raphael. Non. L'autre, la petite chambre au fond du couloir.

Je repasse à la cuisine, m'empare du plat de blanquette de veau et, à mon retour, Anne-Marie en est encore à décrire la tenue de sa volumineuse voisine de siège. Philippe s'éclipse pour aller chercher le riz. Pendant son absence, ma belle-mère me demande :

– Mais Martha, qu'avez-vous fait de votre journée pour ne pas avoir eu le temps de cuisiner vous-même ?

– Lisa a perdu son papa hier, et j'ai passé la nuit auprès d'elle.

– Je croyais que Lisa détestait son père ?

– Elle le croyait, jusqu'au jour où celui-ci est parti, dit Philippe en déposant le plat.

– Ben voyons ! Je parie qu'elle ne va pas cracher sur l'héritage !

– J'vois que Mamina n'a pas mis sa tenue de combat pour rien ! intervient Louis en tendant son assiette pour que je le serve.

Dans un ensemble parfait, Philippe et moi tournons la tête vers elle qui, oui, porte un jogging couleur camouflage, ainsi qu'une veste kaki.

– Ils t'ont laissée monter dans l'avion avec ces vêtements ? poursuit notre fils.

– Louis, mon petit. Tu apprendras que, dans la vie, il faut

être préparé à toutes les éventualités. Soit, en d'autres termes, être prêt au combat.

– Dans l'avion ? T'allais te battre avec une hôtesse ?

– Oh ! Ce que tu peux être agaçant ! dit-elle avec un regard dans ma direction. Je ne me souviens pas que ton père l'ait été autant à quinze ans.

– Oh si ! corrige Philippe. Tu perds la mémoire, parce que moi, j'ai le souvenir d'avoir régulièrement été puni dans ma chambre.

– Je ne *perds* pas la mémoire, Philippe.

Il y a un blanc pendant lequel Anne-Marie s'arrête sur moi.

– C'était le carnaval ? insiste mon fils.

– Louis, je n'aime vraiment pas ce ton moqueur.

Il ne se moque pas, Mamina, dis-je.

– Il est juste curieux, tout comme nous tous, de savoir pourquoi tu portes cette tenue pour le moins originale.

Anne-Marie soupire et se tourne vers son fils.

– Décidément… Tu les accumules, aujourd'hui.

Puis elle revient vers moi.

– Pour avoir la paix, je vais vous expliquer pourquoi je suis ainsi vêtue. L'hôtel proposait un stage de *self-defense* et de tir.

– De tir ? dis-je. Mais qui peut bien faire ce genre de stage dans un hôtel en Guadeloupe ?

– Ma chère, si vous regardiez la mappemonde d'un peu plus près, vous verriez que les Antilles sont proches des États-Unis. Et la clientèle de retraités américains est très friande de ce genre de loisirs. D'ailleurs, je me suis fait quantité d'amies américaines qui vivent en Floride, et avec lesquelles je me suis très bien entendue.

– Ah ouais… Mon prof d'histoire nous en a parlé. Hein, qu'elles habitent dans des résidences surveillées, tes copines américaines ?

– Oui. Dans des résidences surveillées où il fait bon vivre en sécurité.

– Ben alors, pourquoi elles font des stages commandos, si c'est si bien surveillé que ça ?

– Elles s'entraînent à ne pas perdre la main, au cas où elles auraient besoin de dégainer vite.

– Vite, vite… Vite comment ?

– Vite comme ça !

En un éclair, Anne-Marie s'est levée pour balancer une gifle à Louis.

– Anne-Marie ! Je vous interdis de…

– Maman ! Tu dépasses les bornes !

– Dépasse les bornes ? Mais Philippe, est-ce que tu te rends compte que ta femme est devenue une incapable, qui ne sait ni éduquer ses enfants ni se tenir ! Elle… elle…

Elle me jette un regard d'un mépris violent et lance sa serviette au beau milieu du plat de blanquette de veau avant de disparaître dans l'escalier, talonnée par Philippe.

Je l'entends sangloter depuis le salon, et Louis me fait un clin d'œil, sûr de lui.

– Ben voilà, je vais avoir mon scooter sans même avoir à le demander.

– Tu es un habile manipulateur.

– Je suis comme Papa. Je sais ce que je dois entreprendre pour conclure une affaire.

Mon fils me sidère.

Philippe revient. Louis se frotte la joue et son père l'envoie se mettre de l'eau froide, puis il retire la serviette du plat.

– Ça fait une plombe que je rêve de goûter à cette appétissante blanquette. Je crève la dalle, avec toutes ces conneries !

Il se sert copieusement, et poursuit :

– Elle va ruminer toute la nuit mais, demain matin, comme à son habitude, elle agira comme si de rien n'était.

319

Ne t'inquiète pas pour ça. Et par ailleurs, je lui ai demandé de prendre un taxi pour rentrer à Chambéry.

Louis surgit, la tête coiffée de la serpillière, et se lance dans une démonstration féroce de karaté, qu'il termine en se collant une baffe qui l'allonge au sol. Nous éclatons de rire ensemble. Louis nous dévisage à tour de rôle.

— Ça faisait longtemps qu'on s'était pas marrés comme ça, tous les trois.

Philippe et moi nous regardons. Alors je dis :

— Je ne suis pas contre un scooter.

— Moi non plus, dit-il. Mais pas maintenant.

— Mais pourquoi, P'pa ?

Louis bondit sur ses pieds, et Philippe repose ses couverts.

— Mamina est dans cet état de contrariété parce que je lui ai annoncé dans la voiture que je vais prendre la tête du cabinet que nous allons ouvrir à New Delhi.

Les mots de Philippe mettent de lentes secondes pour trouver le bon circuit dans mon cerveau.

Je répète stupidement :

— À New Delhi ?

— Dans ma carrière, et pour le cabinet, c'est le moment idéal, Martha, et…

— Pourquoi tu l'as dit à ta mère en premier ?

— Parce qu'elle m'a harcelé, concernant ce voyage qu'elle voudrait que nous fassions tous ensemble en Italie, en août. Je lui ai dit que ce ne serait pas possible. Elle n'a pas cessé jusqu'à ce que je lui avoue que nous serions à New Delhi.

— Nous ? Tu aurais pu m'en parler.

— Oui, pourquoi t'as rien dit avant, P'pa ?

— Je ne pouvais rien dire tant que les choses n'étaient pas finalisées.

— Finalisées ? Combien de temps tu as mis à les finaliser ? Et partager des projets, ça n'a pas de sens ?

— Et moi ? lance Louis. Qui pense à moi ?

– Moi, répond Philippe en croisant les bras. Je pense à toi et à Nina, à nous tous. Ce projet est pour notre famille l'opportunité de nous retrouver loin, tous les quatre. Sans ma mère envahissante, sans ce collège qui te saoule, Louis. Sans cette maison et cette vie ici qui te pèsent, Martha. Si on part, on va se reconstruire tous ensemble.

– Quand ? je finis par demander.

– Dans trois mois. C'est une chance. C'est la chance de ma vie et de la nôtre.

– Pour combien de temps, Papa ?

– Trois ans, le temps que je mette en place le cabinet. On aura un immense appartement, et toi, Louis, un scooter. Ou peut-être une petite moto, à condition que tu prennes des cours.

Je suis abasourdie, tétanisée. Voilà la raison du changement d'attitude de Philippe ? À moins qu'il veuille recommencer ailleurs parce que le passé est sur le point d'exploser ici… Je ne comprends pas comment il peut me faire cela. *Mais de la même manière que toi, Martha, tu as choisi Raphael,* me souffle ma terrible petite voix.

Mon mari me regarde, et tout ce à quoi je songe c'est que j'ai tout juste quatre-vingt-dix jours pour retrouver Raphael.

7

Par la fenêtre de la cuisine, je vois les étoiles briller. Philippe range les assiettes dans le lave-vaisselle. J'attrape mon appareil photo et sors sur la terrasse. Le ciel est parfait, je marche jusqu'aux bouleaux. À l'endroit exact où Raphael m'avait attendue. Je photographie les branches qui s'emmêlent, les feuilles qui dansent, les étoiles, puis je traverse le jardin pour m'approcher de la barrière. Raphael est passé par-dessus, il a posé ses mains sur ce bois. Le lac le sait. Je fais des clichés de l'eau en zoomant sur les ridules, il n'a plus de couleur, je me sens comme lui, vidée de tout, et je voudrais que Raphael surgisse, m'enlace. Je voudrais que mon corps contre le sien me dise la vérité.

Le ronflement du moteur d'une barque résonne et emplit tout l'espace. Au loin, les montagnes font un mur noir. Philippe me rejoint et nous restons, lui, le pêcheur et moi, dans la nuit. Chacun dans son monde.

De lentes minutes passent et Philippe ne bouge pas. Alors, sans le regarder, en photographiant l'effacement du sillage de la barque, je demande si, samedi, il voulait m'annoncer cette expatriation au restaurant de Saint-Julien-en-Genevoix.

– Oui. Entre autres. Je voulais t'en parler mieux que ce que je viens de faire. Je voudrais que nous nous donnions une vraie nouvelle chance, parce que j'ai compris qu'ici nous sommes en train de nous tuer.

Le silence et le secret m'étouffent, j'ai l'impression que les montagnes se sont rapprochées comme un étau inexorable. Nous rentrons comme le couple que nous sommes, côte à côte. Nous nous couchons dans ce lit qui est le nôtre, côte à côte. Philippe n'ajoute pas un seul mot et j'en suis heureuse. Encore qu'heureuse ne soit pas le terme approprié, je suis simplement soulagée de ne pas avoir à discuter de cela.

Il s'est endormi et je n'ai pu me défaire de mon premier souvenir de lui, quand je l'ai vu arriver en Allemagne, tenant la main de Louis.

J'ai l'impression qu'il n'est que cet homme châtain très foncé aux cheveux courts mais souples, mince, avec une peau ni claire ni mate. Des mains aux doigts longs, une démarche assurée et des yeux de la couleur de l'acier. Qui sourit comme sur une page de magazine, qui regarde droit dans les yeux. Il est cet homme élégant, éduqué, séduisant qui me dit être mon mari, que j'appelle mon mari, et pour qui mes sentiments ne sont pas nés d'eux-mêmes, mais comme si je les avais appris.

Quand a-t-il réalisé que notre amour était détruit ?

La couleur aveuglante de la lumière

1

Louis et Nina me réveillent en me secouant par l'épaule.

– M'aman ! Lève-toi, j'ai raté mon bus !

– Mais quelle heure est-il ? je demande, l'esprit totalement embrumé. Et pourquoi Nina est habillée ?

– Ben, je veux aller à la halte-garderie !

– Elle a mangé ?

– Je lui ai donné des céréales. Et elle en a même pris deux fois. Dépêche, M'man ! J'ai contrôle de maths !

Sans réfléchir, je saute dans mon jean et enfile mon T-shirt blanc de la veille. J'escamote la douche et le petit déjeuner. Anne-Marie et René dorment ou prétendent dormir. Je ne veux pas les croiser, alors je leur écris un mot pour les prévenir que je vais passer voir Lisa après avoir déposé les enfants. Et je leur demande de laisser le trousseau de clés de Louis chez Patricia. Je dépose les enfants en trombe, ils resteront à la cantine aujourd'hui, j'ai besoin de temps et d'informations.

Je sonne à la porte de Lisa avec croissants et pains au chocolat. Elle me dévisage de la tête aux pieds :

– Tu sors du lit ?

Je fais un rapide résumé de notre très intéressante soirée de la veille.

– New Delhi ? Merde ! Qu'est-ce que tu en dis ?

– Rien. Et ça ne me dit rien.

Elle avoue qu'elle n'a pas une envie folle envie de rentrer à Chicago et qu'elle a décidé de ne pas se séparer de cette maison.

– J'ai décidé de racheter la part de ma sœur, parce que, si je me débarrassais de cette maison, j'aurais l'impression bizarre de ne plus pouvoir revenir en France, de ne plus être française. Et j'aime être française. Sans compter que ce jardin est sacrément beau.

Je balaie du regard les arbres, les haies généreuses, la petite allée gravillonnée bordée de primevères et le vieux banc de bois. J'ai l'impression d'avoir, moi aussi, grandi là. D'avoir joué à courir dans ce jardin et d'avoir vu la peinture du banc s'écailler avec les années. Or je sais très bien que Lisa et moi ne nous sommes rencontrées qu'à l'école Ariane. Et j'aimerais bien savoir si, moi, j'ai acheté une maison où j'avais aimé follement.

– À quoi tu penses ?

– À ce banc… dis-je en tendant la main. Tu as raison, il a une âme, ce jardin.

– Mon père était infect, mais il savait parler aux plantes. Ça m'interroge…

– Et ça m'interroge que Philippe ait tant changé, dis-je par défi.

– Pas moi. Il se comporte exactement comme John. Il t'expatrie pour ne pas te perdre, il ne te laisse pas le choix, parce qu'il sait que la discussion mettra en péril sa décision.

Elle est catégorique, elle ne détourne pas les yeux.

– Si Philippe veut s'éloigner si loin de sa mère chérie, c'est qu'il a vraiment peur de te perdre, Martha.

Son regard me déstabilise, je repense à la personne qui a déposé la liste des élèves chez Noëlle. Pourquoi Philippe l'aurait-il fait alors qu'il a décidé de nous expatrier ? Ça n'a pas de sens. C'est forcément quelqu'un d'autre qui sait pour Raphael et moi. Lisa pose la main sur mon bras, et change d'expression.

– Devine sur qui je suis tombée hier, à la banque de mon père ?

– Quelqu'un qui était avec nous à Ariane, j'affirme, sûre de moi.

– Exact.

J'hésite à dire Pérec, mais mon intuition me retient de citer le nom de Raphael, alors je demande :

– Un homme ou une femme ?

– Une femme. Pas une prof.

– La femme de Max.

– Dans le mille, fait Lisa. C'est elle qui m'a reconnue, même avec ma nouvelle couleur… Moi, je ne l'aurais jamais reconnue, les années lui ont mis une putain de claque !

– Comment va Max ?

– Au plus mal. Aline en avait les larmes aux yeux. Alors je lui ai proposé d'aller boire un café, et elle a carrément vidé son sac.

Mes mains sont de glace.

– La grave maladie dont souffre Max, ce n'est pas un cancer. Il a perdu la raison après avoir sombré dans une très grave dépression.

– Ah oui ? Quand ?

– Tu veux que je reprenne depuis le début ?

– S'il te plaît.

– En 2003, Max, qui était prof de mathématiques, a eu l'idée de sa vie. Il voulait prouver que l'échec scolaire et l'échec social étaient évitables, si on appliquait d'autres méthodes. Il y croyait dur comme fer. Il s'est investi comme un malade et a su mobiliser diverses instances privées et publiques, dont la Région Rhône-Alpes. Ça, ce sont les généralités que nous connaissons tous. Hier, Aline m'a appris que les sommes versées représentaient une partie de ce que coûterait ce même élève à la société dans le « cursus classique », si je puis dire. Soit ses frais de justice – parce que, comme tu le sais, nous n'avions que des cas en lien avec la justice – sa scolarité, et tout ce que tu peux imaginer comme cures de désintoxication, allocations, tout le reste auquel je ne pense pas.

– Mais ils calculaient comment ? Et sur quelle période ? Ce ne pouvaient être que des évaluations…

– On fait bien des statistiques sur ce que vont faire les gens de leurs cadeaux de Noël, alors il y a sûrement des mecs qui sont payés à calculer ce que coûte un individu hors normes à la société ! Bref, l'argent de la Région et des investisseurs privés, multiplié par le nombre d'élèves, représentait un très coquet trésor. L'État y trouvait son compte, dépensant moins et, pour la très grande majorité des élèves, cette expérience Ariane, avec ses cours si particuliers, a fonctionné à merveille. Je suis incapable de te dire si l'État, en acceptant d'investir dans ce projet, avait dans l'idée de se décharger d'une frange de la population dont il ne voulait plus s'occuper parce qu'elle lui coûtait excessivement cher, ou bien s'il s'agissait d'une véritable volonté de trouver une autre voie, une autre solution pour des gosses condamnés à la marginalisation définitive… Quoi qu'il en soit, pour se développer dans les autres régions françaises – un peu comme un système de franchises – Ariane devait être rentable. Et, fait Lisa en reposant la main sur mon bras, c'est là que ça commence à devenir intéressant au sens *profitable* du terme, pour Max et compagnie.

Elle se ressert du café, le boit d'un trait, et je revois Max avec son regard mort dans son bureau.

– Je sais, vu sous cet angle, c'est effrayant, poursuit Lisa devant mon trouble. Et ce n'est pas le discours qui nous a été tenu lors de notre recrutement. On ne nous a parlé que de la nécessité de donner une autre chance à des jeunes qui partaient pour être exclus à vie de la société. Nous, les profs, par ailleurs, en dehors de notre salaire très confortable, n'étions pas impliquées dans l'aspect financier, ni dans le vécu des mômes.

– Quand est-ce que ça a merdé, alors ?

– Merdé, c'est bien le mot. Tu peux même envisager un merdage total. Parce que tout le monde a sous-évalué les difficultés que leur apporterait cette « clientèle ». Certains cas ont été plus coriaces parce que l'humain demeure une donnée…

– …incontrôlable.

– Très incontrôlable. N'importe quel crétin interrogé au hasard dans la rue aurait dit que ces jeunes n'iraient pas tous jusqu'au bout de leur cursus, pour des milliers de raisons différentes. Mais ma chérie, quand il est question sur le papier de chiffre d'affaires, de rendement, de rentabilité, plus rien de ce qui est humain n'existe. C'est l'ivresse des chiffres – et des gains – qui a entraîné la dérive totale.

Lisa se tait, alors je continue :

– Parce que qui dit fonds privés dit placements et rentabilité.

– Ça, c'était le plus du projet. Une partie de l'argent attribué à chaque gamin servait effectivement à l'éducation et tout le toutim. L'autre partie était investie dans des produits très avantageux. Si les gosses quittaient l'école avec leur diplôme comme prévu, les investisseurs touchaient des dividendes.

– Qui décidait des placements ?

– Les financiers, dit Lisa en mimant des guillemets avec ses doigts. Le problème, c'est que d'une part ils n'ont pas toujours été inspirés, et d'autre part que chaque désertion entraînait un remboursement immédiat des sommes allouées.

– Et donc, la question d'argent devenait de plus en plus tendue.

– Oui. C'est là qu'ils ont décidé qu'au-delà de cinq abandons, sur une période de deux ans au lieu de quatre, l'école ne serait plus rentable. Et chaque départ rapprochait Max du siège éjectable. Il a peut-être fait l'erreur de ne pas choisir les bons éléments, mais d'après sa femme, on lui a également imposé des cas pour lesquels les dossiers auraient été maquillés. Aline est persuadée que certains jeunes ont été imposés pour le faire couler.

– Ce n'est pas vrai !

– Si. C'est vrai. Il y a un monde entre ce qui est écrit sur le papier et ce qui est réalisable. L'ingérable et l'inattendu s'infiltrent partout et, au bout du compte, les financiers restent maîtres du jeu.

– Ariane s'est retournée contre Max.

– Exactement… Quand Pérec s'est tiré, ils l'ont carrément mis hors circuit pour coller un type à eux à sa place.

– Ce Jean Cartier que j'ai rencontré…

– Un pantin, dont la mission était de liquider Ariane. (Lisa soupire.) Au final, Max et sa femme ont perdu leur maison, leur rêve. Lui a sombré dans une très grave dépression à partir du jour où il a été viré pour faute. Il a tenu des propos incohérents, puis a complètement perdu tous ses repères. Il a fait un très long séjour dans un hôpital psy en région parisienne, puis ils sont revenus. Max va rester interné à vie et Aline vit dans un studio, elle travaille comme caissière… Ariane va devenir une maison de retraite d'un nouveau genre, et Max ne profitera jamais de la sienne. Ils n'avaient jamais eu d'enfants et voulaient en sauver…

Lisa et moi nous dévisageons, puis une idée me traverse :

– Aline t'a dit qui étaient ces capitaux privés ?

– Des fortunes du coin. Peut-être suisses. De soi-disant mécènes au porte-monnaie et au cœur en peau de hérisson. Elle n'a cité aucun nom.

Lisa ne me quitte pas du regard, alors je demande :

– Quels jeunes ont été imposés à Max ? Tu crois qu'il pouvait s'agir de ceux qui ont abandonné et de ce Pérec ?

– Je vois que tu retiens de mieux en mieux les noms, fait Lisa après quelques secondes pendant lesquelles je prends conscience de mon erreur. Pour les autres, je n'en sais rien, mais Pérec est celui pour lequel Max s'est le plus battu. Il voulait le sauver de l'enfer qui le guettait. Il croyait en lui, et malheureusement c'est à cause de son départ que tout s'est enflammé.

Maintenant, je suis carrément déchirée et terrorisée. Parce que je suis impliquée dans ce drame. Lisa se rapproche de moi et murmure, comme si elle craignait qu'on nous entende, même là, à l'abri dans son jardin :
– Pérec a disparu à cause de sa liaison torride avec, selon Aline, la femme du plus influent des investisseurs.
Je me désagrège intérieurement.
– Tu veux dire, mort ?
Non, Raphael ne peut être mort ! Raphael doit être vivant, puisque Maxime Champrouge vient d'être publié et récompensé à Cannes. Mais une nouvelle frayeur me serre la gorge, et une partie de moi s'écroule. Et s'il s'agissait d'un homonyme accidentel, et si le hasard était maléfique… Et si Raphael était effectivement mort ?

Lisa secoue la tête et dit qu'elle a eu la même réaction que moi, hier.
– Aline dit qu'il aurait reçu du fric pour foutre le camp au Canada. J'espère de tout mon cœur que cette femme a eu des remords d'avoir bousillé l'école, la vie des autres élèves, de Max et celle de Pérec parce que, s'il avait une liaison avec elle, ce ne pouvait être que parce qu'il en était raide dingue.

Je ne dis rien, j'ai très peur de ressembler à ce que je ressens. Je pense à la lettre de Raphael qui m'appelait au secours et que je n'ai pu aider.
– Aline se souvient de toi, reprend Lisa. Elle est désolée

que tu sois amputée de ta vie… Qui aurait dit ça, hein ? On croit connaître ceux qu'on côtoie ou avec qui on travaille, on fait confiance à l'établissement qui nous emploie, mais en fait, on se goure. Qui peut vraiment savoir ce qui se joue chez l'autre ?

Lisa continue de parler, moi, je me dédouble. Je revois les yeux jaunes du chat et deux phares dans mon rétroviseur. Le flash est bref, mais c'est un souvenir de ce 7 janvier 2013. Il fait nuit, je conduis vite, une voiture est sur moi.

Lisa parle et je m'entends dire que je resterai auprès d'elle pendant l'enterrement de son père, le lendemain. Que oui, elle fait bien d'aller au plus vite pour se libérer de cela. Et oui, je pourrai la raccompagner à Genève après-demain pour qu'elle prenne l'avion pour Chicago.

Je repars chez moi en imaginant Raphael dans une maison au Canada. Avec qui est-il ? Comment est celle qui dort avec lui ? Est-il vraiment parti ? Qui était derrière moi sur cette route ? Était-il désespéré, parce que je l'avais trahi, au point de se venger ? Était-ce Max qui me suivait ? Je ne suis plus sûre de rien, mais je revois ses yeux effrayants. Oui, Max Dujardin perdait pied… Noëlle a raison. Quelque chose se trame, et j'ai l'impression étrange que les montagnes entre lesquelles je vis se rapprochent dangereusement.

Je ne veux pas être prise au piège.

2

Il faut que je m'arrête. Il faut que je marche. *Il faut que je me calme.* Ce que j'ai appris concernant Max me ravage. La culpabilité me ronge. Je voudrais voir Noëlle pour qu'elle m'aide à m'y retrouver. Mais à qui faire réellement confiance ?

L'église sonne 11 heures et le soleil sort de derrière les nuages. J'arpente les rues et dévisage les gens. Je fixe les hommes qui paraissent avoir vingt et un ans. J'ai l'impression qu'ils sont tous bruns, qu'ils ont des yeux comme le lac et un sourire à vous foudroyer. Ils me regardent, sourient à une étrangère. Je laisse un message au capitaine Ébert en disant que mon mari a prévu de nous expatrier à New Delhi. Je ne dis rien de ce flash où j'ai vu des phares, et je le remercie. De quoi ? Je pense qu'Ébert – comme moi – va se poser la question.

Je me décide enfin à revenir à Veyrier. Je suis certaine qu'Anne-Marie a déguerpi, et j'ai raison. Patricia me rend le trousseau de Louis et je lui résume notre soirée, je conclus par l'Inde.

– Ben merde ! Il est quand même gonflé de ne pas t'en avoir touché un mot.

– C'est ce que je pense.

– Qu'est-ce que tu as décidé ?

– Est-ce que je suis en position de décider quoi que ce soit ? Est-ce que je l'ai jamais été ?

Pour une fois, Patricia ne fait pas de commentaire. Elle n'est pas celle qui me poursuivait ce 7 janvier, parce qu'elle a vraiment l'air d'être à côté de la plaque, quand je la laisse sur son perron, jonché des cartons qui ont emballé son nouveau canapé.

Je file sous la douche, ma tristesse me colle à la peau. J'enfile un jean propre et un chemisier noir. Je me regarde dans le miroir, et la femme que je vois me fait pitié. Elle me dit que la seule fois où elle a été sûre d'elle et maîtresse de sa vie est ce jour où elle a dit à Raphael : *Je vais quitter Philippe.*

Et c'est le contraire qui est arrivé.

Raphael l'a abandonnée, et je vis avec Philippe, qui veut entamer une nouvelle vie ailleurs. A-t-elle eu un accident pour fuir ou pour tuer cette femme faussement parfaite ?

Est-ce que je voulais en finir ?

Je me perds en moi-même, je sens le noir m'envahir. Mais au milieu de cette obscurité, brillent deux points. Ils sont une réalité, ils sont jaunes. Il y avait quelqu'un derrière moi. Je n'ai pas voulu en finir parce que j'étais enceinte. Mon corps devait le sentir. Suis-je tombée enceinte pour donner une nouvelle vie à cette femme ?

J'entends qu'on sonne au portail et je vois sursauter cette femme dans le miroir.

– Bonjour, madame. C'est Clara Van Ruben.
– Je vous ouvre, dis-je à l'interphone.

Nous nous installons au salon, Clara pose ses béquilles et me remercie de ne pas avoir porté plainte, puis elle m'apprend qu'elle a décidé de retourner vivre chez ses parents après une longue errance…

– … nécessaire pour comprendre enfin que je les aime. On dit qu'il faut s'éloigner, et ne plus voir les gens pour savoir combien ils sont importants dans votre vie. Je pense que, finalement, il y a du vrai dans toutes ces conneries.

Elle parle différemment, elle se tient différemment. Elle est propre, son visage ressemble à celui d'une très jeune fille.

– Oui, c'est ce qu'on dit, dis-je en la regardant plonger la main dans son sac. Vous voulez que je vous aide ?

– Non ! Je vais y arriver toute seule. Je suis venue parce que j'ai une surprise pour vous, madame Klein.

Je ne sais pas si mes nerfs sont prêts à encaisser une nouvelle surprise. Je la regarde extraire une feuille de papier roulée.

Les images défilent au ralenti, Clara me la tend en silence. Je retire l'élastique, la déroule. Je reconnais le dessin.

C'est un portrait froissé de Raphael et moi. Côte à côte.

C'est un croquis de nous deux ensemble. Il l'avait fait d'un trait, et je me souviens subitement de l'instant où il nous avait dessinés.

– Au dos, il y a un truc joli aussi, ajoute Clara.

Martha
Je ne sais pas pourquoi je t'aime.
Et je ne veux pas le savoir.
Qui pourrait expliquer l'inexplicable ?
Tout ce qui importe
C'est que tu es en moi.
Et que RIEN
jamais
ne temps n'arrachera
Sang que j'en crève.

Raphael n'avait pas écrit ces mots devant moi. Je l'imagine le faire alors que je venais de repartir, en deux minutes. Comme lorsqu'il fallait qu'il jette ce qu'il avait en tête. Pourquoi aurait-il écrit cela s'il avait déjà prévu de fuir ? Je comprends son « temps », son orthographe répond à son « point final ». Mais pourquoi « sang » ? Se sentait-il menacé ? Était-il menaçant ? J'entends la voix de Carole dire de Raphael « *Il est la merde.* » Était-ce douloureux pour lui de me dessiner, de nous dessiner ?

Ma gorge se contracte et je relève les yeux vers Clara.

– Où avez-vous trouvé cela ? je demande avec l'impression que les mots me déchirent.

– Sous son lit. Je veux dire sous le matelas du gars, qui devait être fou de vous. Après, je l'ai planqué derrière la commode de sa chambre, et quand les deux autres cons ont foutu le feu…

Elle s'interrompt, me fixe.

– En fait, c'est ce dessin que je suis allée chercher avant de sauter par la fenêtre.

– Pourquoi ?

– Je ne pouvais pas laisser brûler un amour.

Je suis très émue que Clara ait dit cela et j'ai les larmes aux yeux. Elle a un sourire merveilleux et je voudrais que cet amour soit un bel amour, pas la machination d'un jeune fou pour me réduire à néant, ou celle d'un vieux fou pour nous agiter à son gré. Encore moins celle du hasard. Je prends sa main dans la mienne et demande qui a mis le feu à la maison. Elle hausse les épaules.

– Ça s'est passé comme je l'ai dit aux flics. Je sais très bien que les pompiers savent déterminer ce qui a provoqué un incendie. Je veux bien croire que ce sont les deux connards avec qui je vivais. C'est vrai, ils avaient dit qu'ils voulaient me faire la peau.

– Pourquoi ?

Clara rit, disant que je ne sais dire que « pourquoi ? ».

Elle termine son café, ramasse ses béquilles et se lève. Elle plante ses yeux dans les miens.

– Je vous avais bien dit que je vous avais déjà vue quelque part. Le dessin est très ressemblant, je l'ai reconnu, lui aussi.

Ses mots me sidèrent. Mon cœur s'accélère. Je sais qu'elle est sûre de ce qu'elle vient de dire.

– Quand ? Quand l'avez-vous vu ?

– Peu après mon arrivée dans la région. Mais quand … Je sais que j'étais seule avec les chiens et je l'ai vu assis sur une moto devant la maison.

– Quand ? je répète.

– M'dame, j'étais défoncée H24 à l'époque, alors la notion du temps… Mais je suis sûre que c'était lui. Les chiens ont couru vers lui et ils n'ont même pas gueulé, ces cons. Ce type doit avoir un truc avec les animaux.

– Il a un truc tout court, dis-je.

– Il avait un drôle d'air. Il portait un perfecto. Pas un vieux. Un neuf, avec des boutons qui brillaient.

– Il allait bien ?

– Il n'a rien dit. Il a juste caressé les chiens et, quand je me suis approchée, il est remonté sur sa moto et a fait : « Chut ! »

Clara pose un doigt sur ses lèvres, et mon cœur s'envole.

– En tout cas, continue-t-elle en claudiquant vers la porte, même défoncée, j'ai bien vu qu'il avait une sacrée belle gueule. Je n'en ai parlé à personne d'autre que vous.

– Merci.

Elle n'en dit pas plus et ne demande rien. Le taxi l'attend. Elle me tend la main, mais j'enlace Clara. Elle me fait le même effet que Sacha. Celui d'un ange dans ma vie. Quand je lui demande comment va sa cheville, elle répond que son entorse lui a fait du bien.

Je la regarde s'éloigner.

Raphael s'est montré.

Mon émotion est indescriptible… Raphael est allé voir sa maison, qui ne lui appartient plus. Il n'y est pas entré. Il n'a pas cherché à récupérer son dessin ni la photo de sa mère. Sait-il que je suis la propriétaire de la maison de sa grand-mère ? Où étais-je quand il est venu ? Pourquoi s'est-il montré à Véry ? Où dormait-il ? Est-il allé sur la tombe de sa mère et de sa grand-mère ? Pourquoi n'est-il pas venu me voir ? S'est-il caché ? Ne l'ai-je pas reconnu ? L'aurais-je reconnu ? Est-il encore là ? Est-il jamais parti ? A-t-il compris que j'étais amnésique ?

La petite voix de ma raison, pour une fois, se fait entendre plus fort que les autres. Elle me dit que Raphael sait lire le journal. Que s'il n'est pas revenu me prendre dans ses bras, c'est parce qu'il a refait sa vie.

Sans moi.

Que cache ma mémoire ? Qu'est-ce que je lui ai fait ? Qui est cette Martha Klein ?

Je regarde le livre de Raphael sur la table basse. J'ai très peur tout à coup d'avancer dans la lecture, j'ai peur de ses mots, de ses idées, de la trahison, de l'abandon… Du mensonge, de la fausseté de ma vie.

Je reprends son dessin, le roule et décide de louer un coffre dans une banque pour l'y dissimuler avec son cahier rouge.

Je garderai son cahier, sa lettre, son dessin dans le coffre que je viens de louer, jusqu'à ce que je sache exactement ce qui est arrivé entre Raphael et moi.

3

– C'était un bel enterrement, dit Philippe avec un coup d'œil dans le rétro pour Lisa, alors que nous la raccompagnons à l'aéroport de Genève.

– Merci. Je ne suis pas certaine que mon père aurait prononcé cet adjectif mais, moi, je repars la conscience tranquille.

– C'est ce qui compte, répond mon mari.

– Vous me jetez ou vous prenez le temps de boire un café avec moi ?

– Je t'offre au moins deux cafés, Lisa. Je peux me permettre de moduler mes horaires.

– Je te jure ! Quelle idée d'aller vivre en Inde !

– Quelle idée d'aller vivre à Chicago ! rétorque-t-il.

– Chicago, c'est beau. Et puis il y a un très grand lac, tu sais ! Qui plairait à Martha.

– Pourquoi pas, plus tard. (Il coule un regard vers moi.) Si notre expérience d'expatriés nous plaît.

Je sais qu'il a pensé « si notre expérience nous a réussi », je lui souris. La veille, Louis, Nina et moi l'avons écouté expliquer pendant le dîner ce que cette expatriation lui – et nous – apporterait. Les enfants iront au lycée français, et je pourrai faire tout ce qui me plaira. Même reprendre des études ou apprendre le hindi. Je n'ai rien dit, Louis et Nina manifestaient un enthousiasme que je n'ai pas eu le cœur de ternir. Nous nous sommes couchés et Philippe m'a dit dans le noir qu'il ne m'obligeait à rien.

J'étais libre de ma décision. De ne pas venir avec lui, d'attendre de voir comment il serait installé, de ne le rejoindre que pour les vacances, ou alors lui rentrerait pour les congés… Je n'ai rien dit, rien, pas même que j'allais réfléchir à la question.

— Avec l'affolement des derniers jours, je ne sais plus si, à New Delhi, vous aurez une maison ? demande Lisa en me touchant l'épaule.

— Un appartement, je réponds. L'assistante de Philippe a fait une sélection.

— Parce que je ne vais pas imposer mon choix, dit mon mari avec un regard pour moi puis pour Lisa.

Elle le bombarde de questions et je demeure silencieuse parce que, oui, je vais détester New Delhi et non, je n'ai pas envie de choisir un appartement. Oui, je n'ai encore rien décidé, et non, cette expatriation ne changera rien entre Philippe et moi. Oui, Raphael est revenu et non, je ne l'ai pas revu. Oui, désormais je range Lisa dans les non-coupables. Peut-être qu'Aline est celle qui a déposé cette liste chez Noëlle ? Peut-être était-ce Max qui me poursuivait ? Ou sa femme ? Ou les deux ? Oui, je sais que quelqu'un se rapprochait, je vois les phares, ils m'éblouissent. Et mille fois non, je n'ai pas envie de passer la journée à Genève, de dîner à Saint-Julien avec Philippe ce soir. Oui, il change. Non, je n'ai pu refuser de l'accompagner aujourd'hui et je ne sais pas si je suis folle de le suspecter. Pourquoi aurait-il voulu m'éliminer, alors qu'il veut donner une nouvelle chance à notre couple ?

Pourtant, je n'arrive pas à me laisser aller avec lui.

Oui, je suis cette femme, qui est… enfuie. Qui se débat dans un orage de questions. Qui regarde la texture délicate des nuages… Ils tapissent le ciel entier comme une dentelle. Non, je ne voudrais pas être dans cette vie qui est la mienne, ni être dans cette voiture.

Et non, je ne veux surtout pas tomber sur un couple dévoré par un amour compliqué, torride et passionné au bord du Léman.

Mon portable retentit mais, le temps que je le récupère au fond de mon sac à main, mon interlocuteur a raccroché. J'écoute le message, puis Philippe demande :

– C'était qui ?

– Bruno. J'ai oublié de le prévenir que je ne viendrai pas aujourd'hui à son cours.

Mais ce n'est pas Bruno, c'est le capitaine Ébert qui veut que je le contacte au plus vite. Nous entrons dans le parking de l'aéroport, et je fais quelques pas pendant que Philippe s'occupe des bagages de Lisa. Je n'ai pas de réseau, alors dès que nous arrivons dans le hall, je prétexte une envie pressante et promets de les rejoindre au bar où Philippe, les enfants et moi sommes allés l'été passé.

J'entre dans les toilettes, le téléphone collé à l'oreille. Marc Ébert répond à la première sonnerie.

– L'acte de vente est daté du 25 février 2013. Soit la veille de votre retour. La propriétaire de la maison, c'est vous. L'acquéreur est une fiduciaire basée au Luxembourg qui, malheureusement, vient de mettre la clé sous la porte. De ce côté-là, le mystère s'épaissit et ça risque de prendre un peu de temps, mais j'ai analysé votre dossier ainsi que je vous l'avais promis, madame Klein. Et j'ai découvert plusieurs points qui méritent approfondissements.

– En clair ? je demande, inquiète.

Marc Ébert fait un résumé rapide de l'enquête, je n'apprends rien de nouveau. Philippe a été suspecté, Max a été entendu, le tueur en série qui a sévi en Suisse reste en lice. L'expert a conclu à un dérapage sur la neige suivi d'une sortie de route dans le ravin, où j'ai fait un tonneau et heurté un rocher avant de m'encastrer dans des arbres.

– Je ne remets pas sa version en cause, même si matériellement je ne peux voir votre épave.

Il fait une pause.

– Il y a un mais, n'est-ce pas ?

– Effectivement, madame Klein, il y a un *mais*. Dans le rapport, j'ai relevé un détail qui a retenu mon attention. Un instant, s'il vous plaît.

Je l'entends bavarder avec une femme et je pense à l'arrière de ma voiture, avait-il pris un choc ? Je ne me souviens plus des détails, et je ne peux évidemment demander quoi que ce soit sans éveiller ses soupçons sur mon amnésie. J'entends Ébert saluer cette femme, puis il s'excuse de m'avoir fait patienter. Il fait enfin un inventaire des impacts, dit clairement que l'arrière ne portait aucune trace. Pourtant, à nouveau, je revois ces phares.

– Trois des boulons de votre roue avant droite ont cédé, pas le quatrième. Je sais que l'expert a conclu à un choc violent sur ce côté, mais c'est ce quatrième boulon qui me fait penser que les trois autres ont cédé.

– Alors qu'ils n'auraient pas dû, dis-je pour souligner l'évidence.

Je revois Raphael remonter ma roue sous la pluie, les éclairs et les coups de tonnerre assourdissants. Il m'avait ordonné de m'abriter dans la voiture. Qu'avait-il fait pendant ce temps où il était hors de mon champ visuel ?

– Madame Klein ? Vous allez bien ?

– Je suis secouée.

– C'est normal. Mais donnez-moi une seconde, je viens de repenser à quelque chose que je voudrais vérifier.

Moi aussi, je repense à cette roue de secours. Je ne sais plus si je l'ai fait réparer et Philippe n'en a jamais parlé. Pourtant, il était allé voir l'épave. Je me demande si Raphael avait serré correctement les boulons. J'entends Ébert tourner des feuilles, les secondes comptent triple.

— Ah, voilà ! Ce qui est précisé dans le rapport, c'est que vous aviez des pneus neige, y compris sur votre roue de secours, qui est équipée d'un pneu identique aux autres, ce qui est plutôt une bonne idée pour l'hiver. Votre mari a déclaré que vous aviez crevé en septembre et qu'une personne vous avait aidée. J'ai sous les yeux un relevé de banque sur lequel je vois que vous avez payé pour une réparation.

— Le garagiste a peut-être négligé de resserrer correctement cette roue, dis-je en espérant de tout cœur qu'Ébert allait me conforter dans ma pensée.

— Madame Klein… Au vu de la somme, pour moi, il n'y a pas la dépose et la pose. Vous avez juste dû la laisser en réparation. Vous rouliez avec *la* roue qu'on vous a changée en septembre parce que je lis que votre mari a déclaré ne pas s'en être occupé.

Raphael avait mis ce poteau clouté pour m'arrêter, Raphael avait tout prémédité… Raphael voulait que j'aie un accident…

— Vous me terrifiez, capitaine.

— Où êtes-vous ?

Je fais un résumé rapide de ma situation, dont il saisit l'urgence.

— Donc, vous n'avez pu dîner samedi dernier à Saint-Julien, et votre mari et vous y allez ce soir ?

— Oui.

— Non, fait-il. Vous n'y allez pas, parce que je vais venir vous chercher.

— Vous suspectez mon mari ?

— Oui.

— Capitaine, ça ne tient pas debout. Philippe aurait voulu m'éliminer, puis il voudrait qu'on reconstruise notre vie en Inde ?

Ébert laisse filer une expiration lente. Avec une voix et un ton très fermes, il reprend :

– Si votre mari avait voulu vous éliminer, il aurait pu desserrer lui-même un boulon de cette roue et il aurait pu avoir un complice qui vous aurait poursuivie pour vous pousser à conduire trop vite et à perdre le contrôle sans vous toucher, ni prendre le risque de laisser une trace de peinture. Mais son plan aurait échoué, puisque vous êtes revenue amnésique au lieu d'être morte. Il avait préparé un alibi en béton et laisse passer le temps… Il organise une expatriation dans un pays où les femmes se font agresser, tout en redevenant le mari qui veut que tout s'arrange.

– Seigneur !

– Ce n'est pas le Seigneur ou n'importe quel dieu qui organise les guerres, viole en accusant ses victimes, planifie les meurtres, perpètre des attentats. Ce sont les hommes, madame Klein. Souvent de bons pères de famille, qui se rangent derrière le Seigneur ou leur bon dieu pour se justifier. Ce n'est pas un dieu qui vient d'assassiner une cinquième femme, dont on a retrouvé le cadavre à cent mètres de sa voiture. Ce n'est pas un dieu qui le lui a ordonné, c'est son âme d'assassin. Et c'est probablement le même assassin que celui qui a fait disparaître ces autres pauvres femmes en Suisse et en France, parce que chez nous, nous avons aussi sur les bras des crimes non résolus. Cette ordure-là traque en voiture des femmes prostituées ou mères de famille, les assassine et les fait disparaître. Mais, cette fois, le hasard en a eu marre. L'assassin a été dérangé, il a laissé une trace ADN sur le corps d'une prostituée, juste à cheval sur la frontière franco-suisse.

Je m'assieds sur la cuvette des toilettes, tout mon corps tremble.

– Philippe n'a jamais émis de jugement sur les prostituées. Il n'est pas cet assassin. Il était à Genève quand j'ai eu cet accident.

– C'est juste. Mais je préfère vous faire peur, pour que vous soyez très attentive, madame Klein. Et je viens vous chercher.

– Mais qu'allez-vous lui dire ?

– Ce que j'aurais dû vous dire dès le début de cette conversation. J'ai retrouvé votre ancien portable.

Si je n'étais pas assise, je me serais évanouie, tant la tête me tourne. Ébert a une voix posée pour me raconter qu'il s'est rendu chez le casseur, en est reparti sans voir ma voiture accidentée, mais avec mon ancien portable que ce casseur avait retrouvé en démontant la banquette arrière pour la revendre.

– Et ce type est, comme on dit, un personnage. Je vous passe les détails sur sa façon de désosser les épaves et de gérer son business, mais je dois lui reconnaître une certaine honnêteté, car il a conservé le téléphone. Il a rempli une fiche et l'a mis de côté, au cas où.

– Pourquoi n'a-t-il pas prévenu la gendarmerie ?

– Naturellement, je lui ai posé cette question-là, et le bonhomme m'a simplement répondu que s'il devait prévenir chaque fois des bidules qu'il récupère dans les véhicules qui traînent dans son parc, il lui faudrait embaucher une personne à plein temps. Déjà que sa femme se paie le secrétariat à contrecœur.

Je reste sans voix, mes pieds sont tournés l'un vers l'autre, je suis dans un cauchemar.

– Des techniciens de chez nous sont en train de voir s'ils peuvent en tirer quelque chose sur vos dernières manipulations. Mais je préfère éliminer ce doute concernant votre mari.

Enfin, je me relève.

– Pourquoi l'expert est-il passé sur ce détail qui vous interpelle, vous ?

– Parce que ce n'était pas la cause de l'accident, pour lui. C'est votre vitesse excessive qui était en cause.

La violence de l'impact le prouve. Si vous aviez roulé à vingt kilomètres par heure, vous ne seriez pas sortie du virage, et votre voiture n'aurait pas subi un choc aussi violent. Il n'a pas jugé nécessaire d'aller plus loin.

– Mais j'étais une personne disparue, à l'époque !

– Les experts ne sont pas des robots. Il n'a pas pensé à tout. Il faut du temps pour que la lumière tombe au bon endroit.

– Cet expert n'a pas pensé qu'on aurait pu vouloir que j'aie cet accident, dis-je, agacée.

– Madame Klein, convenons d'un plan.

Je l'écoute et acquiesce. Le capitaine Ébert me recommande de rester calme et vigilante, de ne pas m'isoler avec Philippe.

– Et surtout, ne dites rien au sujet de notre conversation et de notre rencontre. Je veux le questionner moi-même, parce que, moi, quand ma femme crève, je m'en occupe.

Je consulte ma montre. Depuis un peu plus de vingt minutes, je suis dans un film d'horreur. Je marche comme un fantôme. La mère de Raphael se prostituait… Combien de temps met un boulon à se dévisser ? Des jours ? Des mois ? Des heures ? Des kilomètres ?

J'aperçois Philippe et Lisa, qui discutent devant le bar avec un couple que je vois de dos. La femme a de très longs cheveux auburn ondulés, elle est en jean et veste noirs, l'homme porte une chemise en jean, un enfant est assis sur ses épaules. Lisa lance joyeusement :

– Martha, devine un peu sur qui on vient de tomber ?

Le couple se retourne, et je reconnais Raphael. Qui me sourit. Tout comme la très jolie jeune femme à son côté. J'entends Philippe dire :

– Un revenant.

À cet instant précis, j'ai la sensation physique et mentale de m'effriter. Comme si toutes les particules qui composaient mon être se désolidarisaient en même temps. Je me retrouve éparpillée dans l'univers à des années-lumière. Mon cœur se décroche et explose sur le sol.

Raphael n'est ni effrayé, ni surpris, ni dérangé.

Il sourit toujours.

Pour ne pas m'effondrer, j'attrape la main de Philippe. Il m'attire contre lui ou c'est moi qui m'y réfugie. Je ne sais pas.

– Je suis désolée, dis-je en les regardant à tour de rôle. J'ai eu un accident de voiture, et depuis je suis totalement amnésique.

Raphael tient les chevilles de son fils, qui doit avoir l'âge de Nina. Raphael porte une alliance.

– Je m'appelle Raphael Pérec, et j'ai été un de vos élèves à l'école Ariane.

Il est parfait, il est un élève. Il est marié et il est papa.

– Je suis désolée de ne pas vous reconnaître. Depuis mon accident, j'ai perdu tous mes souvenirs.

– Ce doit être difficile pour vous, dit la jeune femme en plantant ses yeux bleus dans les miens.

– Oui, dis-je en même temps que Philippe.

Raphael parle de mes merveilleuses qualités de professeure. Il s'excuse de son comportement des plus exécrables et me remercie, parce que j'ai été la seule adulte de l'école à l'avoir poussé…

– … à être autre chose que mécanicien. Je dois admettre que vous m'avez conduit à devenir ce que je suis aujourd'hui. Je vous dois beaucoup, madame Klein.

– Que faites-vous ?

– J'écris. Ma femme, Johanna, traduit mes textes.

Je le félicite de sa réussite en restant le plus neutre possible.

– Et vous, vous enseignez toujours ?

– Non.

– Martha s'est découvert une passion pour la photo, dit Philippe d'un ton respectueux.

– Vous photographiez quoi ? demande Johanna.

– Mes enfants. Et des objets en tous genres. Des tasses, des oranges…

– Moi, intervient Lisa, souriante.

– Et le lac, ajoute Philippe. Martha fait de belles photos des reflets sur le lac.

– Mais vous, qu'est-ce que vous préférez photographier ? demande Raphael.

Je n'hésite pas une demi-seconde.

– Les orages.

Il ne baisse pas le regard, me sourit comme à une professeure. En moi, un million d'émotions se mêlent, fusionnent, effacent tout, sauf ce que j'ai ressenti dans ses bras, avec ses baisers, ses regards. Lisa dit que Raphael, sa femme et leur fils attendent leur vol pour Vancouver. Johanna me tend une main énergique.

– J'ai été très heureuse de vous rencontrer.

Nous nous disons au revoir. Il me semble que cette séparation dure des heures. À son tour, Raphael prend ma main. Quand ses doigts entourent les miens, ils ne les serrent pas plus que nécessaire, mais je *sais*, en touchant sa peau, que je l'ai aimé à la folie et que cet amour n'est pas mort en moi. Pourtant, en talentueuse actrice que je suis, je gomme mon émotion.

Je lance un regard à son fils légèrement roux, un mélange parfait des cheveux de ses parents…

Raphael est marié. Raphael est papa. Raphael écrit des films, il organise des vies et joue avec. Raphael…

Ils tournent les talons, nous accompagnons Lisa à son guichet d'embarquement. Je la serre dans mes bras et évacue les larmes que j'aurais voulu verser quand j'ai vu Raphael. En un rien de temps, mon amie disparaît derrière les vitres fumées.

Philippe m'entraîne en sens inverse.

– Étrange rencontre.

– Pourquoi dis-tu ça ?

– Pour rien. C'est toujours étrange de revoir des gens après autant d'années.

– Tu le connaissais ?

– Non. Mais Lisa nous a détaillé, pendant ton long interlude aux toilettes, le comportement de ce Pérec.

– Je ne te parlais pas de mes élèves ?

– Martha, tu sais bien que mon fort, c'est les chiffres, pas l'écoute.

Philippe me regarde en coin, mais ne renchérit pas. Moi, sans savoir quel diable me pousse, je dis que je suis contente d'apprendre qu'un des élèves d'Ariane a réussi à faire de sa vie quelque chose qui lui plaise, et qu'il semble avoir tourné la page de ses errements.

– Espérons-le pour lui.

– Il vous a dit ce qu'il a écrit ?

– Non. Et on ne lui a rien demandé, parce que Lisa a beaucoup parlé de ses propres souvenirs d'enseignante à Ariane et de Max qui a mal terminé. Pérec a eu l'air de regretter la tournure des choses comme de s'être comporté ainsi qu'il l'a fait.

Philippe se tait et je ne demande rien de plus. Je marche en lui tenant la main, il répond à Rosemarie, à qui il dit que nous arriverons dans moins d'une demi-heure. Il a dit « nous », et ma première pensée est qu'il ne va pas me tuer dans le parking. Cette pensée sidérante me replonge dans ce film qui a pris le contrôle de ma vie.

Je marche à son côté. Philippe avait-il senti que j'étais amoureuse d'un autre ? A-t-il provoqué le départ de Raphael en achetant sa maison ? Est-il machiavélique au point de la mettre à mon nom ? A-t-il investi dans Ariane ?

349

Est-ce lui qui a dévissé ma roue ? Ébert a raison, mon mari aurait pu, pour que je me foute en l'air toute seule... Il a juré que ma disparition l'avait rendu fou, il a joué avec mes nerfs en me surveillant, en me soufflant le chaud et le froid, en voulant me faire avaler des cachets... Il s'arrête devant un kiosque à journaux.

– Attends-moi.

J'obéis, les pieds rivés au sol, envahie par mes questionnements abominables et ce que ma peau a ressenti quand Raphael m'a pris la main. Mon corps sait, pour Louis et Nina. Mon corps me fait tenir debout. Je regarde Philippe de dos, la ligne de ses cheveux coupés avec soin au-dessus de sa chemise bleu très pâle. Je n'ai jamais ressenti avec lui tout ce que j'ai ressenti avec Raphael.

Je me retourne.

À quelques mètres, Raphael est appuyé contre un poteau. Il me fixe. Exactement dans la même position que lorsque je l'ai vu au bal de fin d'année. Il a la même expression et le même sourire. Que je ne peux lui rendre, puisque j'entends les pas de Philippe.

Raphael disparaît derrière le poteau comme une ombre.

Voilà ce qu'il est, et tout ce qu'il restera dans ma vie. Une ombre qui me sourit. Une dernière fois avant de disparaître. Une ombre inoubliable, une ombre inoxydable que mon amnésie n'a pu réduire en cendres, qui n'explique rien, qui me laisse avec mes doutes, mes divagations et mes craintes. Avec cet amour intense. Une ombre qui m'a volé une partie de ma vie.

4

En voiture, je ne vois que le ciel et ces nuages en dentelle qui me semblent ne pas avoir bougé depuis plus d'une heure. Ma vie est en pause pour l'éternité. Philippe reçoit plusieurs appels de Rosemarie et de différents collaborateurs. Il parle en italien, en allemand, puis en anglais, et moi, dans ces nuages, je ne vois que Raphael. Il est le même que dans mes souvenirs. Un peu plus grave. Toujours aussi… *troublant.*

Philippe gare sa Mercedes sur sa place réservée. Je m'engage dans son sillage. Vais-je passer toute ma vie à *suivre ?* Comme un fantôme, je réponds aux « Bonjour madame Klein ! », quand une chose me frappe. C'est la politesse avec laquelle les employés saluent mon mari. Je réalise que Philippe est non seulement respecté, mais très apprécié. Il sourit comme je ne l'ai jamais vu le faire à la maison.

Alors une idée, ou plutôt un immense sentiment de malaise m'écrase. Je crois que c'est la première fois que je me pose la question de son bonheur. *De sa vie.*

– Bonjour Martha, dit Rosemarie.

Elle a une poignée de main volontaire, elle regarde Philippe et je réalise qu'ils ont leur monde.

– Je vous félicite pour New Delhi, dis-je en retenant sa main.

– Merci, c'est une promotion en or pour moi. Il n'aurait pas été intelligent de la refuser.

– Je comprends.

Rosemarie sourit. Et je me demande ce que cette femme élégante ressent pour Philippe. Elle me guide vers l'ordinateur de mon mari, et me montre comment naviguer pour visiter virtuellement les appartements. Puis elle se tourne vers lui.

– J'aimerais te voir un moment.

Et s'ils étaient amants ? Et si elle était celle qui avait voulu m'éliminer pour avoir le champ libre ? Et s'ils mettaient en place… J'ai une assurance-vie conséquente. Cette nouvelle idée se greffe sur les autres, me fait me lever pour arpenter le bureau de Philippe. Au loin, le jet d'eau s'élance très haut. Je repense à ce jour de décembre 2013 où j'ai intensément souhaité que mes souvenirs jaillissent avec une telle puissance.

Raphael est un souvenir puissant.

Avec lui je me suis sentie libre comme je ne l'avais jamais été. Avec lui, j'ai vécu un amour puissant comme le jet d'eau, et fragile comme la dentelle de nuages. Avec lui, j'ai ressenti ce que ce couple amoureux avait en lui. Je ne sais pas ce que cet homme et cette femme sont devenus, comment leur amour a évolué, s'il a fini par les écraser ou s'il les accompagne encore. Je sais que le mien est comme ces nuages en dentelle qui ont maintenant disparu. Il est un souvenir invisible. Le ciel est d'un bleu mat et d'une luminosité violente. Des joggeurs courent sur la promenade au bord du lac, deux chiens regardent les cygnes. Un avion passe dans le ciel.

Je me retourne et embrasse d'un coup d'œil cet espace au dixième étage. L'élégance du mobilier et la décoration ressemblent à Philippe. Tout est calculé pour inspirer confiance. Le tapis en laine est aussi épais que gigantesque. Aux murs sont accrochés ses diplômes, ainsi que des peintures aux couleurs chaudes. La décoration est à l'opposé de celle de la maison, le Léman n'entre pas dans cette pièce.

Sur le bureau, il y a un cadre où tous les quatre nous formons une famille idéale. Mais c'est une image, je suis une actrice sur cette photo.

Philippe reparaît avec un plateau.

– Voilà les cafés qu'on n'a pas eu le temps de prendre à l'aéroport, dit-il en plantant ses yeux dans les miens.

J'oublie le commandant Ébert, ses recommandations, et je m'entends dire :

– Quel âge a Rosemarie ?

– Elle vient d'avoir quarante-trois ans.

– Elle est vraiment belle.

– Pour son âge, tu veux dire ?

– Je me suis mal exprimée. Je voulais dire que Rosemarie semble te comprendre mieux que moi.

Philippe s'assied sur son bureau, et nous nous regardons longuement, à distance. Il porte encore sa veste marine, sa cravate à losanges blancs fins et épars. Il a les mains posées sur le plateau en chêne épais.

– Je vais partir seul à New Delhi. Parce que ça ne fonctionne plus entre nous, Martha. Depuis ton silence pendant le dîner l'autre soir, dans le jardin et dans notre chambre, moi non plus, je n'y crois plus.

5

Un chauffeur particulier du cabinet me reconduit à Veyrier. Assise sur la banquette arrière, j'envoie un long message au capitaine Ébert qui, après un temps, m'informe que l'analyse de mon ancien portable n'a encore rien révélé, mais qu'il va tout de même se rendre au cabinet de Philippe.

Je retrace les heures depuis l'aéroport jusqu'à ma dernière, ou peut-être ma première vraie conversation avec Philippe. *« Je ne t'ai jamais trompée, Martha. Rosemarie est une collaboratrice très compétente dont j'apprécie la compagnie. J'aimerais qu'on laisse Louis décider d'où il a envie de vivre. »* Je le trahis en laissant Ébert l'interroger, je sais que je l'ai trahi avec Raphael, mais à nouveau, je me sens prisonnière du cours des choses et de ce passé qui est le mien.

Cependant, pour la première fois depuis mon retour, je sais enfin qui je suis.

Je suis cette femme qui a aimé un homme qu'elle n'aurait pas dû aimer. Je suis cette femme qui a perdu la mémoire en perdant la tête. Raphael ne sera plus qu'un rêve, et mon mari me quitte. J'ai trente-six ans et demi, et il est à peine midi. J'entends la voix de Lisa dire : « Pas mal, pour un début de journée ! »

Lisa qui, elle aussi, s'éloigne de moi.

Je n'ai aucune envie de rire ou de pleurer. Ma vie me semble d'une évidence cinglante et, sans comprendre pourquoi, je repense à un documentaire animalier sur une espèce de cigale qui vit dans je ne sais plus quelle ville aux États-Unis. Leurs larves restent dix-sept ans sous terre, jusqu'à ce qu'un jour, comme par miracle, les cigales sortent et se mettent à chanter au soleil. Seulement, elles sont si nombreuses que leur chant devient un assommant calvaire pour les habitants, qui sont obligés de fuir, le temps que dure leur sérénade avant qu'elles ne crèvent.

Je fais un calcul rapide, et non, cela ne fait pas tout à fait seize ans que je connais Philippe. Conclusion, je suis plus rapide que ces cigales pour sortir de ma situation larvaire, mais moi aussi on me fuit.

Qu'est-ce que tu vas faire, Martha ?
Te mettre à chanter, accrochée aux arbres, que tu es enfin libre ?

Non. Je vais essayer de vivre avec ça. Juste ça... et me souvenir de la tonalité du bleu de la chemise de Raphael, de la façon dont il tenait les chevilles de son fils. Et de son sourire.

Le chauffeur me dépose devant mon portail et je croise Patricia. Elle me dit qu'elle a entendu à la radio que le tueur en série tant recherché a laissé une trace ADN.

– Ils vont peut-être enfin l'arrêter. Et il va peut-être avouer qu'il en a assassinées d'autres, ici, en France.

Elle se tait, soutient mon regard, et je lui demande à quoi elle pense.

– À Maryline. On n'a jamais retrouvé son corps.

Je dois avoir une tête défaite, parce que Patricia me prend la main, et comme ça, je dis :

– Je ne pars plus à New Delhi.

– C'est pas vrai ! Comment Philippe a-t-il réagi ?

– C'est plutôt dans l'autre sens que les choses se sont passées.

– Il part seul ?

– Oui.

– Tu es triste ?

Je secoue la tête et dis que c'est mieux ainsi.

– Tu vas vivre comment ?

– Comment vit-on, Patricia ? Est-ce que tu le sais, toi ?

Mon amie-et-voisine ne répond pas, je rentre chez moi. Je repousse la porte, quand un SMS de sa part s'affiche. « Ferme à clé. Si tu vas chez le coiffeur, change radicalement de coupe. Parfois, c'est la solution. » J'empoigne mes clés de voiture.

6

– De quoi avez-vous envie, madame…

– … Klein, dis-je.

La jeune femme de la réception a un léger recul à l'annonce de mon nom.

– Êtes-vous parente d'Anne-Marie Klein ?

– Oui. C'est ma belle-mère.

Le regard que nous échangeons me prouve qu'Anne-Marie laisse des traces partout où elle passe. Elle griffe les gens profondément pour creuser des cicatrices douloureuses, par pure méchanceté. Elle agit de la sorte pour être inoubliable.

– Rassurez-vous, nous sommes aussi différentes l'une de l'autre que peuvent l'être un clou et une cerise.

Sylvia rit à ma comparaison saugrenue. Elle se détend sur-le-champ, et je devine combien ma moche-mère a dû la faire chier. Non, je ne suis pas vulgaire.

– Je vous fais quelle coupe, madame Klein ?

– Martha. Appelez-moi Martha, s'il vous plaît. Ce que je veux, c'est une nouvelle tête.

– Alors, faites-moi confiance.

Je ferme les yeux. Et je me laisse bercer par le bruit de l'eau, du cliquetis des ciseaux, et par le mouvement de ses mains. Je n'écoute pas Sylvia raconter ses aventures avec ma belle-mère. Je bannis la pensée de Raphael pour ne pas pleurer et pense à Maryline dont je n'ai même pas cherché à me recueillir sur la tombe.

– Le pire, c'était la veille du Noël dernier, votre belle-mère m'a fait recommencer quatre fois son chignon. Vous imaginez ! Un vrai désastre ! Surtout avec ses cheveux longs décolorés, d'une sécheresse de paille ! Je n'arrivais à rien ! Et plus elle me faisait des remarques, plus je tremblais. C'était abominable !

Je songe aux femmes qui ont perdu la vie dans des conditions plus qu'*abominables*.

– Quand j'ai osé lui dire qu'elle devrait envisager une coupe qui la rajeunirait – parce que franchement, entre nous, à son âge, des cheveux aussi longs et peroxydés, c'est d'un pathétique ! – elle s'est relevée du fauteuil et m'a poussée au milieu du salon sous les yeux de toutes les autres clientes. J'ai fondu en larmes. Heureusement Véronique, ma patronne, a pris le relais pour la calmer.

J'ouvre alors les yeux, et je dis fermement :

– Coupez-moi les cheveux. Très court.

– Excellent choix ! C'est exactement ce qu'il vous faut.

Je les referme, mais pas longtemps, parce que Sylvia m'apprend que c'est grâce à Anne-Marie Klein…

– … que vous avez épousé votre mari. Elle a su d'emblée que vous seriez la belle-fille idéale, et elle a poussé son fils à vous faire la cour.

Je suis dépitée. Je voudrais avoir le souvenir de ma rencontre avec Philippe pour voir ce qu'il avait dans ses yeux. Sylvia saisit les miens dans le miroir, et dit que sa belle-mère, comme la mienne…

– … est toujours là avec ses remarques, et ses « mon-petit-chéri ». Mais elle n'atteint quand même pas le niveau de la vôtre, et par bonheur, elle assume ses cheveux gris.

– Pourquoi ma belle-mère vient-elle dans votre salon ?

– Vous ne saviez pas que ce sont toutes des incapables, à Chambéry ?

Sylvia me semble un rayon de soleil dans cette journée

difficile. Elle termine de me décoiffer savamment et, passée la première surprise, je me trouve…

    – … jolie.

    – Que vont dire vos enfants ?

    – Je vous le dirai la prochaine fois.

    – Je suis sûre qu'ils vont vous trouver très belle.

Être belle n'est pas ma priorité. Je veux être en paix, c'est tout.

7

– Non, Noëlle, dis-je en sortant du salon, je n'ai pas demandé à Raphael Pérec s'il était passé chez vous, et je ne crois pas qu'il l'ait fait. N'oubliez pas qu'il est marié, papa, et qu'à cette heure il est dans l'avion pour Vancouver.

– Je suis heureuse de savoir qu'il s'en est sorti. La paternité a du bon sur les jeunes comme lui. Ils deviennent en général de très bons parents, quand ils ne reproduisent pas le schéma de leur enfance.

Je me sens débordée par tout, et tout ce que je trouve à dire, là debout au milieu c'est qu'il a l'air d'être un bon papa.

– Comment est sa femme ?

– Jeune, auburn, le regard intelligent.

– Il est tombé sur la bonne personne, qui a su canaliser et stabiliser son caractère compliqué. L'écriture doit lui permettre de maîtriser son côté manipulateur. Il me semble que, pour être écrivain, il faut manipuler le lecteur… C'est bien qu'ils travaillent ensemble, Raphael avait besoin d'être aimé, entouré et soutenu.

Noëlle se tait, et je la remercie d'avoir pris de mes nouvelles. *Il me semble que, pour être écrivain, il faut manipuler le lecteur.* Une femme vient d'être assassinée, et Raphael repart à Vancouver. C'est un bon père de famille…

Il me semble que, pour être écrivain, il faut manipuler le lecteur. Dingy-Saint-Clair n'est pas très loin de Véry… Maryline a disparu en décembre, Raphael est incarcéré. *Il me semble que, pour être écrivain, il faut manipuler le lecteur.* Raphael s'était-il fait incarcérer pour se mettre à l'abri de l'enquête… Je monte dans ma voiture et le revois attraper une feuille, y jeter des mots. Il écrivait de force, contraint et investi par la création. Il ne manipulait pas ses textes. Je l'ai vu de mes yeux. Il écrivait et se libérait de ce qui ne le laisserait jamais tranquille… Je claque la portière, attache ma ceinture. Le rétroviseur est encore incliné, je me dévisage à nouveau.

Non, je n'ai pas aimé un manipulateur assassin. Raphael n'est pas cet homme abominable et Patricia a eu une bonne idée, cette coupe fait de moi une autre personne. Elle va m'aider à me libérer de cette force noire qui ne me laisse pas tranquille. Parce qu'il est grand temps que je prenne ma vie en main. J'en ai plus que marre de toute cette histoire. Mais vraiment *plus qu'assez*.

Je démarre et jette instinctivement un coup d'œil à mon portable posé sur le siège passager. Le numéro d'Ébert s'affiche comme sur commande. Je me moque de prendre une prune, je réponds au gendarme qui est en chemin pour Genève. Ébert répète que je ne dois pas le trahir, si Philippe m'appelle. Qu'il veut le voir réagir de ses propres yeux, il veut « sentir » les choses. Il s'excuse de sa maladresse tout à l'heure. Il s'est laissé emporter par ses idées, il est comme ça… Il est un peu parano comme tous les flics.

Dans combien de temps ce type malin va-t-il trouver, pour Raphael et moi ?

Dans combien de temps va-t-il me dire qu'il a découvert la vérité et qu'il aurait mieux valu que je ne recouvre jamais cette putain de mémoire ?

Beware of what you wish for, it may be granted to you…

Je quitte une rue sombre et m'engage sur l'avenue du Stade. Je m'arrête au feu rouge, il me semble aussi lumineux et vif que les deux phares jaunes qui me suivaient, le soir de janvier 2013. Ils se rapprochaient et j'ai appuyé sur l'accélérateur, les phares étaient sur moi.

J'avais peur, oui, j'avais peur.

Je regarde dans le rétro et aperçois au loin un point blanc, comme l'œil crevé d'un cyclope.

Peut-être ai-je échappé à Max, ou à ce tueur en série ?

Peut-être ai-je eu la chance que d'autres n'ont pas eue ?

Je reviens sur le rouge du feu.

J'ai eu de la chance parce que je suis en vie. Parce que Nina va bien.

Le point blanc brille plus intensément, et la moto arrive sur moi, le feu est désespérément rouge. Elle déboîte, se glisse à ma hauteur. Je me tourne vers le motard, qui soulève sa visière.

Mon cœur s'emballe. Le feu passe au vert.

Je n'ai aucune hésitation. Je démarre et il me suit. Je me gare sur le petit parking d'une supérette. Il monte.

8

Raphael est assis à côté de moi, dans ma voiture. Il porte son vieux blouson avec le col en fourrure.

– Est-ce que tu te souviens de notre premier baiser, Martha ?

– Je ne me souviens que de toi.

La seconde suivante, je suis dans ses bras, et quand je retrouve à peu près la raison, nous sommes couchés dans une chambre à la tapisserie crème parsemée de bouquets de myosotis. Depuis la fenêtre, face à nous, j'aperçois un coin du lac entre un sapin et un bouleau qui se balancent et dansent. Raphael me caresse les cheveux.

– Il y a des myosotis sur les murs, mais cette chambre sent la lavande.

– Pourquoi cette chambre ? Pourquoi me suivais-tu ?

– À quelle question veux-tu que je réponde en premier ?

– La chambre.

– J'y suis arrivé un dimanche après m'être arrêté derrière les haies au-delà de ton jardin. Je t'ai vue avec ta fille dans les bras, ton mari et Louis jouaient au ballon. C'était l'hiver, un an après mon départ.

Je me redresse pour sonder les yeux de Raphael et n'y vois que moi.

– La veille, j'étais parti de Vancouver. Je… je n'allais pas bien du tout. Il fallait que je te revoie.

Je l'écoute décrire toutes nos rencontres, depuis la toute première à l'école Ariane. Il parle avec la même émotion que celle qui m'habite. Il évoque les moments que j'ai revus et j'ai le sentiment léger, exquis et infiniment stabilisant de me réapproprier une partie de mon passé. Que ce passé bousculé par tant de questions repose sur notre amour. Que notre amour est là aujourd'hui, qu'il est une preuve. Qu'il est enfin un fait et que nous sommes deux à le partager.

– Tu te souviens du jour où j'ai dormi chez toi ?

– Quand tu étais resté à m'attendre sous la neige avec ce blouson que tu portes aujourd'hui…

– … jusqu'à ce que tu te décides à me faire la meilleure des omelettes ?

– Oui. Est-ce que nous nous sommes revus, après ?

– Non. C'est la dernière fois que nous avons été ensemble. En repartant, je suis allé rendre la voiture à Max, qui m'a redéposé chez moi. Il était 7 h 30. Mémé était très fatiguée, elle était éprouvée par sa crise cardiaque et tout le reste. Je suis monté dans ma chambre, puis j'ai allumé mon ordinateur pour créer nos adresses mail et il y a eu un bruit sourd en bas. Mémé a hurlé et je suis descendu en courant. Trois types que je ne connaissais pas étaient là, un avait son flingue sur la tempe de Mémé, un autre pointait son arme sur moi et le troisième a exigé que je m'asseye à la table. Il a ouvert une valise. Jamais je n'avais vu autant de fric. Le type a dit qu'il y avait de quoi payer une maison de retraite décente pour ma grand-mère et que j'allais faire un long voyage pour t'oublier. Je me suis révolté et j'ai pris un coup de crosse, là.

Raphael me fait toucher le bord de son sourcil gauche, et sous mes doigts il n'y a rien, mais je le crois. Celui qui l'avait frappé lui a ordonné de rédiger ce qu'il allait lui dicter avec le canon sur la tempe.

– Quand j'ai compris que l'autre lettre serait pour toi, j'ai gueulé que je n'écrirais rien sans te parler. Mémé a pris une gifle, le type se marrait… Il avait une dent en or qui brillait et j'avais l'impression de ne voir que ça. Il a dit que si je n'obéissais pas, si je reprenais contact avec toi, ils étaient chargés de t'éliminer. Tu étais surveillée. Comment pouvais-je lutter, Martha ?

Raphael se redresse et prend mon visage entre ses mains.

– J'étais terrorisé. J'ai écrit cette putain de lettre et Mémé a signé le compromis de vente sans même le lire.

Raphael ne ment pas, je le vois. Je prends ses mains dans les miennes.

– Il m'a obligé à faire un sac. J'ai voulu y glisser mon cahier rouge, mais il me l'a arraché des mains. Il l'a ouvert, il a souri en disant qu'il détenait une très belle preuve. Il a jeté la photo de ma mère, m'a pris mon portable. Mon abonnement serait résilié, mon adresse mail aussi. Je changeais de vie. En bas, Mémé était assise à la table, elle ne pleurait pas. Elle avait peur. Je savais, et elle savait, que nous ne nous reverrions pas. Un des types m'a dit qu'elle partait dans une maison de retraite loin d'ici. Il a répété que si je revenais, il te tuait. Il a dit : « Martha Klein meurt et son fils devra vivre avec l'idée que sa mère est une sale pute qui a trahi tout le monde. »

Raphael est très ému, il est en colère, mais il poursuit :

– Les deux autres m'ont traîné dans leur voiture. J'étais sur le siège avant, je n'ai pas fait un seul geste en passant la frontière, je ne pensais qu'à toi… Je ne voyais que cette neige qui m'aveuglait. On est arrivés à l'aéroport. Ils avaient un billet d'avion à mon nom et mon passeport. Il m'a expliqué que, pendant mon incarcération et les vacances de Noël, quelqu'un avait récupéré ce passeport dans les dossiers d'Ariane et que, lorsqu'on connaît du monde, tout est extrêmement facile… Le type m'a dit encore qu'il te tuerait sans le moindre état d'âme si jamais je cherchais à entrer en contact avec toi. Que tu étais surveillée… J'étais anéanti. À l'aéroport, ils ne m'ont pas lâché d'une semelle. Je ne savais pas quoi faire. Si je partais, je te perdais. Et si je restais, je te condamnais. J'avais si peur pour toi, Martha… J'ai passé la porte d'embarquement et, après quelques mètres, je me suis arrêté dans le couloir.

Raphael se tait. Il est très bouleversé.

– Martha, j'étais complètement désespéré. Je n'entendais que les menaces de ce type qui me répétait que je t'avais perdue… À tout jamais. Si je bougeais, tu mourais… Alors, je suis monté à bord.

Johanna était assise à côté de lui dans l'avion. Ils ne s'étaient pas parlé pendant la moitié du vol. Raphael élaborait des plans qui ne me mettraient pas en danger. Il n'avait plus aucun contact… Johanna avait engagé la conversation. Elle avait un appartement à Montréal.

Raphael est allé chez elle, qui étudiait la littérature anglaise. Le dimanche a passé sans qu'il quitte sa chambre.

– Quand je me suis réveillé le lundi matin, je me disais que tu devais avoir reçu la lettre où j'avais mis un tréma sur mon prénom. Je savais que tu comprendrais.

Il avait changé de l'argent, il s'était acheté un nouveau portable et un ordinateur. Il était très nerveux, il n'arrivait pas à l'installer. Johanna l'a aidé.

– Elle m'a dit que j'avais intérêt à être franc si je voulais être son colocataire. J'ai avoué que j'aimais une femme mariée. Elle a entré ton nom dans Google, et grâce à elle j'ai appris que tu avais disparu, que ta voiture avait disparu. J'ai cru que tu étais morte, et j'ai pleuré dans ses bras. Mille fois par jour, j'ai tapé ton nom. Je me disais que, si tu étais morte, il y aurait une nécrologie. Ça a été abominable, jusqu'à cet article annonçant que tu étais revenue chez toi, amnésique. Johanna et moi avons fait l'amour, ce jour-là. Et elle est tombée enceinte.

– C'est ta femme, n'est-ce pas ?

– Oui.

– Tu l'aimes ?

– J'ai des sentiments pour elle, parce que c'est vraiment

une fille formidable. Nous sommes partis vivre à Vancouver. Nous nous sommes mariés, et on l'est toujours, nous vivons ensemble mais nous sommes séparés. Son père est producteur de séries télé, c'est lui qui m'a employé. J'ai bossé comme homme à tout faire sur des plateaux. Et puis Lloyd est arrivé. J'ai cru que mon fils m'avait sauvé. Mais… je n'y arrivais pas. Je n'arrivais pas à t'arracher de moi. Alors, un jour, j'ai sauté dans un avion. Je voulais savoir. C'est alors que je t'ai aperçue avec la petite dans les bras… Je n'avais pas pensé à cela. Je suis reparti le long du lac. J'ai poussé la porte de ce gîte. J'ai passé des heures à arpenter cette chambre et à cogiter. Je t'avais perdue pour de bon, je n'arrêtais pas de fixer la tapisserie. Un instant, j'ai même imaginé que tu aurais pu l'appeler Myosotis, mais après quelques recherches sur le Net, j'ai appris que Nina Klein était née le 1er octobre.

Je souris et caresse le visage de Raphael.

– Je me disais qu'étant amnésique on t'aurait proposé un test de paternité, et que Nina ne pouvait être que la fille de Philippe.

– Oui, elle l'est.

Raphael attrape son portable et me montre des photos qui prouvent que, les jours suivants, il m'a suivie jusqu'au cabinet de ma psy. Alors, je lui avoue avoir eu ce sentiment d'être épiée.

– C'était le souvenir inconscient de toi.

– Très inconscient, fait Raphael en m'embrassant. Parce que nous nous sommes croisés un jour quand tu sortais du cabinet de ta psy, puis le lendemain vers 13 h 30, alors que tu venais de déposer Louis au collège. Sur le passage piéton. J'ai fait exprès de te bousculer. Je t'ai dit « pardon » et je t'ai souri. Tu m'as fixé sans aucune réaction. Tu as continué à pousser ton landau.

Il montre une photo où je reconnais le landau vert de Nina.

– J'ai compris que tu avais vraiment perdu la mémoire, que tu ne faisais pas semblant d'être amnésique. Je suis reparti aussitôt pour Vancouver, et je ne suis jamais plus revenu, jusqu'à ce voyage. L'arrière-grand-mère de Johanna est Suisse et vient d'avoir cent ans.

– C'est toi qui as déposé une liste de mes élèves chez ma psy ?

– Oui, et j'ai pris rendez-vous avec elle pour dans trois jours. Tu pourras vérifier, j'ai prétendu m'appeler Thomas Carlyle.

– *« Commence, et l'impossible deviendra possible. »*

À l'instant où j'articule cette phrase, un nouveau souvenir me revient, je le décris à Raphael.

– Le jour décline, le ciel est sombre, nous n'avons pas allumé, nous sommes debout contre la porte de ta chambre. Tu ne veux pas me laisser partir. Tu m'empêches de partir, tu fermes la porte à clé. Tu enlèves cette clé et tu attends des minutes entières en me serrant contre toi, je sens ton souffle dans mon cou. Je pleure.

– Je voulais te garder pour que tu restes toujours avec moi. Je voulais te sentir pleurer dans mes bras. Je voulais goûter tes larmes.

– J'ai attrapé ce rouge à lèvres que tu m'avais offert.

– Trois jours avant, dit Raphael.

– Je l'ai glissé dans la poche de mon manteau.

D'une même voix, nous articulons : « Je t'emmène avec moi, tu vois. »

Nos souvenirs nous unissent, alors contre Raphael je raconte les heures passées à observer les couleurs du lac sans pouvoir m'en détacher, à écouter les grondements des nuages, à vouloir les photographier, puis à ne plus pouvoir.

– Le soir où ma mémoire est revenue, un orage grondait.

– Il aura fallu cet orage et que j'écrive ce livre, qu'il soit adapté et reçoive un prix pour que tu saches enfin qui est Maxime Champrouge…

– Et qu'il utiliserait Thomas Carlyle comme pseudo-nyme pour son mail.

Raphael m'embrasse, il me redonne mon passé. Le vide se comble, et mon histoire s'inscrit en moi avec son regard. Je lui confie à quel point, ces derniers jours, je craignais de terminer la lecture du *Roman au titre impossible*.

– J'ai suivi ton conseil, Martha, j'ai écrit pour moi. Pour que tu me reviennes. Je n'ai jamais cessé de t'aimer, et c'est notre amour qui nous a rapprochés.

Raphael a raison. Notre amour ne s'est jamais brisé et c'est lui qui m'a permis de remonter à la surface. Je me souviens autant de nos caresses que de ce qui vibre dans notre cœur. Raphael me redonne la sensation d'exister entièrement. Ses mains réveillent mon corps.

Je ne suis plus morte. Je respire enfin et retrouve la paix.

Les heures défilent entre caresses et confidences. Je me délivre de mes doutes, de mes suspicions, il m'écoute. Il comprend. Je sais qu'il me comprend. Je lui raconte ma rencontre avec le capitaine Ébert devant son ancienne maison dont j'ignorais qu'elle m'appartenait et qui a récemment brûlé. Raphael ne s'explique pas comment c'est possible. Il regrette tant de choses…

À l'aéroport, ce matin, après avoir quitté Johanna et Lloyd, il a repris la moto qu'il avait louée et s'est arrêté dans le café de Veyrier-du-Lac, sur la seule route que je pouvais emprunter, non loin du croisement avec la mienne. Il avait intentionnellement mis ce vieux blouson. Il a vu une voiture immatriculée en Suisse, qui descendait dans ma rue. Il a attendu, et cette voiture est repassée. Alors il a payé son café, enfourché sa moto pour venir sonner chez moi au moment où ma Golf blanche arrivait au stop. J'étais au volant, seule. Il m'a suivie jusque chez le coiffeur… Il est resté à quelques mètres, sur sa moto, casque sur la tête. Il avait envie d'entrer dans la boutique mais il voulait voir ma réaction sans témoins. Il hésitait, il m'a vue sortir, il y avait du monde sur le trottoir, j'étais au téléphone. Il m'a suivie de loin… Il aime mes cheveux courts, il aime mon corps.

Il rit et moi aussi.

– Je n'ai jamais été aussi heureux que lorsque je t'ai revue ce matin, et que tu as dit « orages ». J'ai compris pourquoi tu le disais.

Raphael se lève et me regarde couchée sur ce lit. Nous descendons à la cuisine, il prépare des sandwichs et je sors sur la terrasse. *Écrire l'a sauvé…* Le lac ondule sous l'air doux et sucré. Le jardin regorge de fleurs qui s'enchevêtrent avec indiscipline. Le temps semble s'être arrêté. Tout est subitement au premier plan et la vie est pleine et présente. J'aurais pu faire une photo, mais je n'aurais pas été à la hauteur de cette beauté.

Raphael me rejoint et je me place face à lui pour voir ses yeux. Ils sont exactement de la même couleur que le lac. Bleu-vert. Et un peu gris. Je sais maintenant pourquoi, pendant toutes ces années, il m'absorbait : il était les yeux de mon amour.

Il croque dans son sandwich, se penche vers moi, me souffle :

– Tu disais que j'avais les yeux pers.

Je réponds aussitôt que nous venions de faire l'amour. Je revois son visage au-dessus du mien. Raphael hoche la tête et sourit. Le noir qui m'envahit recule, je sais qu'il vient de perdre un territoire que je lui ai repris. Raphael incline mon visage d'un côté puis de l'autre. Me dit, avec la même voix que des années plus tôt, que je suis à croquer.

Mon portable sonne.

C'est le capitaine Marc Ébert. Je décroche en levant les yeux vers Raphael.

9

— C'est une bonne nouvelle ? demande Raphael inquiet.

Je prends sa main dans la mienne et je dis :

— C'était mon dernier message pour toi.

Je télécharge la courte vidéo qu'Ébert vient de me faire parvenir.

— Les images sont floues et sombres, mais je t'entends très bien dire : « J'ai compris le tréma », fait Raphael en retrouvant son sourire.

— La dernière chose que j'ai faite avant de lâcher mon portable est de cliquer sur « partager ». Je suis certaine que je l'envoyais à Thomas Carlyle.

Raphael ne s'éclaire pas, il devient grave.

— Tu as aussi mentionné Philippe avec ce gendarme.

— Ébert est devant son cabinet.

En quelques mots, j'explique pour la roue et le boulon qui n'a pas cédé. Raphael jure qu'il les avait serrés au maximum.

— Je te crois.

— Tu penses que Philippe est le coupable ?

— Je ne pense pas, Raphael. Je suis… je suis totalement incapable de penser. Je veux des faits.

Il me fixe, puis dit :

— Philippe sera soit arrêté, soit innocenté. Et s'il rentre ce soir, je veux lui parler de nous.

— Avant, je veux m'expliquer auprès des enfants, seule.

Nous échangeons nos numéros et je regarde l'heure. Il est grand temps que j'aille récupérer Nina et Louis. Nous nous rhabillons, je tremble, Raphael me dit qu'il va conduire. Nous retournons sur le parking où il a laissé sa moto. Le temps emporte notre raison.

Je sors de la voiture avenue du Stade, alors qu'il récupère son casque et son blouson. Il les pose sur le capot, me prend dans ses bras, m'embrasse. Je ferme les yeux. Des bruits secs et violents déchirent l'espace. Raphael s'écroule dans mes bras. Je suis couverte de sang et je hurle en m'effondrant à son côté.

Je ne comprends plus rien. Je n'entends plus rien. Je vois juste le sang qui se répand sous mon amour.

J'appelle les secours et tiens Raphael dans mes bras. Je parle dans un vide sidérant. Il sourit, puis ferme les yeux.

Il dort. Il s'est endormi. Je sais qu'il dort…

La couleur de l'orage

1

Soixante ans plus tard.

Une sonnerie retentit dans la maison et, sans bouger du fauteuil devant la fenêtre face à mon jardin plein de fleurs, je dis « allô » avec un temps de retard. C'est ce que je déteste le plus dans l'âge. Cette lenteur de la voix et des gestes. Je me suis habituée aux douleurs qui se sont invitées dans ma vie depuis des dizaines d'années, mais cette fatigante mollesse m'horripile.

Autant que la voix modulée qui s'adresse à moi. Je sais que c'est un androïde, que j'appellerai toujours une « machine » ! Mes arrière-petits-enfants se moquent de moi quand je râle, je leur réponds invariablement :

– Oui, Mémé est vieille, et c'est précisément parce qu'elle est vieille qu'elle préfère encore parler à des êtres vivants !

La voix de ma correspondante ressemble à s'y méprendre à celle d'un humain. Pourtant, ce qui fait la subtile différence, c'est sa patience. Un androïde accepte tout sans le moindre état d'âme. Je redoute le jour de leur vengeance, mais vu mon âge, il y a peu de chance que je la subisse.

– Pouvez-vous, s'il vous plaît, prévenir votre mari que son rendez-vous de demain est annulé ?

– De quoi parlez-vous ? Son rendez-vous de quoi ?

– Votre mari a un rendez-vous hebdomadaire avec le professeur Calder, de la clinique Les Hirondelles, situé au…

– Mon mari ne m'a jamais rien dit. Vous devez vous tromper.

– Madame, ce n'est pas une erreur. Nous sommes désolés de vous apprendre que nous avons été confrontés à une panne importante dans le système de culture des cellules souches. Nous sommes donc au regret de repousser ce rendez-vous de quelques jours.

– Vous êtes certaine de ne pas vous tromper de nom ? j'insiste, avec une crainte qui monte au fond de moi.

– Absolument. Nous ne nous trompons jamais, madame.

De rage, et toujours sans bouger de mon fauteuil, je demande à l'ordinateur intégré dans le mur qu'il contacte l'hôpital. Je veux parler au professeur – un humain – mais je ne peux le joindre puisqu'il est « indérangeable », selon les termes d'un autre robot.

Je me redresse et me dirige aussi vite que mes vieilles jambes me le permettent jusqu'à notre terminal pour me connecter au département de Santé publique. Mais il m'est impossible d'ouvrir le dossier de mon mari, parce que la reconnaissance est biométrique ! Je « sonne » mon mari, réclamant que cette machine le prévienne de mon appel. Un message m'informe que mon mari s'est mis en veille. J'enrage. Il m'a dit, une heure plus tôt, avoir besoin de marcher. Et quand il dit cela, je sais qu'il a besoin d'être seul.

Oui, après toutes ces années en commun, nous aimons parfois être seuls, nous aimons marcher seuls et partager ensuite nos pensées. Mais à cette minute, je suis furieuse parce que je m'inquiète.

J'enfile mes botillons, mon coupe-vent et prends mon

écharpe-parapluie. Elle se déploie seule avec les premières gouttes et se positionne au-dessus de ma tête grâce à la puce électronique intégrée à mon vêtement. Elle est conçue dans un matériau transparent qui se rigidifie ou s'assouplit, et qui s'illumine à la nuit tombée. Ces parapluies sont l'invention que je préfère.

C'est la plus poétique.

Je trottine aussi vite que possible et, si je courbe le dos, la colère me fait tenir debout. Je ne cesse de me questionner sur ce que me cache mon mari. La crainte qui m'a frappée quand j'ai entendu les mots « rendez-vous hebdomadaire avec le professeur Calder » a creusé son chemin dans mon cerveau, pour enfin atteindre mon centre névralgique de panique. J'ai les mains moites et gelées.

Oh ! Je le déteste de me faire courir vers lui, et encore plus sous cette pluie. Et je le déteste encore plus de m'avoir dissimulé quelque chose d'essentiel et de grave.

Je sais très bien où il se trouve, parce que je connais tous ses refuges.

Enfin, le voilà ! Malgré les dizaines d'années qui se sont écoulées, il est resté très droit. Il n'a pas pris plus de quelques centaines de grammes, et ses cheveux sont aussi épais qu'auparavant. Sauf que désormais ils sont identiques aux miens : blancs comme les nuages.

Il se tient face au lac. Son parapluie oscille doucement au-dessus de lui. Je suis sûre que ses yeux seront froids comme les flots. Il se retourne avant même que j'arrive à sa hauteur, et sourit.

– Tu es folle de sortir sous cette pluie, Martha !

Je m'immobilise à un mètre de lui et me redresse autant que je peux.

– Je ne sais pas si je suis folle ou bien si c'est toi qui es fou de te conduire ainsi. Je viens de recevoir un appel du bureau du professeur Calder. Et sache que je n'aime toujours pas que tu me caches des choses !

Son sourire ne s'évanouit pas. Mais une ombre passe, quand il se penche pour me prendre la main.

– Martha, c'est la première fois que je te cache quelque chose de sérieux.

– Non. De grave.

– Rentrons, tu vas prendre froid.

– Je ne veux pas rentrer. Je veux que tu me dises la vérité.

– Allons, viens.

La pluie cesse et, comme par enchantement, nos écharpes-parapluies se referment avec un léger clic pour s'enrouler autour de notre cou. Nous marchons jusqu'à notre banc qui surplombe le lac. Ce n'est pas le lac d'Annecy. Parce que… je n'ai pas revu celui-ci depuis soixante ans.

2

Au moment où les secours sont enfin arrivés avenue du Stade, Raphael avait perdu beaucoup de sang. Moi aussi j'avais reçu une balle, mais je ne m'en étais pas rendu compte. Tout ce que je pensais, c'était *Raphael dort*.

Quand j'ai regagné ma chambre après mon opération, Philippe m'y attendait. Ses premiers mots ont été pour me donner des nouvelles de Raphael.

— Il va bien. Il a été touché plusieurs fois au poumon. Les médecins qui l'ont opéré disent qu'il est sauvé. Tu pourras le voir dès que tu auras l'autorisation de te lever.

Il a marqué un temps puis il a dit :

— Ce n'est pas moi qui ai tiré sur vous ou voulu le faire.

Il me regardait différemment, même s'il y avait toujours dans ses yeux ce détachement qu'il avait eu lorsque dans son bureau il m'avait appris qu'il partirait seul à New Delhi.

— Je préfère ne rien avoir su pour toi et Pérec, jusqu'à hier. Je préfère avoir décidé seul de notre séparation. Mais si j'avais eu conscience de… toutes ces choses, je te jure que j'aurais agi autrement. Et ce que je vais t'apprendre me peine beaucoup, mais il faut que je le dise.

Il a repris notre histoire depuis le début. Il était venu à

ce baptême pour accompagner sa mère, puisque son père était souffrant. Il n'en avait pas envie. Il m'avait vue en premier, j'étais de profil. Sa mère lui avait pris le bras et ils s'étaient présentés.

– C'est vrai que tu étais très en beauté. Tu portais une robe d'un brun moiré et un chignon. Tu étais très raffinée. Je t'ai trouvée intelligente, et j'ai aimé bavarder avec toi. Ma mère m'a dit que tu étais d'une élégance discrète et que tu avais la classe d'une princesse. Elle ne m'a pas poussé à te faire la cour, mais elle a accéléré le mouvement. Elle me répétait que si jamais tu rencontrais à la fac un étudiant plus… présent, je te perdrais. Tu lui « plaisais ». Tu correspondais à la jeune femme qu'elle avait imaginée comme belle-fille et comme épouse. Elle avait disons, une grosse emprise sur moi, qui étais concentré sur ma carrière… J'imaginais que son comportement était naturel. Que c'était son amour pour moi qui la poussait à interférer dans ma vie… Et quand nous nous sommes mariés, quand Louis est né, je ne me suis pas rendu compte à quel point elle était envahissante, parce que je n'étais pas à la maison.

Philippe s'est levé et a arpenté la chambre d'hôpital, les mains dans ses poches.

– Oui. C'est vrai. Je n'étais pas objectif et, à vrai dire, je la trouvais… aimante. Parfois injuste avec toi, mais je pensais qu'un fils se doit de défendre sa mère. Elle m'avait élevé dans ce sens. Et avec un père aussi fantomatique que le mien, je… enfin… je pensais que notre vie était parfaite. Jusqu'à ton accident.

Il s'est immobilisé au pied de mon lit. J'ai respecté son silence. Toute notre vie était en train de prendre un éclairage différent. Il avoue avoir tout épluché de ma vie, mes dossiers, tout.

– Martha, je n'ai jamais rien trouvé ni senti chez toi qui

378

aurait pu me faire douter. Je ne sais pas si c'était parce que je ne te regardais pas assez… ou parce que je nous croyais au-dessus de tout. Mais je te jure que j'ai failli perdre les pédales, tant j'étais écrasé par ta disparition. À ton retour tu étais perdue, et moi, de mon côté, j'étais désemparé. Je voulais t'aider à revenir en arrière. À reconstruire ta vie. La nôtre. Je voulais bien faire en t'apportant des preuves… Les choses étaient étranges entre nous.

– Elles l'étaient.

– Et puis Nina est arrivée… Ce n'était pas à la Martha que je connaissais que je faisais l'amour, mais à une autre, qui me déstabilisait, mais que je commençais à aimer… Certains jours j'ai cru que nous y arriverions, que toi aussi, tu commençais à avoir des sentiments pour moi… Si tu savais pourtant le nombre de fois où, dans mon bureau, je me disais qu'il fallait que je te parle pour qu'on essaie d'y voir plus clair. Mais chaque fois que je coupais le contact en me garant devant la maison, je renonçais. J'avais peur de te perdre, et plus j'avais peur, plus je cherchais à te retenir. Je regardais Louis et Nina… Parler des émotions et des sentiments n'a jamais été mon fort.

– Non. C'est vrai.

Philippe a contourné le lit et s'est planté à côté de moi, debout.

– Martha, je voudrais que tu me croies quand je te dis que j'ai essayé de faire des efforts et de t'aider. Que je ne m'y sois pas pris comme il faut, ça, je n'en doute pas. Mais de ton côté, tu étais tellement bloquée et enfermée dans un monde dans lequel il n'y avait plus de place pour moi. Ou pour nous… Et ce n'est que récemment que l'idée que tu avais rencontré quelqu'un m'a obsédé. J'ai fait appel à un détective privé, qui a très vite compris que tu étais suivie. Par ma mère.

– Ce n'est pas vrai ! ai-je dit, probablement aussi abasourdie d'entendre cela que Philippe l'avait été sur le coup.

379

Il avait piqué une colère monumentale, mais le type avait sorti un jeu de photos.

– Je l'ai pourtant chargé de la filer, ce qui explique les factures dans mon attaché-case. Il la suivait, hier. Malheureusement, il n'a pas anticipé qu'elle était armée et qu'elle allait vous tirer dessus.

Les coups de feu ont résonné de nouveau en moi, je ne pouvais prononcer un mot. Philippe aussi est resté silencieux.

J'avais bien assimilé qu'Anne-Marie était folle de son fils, qu'elle était hystérique et qu'elle me surveillait. Mais la classer dans la catégorie « dérangée » ne m'avait jamais traversé l'esprit. Pourtant, m'est revenue une phrase qui m'avait interpellée. Je me souviens que j'étais enceinte de Nina. Anne-Marie donnait une de ses réceptions, elle se pavanait au milieu de ses indispensables amies. Au détour du couloir, j'avais entendu :

– Et alors, qu'est-ce qu'il a dit ?

– Mais rien, Adélaïde. Je ne suis pas sa femme. Mais je suis pareille.

Enfin, je pouvais mettre un nom sur le « il » qu'elle avait mentionné d'un ton suffisamment étrange pour que je ne l'oublie pas.

Philippe a avoué quelle chute vertigineuse il avait faite en apprenant tout cela. Il s'en voulait d'avoir été incrédule.

– Si je l'ai fait suivre, c'est uniquement parce que je voulais absolument que mon détective se trompe. Je ne voulais pas accepter cette réalité.

Je comprenais combien il était difficile pour mon mari d'avouer son échec et, en même temps, combien il voulait se détacher de sa mère.

– Elle te rend responsable de mon départ à New Delhi. À des milliers de kilomètres d'elle. Hier, elle a décidé d'une nouvelle stratégie, elle voulait te parler pour que tu me fasses changer d'avis. Mais le hasard a voulu qu'elle aperçoive ta voiture au moment où tu passais sur l'avenue d'Albigny, alors qu'elle était au stop de la rue Dupanloup. Tu n'étais pas seule, et vous êtes entrés dans un gîte au bord du lac.

Philippe était dur, triste et lucide. Oui, je comprenais son désarroi ainsi que ses pensées. Il se demandait comment les choses se seraient déroulées si sa mère n'avait pas eu une telle emprise sur lui. Mais il ne dirait rien d'autre. Il savait que Raphael et moi, nous nous étions choisis.

Il s'est assis sur la chaise à côté de mon lit. Il a expliqué comment sa mère m'avait surprise dans les bras de Raphael, le soir où il s'était rendu à Paris pour y rencontrer un client fantôme. À cause de la neige, elle était passée chez nous pour attendre que la tempête passe. Le portail était resté ouvert, et elle nous avait aperçus, dansant dans la cuisine. Elle avait reconnu Raphael parce qu'elle était le plus gros investisseur privé de l'école Ariane. Elle avait accès à tous les dossiers, elle donnait son accord, mais sans jamais apparaître. Elle agissait via avocats et sociétés. Ni Philippe ni son mari ne savaient rien. C'était elle qui était derrière l'achat de la maison de la grand-mère de Raphael.

– Elle avait appuyé ta candidature alors que tu n'avais pas une grande expérience. Pas pour toi, mais parce que ainsi elle te contrôlerait, me contrôlerait comme elle le fait avec mon père… Elle pensait contrôler Ariane, les élèves qui y entraient. Elle n'a jamais imaginé que toi, la femme qu'elle avait jugée parfaite, tu prendrais autant de libertés… Mais ce n'est pas ce soir-là qu'elle a su pour Raphael et toi, a poursuivi Philippe après un temps.

Il m'a expliqué que sa mère désigne l'ennui comme le coupable. Elle est née dans une famille très aisée, elle n'a jamais eu besoin de travailler. Par ennui, enfant, elle filait ses amies de classe. Par ennui, elle joue avec les gens. Elle les manipule, elle se lance des défis. Elle domine… Par désir de protéger son fils, dès le début de notre relation, elle s'est mise à me surveiller. Épisodiquement, elle louait des voitures, enfilait une perruque. Anne-Marie jouait à se créer des sensations… J'étais parfaite mais, pour le rester, il fallait qu'elle me tienne sous sa coupe. Et pour que je le reste, elle me faisait douter de moi, me cinglait de remarques blessantes. Puis, un jour, elle a compris que je me dirigeais vers Véry. Alors son instinct de femme lui a dicté que Raphael devait m'avoir tourné la tête. Elle jure que c'est son instinct de mère qui l'a poussée à agir…

– … pour me défendre, a dit Philippe. La drogue, la prison lui ont donné le temps d'organiser le nécessaire pour envoyer Pérec à l'autre bout du monde, parce qu'elle se doutait bien que Max le ferait sortir. Il ne voulait pas voir Ariane fermer. Ce soir-là, quand elle vous a vus dans les bras l'un de l'autre, elle a attendu que les lumières s'éteignent et sorti la croix de sa Golf. La rage lui a insufflé la force de dévisser trois des boulons de ta roue, parce que tu avais oublié de refermer le portail.

La suite, je la connaissais, et ce que Philippe révélait concordait avec les dires de Raphael. Oui, Anne-Marie voulait l'envoyer à l'autre bout du monde, et elle espérait que j'allais tout aussi définitivement finir ma route dans le décor.

– Et Louis ? J'aurais pu avoir un accident avec lui ? ai-je dit, tremblante à l'idée qu'elle aurait pu le tuer.

– Elle ne répond pas à cette question, je sais que, lorsqu'elle a desserré ces putains de boulons, elle n'a pensé qu'à elle.

Seulement voilà, c'est grâce à Raphael que cette roue ne s'est pas dévissée. Il avait bien dit qu'il me protégerait et, sans le savoir, il l'avait fait. Quand j'ai refait surface, ma belle-mère a cherché à me déstabiliser, à me faire perdre la tête en déplaçant des objets. Elle s'est beaucoup amusée avec mes clés, la pince à sucre, le cirage… pour que je reste à sa merci. Elle a cessé quand j'ai récemment acheté ce vide-poche rouge. Elle a pensé que, si j'étais méfiante, c'était parce que j'avais recouvré la mémoire. Alors elle s'est montrée prudente. Ils sont partis aux Antilles et elle a décidé d'organiser ce voyage en Italie pour m'avoir sous les yeux et m'étudier vingt-quatre heures sur vingt-quatre. Seulement, la vie en a décidé autrement.

– Elle a attendu que vous sortiez du gîte. Elle ne supporte pas qu'on décide et agisse différemment de sa volonté. Tous ses plans tombaient à l'eau. Elle s'est sentie ridiculisée et humiliée – c'est ce qu'elle dit – elle vous a suivis et elle a tiré… Elle ose même dire qu'elle l'a fait par amour pour moi… Elle est intelligente, et son intelligence fait d'elle une criminelle dangereuse.

– Ce n'est pas son intelligence, c'est son âme.

Philippe respirait lentement. Pas une fois, il n'avait dit « ma mère ».

– Je ne sais pas, Martha, ce qui fait d'elle une meurtrière. Est-ce son amour excessif pour moi ? Ou bien est-ce parce qu'elle est née ainsi ?

– Tu n'es pas responsable de ses actes. Personne ne peut reprocher aux enfants les crimes de leurs parents.

– Tu crois qu'on n'a pas d'incidence sur la vie des autres ?

– Philippe, je suis convaincue que si elle a fait ce qu'elle a fait, tu n'y es pour rien. C'est elle et son amour déviant qui sont la cause de tout cela.

– Mais à cause d'elle, je suis passé pour celui qui a voulu te tuer. Et je sais que tu y as pensé, aussi.

Il ne bougeait pas, alors je lui ai avoué la remontée

récente de mes souvenirs, et qu'à cause d'eux j'avais douté de moi et suspecté tout le monde. Cependant, grâce à eux, j'avais compris que mon amour pour lui s'était métamorphosé en une habitude de sentiments. Sa mère, par sa présence, avait gâché des moments, mais c'était notre couple qui ne fonctionnait plus.

– Si Raphael a pu entrer dans ma vie, c'est que tu n'y étais plus.

Philippe s'est levé, il a fermé les yeux, et quand il les a rouverts j'ai dit que, dans mes souvenirs, je vois deux phares derrière moi alors que je conduis sous la neige.

– Il va falloir que tu en informes Ébert.

Plus tard, j'ai appris que ce n'était pas elle qui me filait cette nuit-là, mais un des types qui avaient fait irruption chez Raphael pour l'expatrier. Cependant j'avais bien eu un accident parce que ma belle-mère voulait que j'en aie un.

Or, le hasard est incontrôlable, même par Anne-Marie Klein.

Il avait changé le cours des choses selon son propre gré, il avait donné une chance inspirante aux mots de Raphael, il avait fait gronder le ciel…

Mon amnésie est le prix à payer pour être restée en vie.

Philippe était toujours debout près de moi. À aucun moment, il n'avait dit « ma mère ». Et je voyais qu'elle ne l'était plus, tout comme je n'étais plus sa femme.

Il partait à New Delhi et il voulait divorcer. Il me laissait la garde des enfants, mais les prendrait pendant les deux mois d'été, à la Toussaint et un Noël sur deux. Il ne négociait pas. J'étais d'accord.

Notre union avait été en quelque sorte le fruit de la volonté d'Anne-Marie. Comme si nous étions des pions dans son empire personnel. Ariane en faisait partie. Elle voulait récupérer son investissement pour le placer dans une maison de retraite. Elle se fichait éperdument de l'avenir des jeunes, comme de celui du personnel. Comme de tout ce qui ne l'intéressait pas.

Anne-Marie avait un amour sans fin pour sa personne, un amour malsain pour son fils, l'art du pouvoir, un sens aigu des affaires. Le goût du jeu et, par-dessus tout, elle avait le mépris de la vie de Louis.

Quant à Nina… Ma fille me ressemblait trop.

3

Quand Philippe s'est envolé pour New Delhi, les enfants, Raphael et moi sommes partis à Vancouver, où nous avons loué un camping-car. Louis avait avancé que ce serait mieux de vivre au Canada. Nous avons sillonné la région et, finalement, avons tous conclu que Charlotta était le lieu idéal. Pour le paysage, la vie, la géographie et pour le lac. Nous avons trouvé une maison avec une vue magnifique.

Lloyd naviguait entre Johanna et nous. Nina et Louis ont passé leurs vacances à New Delhi pendant trois ans, puis à Shangaï, et enfin à Genève, où Philippe est revenu vivre un an après la mort de sa mère en prison, foudroyée par une embolie pulmonaire pendant son sommeil. Il ne l'avait jamais revue, ne lui avait pas reparlé. Il ne lui a jamais pardonné, et je reconnais bien là son caractère inflexible.

Pas une seule fois nous n'avons évoqué tout cela. Il s'est remarié avec sa collaboratrice, Rosemarie, et à quarante-cinq ans elle a eu son premier enfant. Un garçon aussi blond qu'elle, Marcus.

Raphael et moi n'avons pu avoir d'enfants. Je me suis consolée en pensant qu'on ne peut pas trop posséder.

Il a toujours considéré Louis et Nina comme ses propres enfants, même si sa différence d'âge avec Louis est infime – neuf ans, exactement. Mais Raphael n'a jamais été un gamin. Il lui a fallu du temps pour récupérer ce que sa grand-mère avait laissé dans la maison de retraite où elle avait furtivement séjourné. Raphael m'a demandé de rester avec lui pour ouvrir le carton qui contenait une écharpe tricotée, des photos. Aucun document. Aucune lettre. Ça a été un moment doux et difficile. Il m'emmenait dans son passé, il m'a dit que c'était la colère qui le faisait dessiner des horreurs. Je lui ai demandé ce jour-là ce qu'il ressentait en me dessinant moi.

– Je faisais vivre une réalité et mon émotion. C'était douloureux de le faire, comme de nous regarder ensemble quand tu étais avec Philippe. Maintenant je sais vivre avec. Je suis en paix.

Ensemble, nous avons ajouté les portraits de sa maman et de Mémé sur le mur que nous tapissions de photos.

Nous sommes devenus une grande famille.

Nous avons passé quasiment toute notre vie à Charlotta et ne sommes jamais retournés à Annecy. De temps en temps, il m'arrive de ressortir mes vieux clichés du lac. Je me souviens encore très précisément de la couleur qu'il prenait en fin d'après-midi, l'été, vers 16 ou 17 heures, quand je m'asseyais sur la terrasse.

Notre lac ici est infiniment plus petit et moins lumineux. Mais il a sa personnalité. Je crois qu'il est plus sauvage, et peut-être plus mystérieux.

Raphael et moi nous sommes mariés, mais sur le tard. C'était pour mes soixante-dix-sept ans. Oh ! Ce n'était pas la première fois qu'il me demandait en mariage, mais j'avais toujours refusé. J'avais la crainte idiote que ce papier éteindrait notre amour. Pourtant, j'ai fini par dire oui.

Raphael m'avait emmenée au bord du lac pour pique-niquer dans son tipi. Ma vieille couverture, celle que Sacha m'avait donnée, trônait près du feu. Est-ce ce détail qui m'a convaincue ? Est-ce parce qu'il a toujours respecté ce qui m'est précieux ? Je ne sais pas. Mais ce jour-là, j'ai dit oui.

Toutes ces années, Raphael a travaillé avec une régularité de métronome. Il a toujours écrit et œuvré pour le cinéma. Plus de la moitié de ses quarante livres ont été adaptés pour le grand écran. Pourtant, il n'a jamais couru après la lumière des projecteurs. Il n'a jamais affiché son portrait sur un seul de ses livres. Tout ce qu'il aime faire, c'est raconter des histoires, et maintenant il se plaît à affirmer qu'il est devenu un vieil Indien qui parle de l'homme à l'homme. Ça m'amuse…

Jamais je ne l'ai vu hésiter, ni sur une histoire ni sur un personnage. Ni dans sa vie. Ni avec moi… Il a toujours su.

Noëlle a reconnu qu'elle s'était complètement trompée sur mon rêve et que j'avais pressenti que ma belle-mère cherchait à me nuire. Ce jour-là, nous avons beaucoup ri et, pendant des années, nous avons correspondu. Marina est retournée vivre en Russie, et j'ai reçu une lettre où elle m'a expliqué avoir un jour recouvré l'usage de la parole, mais en avoir gardé le secret pour ne pas perdre ce à quoi elle avait droit. Patricia et David ont divorcé, il s'est remarié, avec une collègue, et elle a épousé le maître nageur de la plage de Veyrier. Dix ans plus tard, ils ont divorcé de nouveau et se sont redit oui.

En dépit de tous les progrès techniques qu'on a vus défiler depuis ces soixante dernières années, le public ne s'est pas détourné des livres papier. De la même manière, ça m'amuse toujours de penser à la mort certaine du cinéma. Et pourtant, lui aussi est toujours là. Florissant. Avec des acteurs en chair et en os pour nous émouvoir. Il est toujours possible de se faire une toile dans un cinéma avec un écran géant et un public vivant. Tout comme il est encore possible de peindre un tableau, de sculpter une œuvre, de jouer au théâtre ou de faire de la musique, parce que l'inspiration demeurera incontrôlable.

Lisa ne s'est jamais privée de dire qu'on ne remplace pas « les idées de génie du cœur, parce que les robots-amis, les robots-familles comme les robots-écrivains sont à coller dans le même sac. Ils font ce qu'on attend d'eux, ce qu'on leur commande, ils ne nous apprennent rien, ne nous éblouissent pas et ne nous font progresser en que dalle ! » Je la cite très souvent. Elle est partie il y a dix ans, mais je lui parle tous les jours.

C'est peut-être ça, l'immortalité. Le souvenir et l'art.

Ils prouvent que nous avons existé. Parce que nous, les humains, défions toujours la science. Aujourd'hui, certaines maladies ne sont plus qu'un mauvais souvenir. Le jour où on a annoncé que le VIH ne serait désormais pas plus dangereux qu'une simple grippe a été comme une victoire pour moi. Les hépatites relèvent de l'archéologie médicale, mais ce que les chercheurs n'arrivent toujours pas à vaincre, c'est la vieillesse et l'usure inéluctable du corps. Tout comme il y a une limite physique à la vitesse de course d'un homme ou d'une femme, il y a pour chacun de nous un nombre maximal de jours de pleine santé, avant que la machine ne se mette à déconner.

Je ne sais pas pourquoi ce mot me fait penser à Anne-Marie. Peut-être parce que c'est un mot grossier et qu'elle refusait qu'on soit « grossier » en sa présence. Elle n'était jamais vulgaire dans ses paroles, mais sa façon de vivre l'était.

Elle a laissé une empreinte en moi, comme si je n'avais pas le droit d'être une autre que celle qu'elle avait imaginée.

Dans quelques mois, j'aurai quatre-vingt-dix-sept ans, et je dois admettre que son ombre est revenue me hanter tout au long de ma vie. Mais j'ai lutté. Et Raphael m'a beaucoup aidée.

Je ne crois pas qu'un individu puisse s'octroyer le droit d'interdire à un autre d'être ce qu'il est profondément, et j'ai souvent répété à mes enfants, comme à mes petits et mes arrière-petits-enfants :

– Vous êtes des êtres libres. Ne croyez que ce que votre cœur vous dicte et ne vous aveuglez jamais des pensées d'autrui. Affirmez vos propres opinions. Réfléchissez par vous-mêmes aux choses et au dessous des choses. Soyez maîtres de vos choix, ne vous laissez jamais manipuler. Votre vie n'appartient qu'à vous seuls et à personne d'autre. Et pour toi, Nina, toi, Wanda, et toi, Louise, le chemin sera plus difficile, parce que la condition des femmes ne va malheureusement pas évoluer aussi vite que la technologie. Refusez d'être un objet, d'être mises à l'écart ou même interrompues. Personne ne doit parler à votre place. Et ne baissez jamais les bras.

4

Avant que Raphael n'ouvre la bouche, je sais déjà ce qu'il va me dire. Je me montre ferme comme je ne l'ai encore jamais été :

– Je pars avec toi.

– Martha…

– Depuis combien d'années nous aimons-nous ?

– Pour ma part, cela fait soixante-cinq ans, dix mois et dix-neuf jours. Mais pour toi, qui as mis presque deux ans de plus à me voir, ça n'en fera qu'à peine soixante-quatre.

– Je t'ai remarqué ce 12 octobre 2010, mais j'ai fait semblant qu'il n'en était rien.

Nous rions, nous avons toujours eu cette capacité de nous faire rire, même aujourd'hui.

– Qu'est-ce qu'on va dire aux enfants ?

– Et aux petits et arrière-petits-enfants ?

Alors, nous nous asseyons dans le salon. Le soleil de fin d'après-midi baigne toute la pièce. Nous discutons longuement et, quand la nuit tombe, nous sommes enfin d'accord. Nous ne leur demanderons pas leur avis.

Pour une fois, c'est moi qui rédige. Les mots me viennent pour expliquer que partir ainsi est notre choix de vie. Ou de fin de vie, en l'occurrence. *Cette décision de partir librement et ensemble nous appartient, et nous la prenons parce que nous savons que vivre séparés nous sera impossible.*

Louis, Nina et Lloyd l'accepteront. Je n'ai pas de doute. Nos cinq petits-enfants, eh bien, eux aussi, maintenant, sont grands et adultes.

– Restent Wanda et Liam…

– Quel âge ont-ils déjà, ces vilains jumeaux ? questionne Raphael.

Wanda et Liam sont les petits-enfants de Nina, qui vivent à Annecy. Pierre, son fils aîné, a racheté notre ancienne maison. Louise, sa fille, vit à Nice, elle n'a jamais voulu avoir d'enfants.

– Ils ont treize ans.

– Laissons-les grandir.

– Et la fondation ?

Avec l'argent généré par les adaptations cinémato-graphiques, nous avons créé peu après notre installation au Canada une fondation qui m'a beaucoup occupée. Pourtant, au départ, c'était l'idée de Raphael.

– Une sorte de juste retour des choses.

Cette fondation reçoit des sollicitations pour des bourses, des projets éducatifs, des voyages ou divers financements. Nous étudions et intervenons autant que possible pour aider des jeunes à réaliser leurs rêves.

Le premier projet était celui d'une jeune femme qui, par écrans interposés, avait monté puis démonté sa maquette pour me persuader qu'elle tenait un truc indispensable et révolutionnaire. Son invention était un mobilier évolutif transportable. D'un ensemble de quelques planches, elle avait conçu une table-chaise qui pouvait se transformer en lit ou rangement. La jeune femme qui avait tant d'énergie pour me vendre ses projets avait des cheveux encore plus courts que les miens. Elle était rousse et s'appelait Clara Van Ruben. À côté d'elle, dans un cosy, dormait un bébé aussi roux qu'elle.

– Je veux prouver à Liberté et à mes parents que je peux y arriver seule, vous comprenez ?

– Clara, dis-moi, que veux-tu te prouver à toi-même ?

– Que la mère que je suis est capable de nourrir sa fille.

– De combien as-tu besoin ?

Elle avait juste souri.

Alors, sans aucun doute, la fondation continuera de fonctionner, même sans nous. Parce que Raphael et moi avons le sentiment d'avoir atteint le terme de notre voyage.

Mon dernier souvenir restera d'avoir soigneusement nettoyé la fourche et mes bottes dans la neige avant de quitter le bois. J'étais très calme, comme anesthésiée. En arrivant à Veyrier, j'ai rangé le tout puis mis mes vêtements au sale après avoir vérifié qu'ils n'étaient pas tachés de terre. J'ai enfilé le pull en cachemire noir et le pantalon en velours doux. Je me suis coiffée et j'ai appliqué mon rouge à lèvres. J'ai reposé mon Liorrici 61 et pensé à celui qui dormait dans la poche de mon manteau.

Alors je me suis sentie en colère.

Oui, j'étais folle de rage et j'ai regardé l'heure sur la montre que je portais, celle pour Ariane. J'ai dévalé l'escalier, enfilé mon manteau, attrapé mes clés de voiture, enclenché l'alarme et pris la direction de Véry. J'ai remarqué deux phares à distance, qui m'ont dépassée quand je me suis arrêtée. J'ai escaladé la grille fermée et tambouriné à la porte de Mémé. Je ne pouvais voir dans le garage si sa voiture y était. Sur la neige, il n'y avait que mes traces de pas, et je suis repartie en décidant d'éviter les embouteillages d'Annecy. Une voiture me suivait, de nouveau, à distance, et quand j'ai emprunté la départementale déserte, elle s'est rapprochée.

C'est à ce moment que j'ai revu le tréma sur le *E* de Raphael. Et que j'ai compris.

J'ai sorti mon portable, les phares se reflétaient dans le rétro. J'ai enregistré cette courte vidéo, les phares

étaient sur moi, j'ai accéléré, encore et encore et encore…
Le téléphone m'a échappé, j'ai hurlé « Raphael ! »

Je n'ai jamais eu aucune image du choc et mon sac à main n'a jamais été retrouvé, pourtant il n'avait pas pu se volatiliser. Raphael en a fait un roman, son dernier.

5

Nous avons passé cette journée exactement comme toutes les autres. Sans rien changer à nos habitudes. Raphael a relu ma lettre et, pour une fois, c'est lui qui a apposé sa signature à côté de la mienne.

En fin d'après-midi, nous avons fait une promenade dans la lande. Avec tous ces changements climatiques, le temps varie d'une journée à l'autre sans prévenir. Hier, nous nous serions crus au terme de l'automne, tant le vent et la pluie assombrissaient le paysage. Alors qu'aujourd'hui il fait très chaud. L'air est lourd et même épais, disent les Indiens. Nous parlons très peu et, comme d'habitude, Raphael me tient la main sur le chemin qui longe le lac. Nous avons des dizaines d'itinéraires, mais celui que nous avons choisi aujourd'hui est mon préféré. Celui qui n'appartient qu'à nous deux et nous emmène d'une crique à l'autre.

Les mouettes nous frôlent et, parfois, je me demande si elles ne sont pas aussi des robots qu'un gamin espiègle s'amuserait à lancer sur nous. Ce sont les seules créatures que nous croisons. Leur cri est le même qu'hier, et demain il résonnera, identique. Peut-être nous chercheront-elles pendant deux ou trois minutes…

À notre retour, nous montons dans la chambre. J'ouvre la fenêtre pour laisser entrer le vent.

– Tu as vu ? On dirait qu'un orage se prépare.

– Alors, ce sera notre dernier, dit Raphael en souriant.

L'orage ne tarde pas. Comme s'il répondait à notre appel, il éclate sous nos yeux. Des trombes d'eau l'accompagnent. Raphael passe son bras autour de mes épaules et nous regardons le plus majestueux des spectacles. C'est un bel orage. Puissant et lumineux. Comme l'a été notre amour et comme il l'est encore.

J'avale les cachets que Raphael me tend, et ensemble nous levons nos coupes de champagne. Et lorsque nous sentons l'ivresse, nous nous allongeons. Je repense à la toute première fois où il m'a demandé de rester près de lui.
– Juste cinq minutes, avait-il soufflé.
Ces cinq minutes ont duré une éternité… Mon seul regret est de partir sans avoir jamais retrouvé la mémoire d'avant mon accident. Hormis ma mémoire de Raphael.
– Martha ?
– Oui.
– J'ai une dernière question.
– Dis vite, je m'endors.
– Nos quinze ans d'écart, que t'ont-ils fait, finalement ?
– Du bien.

Et la foudre est tombée.

Chères lectrices et chers lecteurs,

J'ai écrit ce roman en 2008, d'un trait. Je me souviens encore de mes pas pressés jusqu'à La Poste. J'habitais Annecy, j'avais mille espoirs. Ma vie d'écrivain était à construire. J'étais portée et emportée par cette inspiration qui m'avait fait la surprise de revenir après vingt ans de silence.

J'avais cru pendant longtemps qu'elle m'avait abandonnée, j'ai compris qu'elle s'était mise en retrait pour que je construise ma vie de femme. Que j'apprenne et regarde, sente, digère et comprenne, écoute la vie. L'inspiration s'est glissée de nouveau en moi, m'a envoyé des flashes, des phrases, des scènes…

L'écriture est devenue un besoin.

L'écriture est un bonheur et un travail, dans tous les sens du terme.

Et pour moi, c'est parce que c'est un travail que c'est aussi un bonheur.

J'aime cette force créatrice mystérieuse, j'aime ce qu'elle remue et apporte, j'aime le temps qu'elle réclame, les efforts, les découvertes, ses récompenses. J'aime être juste et fidèle à ce que les personnages me livrent. Je vis en osmose avec eux, je traduis leurs vies.

La vie, les vies sont au cœur de mon travail d'écrivain.

C'est le fondement de mes romans. Le temps est un acteur, et non pas un facteur, tout au long de mes textes.

En juin 2009, Caroline Lépée m'a envoyé un mail,

pour me dire que Martha avait passé le barrage du comité de lecture de la maison d'édition qui l'employait alors... Imaginez ma joie ! Ce dont j'avais rêvé un jour se produisait, j'avais toujours voulu « entrer » dans l'édition par La Poste.

J'aime l'idée des mains qui passent un projet.

J'aime l'idée qu'il faut beaucoup de mains pour que cette histoire arrive entre les vôtres.

Mais, finalement, ce premier projet n'a pas abouti et a été publié par une maison d'édition d'Annecy. Il a sommeillé comme la mémoire de Martha... Le temps et la vie ont fait que Caroline et moi nous sommes retrouvées pour *L'Instant précis où les destins s'entremêlent*, publié en coédition avec Michel Lafon, où j'ai rencontré Florian Lafani.

Puis, il y a eu mon ample projet, *Bertrand et Lola*, suivi de *Lola ou l'apprentissage du bonheur*. L'histoire de leurs vies se poursuit à son rythme, me faisant vivre un long et exaltant voyage d'écriture.

Le voyage. Le temps, la vie... Les personnages qui éveillent ce truc magique qu'est une histoire. Puis qui voyagent à leur tour en poche, à l'étranger, en audio... Et qui dessinent ce lien que je sens me revenir quand je vous rencontre.

Ces rencontres sont des moments dont j'ai besoin. Parce que c'est dans votre regard que je me vois écrivain. Et parce que j'y vois vivre mes personnages.

La boucle se boucle, la vie et le temps nous emportent dans ce voyage qu'est notre existence.

Oui, cette phrase est volontairement kitsch, cliché, un peu pompeuse, mais nous avons tous des clichés dans nos vies, c'est ainsi.

Martha retrouve une partie de sa mémoire, Martha a retrouvé une autre voix pour vivre.

C'est avec un plaisir délicieux que j'ai approfondi et actualisé ce roman, parce que le temps écoulé entre 2008 et 2016, ainsi que tous les personnages rencontrés m'ont appris à pratiquer mes outils – les phrases, les mots, les images… – autrement.

Martha avait besoin de cette autre vie. Autant dans son histoire que dans la mienne.

Cette nouvelle édition est d'ailleurs très symbolique de sa nouvelle vie.

Je n'ai rien changé de l'intrigue ni de la fin. Les faits sont les mêmes, c'est dans ce que j'appelle la « verticalité du texte » qu'une profondeur s'est glissée.

Martha est la voix de ce roman et la fin en est l'âme. Elle en fait un roman chargé de l'espoir que le monde actuel, déstabilisé et violent, puisse devenir un monde meilleur. Je l'espère.

J'ai hâte maintenant d'aller à votre rencontre, pour le bonheur de ces moments que nous partageons, et qui, soyez-en certains, me font le plus grand bien. Je vous remercie de votre fidélité, et je remercie les libraires.

Je remercie Caroline Lépée, Florian Lafani et Elsa Lafon pour leur soutien et leur confiance.

Les livres, les histoires, les personnages ouvrent des portes. Ils luttent contre celles qui se ferment et nous enferment.

Mise en pages
PRESS·PROD

Imprimé en France
par Corlet Imprimeur
14110 Condé-sur-Noireau
Dépôt légal : février 2017
N° d'imprimeur : 185947
ISBN : 9782749931753
LAF 2331